କ୍ଷମୟା ଧରିତ୍ରୀ

କ୍ଷମୟା ଧରିତ୍ରୀ

ଶାନ୍ତିପ୍ରିୟା ମିଶ୍ର

ବ୍ଲାକ୍ ଇଗଲ୍ ବୁକ୍ସ

ଭୁବନେଶ୍ୱର, ଓଡ଼ିଶା

BLACK EAGLE BOOKS
Dublin, USA

କ୍ଷମୟା ଧରିତ୍ରୀ / ଶାନ୍ତିପ୍ରିୟା ମିଶ୍ର

ବ୍ଲାକ୍ ଈଗଲ୍ ବୁକ୍ସ : ଭୁବନେଶ୍ୱର, ଓଡ଼ିଶା • ଡବ୍ଲିନ୍, ଯୁକ୍ତରାଷ୍ଟ୍ର ଆମେରିକା

BLACK EAGLE BOOKS

USA address:
7464 Wisdom Lane
Dublin, OH 43016

India address:
E/312, Trident Galaxy, Kalinga Nagar,
Bhubaneswar-751003, Odisha, India

E-mail: info@blackeaglebooks.org
Website: www.blackeaglebooks.org

First International Edition Published by
BLACK EAGLE BOOKS, 2024

KSHYAMAYA DHARITRI
by **Shantipriya Mishra**

Copyright © **Shantipriya Mishra**

Cover & Interior Design: Ezy's Publication

ISBN- 978-1-64560-520-1 (Paperback)

Printed in the United States of America

ଉତ୍ସର୍ଗ

ମୋର ପ୍ରିୟ ନାତି **ଶାଶ୍ୱତ, ଆର୍ଣ୍ଣବ** ଓ

ନାତୁଣୀ **ଶ୍ୱେତାଲୀନାଙ୍କୁ...**

ପାଖରୁ ଦେଖିଛି ସୃଷ୍ଟିର ରହସ୍ୟ

ପ୍ରଫେସର ହରିହର ମିଶ୍ର

ଛାତ୍ର ଅବସ୍ଥାରେ ପଢ଼ିଥିଲି... ଗୁରୁଜୀ ପଢ଼ାଇଥିଲେ... ପାଣ୍ଡବ... ହ୍ରଦବନ... ବିଳାସିନୀ... ଅଯୋନୀ ସମ୍ଭୁତା ଯାଜ୍ଞସେନୀ ଦ୍ରୌପଦୀଙ୍କୁ ଉଲଗ୍ନ କରିବା ପାଇଁ କୁରୁସଭା ତଳେ ନିର୍ଦ୍ଦେଶ ଦେଇଥିଲେ ମହାମାନୀ ଦୁର୍ଯ୍ୟୋଧନ। କୃଷ୍ଣ କୋଟିବସ୍ତ୍ର ଦେଲେ। ଜନନୀ ସୁରକ୍ଷିତ ହେଲେ, ଏଥିପାଇଁ ଏହାକୁ ଲେଖିଲି ଯେ; ମାଲିକଙ୍କର ନିର୍ଦ୍ଦେଶରେ ସବୁ କାର୍ଯ୍ୟ ହୁଏ। ଯେଉଁ ସ୍ଥଳରେ ମୁଁ କଲମ ଧରି ଧାଡ଼ିଏ କବିତା, ଗପ, କାହାଣୀ ଲେଖିବା ଅସମ୍ଭବ, ସେଠାରେ ମୋ ଜୀବନସାଥୀ ଯେ ଶହ ଶହ ଧାଡ଼ି ଲେଖିଲେ, ତାକୁ ଉପନ୍ୟାସରେ ସଜାଇଲେ। ଭାବିଲେ ମୋତେ ଆଶ୍ଚର୍ଯ୍ୟ ଲାଗେ। ଏହାକୁ ପଢ଼ି ଅନୁଭବ କରିଛି ଯେ ଏହା ଏକ ସଫଳ କାହାଣୀ ହେବ।

ଯୁଗେ ଯୁଗେ ନାରୀଟିଏ ବିଜୟିନୀ, ମନ୍ଦାକିନୀ, ତେଜସ୍ୱିନୀ, ସଂସାର ରକ୍ଷାକାରିଣୀ। ସେ ହିରଣ୍ୟ ଗର୍ଭା। ଅମୃତ ଚିନ୍ତନର ଅଧିକାରିଣୀ।
"କ୍ଷମୟା ଧରିତ୍ରୀ" - ଏହି କାବ୍ୟଟି ମା' ମାଟି ଆଉ ସଂସାରର ଘଟଣ, ବିଘଟଣ, ଉଚ୍ଚାରଣ ତଥା ବିଚାର ବିବେକର ଏକ ସୁମିଷ୍ଟ କଜ୍ଜବଟ। ଅନେକ କଥା, ଉପକଥା ଚରିତ୍ରର ସମାବେଶ ହେଇଛି ଏହି ସଙ୍କଳନରେ।

ମୋ ସହଧର୍ମିଣୀ କିପରି ଆଉ କେମିତି ଏତେ ବଡ଼ ଗ୍ରନ୍ଥଟିଏ ଲେଖିପାରିଲେ। ସେଇଥିପାଇଁ ମୁଁ ଭଗବାନଙ୍କ ପାଖରେ ଋଣୀ। କୋଟିଏ ଶୁଭାଶିଷ ମୋ ଜୀବନସାଥୀଙ୍କୁ ଯେ ସେ କେତେ ମୋହାବିଷ୍ଟ ମୁହୂର୍ତ୍ତମାନଙ୍କୁ ଆପଣେଇ ପାରିଲେ। ଯାହା ଫଳରେ ଏଭଳି ଗଦ୍ୟ ଗ୍ରନ୍ଥଟିଏ ସୃଷ୍ଟି ହୋଇପାରିଲା।

ମହାପ୍ରଭୁ ଶ୍ରୀଜଗନ୍ନାଥ ତାଙ୍କ ପିପାସିତ ପ୍ରାଣକୁ ଶୁଭାଶିଷ ଦେଇଥିବାରୁ ସେ ଏଭଳି ଅସମ୍ଭବ କାର୍ଯ୍ୟ କରିପାରିଛନ୍ତି; ଏହା ସ୍ୱୀକାର୍ଯ୍ୟ। ଏହା ମୋ ପରିବାର ଓ ବନ୍ଧୁ ବର୍ଗଙ୍କ ପାଇଁ କଥାଟିଏ। ସମସ୍ତଙ୍କୁ ଆଶ୍ଚର୍ଯ୍ୟ କଲାଭଳି କାମଟିଏ କରିଦେଲେ ସେ ଆଜି।

ଆଉରି କରି କରନ୍ତୁ। ପ୍ରବନ୍ଧକୁ ଉପଭୋଗ କରନ୍ତୁ। ■

ନୟାଗଡ଼

"କ୍ଷମୟା ଧରିତ୍ରୀରେ"

ଗୋଦାବରୀଶ ମିଶ୍ର

ଜନନୀ ମମତାମୟୀ...

ମଧୁସୂଦନ ରାଓ ସେଦିନ ଲେଖିଥିଲେ.... "କେତେ କେତେ ଶୋଭା ଧରିଛ ଜନନୀ ତୋହର ବିପୁଳ ଦେହେ। ମାତୃସ୍ତନ ସମ ନୀଳ ପର୍ବତରୁ ନିର୍ଝର ଝରଇ ସ୍ନେହେ।"

ଧରିତ୍ରୀ ହେଉଛି ଜନନୀ, ଏହା ଯୁଗ ଯୁଗର ପରିକଳ୍ପନା। ମାଟିମନସ୍କ ସୃଷ୍ଟିଟିଏ ଯୁଗେ ଯୁଗେ ମା'ର, ମାଟିର, ଜନ୍ମଭୂମିର ବନ୍ଦନା ଗାଏ। ମାଟି ପାଇଁ ସମର୍ପିତ ହୁଏ।

ସମର୍ପିତା ହେଉଛନ୍ତି ଲେଖିକା ଶାନ୍ତିପ୍ରିୟା। ସେ ପ୍ରମାଣ କରିଛନ୍ତି ଧରିତ୍ରୀ ହେଉଛି ଅନନ୍ତ ସ୍ନେହର ଭଣ୍ଡାର ଆଉ ଆଧାର।

 କବି ରାଧାମୋହନ ଗଡ଼ନାୟକ ଲେଖିଦେଲେ...

"ଅଚଳା ମୁଁ ସର୍ବଂସହା ମୁଁ"

ବିମୁଗ୍ଧ ବଚନରେ ଈଶ୍ୱର କହିଲେ...

"ବିଜୟିନୀ ଆଜି ତୁମ୍ଭେ ଏ ବିଶ୍ୱ ଭୁବନେ
ସୁନ୍ଦରୀ କଲ୍ୟାଣୀ ନମ୍ର ହୋଇ ହୋଇଛ ବିରାଟ
ଆଜି ତୁମେ ଜଗତର ରାଣୀ।

"କ୍ଷମୟା ଧରିତ୍ରୀ" ଉପନ୍ୟାସଟି ଲେଖିକାଙ୍କର ଏକ ଚମତ୍କାର ପରିକଳ୍ପନା; କେବଳ ପରିକଳ୍ପନା ନୁହେଁ; ସୁନ୍ଦର ସଂଯୋଜନା। ଅନନ୍ୟ ଅନୁଭୂତିର ଆଲେଖ୍ୟଟିଏ ଉପନ୍ୟାସ "କ୍ଷମୟା ଧରିତ୍ରୀ"। ଲେଖିକା ପ୍ରମାଣ କରିଦେଇଛନ୍ତି ଯେ - ଜୀବନ ଆନନ୍ଦର ସମାରୋହ। ସେହି ମହାବାକ୍ୟମାନଙ୍କୁ ସଜାଡ଼ି ଦେଇଛନ୍ତି ଲେଖିକା, ପୁସ୍ତକଟିରେ ଖୁବ୍ ଚତୁର ଭାବରେ।

ସ୍ରଷ୍ଟାର ଅନୁଭବ ମଧୁର ଓ ଗଭୀର ହେଲେ ସାକ୍ଷରଟି ବିଭୋରତାରେ ଭରି ଉଠିବ। ବ୍ୟାକରଣ ଆଉ ବିଭୋରତା ସାହିତ୍ୟ ରୂପକ ମୁଦ୍ରାର ଦୁଇଟି ପାର୍ଶ୍ୱ। ସ୍ରଷ୍ଟାଟିଏ ମୁହୂର୍ତ୍ତ ମୁହୂର୍ତ୍ତ ଭାବାନ୍ତରିତ ହେଉଥାଏ, ଦେଖୁଥାଏ, ଲେଖୁଥାଏ। ସୁନ୍ଦର ସୃଷ୍ଟିକୁ ନିଜସ୍ୱ ଢଙ୍ଗରେ ପରିପ୍ରକାଶ କରିବାର ପିପାସାଟିକୁ ସମ୍ବରଣ କରିନପାରି ତାକୁ ରୂପ ଦେଇଦିଏ। ମୂର୍ତ୍ତ ଓ ଅମୃତ ବର୍ଣ୍ଣବିଭକ୍ତି ଅନୁଭୂତି ଦ୍ୱାରା ରସାଣିତ କରି କଳାକାରଟିଏ ସ୍ଥାପିଛି କଳାର କୋଣାର୍କ। ଶିଳାରେ ଖୋଦିତ ହୋଇଛି ଅନ୍ତରର ଭାବ ଭାବନା।

ଅନନ୍ୟ ଅନୁଭୂତି ପାଗଳ ମନ ଅସୀମ ଅନୁଭୂତି ଓ ବିଷାଦ ଛେଦର ଗଦ୍ୟକାବ୍ୟଟିଏ "କ୍ଷମୟା ଧରିତ୍ରୀ"। ସୃଜନ ବେଣୁର ମେଘ ମଲ୍ଲାର ନାହିଁ। ଜୀବନର ଇସ୍ତାହାର ଅଛି।

ଲେଖିକାଙ୍କର ଆଶା ପୂରଣ ହେଉ। ପାଠକୀୟ ଶ୍ରଦ୍ଧା ଲାଭ କରିବାକୁ ଆଶା ରଖିଥିବା ଲେଖିକାଙ୍କର ବିଶ୍ୱାସ ବିଭୋରତା ସୃଷ୍ଟି କରୁ।

"କାଳଜୟୀ ହେଉ ସୃଷ୍ଟି।
ଅନନ୍ତ ଶାସ୍ତ୍ର ବହୁଳାଶ୍ଚ ବିଦ୍ୟା।

ଅଳ୍ପ କାଳେ ବହୁ ବିଘ୍ନତାର ଅସାର। ଭୂତଂ ତଦୁପାସନୀୟଂ ହଂ ସୋଯଥା କ୍ଷୀର ମିବାମ୍ବୁ ମାଧତା"

ଅଧ୍ୟୟନ ପାଇଁ ଅନେକ ପୁସ୍ତକ, ଶାସ୍ତ୍ର ପୁରାଣ ଅଛନ୍ତି। 'କ୍ଷମୟା ଧରିତ୍ରୀ' ଏଥି ସହ ଯୋଡ଼ି ହୋଇଗଲା। ଆମେ ପଢ଼ିବା ଆନନ୍ଦ ଉପଲବ୍ଧି କରିବା। ଧୈର୍ଯ୍ୟର ସହ ପଢ଼ିବା ଦେଖିବା ଜନନୀ କେତେ ଧୈର୍ଯ୍ୟଶୀଳା, ସାହସୀ, ବିଶ୍ୱାସୀ ହୋଇ ପଢୁଥାଏ ବିଶ୍ୱାୟନର ମନ୍ତ୍ର। ପାଠକ ଖୋଜି ପାଆନ୍ତୁ ରୁଦ୍ରଙ୍କର ରୁଦ୍ରାକ୍ଷମାଳରେ ହସୁଛନ୍ତି ଅର୍ପିତା।

ଓଁ ଶବ୍ଦ ବ୍ରହ୍ମଣେ ନମଃ ....

କବି, ନାଟ୍ୟକାର, ନୟାଗଡ଼
ମୋ-୯୪୩୮୧୮୨୪୭୦

ମୋ ଲେଖନୀର ଇତି କଥା

ଶାନ୍ତିପ୍ରିୟା ମିଶ୍ର

ସେ ବଂଚେ, ବଂଚାଏ, ହସେ, ହସାଏ। ଲୁହକୁ ପଣତକାନିରେ ପୋଛିଦେଇ ହସେ ହସାଏ। ମନେମନେ ଭାବେ ଯେଉଁଠି ଦରଦ ଅଛି, ଦରଜ ଅଛି, ସାହସ, ସଂଘର୍ଷ ଅଛି ସର୍ବୋପରି ମାନବିକତାର ମର୍ଯ୍ୟାଦା ଅଛି। ସେହି ପରିପ୍ରେକ୍ଷରେ ଥାଏ ନାରୀଟିଏ। ଆଉ ଯେତେବେଳେ ଦୁଃଖ, ସୁଖ, ବିପଦ, ସମ୍ପଦ ଆସେ ସେତେବେଳେ ନାରୀ ଆଉ ପୁରୁଷ ପ୍ରଭେଦ ଦେଖେ ନାହିଁ।

ଦୁଃଖ କେତେ ପଚାରିଲେ କହେ ନଈରେ ବାଲି ଯେତେ - ଦୁଃଖ ସେତେ। ନାରୀଟିଏ ମାପିପାରେ। ଭେଦିପାରେ ବେଦନାର ବିଶ୍ୱକୁ। ସଂସାରର ଜତୁଗୃହରେ ରହି ସେ ଯାତନା ଲଭେ। ଅଜ୍ଞାତବାସରେ ବର୍ଷ ବର୍ଷ କଟାଏ।

ହସର ହସ୍ତିନା ଖୋଜେ। ବାରୁଣାବନ୍ତକୁ ଚାହିଁ ଡାକେ ଇନ୍ଦ୍ରପ୍ରସ୍ଥକୁ। ଖୋଜେନାହିଁ ଯମପ୍ରସ୍ଥକୁ। ସେ କ୍ଷମାଶୀଳା ସେ ପ୍ରେମମୟୀ। ସେ ଭାବମୟୀ, ସେ କାଳଜୟୀ ଶକ୍ତି। ସେ ପଂଚସତୀଙ୍କର ଅବତାର। ନାରୀ ନାରାୟଣୀ। ମହେନ୍ଦ୍ରାଣୀ, ଜଗତ ଆଉ ପ୍ରତିପାର୍ବଣର ଦୁର୍ଗା। ପ୍ରେମଦିଏ, ସ୍ନେହଦିଏ। ମମତା ବାଂଟେ, ପୁତ୍ରର ପାଟିରେ ବିଶ୍ୱକୁ ଦେଖେ। ମା' ନହୋଇ ମଧ୍ୟ ଯଶୋଦା ଯଶୋମତି ହୁଏ।

ସେ ଧାରଣ କରେ।
ସେ ବାରଣ କରେ।
ସେ କ୍ଷମାମୟୀ ଧରିତ୍ରୀ।
ସେ କ୍ଷମୟା ଧରିତ୍ରୀ।

ଉଦୟପଥ ଲେନ୍, ନୟାଗଡ଼
ମୋ.ନଂ-୯୪୩୭୫୨୨୦୫୨

ପ୍ରଥମ ଅଧ୍ୟାୟ

ଅନ୍ଧକାର ରାତ୍ରି । ବାହାରେ ପ୍ରକୃତିର ତାଣ୍ଡବ ଲୀଳା । ଅବିରାମ ବର୍ଷା ଝରଝର ହୋଇ ଝରିପଡୁଛି ପୃଥିବୀ ପୃଷ୍ଠରେ । ସତରେ ପ୍ରଳୟ ସାଙ୍ଗକୁ ବିଜୁଳିର ଚମକ । ପ୍ରକୃତି ମାଟିମାଆ ଉପରେ କିଛି ଅଭିମାନ ମେଂଟାଉଛି । ଘନ ଅନ୍ଧକାର ଭିତରେ ବିଜୁଳିବତୀର ଯିବା ଆସିବା ଲୁଚିଲୁଚିକା ଲୁଚକାଳି ଖେଳ ଖେଳୁଛି । ଅନ୍ଧକାର ରାତ୍ରିର ଶୂନ୍‌ଶାନ୍ ନୀରବତା । ସାଇଁସାଇଁ ନିଶା ଗର୍ଜୁଛି । ଏଇ ନିଝୁମ୍ ରାତ୍ରିର ସାଥୀ ହୋଇଯାଇଛି ଅର୍ପିତା । ଆଜି ସେ ଏକା, ସମ୍ପୂର୍ଣ୍ଣ ଏକା । ବାରବାର ଚେଷ୍ଟା କରି ମଧ୍ୟ ତା' ଆଖିକୁ ନିଦ ଆସୁନଥିଲା । କଡ଼ ଲେଉଟାଉ ଥାଏ, ଆଖି ବୁଜୁଥାଏ, ତଥାପି ଶୋଇପାରୁ ନଥିଲା ମୁହୂର୍ତ୍ତଟିଏ ପାଇଁ । ଶେଷକୁ କ'ଣ ଭାବି କେଜାଣି ଉଠି ଠିଆହେଲା । ଧୀରେଧୀରେ ଚାଲିଚାଲି ବୈଠକ କକ୍ଷକୁ ଗଲା । ନନା ବୋଉଙ୍କ ଫଟୋରେ ଦୃଷ୍ଟି ପଡ଼ିଗଲା । ଭାବ ଭାବନାମାନେ ଓହ୍ଲାଇ ଆସୁଥିଲେ ବୟସର ପାହାଚରୁ ।

ଜୀବନର ସୀମା ନିର୍ଦ୍ଧାରଣ କରୁଥାଏ ବୟସ । ବୟସ ବର୍ତ୍ତମାନ ଜୀବନ ଚତୁର୍ଭୁଜର ତିନି ବାହୁ ଡେଇଁ ପଡ଼ିଲାଣି । ପଛରେ ରହିଗଲାଣି ଅନେକ ଅସମାପ୍ତ ତୃପ୍ତି ଆଉ ଅତୃପ୍ତିର ଅଧ୍ୟାୟ ।

କାଗଜ କଲମ ଧରିଲା । ଆଜି କାହିଁକି ଇଚ୍ଛା ହେଉଛି କବିତାଟିଏ ଲେଖିବା ପାଇଁ । ପୁଣି କାହିଁକି କେଜାଣି ଇଚ୍ଛା ହେଲା ଚିଠିଟିଏ ଲେଖିବା ପାଇଁ ପିଲାଦିନର ପଢ଼ାସାଙ୍ଗ ନିବେଦିତା ପାଖକୁ । ଯିଏ ବର୍ତ୍ତମାନ ସମ୍ପାଦିକା ଧରିତ୍ରୀ ପତ୍ରିକାର । ସ୍ମୃତିମାନେ ଛଟପଟ କରୁଥିଲେ ଅର୍ପିତାକୁ । ଛାଡ଼ି ଆସିଛି ପିଲାଦିନକୁ ଗାଁ ମୁଣ୍ଡର ଦେବଦେବୀଙ୍କ ପାଖରେ । ଗାଁ ଚାଳଘରେ ଜେଜେମା'ର ମାଟି ଗୋବରଲିପା ବରଣ୍ଡାରେ । କୁଆଁର ପୁନିଅ ଖେଳରେ । ଆଉ ମାମୁଘର ଗାଁ ଖଳାରେ । ଏଇମିତି କେତେ କେତେ । ସେ

ସବୁ ଭାବନା ରାଜ୍ୟରୁ ଫେରିଆସି ସ୍ଥିର କଲା, ନା, ସେ ଆଜି କବିତାଟିଏ ଲେଖିବ। କବିତାର ଶୀର୍ଷକଟି 'ବାପା'

"ବାପା !
ତୁମେ ତୁମ ବାଟରେ ଚାଲିଗଲ ବାପା
ଥରଟିଏ ଭାବିଲନି
ହତଭାଗିନୀ ଅର୍ପିତା କିପରି ଚାଲିବ
ଏକା ଏକା ଏତେ ବାଟ ॥
ତଥାପି ଚାଲିଛି ବାପା।
ତୁମଠୁ ଶିଖିଛି ଦୁଃଖକୁ ସହିନେବାର ମୁହୂର୍ତ୍ତ
ସମସ୍ୟାମାନଙ୍କୁ ସମାଧାନ କରିବାର ସୂତ୍ର ।"
ତୁମେ କହିଥିଲ ଜୀବନ ଗୋଟେ ଗଣିତ,
ଚୌହଦୀରେ ତା'ର ଭାଜ୍ୟ, ଭାଜକ
ଭାଗଫଳ ଆଉ ଭାଗଶେଷ।
ବର୍ତ୍ତମାନ ଭାଗଶେଷରେ ଅମାପ ଯନ୍ତ୍ରଣା
ବହୁଦୁଃଖ ଆସିଛି
କିନ୍ତୁ; ମୁଁ ଭାଙ୍ଗିପଡ଼ିନି ବାପା।
ମନଟାକୁ ଟାଣ କରୁଛି ପଥର ଭଳି
ଆଉ ବାଟ ଚାଲୁଛି ଚାଲିଥିବି ମଧ୍ୟ।"

"ଏବେ ହଜିଯାଇଛି ପିଲାଦିନ। କେବେ ସମୟ ପାଇଲେ ତୁମକୁ ଝୁରିହୁଏ। ବୋଉକୁ ମଧ୍ୟ। ଦୁଃଖ ଆସିଲେ ତୁମେ ବେଶି ବେଶି ମନେପଡ଼।

ତୁମେ ଯେଉଁଠି ଅଛ ମୋତେ ସେଇଠିକି ନେଇଯାଅ।"

ବାରମ୍ବାର ଲୁହ ପୋଛୁଥାଏ। ଧାଡ଼ିକି ଧାଡ଼ି ଲେଖୁଥାଏ। ଭାବିଲା, ସାଙ୍ଗ ନିବେଦିତା ପାଖକୁ ଏଇ ଲେଖାଟି ପଠାଇଦେବି। ସିଏ ତ ସମ୍ପାଦିକା, ଏଇଟିକୁ ଛାପିଦେଲେ ଅନ୍ତତଃ ମୋ ଜୀବନ ସାର୍ଥକ ହେବ। ବାପାଙ୍କ ପାଇଁ ହେବ ଶ୍ରେଷ୍ଠ ସମର୍ପଣ। ମୁଁ ଶାନ୍ତି ଲାଭ କରିପାରିବି।

ଏମିତି ଭାବୁଭାବୁ କେତେବେଳେ ଟେବୁଲ ଉପରେ ଶୋଇପଡ଼ିଛି ସେ ଜାଣିପାରିନାହିଁ। ସେ ପୁଣି ନିଦରେ ଅତୀତର ପୁରୁଣା ପୃଷ୍ଠା ଓଲଟାଇବାରେ ଲାଗିଛି। ତାକୁ ଲାଗୁଛି ରୁଦ୍ରାକ୍ଷ କୌଣସି କାମରେ ବାହାରକୁ ଚାଲିଯାଇଛନ୍ତି। ସେ ଯେତେବେଳେ ବାହାରକୁ ଯାଆନ୍ତି, କେବେ ହେଲେ ଅର୍ପିତାକୁ କୁହନ୍ତି ନାହିଁ। ସେ କେଉଁଆଡ଼େ

ଯାଉଛନ୍ତି। କେତେବେଳେ ଫେରିବେ। ସେ ଯେତେବେଳେ ପ୍ୟାଂଟ ସାର୍ଟ ପିନ୍ଧି ନିଜର ବ୍ୟାଗ୍‌ଟିକୁ ଧରି ଧଡ଼ଧାଡ଼ କବାଟ ଖୋଲି ଚାଲିଯାଆନ୍ତି, ସେତେବେଳେ ଅର୍ପିତା ସେ ଶବ୍ଦରେ ଚମକି ପଡ଼େ। ସେ ଧଡ଼ପଡ଼ ହୋଇ ଉଠିଯାଇ କବାଟ ପାଖରେ ଠିଆ ହୋଇ ରୁଦ୍ରାକ୍ଷଙ୍କର ଚଲାପଥକୁ ଚାହିଁ ରହିଥାଏ। ଆଉ ସେଇ ମୁହୂର୍ତ୍ତକୁ ଭୁଲିଯାଇ ଭାବନାରେ ବୁଡ଼ିଯାଏ।

ତା'ର ନବବିବାହିତା ସାଙ୍ଗମାନଙ୍କଠାରୁ ଶୁଣିଥାଏ। ସେମାନେ କହନ୍ତି ତାଙ୍କ ସ୍ୱାମୀମାନେ କୁଆଡ଼େ ବାହାରକୁ ଗଲାବେଳେ କିଛି ନା କିଛି ବାହାନା କରି ପଛକୁ ଫେରି ନିଜ ପ୍ରାଣପ୍ରିୟାକୁ ଗୋଟିଏ ଚୁମ୍ବନ ଆଙ୍କିଦେଇ କହନ୍ତି ମୁଁ ଏ ଜିନିଷଟିକୁ ଭୁଲିଯାଇଥିଲି। କହି ହସିହସି ଚାଲିଯାଆନ୍ତି। ସେ ଭାବେ ରୁଦ୍ରାକ୍ଷ ମଧ୍ୟ ସେହିପରି ଫେରିଆସି କହିବେ, ଆରେ ଅପି। ମୁଁ ମୋର ରୁମାଲଟି ଭୁଲିଯାଇଛି। ପ୍ଲିଜ୍ ତୁମେ ଟିକିଏ ଦୟାକରି ଆଣିଦିଅନା। ସେ ବୁଲିପଡ଼ି ଆଣିଲାବେଳକୁ ଗଲାବେଳକୁ ତା'ର ହାତକୁ ଭିଡ଼ିଧରି ଗାଲରେ ଗୋଟିଏ ହାଲୁକା ଚୁମ୍ବନ ଆଙ୍କିଦେଇ କହିବେ ନା, ନା, ମୁଁ ରୁମାଲ୍ ଭୁଲିନଥିଲି। ଏଇ ଜିନିଷଟି ଭୁଲିଯାଇଥିଲି। ଆଉ ସେ ଲାଜେଇହୋଇ କହିଛି "ହେ ଛାଡ଼ମ। କିଏ କାଳେ ଦେଖିବ।" "ଦେଖୁ। ଯିଏ ଦେଖୁଛି ମୋର କ'ଣ ଯାଉଛି। ମୁଁ କ'ଣ ତୁମକୁ ଲୁଚିଲୁଚି ପ୍ରେମ କରୁଛି କି? ମୁଁ ତୁମକୁ ବାହା ହେଇଛି।" ତା' ପରେ ସେ ବାସ୍ତବତାକୁ ଫେରିଆସିଛି। ଚାରିଆଡ଼ ଖାଲି ଶୂନ୍ୟତା ଆଉ ଶୂନ୍ୟତା।

ସେ ବିଛଣା ଉପରେ ତକିଆଟିକୁ ମୁଣ୍ଡ ପାଖରେ ଦେଇ ଦରଆଉଜା କରି ଫାଙ୍କରେ ଚାହିଁ ରହିଥାଏ ବାହାରକୁ। ବାହାରୁ ସୁଲୁସୁଲିଆ ଥଣ୍ଡା ପବନ ସହିତ ଛୋଟଛୋଟ ବର୍ଷାଟୋପା ଆସି ଭିଜାଇ ଦେଉଥାଏ ଭୂକ୍ଷେପ ଦେହକୁ। ସେଥିପ୍ରତି ତା'ର ଭୂକ୍ଷେପ ନାହିଁ। ସେ ଏ ସବୁ ଦେଖୁଛି କ'ଣ? ସେ ସବୁ ଦେଖି ଭାବୁଛି କ'ଣ। ଏ ସବୁ କ'ଣ ହେଉଛି। ସେ ଭାବୁଛି, କିଛି କରି ପାରୁନାହିଁ। ଆଜି ସେ ନିର୍ବିକାର ପାଲଟି ଯାଇଛି। ଏ ଭିତରେ ତା' ଅଳସ ଆଖିପତା ବୁଜି ହୋଇଯାଇଛି।

ସେ ଦେଖୁଛି ତା'ର ନନା (ବାପା) ତା' ମୁଣ୍ଡ ପାଖରେ ବସି ମୁଣ୍ଡକୁ ଆଉଁଶି ଦେଇ ତା'ର ପିଠିକୁ ଆପୁଡ଼ାଇ କହୁଛନ୍ତି, "ଏଇଟା ଗୋଟିଏ ସଂସାର ମା'। ଏ ବାଟ ବହୁତ କଠିନ। ଏହା କଠିନ ହେଲେ ବି ଏଥିରେ ତୋତେ ଚାଲିବାକୁ ପଡ଼ିବ। ଏସବୁ ଏହିପରି ହୋଇଥାଏ। ଆରେ ଅବୁଝା ଝିଅଟା ମୋର। ତୁ ଏତେ ଭାଙ୍ଗିପଡୁଛୁ କ'ଣ? ମୁଁ ତ ତୋତେ ଝିଅ ବୋଲି ଭାବିନଥିଲି। ତୁ ଥିଲୁ ମୋର ପୁଅ। ଏ ଭାଗ୍ୟର ନଦୀଧାର କେତେବେଳେ କେଉଁ ଆଡ଼େ ଗତି କରେ ତାହା କେତେବେଳେ ହେଲେ କେହି

ଜାଣିପାରନ୍ତି ନାହିଁ। ସେ କେଉଁଠାରେ ଧୀର ମନ୍ଥର ଗତିକରେ ତ କେତେବେଳେ ଦୁଇକୂଳ ଲଘିଂଯାଏ। ସେ ସ୍ରୋତକୁ କେହି ଅଟକାଇ ପାରନ୍ତି ନାହିଁ। ତାହା ସମ୍ମୁଖୀନ ହବାକୁ ହୁଏ। ତୁ ଏତେ ବ୍ୟସ୍ତ କାହିଁକି। ସମୟର ବେଳାଭୂମି ପରେ ଲୀନ ହୋଇଯିବ। ମୁଁ ଆଉ ତୋତେ କେତେ ବୁଝାଇବି ! ମୁଁ ଭାଙ୍ଗି ପଡ଼ିଲିଣି। ବର୍ତ୍ତମାନ ମୋର ସମୟ ହୋଇଗଲାଣି। ମୁଁ ଆସୁଛି। ତୁ ଏସବୁକୁ ଭୁଲିଯା'। ତୁ ପରା ମୋର ସୁନାଝିଅଟା। ତୋ ପରି ଝିଅ ପ୍ରଭୁ ଜଗନ୍ନାଥ ସମସ୍ତଙ୍କୁ ଦିଅନ୍ତୁ। ମୁଁ ଆସୁଛି ମା।"

ଅର୍ପିତାର ନିଦ ଭାଙ୍ଗିଯାଇଛି। ତା'ର ଝରକା ଖୋଲା ହୋଇଯାଇଛି। କିଛି ବର୍ଷା ତା' ଦେହକୁ ଭିଜାଇ ଦେଇଛି। ତାକୁ ଲାଗୁଛି ସତରେ ତା' ନନା ଆସି ତା' ମଥା ଉପରେ ହାତ ସ୍ପର୍ଶ କରି ଚାଲିଯାଇଛନ୍ତି। ସେ ଦେଖୁଛି ସତରେ ଜଣେ କିଏ କବାଟଟିକୁ ଆଉଜାଇଦେଇ ବାହାରକୁ ଚାଲିଯାଉଛନ୍ତି। ସକାଳ ହୋଇଯାଇଛି। ସେ ତରତର ହୋଇ ବିଛଣାରୁ ଉଠି ବସିଛି। ସେ ଜାଣିଛି, କିନ୍ତୁ କିଛି ଜାଣି ପାରୁ ନାହିଁ। ତାଓର ଦେହ ମନ କେମିତି କେମିତି ହୋଇଯାଉଛି। ସେ ସେହି ମୁହୂର୍ତ୍ତଟିକୁ ଭାବି ହେଉଛି। ଏହା କ'ଣ ମୋର ସ୍ୱପ୍ନ, ସେ କ'ଣ ସତରେ ଆଜିଯାଏ ତା'ର ନନା (ବାପା)ଙ୍କୁ ଭୁଲିପାରୁ ନାହିଁ। ସେ ଜାଣୁଛି ସେ ଅଫେରନ୍ତା ଜାଗାରୁ କେବେହେଲେ ଫେରନ୍ତି ନାହିଁ। ଏହା ତା'ର ଭ୍ରମ। ସେ ଭୁଲିବ ବା କେମିତି। ଯାହାଙ୍କ ଦେହର ରକ୍ତ ବିନ୍ଦୁ ତା' ଦେହର ଶିରା ପ୍ରଶିରାରେ ପ୍ରବାହିତ ହେଉଛି। ସେ କ'ଣ ଭୁଲିପାରିବ ! ନା ନା ସେ ଯେତେ ଦିନ ଯାଏ ଏ ସଂସାରରେ ଅଛି ଭୁଲିବ ବା କେମିତି। ସେ ଉଠି ମୁହଁ ହାତ ଧୋଇ ବାହାରକୁ ଆସି ଚାରିଆଡ଼କୁ ଚାହୁଁଛି। ସେତେବେଳକୁ ବର୍ଷା ଛାଡ଼ିଯାଇଛି। ଆକାଶ ନିର୍ମଳ ଦେଖାଯାଉଛି। ଚାରିଆଡ଼େ ନିଃସ୍ତବ୍ଧ, ସେ ଭାବୁଛି, ଏ ଜୀବନର ଶୂନ୍‌ଶାନ ରାସ୍ତାରେ ଏକାକୀ ବାଟୋଇ। ବହୁତ ଦୁଃଖ ନିର୍ଯାତନା ଆଉ ବହୁତ ଲୁହର ଶ୍ରାବଣର ଧାରା। ସେ ସବୁକିଛି ସମୟ ପାଇଁ ପଣତକାନିରେ ପୋଛିଦେବାକୁ ହେବ। ତା' ପରେ ସେ ରୋଷେଇଘରକୁ ଯାଇ ଚା ଟିକିଏ କରି ସେଇ ରୋଷେଇ ଘର ବାରଣ୍ଡାରେ ଚା ପିଉପିଉ ପୁଣି ଭାବନା ରାଜ୍ୟରେ ବୁଡ଼ିଯାଇଛି।

ସେ ଆଜି ନିର୍ବିକାର ପାଲଟିଯାଇଛି। ତା'ର ଘରର ନୀତିବାଣୀ ସବୁ ଗୋଟିଗୋଟି ହୋଇ ମନେପଡୁଛି। ତୁ ହେଉଛୁ ଦୁହିତା (ଝିଅ) ଅର୍ଥାତ ତୁ ବାପଘରେ ଥିଲାବେଳେ ବାପାମା'ଙ୍କର ଲକ୍ଷ୍ମୀ ଠାକୁରାଣୀ, ଐଶ୍ୱର୍ଯ୍ୟର ପସରା। ସୁଖର ସଂସାର, ଘରର ସୁନ୍ଦର ସେହିପରି ଶାଶୁଘରକୁ ଗଲେ ସେ ଗୃହଲକ୍ଷ୍ମୀ । ସେ ଘରର ସ୍ୱାଭିମାନ, ସମ୍ମାନ। ଦୁଇ ପରିବାର ପାଇଁ ନିଜ ଜୀବନକୁ ଜଳାଞ୍ଜଳି ଦେଇ ସମର୍ପିତ ହେବୁ। ତୋ ଦୁଃଖ ଆଉ ସୁଖକୁ, ଲୁହ ଆଉ ହସକୁ ସମାନ କରିବୁ। ତାହାହେଲେ ଯାଇ ତୋର

ଝିଅ ଜୀବନ ସାର୍ଥକ ହେବ। ସେ ନିଜକୁ ସେହିପରି ସଜେଇ ଦେଇଛି। ତା'ର କୌଣସି ଆବେଗ ଆବିଳତା ଆକାଂକ୍ଷା ନାହିଁ। ନୀରବରେ ବସି ଜୀବନପୃଷ୍ଠାର ସ୍ମୃତି ସାଉଁଟୁଛି। ଅତୀତରେ ବିତିଯାଇଥିବା ବିଗତ କାହାଣୀ ତାକୁ ସ୍ୱପ୍ନ ପରି ଲାଗୁଛି ଅତୀତର ସେଇ ଚପଳମତି ଦିନଗୁଡିକ। କେମିତି ଥିଲା ସେ ସତେ। ନିରୀହ ପ୍ରଜାପତି ପରି ଡେଣା ଝାଡ଼ିଝାଡ଼ି ଉଡ଼ି ବୁଲୁଥିଲା ବାଡ଼ି ବଗିଚାରେ। ନଥିଲା ତା' ପାଇଁ ବାଧା ବନ୍ଧନ। ନଥିଲା ତା'ର କୁନିକୁନି ପାଦରେ ଜଞ୍ଜିର। ଥିଲା ତା' ପାଦରେ ରୁଣୁଝୁଣୁ ଘୁଙ୍ଗୁର ପାଉଁଜି। ଶ୍ରାବଣର ଗଛଲତା ପରି ବଢ଼ି ଚାଲିଥିଲା ସେ। ଫୁଲଗଛରୁ ଫୁଲ ତୋଳି ସେ ଡେମ୍ଫରୁ ମହୁ ଶୋଷୁଥିଲା। ଗୋଲାପ ଗଛରେ ଦରଫୁଟା ଗୋଲାପ ଦେଖି ଭାବ ବିହ୍ୱଳ ହୋଇଯାଉଥିଲା। ହାତ ବଢ଼ାଇ ତୋଳିଲାବେଳକୁ କଅଁଳିଆ ହାତରେ କଂଟା ଫୁଟି ରକ୍ତାକ୍ତ ହୋଇଯାଉଥିଲା। ସେଥିପ୍ରତି ନଥିଲା ଭୃକ୍ଷେପ। ବଗିଚାରେ ସେ ଫୁଲଗୁଡ଼ିକୁ ଛିଣ୍ଡାଇ ହସିହସି ଗଡ଼ିଯାଉଥିଲା। ଆକାଶରେ ଜହ୍ନମାମୁ ଦେଖି କୁରୁଳି ଉଠୁଥିଲା। ତା'ର ଖୋଲା ମନ, ନିର୍ମଳ ହୃଦୟରେ କ'ଣ କ'ଣ ଗପିଯାଉଥିଲା ସେ ହିଁ ବୁଝୁଥିଲା। ତା'ର ଅବୁଝା କଥା କେହି ବୁଝି ପାରୁନଥିଲେ।

ସେତେବେଳେ ଘରେ ଝିଅଟିଏ ଜନ୍ମ ହେଲେ ଲୋକ ଖୁସିରେ କହୁଥିଲେ ତାଙ୍କର ଘରକୁ ଲକ୍ଷ୍ମୀ ଠାକୁରାଣୀ ଆସିଛନ୍ତି। ଅମୂଲ୍ୟ କନ୍ୟା ରତ୍ନଟିଏ ହୋଇଛି। ଆମେ ପରମ୍ପରା ଅନୁଯାୟୀ ଝିଅଟିଏ କରି କନ୍ୟାଦାନ କଲେ ଜୀବନରେ ମହାପୁଣ୍ୟ ହୁଏ। ଯାହା ଘରେ ଝିଅ ନଥିବ ସେମାନେ ଧର୍ମରେ ଝିଅଟିଏ କନ୍ୟାଦାନ କରି ପୁଣ୍ୟ ଅର୍ଜନ କରିଥାଆନ୍ତି। ବାପା ମା'ଙ୍କର ପ୍ରଥମ ସନ୍ତାନ ଝିଅ ହେଲେ କହନ୍ତି ବାପାମା'ଙ୍କର ଆୟୁଷ ବଢ଼େ।

ଆଜିକାଲି ସମାଜ ଓଲଟପାଲଟ ହୋଇଯାଇଛି। ଯାହା ଘରେ ଝିଅଟିଏ ହୁଏ ତା'ର ମା'କୁ କେତେ ଯେ ଶୁଣିବାକୁ ପଡ଼େ ସେ ମା' ହିଁ ଜାଣେ। ଅନେକ ଜାଗାରେ ପିତା ବି ବହୁତ ଶୁଣନ୍ତି।। ମା'ଟିଏ ପଥର ପାଲଟିଯାଏ। କ'ଣ କରିବ ସେ ହୃଦୟର ଟୁକୁଡ଼ାକୁ। ଆଉ ତା'ର ନିଦ ହଜିଯାଏ। କିପରି ଲାଳନପାଳନ ହେବ ତା'ର ଛୁଆ। ସମାଜରେ ଜଣେ ହୋଇ ଗଣା ହେବ। ଆଜିର ଏଇ ସମାଜରେ ଝିଅଟିଏ ଜନ୍ମ ହେଲା ପରଠାରୁ ତା'ର ନିରାପତା କେହି କହି ପାରନ୍ତି ନାହିଁ। ସେ ବେଶି ନିର୍ଯାତିତ ହୁଏ ନିଜ ପରିବାର ଆଉ ପାଖ ପଡ଼ୋଶୀଙ୍କ ଦ୍ୱାରା। ଆଜି ଛୋଟ ଛୋଟ ନିଷ୍ପାପ ଶିଶୁ ଅଗିଲା କଅଁଳ ପତ୍ର ଫୁଲ କଢ଼ିଟି ହୋଇ ବାହାରିଲାବେଳକୁ ତାକୁ ଛିଣ୍ଡାଇ ଖିନ୍‌ଭିନ୍ କରି ରାସ୍ତାରେ ଫୋପାଡ଼ି ଦେଉଛନ୍ତି। ସେମାନଙ୍କ ମନରେ ଆସୁରିକ ପ୍ରବୃତ୍ତି ଏପରି ଜାଗ୍ରତ ହୁଏ ଯେ ନିଜର ହିତାହିତ ଜ୍ଞାନ ଭୁଲିଯାଆନ୍ତି। ସେମାନଙ୍କର ହୃଦ୍‌ବୋଧ ହୁଏ

ନାହିଁ ଯେ ଏ ଝିଅଟି କାହାର ହୃଦୟର ଟୁକୁଡ଼ା। କାହାର ନୟନର ତାରା। ସେ ଛୁଆଟିର କୁନିକୁନି ଆଖିକୁ ଦେଖି ତା'ର ହୃଦୟ ଥରି ଉଠେ ନାହିଁ। ତା'ର ହାତ ଗୋଡ଼ କିପରି ଶିଥିଳ ହୋଇଯାଏ ନାହିଁ। ଆମ ପୁରାଣରେ ଲେଖାଅଛି ଭଗବାନ ଭକ୍ତର ଡାକ ଶୁଣିପାରନ୍ତି, ଏ ନିଷ୍ପାପ ଛୁଆର କଷ୍ଟ ବିକଳ କ୍ରନ୍ଦନ କ'ଣ ଶୁଣିପାରନ୍ତି ନାହିଁ! ତା'ର ପାଟି ନ ଖୋଲିଲେ ବି ତା'ର ଅନ୍ତରାତ୍ମା ତ ଖୋଜୁଥିବନା। ସେତେବେଳେ ପ୍ରଭୁ ତୁମେ କିପରି ପାପୀମାନଙ୍କୁ ସଂହାର କରିବା ପାଇଁ ତୁମ ସିଂହାସନରୁ ଓହ୍ଲାଇ ଆସ ନାହିଁ! ପ୍ରଭୁ ସେତେବେଳେ କ'ଣ ତୁମେ ପଥର ପାଲଟିଯାଅ? ତୁମେ କ'ଣ ଏତେ ସ୍ୱାର୍ଥପର? ତୁମେ ତ ପଥର ଦେବତା। ତୁମେ ଏ କ୍ଷେତ୍ରରେ ପ୍ରମାଣିତ ହୋଇଯାଅ।

ଝିଅଟିଏ ବୋଲି ତା' ମା' କ'ଣ ତାକୁ ଛାଡ଼ିବନି ଏଇ ସୂର୍ଯ୍ୟ କିରଣରେ ବଢ଼ିବା ପାଇଁ। ସେ କ'ଣ ଝିପିଝିପି ବର୍ଷାରେ ଭିଜିବ ନାହିଁ। ତା' ଦେହରେ କ'ଣ ସକାଳର ସୁଲୁସୁଲିଆ ପବନ ଛୁଇଁବ ନାହିଁ। ସେ କ'ଣ ସବୁବେଳେ ମା' ପାଖେପାଖେ ମା' ଆଂଚଳ ଭିତରେ ଗୁଡ଼େଇ ହୋଇ ରହିଥିବ। ସେ ଯଦି ଭୁଲ୍‌ବଶତଃ ବାହାରକୁ ବାହାରି ଆସେ ତାହାହେଲେ ଅବେଳରେ ବାତ୍ୟା ଆସି ଉଠାଇନେବ ସେ କଢ଼ିଟିକୁ। ସେ କ'ଣ ଏ ରାଜରାସ୍ତାରେ ଚାଲିବ ନାହିଁ? ସେ କ'ଣ ସ୍କୁଲକୁ ଯିବ ନାହିଁ? ସେଠାରେ ବି ସେଇ ମାୟାବୀ ରାକ୍ଷସ ରୁଣ୍ଡ ହୋଇଯିବେ ତା'ର ଚାରିପାଖରେ। ତା'ର ରକ୍ତ ପିଇ ତା'ର ସେ କଅଁଳିଆ ମାଂସକୁ ଖଣ୍ଡ ବିଖଣ୍ଡିତ କରି ଫିଙ୍ଗିଦେବେ ରାଜରାସ୍ତା କଡ଼ରେ। ପୁଣି ଆଉ କିଛି ଶିକାର ହେବେ କଲେଜରେ ପଢୁଥିବା "ଧନୀ ବାପା ମା'ଙ୍କର ବିଗିଡ଼ି ଯାଇଥିବା ପଥହୁଡ଼ା ସନ୍ତାନମାନଙ୍କ ହାତରେ। ସେ ମା' ମାଟିରେ ମିଶିଯିବ ଧନ ଦୌଲତ ଆଗରେ ଆଉ କିଛି ବିବାହ ହୋମକୁଣ୍ଡରେ ହୋଇଯାଆନ୍ତି ଅର୍ଘ୍ୟ। ଆଉ କେତେ ଯୌତୁକ ନିର୍ଯାତନାକୁ ବିଦାୟ ନିଅନ୍ତି ଏ ଲୋଭିମାନଙ୍କ କବଳରୁ। ଆଉ କେତେକ ବି ବଳି ପଡ଼ନ୍ତି ସ୍ୱାମୀଙ୍କ ପରକୀୟା ପ୍ରେମ ଆଗରେ। ସବୁବେଳେ ସମାଜ କହୁଛି ପୁଅଝିଅ ସମାନ। ପୁରୁଷ ସହିତ ନାରୀର ଅଧିକାର ଅଧା ଅଧା। ତାହା କାଗଜ କଲମରେ ରହିଯାଉଛି। ଏହା ସବୁ ପରେ ପ୍ରଯୁଜ୍ୟ ହୋଇପାରୁ ନାହିଁ।

ଝିଅଟିଏ ତ ନିଶ୍ଚୟ ପାଠ ଟିକିଏ ପଢ଼ିବ। ଝିଅଟିଏ ବାହାରକୁ ବାହାରିଲେ ସେ ଘରକୁ ଫେରିବ କି ନାହିଁ କହିହୁଏ ନାହିଁ। ସବୁ କ୍ଷେତ୍ରରେ ସବୁ ସମୟରେ ଏହା ସମାନ ହୋଇନଥାଏ। ଏଇ ସମାଜରେ ଇନ୍ଦିରା ଗାନ୍ଧୀ ତ ପୁଣି ନାରୀ ପ୍ରଧାନମନ୍ତ୍ରୀ ଥିଲେ। ଲତା ମଙ୍ଗେସ୍‌କର ହେଉଛନ୍ତି ଆମ ପୃଥିବୀର ସୁନାମଧନ୍ୟ

ଗାୟିକା। ରାଣୀ ଅହଲ୍ୟା ବାଈ, ରାଣୀ ଲକ୍ଷ୍ମୀ ବାଈ ଇଂରେଜମାନଙ୍କ କବଳରୁ ନିଜ ଦେଶ ପାଇଁ ଲଢ଼ି ଦେଶ ପାଇଁ ପ୍ରାଣବଳି ଦେଇଥିଲେ। ଆଜିକାଲି ବିଜ୍ଞାନ ଯୁଗରେ ଝିଅମାନେ ବଡ଼ ବଡ଼ ବୈଜ୍ଞାନିକ ହୋଇଛନ୍ତି। ନୋବେଲ ପୁରସ୍କାର ବିଜେତା ମ୍ୟାଡାମ୍ କ୍ୟୁରୀ ଦୁଃସାଧ୍ୟ କର୍କଟ ରୋଗ ପାଇଁ ଆବିଷ୍କାର କରିଥିଲେ ରେଡିଅମ୍। ଆଉ ଯୁଦ୍ଧକ୍ଷେତ୍ରରେ ମଧ୍ୟ ଲଢୁଆ ବିମାନରେ ଲଢ଼େଇ କରି ଝିଅମାନେ ଶତ୍ରୁକୁ ପଛଘୁଂଚା ଦବାକୁ ବାଧ୍ୟ କରୁଛନ୍ତି। ଏମିତି କେତେ କ'ଣ ଇତିହାସରେ ଲେଖା ହେଲାଣି। ଆଉ ମଧ୍ୟ ଲେଖା ହେଉଥିବ। ଏତେ ଭିତରେ ବି ସେଇ ଦୀପତଳ ଅନ୍ଧାର ପରି ସଂସାରକୁ ଆଲୋକିତ କରୁକରୁ ନିଜେ ଜଳିଜଳି ଲିଭି ଯାଉଛନ୍ତି। ସେମାନଙ୍କ ନାମ କୌଣସି ହିସାବଖାତାରେ ଲେଖାଯାଏ ନାହିଁ। ଯାହା ହେଲେ ବି ବାପା ମା'ଙ୍କର ଝିଅ ପାଇଁ ସ୍ୱପ୍ନର ଭାବନାକୁ କୌଣସିଥିରେ ସମାନ କରିହେବ ନାହିଁ। ସେ ଭାବ ହେଉଛି ଅତୁଳନୀୟ।

କେତେ ଶୀଘ୍ର ସମୟ ଅତିକ୍ରମ କରିଯାଇଛି। ଅଲିଅଳି ଝିଅ ଅର୍ପିତା ଆଜି ଶାଶୁଘରେ ସେ ଗୋଟିଏ ଘର ସଂସାରୀ ନାରୀ ହୋଇଯାଇଛି। ସେ ତା' ଜୀବନର ପୂର୍ଣ୍ଣତାକୁ ଲପଲବ୍ଧି କରିଛି। ସବୁ ହୋଇସାରିଛି। କିନ୍ତୁ ତା'ର କୌଣସିଥିରେ ପୂର୍ଣ୍ଣ ସ୍ୱାଧୀନତା ନାହିଁ। ସେ ଆଜି ସ୍ୱାଭିମାନୀ ହୋଇପଡ଼ିଛି ରୁଦ୍ରାକ୍ଷଙ୍କ ପାଖରେ। ସେ ନିଜେନିଜେ ଭାବନାରାଜ୍ୟରେ ବୁଡ଼ିଯାଉଛି। ସେ ତା'ର କୂଳକିନାରା ବୁଝିପାରୁ ନାହିଁ। ସେ କ'ଣ ସତରେ ଅଦରକାରୀ! ଆଉ ଦରକାରୀ ନୁହେଁ! ସେ କ'ଣ ଗୋଟିଏ ବର୍ଜ୍ୟବସ୍ତୁ ହୋଇଯାଇଛି! ସେ ଅଳିଆଗଦାରେ ଫୋପାଡ଼ି ହୋଇଯିବ। ସତରେ କ'ଣ ରୁଦ୍ରାକ୍ଷଙ୍କ ମନର କଥା ବୁଝି ପାରୁନଥିଲା। ତାକୁ କ'ଣ ପ୍ରେମ ଜଣାନଥିଲା। ସେ ତାଙ୍କୁ ପ୍ରେମର ଚାଦର ଘୋଡ଼େଇ ପାରୁନଥିଲା। ମିଠାମିଠା କଥା ମନକୁ ଭୁଲାଇ ପାରୁନଥିଲା। କ'ଣ ନଥିଲା ତା' ପାଖରେ! ସେ ଆଜି ପର୍ଯ୍ୟନ୍ତ ବୁଝି ପାରିଲା ନାହିଁ। ସବୁ ନାରୀଙ୍କ ପରି ଗୋଟିଏ ନାରୀ। ମୋର ତ ପୁଣି ଗୋଟିଏ ଆଶା ଆକାଂକ୍ଷା ଥିଲା, ସ୍ୱାମୀଙ୍କର ସେ ସ୍ୱର୍ଗୀୟ ପ୍ରେମକୁ ଆହରଣ କରିବା। ଆମ ଜୀବନରେ ଆମେ ଦୁଇଜଣ ନଦୀର ଦୁଇଟି ଧାର ହୋଇ ବୋହିବାକୁ ଲାଗିବା। କେତେବେଳେ ସୁନ୍ଦର ଶସ୍ୟଶ୍ୟାମଳା ପାହାଡ଼ ପର୍ବତରୁ କୁଳୁକୁଳୁ ହୋଇ ବୋହିଆସି ଭଉଁରୀ ସୃଷ୍ଟି ହୋଇଯାଏ ଯେଉଁ ଧାରରେ ଗଡ଼ିଚାଲିଥିଲୁ। କେଉଁ ଧାରଟି ଆଗରେ ତ ଆରପାଖଟି କିଛି ସମୟ ପରେ। ଏହା ହେଉଛି ନିରାଟ ସତ୍ୟ। ଏହା ହୋଇଯାଇଥିଲା ଜୀବନ।

ଏହି ସଂସାର କି ବିଚିତ୍ର! ଝିଅଟି ଅନ୍ୟ ଘରକୁ ଯାଏ। ତା'ର କିଛି ଥାଏ ସ୍ୱପ୍ନ। କିଛି ଜାଗାରେ ସ୍ୱପ୍ନ ସ୍ୱପ୍ନରେ ରହିଯାଏ। ତା'ର କ'ଣ ସ୍ୱପ୍ନ ଦେଖିବାର ଅଧିକାର

ନାହିଁ? ଯେହେତୁ ସେ ଝିଅ। ସେ ସବୁକୁ ଜଳାଞ୍ଜଳି ଦେଇ ହୋଇଯାଏ ସମର୍ପିତା। ତାହା ହେଲେ ସେ ହୋଇପାରିବ ଏକ ଅନୁଭବୀ ସଂସାରୀ।

ଆଜି କାହିଁକି ବିଚଳିତ ହୋଇପଡୁଛି ତା'ର ମନ। କାହିଁକି ତା'ର ପିଲାଦିନ ଅଭୁଲା କାହାଣୀ ସବୁ ଚଳଚ୍ଚିତ୍ର ଦେଖିଲା ପରି ଗୋଟିଏ ପରେ ଗୋଟିଏ କଥା ମନେପଡ଼ିଯାଉଛି।

ସେ ଚାଲିଯାଇଛି କେତେ ବର୍ଷ ତଳକୁ ମନେ ପଡୁନାହିଁ। ସେ ଥିଲା ତା' ନନା, ବୋଉଙ୍କର ପ୍ରଥମ ସନ୍ତାନ। ଭବିଷ୍ୟତର ସମ୍ପର୍କର ସେତୁ।

ରାଜା ରାମଚନ୍ଦ୍ର ସାଗର ଗର୍ଭରେ ସେତୁଟିଏ ନିର୍ମାଣ କରିବା ପାଇଁ କେତେ ଯେ କଳ୍ପନା କରିଥିଲେ ତାହା ସେ ସମୟ କହିବ। ଲଙ୍କାର ରାବଣ ମାତା ସୀତାଙ୍କୁ ଚୋରିକରି ଲଙ୍କା ଗଡ଼କୁ ନେଇଯିବା ପରେ ରାଜା ରାମଚନ୍ଦ୍ର ହୋଇପଡ଼ିଥିଲେ ଅଧୀର। କିପରି ଏ ସାଗର ଆରପାରିରୁ ଉଦ୍ଧାର କରିବେ ପ୍ରାଣପ୍ରିୟା 'ସୀତାମାତା'ଙ୍କୁ। ସେ ତ ଥିଲା ଅତଳ ସାଗର। ଚିନ୍ତାଗ୍ରସ୍ତ ହୋଇପଡ଼ିଥିଲେ ସେ। ଭୁଲିଯାଇଥିଲେ ଦିନ ଆଉ ରାତି। ସମୟ ଆସିଥିଲା। ସେ ପାଇଥିଲେ ବାନରସେନାଙ୍କ ସାହାଯ୍ୟ। ସେ ଥଳକୂଳ ନଥିବା ଅତଳ ସାଗରରେ ସେତୁ ନିର୍ମାଣ କରିଥିଲେ। ସମସ୍ତଙ୍କର ମନୋବଳ ଏକତ୍ର ହୋଇଥିଲା। ସେଥିରେ ଛୋଟିଆ ଗୁଣ୍ଡୁଚି ମୂଷାଟିଏ ବି ରାମଚନ୍ଦ୍ରଙ୍କୁ ସାହାଯ୍ୟ କରିଥିଲା। ପ୍ରଭୁ ରାମଚନ୍ଦ୍ର ତା'ର ଶକ୍ତି ଆଉ ସାମର୍ଥ୍ୟକୁ ନେଇ ଆଶ୍ଚର୍ଯ୍ୟ ହୋଇଯାଇଥିଲେ। ଏଇ ଛୋଟବଡ଼ ସମସ୍ତଙ୍କ ଏକାଗ୍ରତାରେ ସେ ବାନ୍ଧିଥିଲେ ସେତୁବନ୍ଧ। ସେ ଦୁନିଆକୁ ଦେଖେଇ ଦେଇଥିଲେ ତାହା ହେଉଛି ସୀତାଦେବୀଙ୍କ ପାଇଁ ସମ୍ପର୍କର ସେତୁ। ସେଥିରେ ଥିଲା ଅନାବିଳ ସ୍ନେହ। ମନର ପରିକଳ୍ପନାକୁ ସତରେ ପରିଣତ କରି ଲଙ୍କା ଗଡ଼ରୁ ଉଦ୍ଧାର କରି ଆଣିଥିଲେ ପ୍ରାଣପ୍ରିୟା ସୀତାଦେବୀଙ୍କୁ। ରଖିଥିଲେ ଗୋଟିଏ ନିଃସହାୟ ଅବଳା ନାରୀର ସମ୍ମାନ। ସେ ଯୁଗଯୁଗ ପାଇଁ ଥିଲେ ନରରୂପୀ ନାରାୟଣ। ସେ ସମୟ ସେତୁରେ ଥିଲା ତାଙ୍କର ଆନନ୍ଦ।

ସେହିପରି ଗୋଟିଏ ସମ୍ପର୍କର ସେତୁ ବାନ୍ଧିବା ପାଇଁ ବାପା ମା' କେତେ କଳ୍ପନା ଜଳ୍ପନା କରି ଗଢ଼ିଥାଆନ୍ତି ନୂଆ ସେତୁଟିଏ। ଅର୍ପିତାର ବାପା ମା' ସେହିପରି ତାକୁ ପାଇ ଗୋଟିଏ ସମ୍ପର୍କର ସେତୁ ବାନ୍ଧିଥିଲେ। ଏହା କି ଆନନ୍ଦ ଥିଲା, ତାଙ୍କ ଜୀବନରେ। ସେ ସୂର୍ଯ୍ୟଙ୍କ ପ୍ରଥମ କିରଣ ଦେଖିପାରିଥିଲେ ସଦ୍ୟ ପ୍ରସ୍ଫୁଟିତ ଲାଲ ଗୋଲାପର ମୁଖମଣ୍ଡଳଟିଏ। ସେ ଆନନ୍ଦରେ ବିଭୋର ହୋଇପଡ଼ିଥିଲେ। ତାଙ୍କର ସେ ଯେଉଁ ସେତୁଟି ନିର୍ମାଣ କରିଥିଲେ ସେଥିରେ ଲେଖା ହୋଇଥିଲା କେତେଗୁଡ଼ିଏ ନୂଆନାମ। "ନନା ଆଉ ବୋଉ"। ସେ ଦୁହେଁ ଏଇ ପ୍ରଥମ ସେତୁରେ ତାଙ୍କର ପାଦ

ଥାପିଛନ୍ତି। ସେ ଏ ଅଭୁଲା ସ୍ମୃତିକୁ ନିଜ ମାନସପଟରେ ଧଳାକାଗଜରେ ଲେଖିଦେଇଥିଲେ।

ସେ ଥିଲା ତାଙ୍କର ଘରେ ଏକ ଗେହ୍ଲାଝିଅ। ତାଙ୍କ ଘରେ କେତେ ପୁରୁଷରୁ ଝିଅ ଜନ୍ମ ନେଇନଥିଲା। ସେ ଥିଲା ସମସ୍ତଙ୍କର ନୟନ ପିତୁଳା। ସେ ଥିଲା ପୂର୍ଣ୍ଣମୀର ଚାନ୍ଦ ପରି ନିର୍ମଳ ଆଉ ସ୍ୱଚ୍ଛ। ଯାହା ହେଲେ ବି ସେ ଜନ୍ମ ହୋଇଥିଲା ଝିଅ ହୋଇ। ଆମ ସମାଜରେ କୁପ୍ରଥା ରହିଆସିଛି ଯେ ଝିଅଟି ବଡ଼ ହେଲେ ଶାଶୁଘରକୁ ଚାଲିଯିବ। ଆଉ ଘରେ ପୁଅଟିଏ ଜନ୍ମ ହେଲେ ବାପାମା'ଙ୍କୁ ପିଣ୍ଡପାଣି ଦେଇ କୁଳ ଉଦ୍ଧାର କରିବ। ଗାଁ ଗହଳିରେ କଥା ଅଛି ଘରେ ଝିଅ ଜନ୍ମ ହେଲେ ଚାଖଣ୍ଡେ ମାଟିତଳକୁ ଦବିଯିବ। ପୁଅ ହେଲେ ଚାଖଣ୍ଡେ ମାଟି ଉପରକୁ ଉଲୁସି ଉଠିବ। ଏ କି ଅଜବ ପରମ୍ପରା। ଆଜିକାଲି ଝିଅମାନେ ବି ପୁଅମାନଙ୍କ ପରି। ଯେଉଁ ଘରେ ପୁଅ ନଥାଏ ସେମାନେ ବାପାମା'ଙ୍କର ଅନ୍ତିମ ସଂସ୍କାର କରନ୍ତି। ଏହା ଆମମାନଙ୍କ ସମାଜରେ ସ୍ୱାଗତଯୋଗ୍ୟ। ତେଣୁ ଆଜିକାଲି ସମସ୍ତେ ଭୁଲିଯାଇଛନ୍ତି ପୁଅ ଆଉ ଝିଅ ଭିତରେ ପାର୍ଥକ୍ୟ। ଅର୍ପିତାକୁ ଭାବି ନଥିଲେ ସେ ଘରେ ଗୋଟିଏ ଝିଅ ଜନ୍ମ ହେଇଛି। ତା'ର ପରିବାର ଭାବୁଥିଲେ ପ୍ରଭୁ ଜଗନ୍ନାଥ ତାଙ୍କୁ ଏ ଅମୂଲ୍ୟ ରତ୍ନଟିକୁ ତାଙ୍କ କୋଳରେ ଭରି ଦେଇଛନ୍ତି। ସେ ପରିବାର ମମତାର ଚାଦର ଭିତରେ ଢାଙ୍କି ହୋଇଯାଇଥିଲା।

ଅର୍ପିତାର ପରିବାର ଥିଲା ତାଙ୍କ ଗ୍ରାମର ଗୋଟିଏ ଶାନ୍ତ ସରଳ ଜଣାଶୁଣା ମଧ୍ୟବିତ୍ତ ପରିବାର। ଗ୍ରାମର ସମସ୍ତ ବ୍ୟକ୍ତି ତାଙ୍କୁ ବହୁତ ଆଦର କରନ୍ତି। ତା' ନନା ଥିଲେ ଜଣେ ବନ୍ଧୁବତ୍ସଳ। ତାଙ୍କ ନମନୀୟ ଗୁଣରେ ପରକୁ ଆପଣାର କରିପାରୁଥିଲେ। ସେ ଅନ୍ୟର ଦୁଃଖରେ ଦୁଃଖୀ ଆଉ ଅନ୍ୟମାନଙ୍କ ସୁଖରେ ଖୁସି ହୋଇଯାଆନ୍ତି। ସମାଜରେ ସବୁଲୋକଙ୍କର ଗୋଟିଏ ଗୋଟିଏ ନିଜ ଇଚ୍ଛା ଥାଏ। ସେହିପରି ତା'ର ନନା ଭାବନ୍ତି ମୁଁ ଯଦି କାହାକୁ କିଛି ସାହାଯ୍ୟ କରିନପାରିଲି ନାହିଁ, କିନ୍ତୁ ମୋ ଦ୍ୱାରା ଯେପରି କାହାରି ଅମଙ୍ଗଳ ହୋଇନଯାଉ। ଯଦି ମୋର ସାମର୍ଥ୍ୟ ହେଲା ପରି ନିର୍ମଳ ହୃଦୟରେ କିଛି ସାହାଯ୍ୟ କରିପାରିବି ତାହା ହେଲେ ପ୍ରଭୁଙ୍କ ଦରବାରରେ ମୁଁ ଖୁସି ରହିବି। ସେ ଜଣେ ସମାଜସେବୀ ସଂଗଠକ ଥିଲେ। ଗାଁର ମଙ୍ଗଳ ପାଇଁ ଗାଁ ଠାକୁରାଣୀଙ୍କର ମନ୍ଦିର ତୋଳା ହେବ। ଗାଁରେ ପୋଖରୀଟିଏ ନାହିଁ। ଲୋକମାନଙ୍କର ଅସୁବିଧା ହେଉଛି। ଗୋଟିଏ ପୋଖରୀ ଆବଶ୍ୟକ। ଗାଁ ପିଲାଙ୍କ ପାଇଁ ଗୋଟିଏ ପାଠାଗାର ତିଆରି ହେଲେ ପିଲାମାନେ ବସି ନୂଆ ନୂଆ ବହି ପଢ଼ିବେ। ବୟସ୍କ ଲୋକମାନେ ବସି ଦେଶବିଦେଶର ଖବରକାଗଜ ପଢ଼ିବେ। ସମସ୍ତେ ଏକାଠି ହେଲେ ମନରେ ଭାଇଚାରା ଉତ୍ପନ୍ନ ହେବ। ପରସ୍ପର ଭିତରେ ଭେଦଭାବ ରହିବ ନାହିଁ।

ଗାଁରେ ସ୍କୁଲଟିଏ ହେଲେ ପିଲାମାନେ ଅନ୍ୟ ଗ୍ରାମକୁ ପଢ଼ିବାକୁ ଯିବେ ନାହିଁ। ଏସବୁ ସାମାଜିକ ସଂଗଠନ କାମରେ ଆଗେଇ ଥାଆନ୍ତି।

ଦଶହରା ପର୍ବ କିପରି ହେବ ଗାଁରେ ମିଟିଙ୍ଗ୍ ବସିଯାଏ। ଗାଁର ବୟସ୍କ ଲୋକମାନେ କଥା ହେଲେ ଯଦି ଆମ ଗାଁରେ ଗୋଟିଏ ଦୁର୍ଗା ମଣ୍ଡପ ତିଆରି କରିଦେବା ତାହାହେଲେ ସବୁ ବର୍ଷ ସେହିଠାରେ ହେବ। ଆଉ ଗାଁର କ'ଣ କାମ ହେଲେ ବି ହେବ। "ଅମୀୟ, ତୁମେ ଏ ଦାୟିତ୍ୱଟିକୁ ନିଅ। ତୁମେ ଯେଉଁ କାମରେ ହାତ ଦେବ ତାହାକୁ ସମ୍ପୂର୍ଣ୍ଣ ନ କଲେ ଛାଡ଼ିବ ନାହିଁ। ଆମ ସମସ୍ତଙ୍କର ଭରସା, ତୁମେ ଏ କାମଟି ସୁରୁଖୁରୁରେ କରିଦେବ।" ଗାଁର ସମସ୍ତଙ୍କ କଥାକୁ ସେ ଏଡ଼ାଇ ପାରିନଥିଲେ। ସେ ରାଜି ହୋଇଯାଇଥିଲେ। ସେ ଭାବିଲେ ଏହା ବୋଧେ ମୋତେ ମା'ଙ୍କ ନିର୍ଦ୍ଦେଶ। ସେ ନିଜେ କରନ୍ତି ନାହିଁ। କାହା ମାଧ୍ୟମରେ କରାଇଥାଆନ୍ତି, ସେ ଭାବବିହ୍ୱାଳ ହୋଇଯାଇଥିଲେ। ଗାଁର ବୟସ୍କ ଲୋକ କୃଷ୍ଣଭାଇ ପଚାରିଲେ ଆଉ ତୁମେ କ'ଣ ଭାବୁଛ। ତୁମେ ତ କରିବ। ସେ ହସିହସି କହିଲେ ମା' ଦୟା କଲେ ତା'ର କାମ ମୋ ଦ୍ୱାରା ହୋଇପାରିବ। ମୁଁ ବା କିଏ। ସବୁ ତାଙ୍କରି ଇଚ୍ଛାରେ ହେଉଛି। ସେମାନେ ଦୁର୍ଗା ମା'ଙ୍କୁ ଗୋଟିଏ ପ୍ରଣାମ ଜଣାଇ କହିଲେ "ମୋତେ ଶକ୍ତି ଦିଅ ମା'। ତୁମ ବିନା ପରାମର୍ଶରେ ଗଛରେ ପତ୍ର ହଲେ ନାହିଁ। ମୁଁ କିପରି ଗାଁ ଲୋକମାନଙ୍କ ବିଶ୍ୱାସ ରଖିପାରିବି। ତୁମର ଘରଖଣ୍ଡିକ ସମ୍ପୂର୍ଣ୍ଣ ହେବ।" ମା'ଙ୍କୁ ଗୋଟିଏ ପ୍ରଣାମ କରିଥିଲେ। ସେ ଘରଖଣ୍ଡିକ ଆଜି ଯାଏ ବି ମା'ଦୁର୍ଗାଙ୍କର ପୂଜା ଅର୍ଚ୍ଚନା ଚାଲିଛି। ଆଜି ସେ ନାହାନ୍ତି, କିନ୍ତୁ ସେ ସ୍ମୃତି ଖଣ୍ଡିକ ତାଙ୍କୁ ଅମର କରିଦେଇଛି।

■

ଦ୍ୱିତୀୟ ଅଧ୍ୟାୟ

ସେତେବେଳେ ଅର୍ପିତା ଚତୁର୍ଥ କିମ୍ବା ପଂଚମ ଶ୍ରେଣୀରେ ପଢୁଥାଏ, ଭଲରେ ତା'ର ମନେପଡୁ ନାହିଁ। ସେତେବେଳେ ଆଜିକାଲି ପରି ଦୋକାନ ବଜାରରେ ଫୁଲ ଦୋକାନ ନଥିଲା। ତେଣୁ ଅର୍ପିତା ମା'ଙ୍କ ପାଇଁ ମନ୍ଦାର ଫୁଲ, ଟଗର ଫୁଲ, ବେଲପତ୍ର ନିଜେ ସଂଗ୍ରହ କରି ଆଣେ। ବେଲପତ୍ର ତୋଳିଲାବେଳେ କେତେ ଥର ହାତରେ କଂଟା ଫୁଟିଛି ତା'ର ଠିକ୍ ନାହିଁ। ନଥାଏ ତା'ର ସେଥି ପ୍ରତି ନଜର। ସେ କିପରି ଗୋଟିଏ ବଡ଼ମାଳ ତିଆରି କରିବ ଯେପରି ଦୁର୍ଗାମା'ଙ୍କର ବେକଠାରୁ ଗୋଡ଼ ପର୍ଯ୍ୟନ୍ତ ମାଳଟି ଲମ୍ବିପାରିବ। ସେଥିରେ ଥାଏ ତା'ର କି ଆନନ୍ଦ! ଆଉ ଯେଉଁଦିନ ତା'ର ମାଳଟି ଟିକିଏ ଛୋଟ ହୋଇଯାଏ ସେ ଦିନ ସେ କାନ୍ଦି ପକାଏ। ସେଦିନ ସେ କହେ ମା' ଆଜି କାହିଁକି ମୋ ପ୍ରତି ତୋର କରୁଣା ଊଣା ହେଲା ? ମୋର କିଛି ଭାବର ହିସାବ ଭୁଲ ହୋଇଗଲା କି ? ନନା, ବୋଉ ତା'ର ବହୁତ ବୁଝାନ୍ତି। ଆରେ ଚଗଲୀ, ମା'ଙ୍କ କରୁଣା କାହିଁକି ତୋ ପ୍ରତି କମ୍ ହେବ ? ସେ ପରା ସମସ୍ତଙ୍କର ମଙ୍ଗଳକାରୀ। ତୁ ସେ ସବୁ ଭୁଲି କାଲିକୁ ବଡ଼ମାଳଟିଏ ତିଆରି କରିଦେବୁ। ଏହିପରି ଠାକୁରାଣୀ ବସିଲା ଦିନଠାରୁ ବିସର୍ଜନ ହେଲା ଯାଏ ଅର୍ପିତାକୁ ରାତି ଦିନ ନିଦ ହୁଏ ନାହିଁ। ସେ ଫୁଲ, ବେଲପତ୍ର ସଂଗ୍ରହରେ ଲାଗିପଡ଼େ। ମାଳଟିଏ କରି ମା'ଙ୍କୁ ସମର୍ପଣ କରେ।

ଆଜି ସେ ବସି ଭାବୁଛି ମା' ତୁମେ ମୋତେ ସେ ପିଲାଦିନ ଆଉ ଥରେ ଫେରାଇଦିଅ। ମୁଁ ଏ ସଂସାରକୁ ଭୁଲିଯାଇ ତୁମ ସେବାରେ ଲାଗି ରହିବି। ଏହା କ'ଣ କେବେ ହେଲେ ସମ୍ଭବ ଥିଲା କି ? ଏତେ ଅସରନ୍ତି ଭାବନାର ଅଡୁଆ ସୂତାରେ ଗୁଡ଼େଇ ହୋଇ ପଡୁଛି। ତା'ର ମୁହଁ ପାଉନାହିଁ।

ଅଡୁଆ ସୂତା ଯେତେ ଫିଟାଉଛି ପୁଣି ସେ ଆଉ ଗୋଟିଏ ଗଣ୍ଠି ହୋଇ ଦେଖା ଦେଉଛି। ଆଜି କାହିଁ ସେଦିନଗୁଡ଼ିକ ମନରେ ଛନ୍ଦି ହେଉଛି। ସେ କିଛି ବୁଝିପାରୁନାହିଁ।

ଭାବ ତ ଏପରି ଗୋଟିଏ ମୁହୂର୍ତ୍ତ; ସେ ଗଙ୍ଗାଠାରୁ ଗୋଦାବରୀ ପର୍ଯ୍ୟନ୍ତ ବଳେଇ ଆସିଲେ ବି ଆଉ କେଉଁଆଡେ ଯୋଡ଼ି ହୋଇଯାଉଛି। ଦିନେ ସକାଳୁ ଘରର ସମସ୍ତେ ଏକାଠି ବସି ହସଖୁସିରେ ଚା ପିଉଥାଆନ୍ତି। ଜଣେ ପଡ଼ୋଶୀ ଆସି ଦୁଆର ବାଡ଼େଇଲେ। ନନା ଯାଇ ଦୁଆର ଖୋଲିଲାବେଳକୁ ସେ ସାଇର ଜଣେ ବଡ଼ଭାଇ ଲେଖା ହେବେ। ସେ ତାଙ୍କୁ ଅଗଣାକୁ ଡାକି ଅର୍ପିତାକୁ କହିଲେ ଆଲୋ ମା' ଲୋକନାଥ ବଡ଼ବାପା ଆସିଲେଣି ଆଉ ଚା ଗୋଟିଏ କପ୍ ଆଣ। ଅର୍ପିତା ତାଙ୍କୁ ଚା କପଟିଏ ଧରାଇଦେଇ ପ୍ରଣାମ ଜଣାଇଥିଲା। ନନା ପଚାରିଲେ, ଆଜି କ'ଣ ସକାଳୁ ସକାଳୁ କ'ଣ କାମ ଥିଲା କି ନା ଆପଣ ଏମିତି ଆସିଛନ୍ତି। ଲୋକନାଥବାବୁ କହିଲେ ତୋ ପାଖରେ ଗୋଟିଏ କାମ ଥିଲା। କେତେ ଆଶା ଭରସା ନେଇ ତୋ ପାଖକୁ ଆସିଛି। ଅମୀୟବାବୁ କହିଲେ, "କ'ଣ କହୁ ନାହାନ୍ତି?"

ଲୋକନାଥବାବୁ କାନ୍ଦକାନ୍ଦ ହୋଇ କହିଲେ କାଲିଠାରୁ ପୁଅ ନଖାଇ ନପିଇ ଉପାସରେ ଶୋଇଛି। ଯେତେ ବୁଝାଇଲେ ବୁଝୁନାହିଁ। ତା'ର ଏକା ଜିଦ୍ ମୁଁ ପାଠ ପଢ଼ିବି। ପରୀକ୍ଷାରେ ୯୫% ରଖିଛି। ତୁ ତ ଜାଣିଛୁ ମୋର ଅବସ୍ଥା। ସେ କ'ଣ ମୋର ଗୋଟିଏ ହୋଇଛି? ଆଉ ତ ପୁଣି ଅନ୍ୟମାନେ ଅଛନ୍ତି। ମୋର ବା ରୋଜଗାର କେତେ! ଅନ୍ୟମାନଙ୍କୁ ଦୁଇ ଓଳି ଦୁଇମୁଠା ଖାଇବାକୁ ଦେବି। ଆଉ ଅଧିକ କିଛି ନହେଲେ ନାହିଁ। ଏହା କହି ସେ କଇଁକଇଁ ହୋଇ କାନ୍ଦି ପକାଇଥିଲେ। ମୁଁ ଆଉ କ'ଣ କରିପାରିବି? ନନା କହିଲେ "ଆଉ କାନ୍ଦନ୍ତୁ ନାହିଁ। କ'ଣ ହେଲେ କରିବା। ସେ ପଢ଼ିବାକୁ ଚାହୁଁଛି ତ ପଢ଼ିବ। ଲୋକଙ୍କ ପାଖରେ ପଇସାର ଖଣି ଥାଇ ବି ତାଙ୍କ ଛୁଆମାନେ ପାଠ ପଢ଼ିପାରୁ ନାହାନ୍ତି। ତା' ଭାଗ୍ୟରେ ଥିଲେ ସେ ନିଶ୍ଚୟ ପଢ଼ିବ। ତାକୁ କହିଦେବେ ସେ ମୋତେ ଦେଖା କରିବ। ମୁଁ ତା' ସହିତ କଥା ହେଲା ପରେ ଯାହା ହେଲେ ବିଚାର କରିବା।"

ଲୋକନାଥବାବୁ ଚାଲିଯାଇଛନ୍ତି। ନନା ବୋଉ ଆଗରେ ସବୁ କହିଲେ। ବୋଉ ଏହା ଶୁଣି ଟିକିଏ ବିବ୍ରତ ହୋଇପଡ଼ିଲା। ନନା କହିଲେ, "ଦେଖ ଯାହା ପାଖରେ ଧନ ଲକ୍ଷ୍ମୀ ଅଛନ୍ତି ତା' ପାଖରେ ସରସ୍ୱତୀ ନାହାନ୍ତି। ଯାହା ପାଖରେ ସରସ୍ୱତୀ ଅଛନ୍ତି ତା' ପାଖରେ ଧନଲକ୍ଷ୍ମୀ ନାହାନ୍ତି। ଏହା ସେଇ ପ୍ରଭୁ ଲୀଳାମୟଙ୍କ ଇଚ୍ଛା। ସେ ଲୀଳା ହିଁ ସେ ଜାଣନ୍ତି। ପିଲାଟି ଏତେ ଗରିବ ପରିବାରରେ ଜନ୍ମ ନେଇଛି ସେ କ'ଣ କରିବ ପ୍ରଭୁ ତା' ମନକଥା ବୁଝୁନାହାନ୍ତି। ଗରିବ ହେବାଟା ଗୋଟିଏ ଅଭିଶପ୍ତ ଜୀବନ। ଗରିବଙ୍କର କ'ଣ କୌଣସି ଆଶା ଆକାଂକ୍ଷା ନାହିଁ। ସେ କ'ଣ ସବୁବେଳେ ନିକ୍ଷେପିତ ହୋଇ ଥିବ! ଏ କ'ଣ ପ୍ରଭୁ ତୁମର ବିଚାର। ତୁମେ ଆଜି ତାକୁ ଗରିବ ପରିବାରରେ

ଜନ୍ମ ଦେଇ ଭଲ ପାଠରେ ସୁଯୋଗ ଦେଇ ଆଗକୁ ବଢ଼ିବାକୁ ଦେଉନାହିଁ। ଆଜି ସେ ଆଗକୁ ବଢ଼ିବା ପାଇଁ କେତେ ସଂଘର୍ଷ କରିବାକୁ ପଡୁଛି। ହୁଏତ ସେ ଆଗକୁ ବଢ଼ିପାରେ ନଚେତ୍ ତା'ର ଆଶା ଆଶାରେ ହିଁ ରହିଯାଏ। ଏ ସଂସାରରେ ନିୟମ ଯାହା ପାଖରେ ଧନଦୌଲତ ଅଛି ତାଙ୍କ ପିଲାମାନେ ପାଠ ପଢୁନାହାନ୍ତି। ସେମାନେ ଐଶ୍ୱର୍ଯ୍ୟରେ ବଢ଼ିରହି ଅବାଟକୁ ଚାଲିଯାଉଛନ୍ତି। ସବୁ ସେଇ ଲୀଳାମୟଙ୍କ ଇଛା। ମୋ ଦ୍ୱାରା ପିଲାଟିଏ ଯଦି ଉପକୃତ ହୋଇପାରିବ ତାହା ମୋର ସୌଭାଗ୍ୟ। କିଛି ଜଣକୁ ସାହାଯ୍ୟ କଲେ ମୋର ତ କିଛି ସରିଯିବ ନାହିଁ। ପ୍ରଭୁ ମୋ ପିଲାମାନଙ୍କୁ କେଉଁ ବାଟରେ ସାହାଯ୍ୟ କରିବେ। ପ୍ରଭୁ ମୋତେ ସଦ୍‌ବୁଦ୍ଧି ଦିଅ। ସେ ରାତିସାରା ଶୋଇପାରି ନଥିଲେ। ସେ ଭାବୁଥାଆନ୍ତି, "ମୁଁ ତ ଗୋଟିଏ ପିଲାର ଭବିଷ୍ୟତ ପାଇଁ କଥା ଦେଇଦେଲି। ପ୍ରଭୁ ଜୟଜଗନ୍ନାଥ ମୋତେ ତୁମେ ଶକ୍ତି ଦିଅ। ମୁଁ ଯେପରି ମୋର ଦାୟିତ୍ୱଟି ସମ୍ପୁର୍ଣ୍ଣ କରିପାରିବି।"

ତା' ପରଦିନ ସକାଳୁ ଲୋକନାଥ ଭାଇ ଆଉ ପୁଅ ଶୁଭେନ୍ଦୁ ଆସି ପହଂଚିଛନ୍ତି। ନନା ସେମାନଙ୍କୁ ଦେଖି କହିଲେ ଆସନ୍ତୁ ଭାଇ। ତୋର କ'ଣ ଆଉ ଅଧିକ ପଢ଼ିବାକୁ ଇଚ୍ଛା ଅଛି ? ଶୁଭେନ୍ଦୁ କାନ୍ଦି ପକାଇ କହିଲା, "ପଢ଼ିବାକୁ ତ ବହୁତ ଇଚ୍ଛା। କିନ୍ତୁ ବାପା ମନା କରୁଛନ୍ତି। ମୋ ପାଖରେ ଆଉ ବଳ ନାହିଁ ତୋତେ ପଢ଼ାଇବା ପାଇଁ।"

ନନା କହିଲେ, "ହଉ ଠିକ୍ ଅଛି।" ସେ ସବୁ ଛାଡ଼। ତୋ ନାମଲେଖା ପାଇଁ କେତେ ଟଙ୍କା ଦର୍କାର, ଆସି ନେଇଯିବୁ। ଆଉ ତୋର ଯାହା ଖାତାପତ୍ର ଦୁଇ ହଳ ଲେଖାଏଁ ପ୍ୟାଂଟସାର୍ଟ, ସୁଜ୍, ଚପଲ ଆଉ ଯାହା ଦର୍କାର ସବୁ ଟଙ୍କା ନେଇ କିଣି ଆଣିବୁ। ପ୍ରଥମେ ଟଙ୍କା ନେଇ ନାମ ଲେଖାଇ ଆସ। ତା' ପରେ ସବୁ କ୍ରମେକ୍ରମେ କିଣିବୁ।" ଶୁଭେନ୍ଦୁକୁ କିଛି ଟଙ୍କା ନାମ ଲେଖାଇବା ପାଇଁ ଦେଇଥିଲେ। ଶୁଭେନ୍ଦୁ ଏକାଥରକେ ଏତେ ଟଙ୍କା ହାତରେ ଧରିନଥିଲା। ଏହା ଥିଲା ତା'ର ସ୍ୱପ୍ନର ବାହାରେ। ସେ ଟଙ୍କାକୁ ନେଇ ମୁଣ୍ଡରେ ଲଗାଇ ନନାଙ୍କ ପାଖକୁ ଆସି ପାଦଛୁଇଁ ପ୍ରଣାମ କରିଥିଲା। ପାଦଧୂଳି ନେଇ ମୁଣ୍ଡରେ ମାରିଥିଲା। କାନ୍ଦିକାନ୍ଦି କହିଲା "କକେଇ ଆପଣ ମୋ ପାଇଁ ଭଗବାନଙ୍କଠାରୁ କମ୍ ନୁହନ୍ତି। ଏ ଆପଣଙ୍କ ସ୍ନେହ ପାଖରେ ମୁଁ ଚିରଋଣୀ ହୋଇଗଲି।" ନନା କହିଲେ, "ଯାଆ ଯାହା ପ୍ରଭୁଙ୍କ ଇଚ୍ଛା ଥିବ ତାହା ହିଁ ହବ। ଆଉ ଯେତେବେଳେ ଯାହା ଆସି ନେଇଯିବୁ। ତୁ ସମାଜରେ ମଣିଷ ପରି ମଣିଷଟିଏ ହୋଇପାରିବୁ। ତୁ ତୋ ବାପା ଆଉ ଆମ ସମସ୍ତଙ୍କର ଆଶା ଆଉ ଆକାଂକ୍ଷା ପୂରଣ କରିପାରିଲେ ସେଥିରେ ମୁଁ ଗର୍ବ ଅନୁଭବ କରିବି।" ନନାଙ୍କୁ ଆଖି ଛଳଛଳ କରି ଶୁଭେନ୍ଦୁର ବାପା ସ୍ନେହପୂର୍ଣ୍ଣେ ଆଲିଙ୍ଗନ କରିଥିଲେ। ନନା କହିଲେ, "ବଡ଼ଭାଇ ଆପଣ

ଆଉ ମନ ଖରାପ କରୁଛନ୍ତି କାହିଁକି ? ଆରେ ନା ନା ରେ ଏହା ହେଉଛି ଆନନ୍ଦ ଅଶ୍ରୁ। ଆଜିକା ଯୁଗରେ ତୋ ପରି ମଣିଷ ଅଛନ୍ତି ବୋଲି ତ ଏ ସଂସାର ଚାଲିଛି। ତୁ ମଣିଷ ନୁହଁରେ, ତୁ ଗୋଟିଏ ଦେବତା। ତା' ପରେ ସେ ଘରକୁ ଚାଲିଯାଇଛନ୍ତି।

ତା' ପରଠାରୁ ଶୁଭେନ୍ଦୁର ଦାୟିତ୍ୱ ନନା ନେଇଥିଲେ। ସେ ଆମ ଘରେ ଗୋଟିଏ ପୁଅର ସ୍ଥାନ ଗ୍ରହଣ କରିଥିଲା। ମୁଁ ତାଙ୍କୁ ଗୋଟିଏ ବଡ଼ଭାଇ ରୂପରେ ସମ୍ମାନ କରୁଥିଲି। ସେ ଆମ ଘରର ଦୁଃଖସୁଖରେ ଭାଗିଦାର ହୋଇଯାଇଥିଲା। ସେ ମଧ୍ୟ ସମସ୍ତଙ୍କର ବିଶ୍ୱସ୍ତ ହୋଇଯାଇଥିଲା।

ଏ ଭିତରେ ତାଙ୍କର ଇଞ୍ଜିନିୟରିଙ୍ଗ ସରିଯାଇଛି। ଘରେ ସମସ୍ତେ ଖୁସି ହୋଇଯାଇଛନ୍ତି। ନନା ମଧ୍ୟ ବହୁତ ଖୁସି ହୋଇଯାଇଛନ୍ତି। ଯାହା ହେଉ ସେ ତାଙ୍କ ପ୍ରତିଶ୍ରୁତି ପୂରଣ କରିପାରିଛନ୍ତି। ତା'ର ତ ପାଠ ସରିଲା। ଆଜି ନାଇଁ ତ ସେ କାଲି ଚାକିରି ଖଣ୍ଡିଏ କରିବ। ଆଉ ତା'ର ଦୁଃଖ ନାହିଁ। ତା' ବାପାମାଆଙ୍କୁ ଗଣ୍ଡିଏ ଭଲରେ ଖାଇବାକୁ ଦେଇପାରିବ ଓ ତା'ର ଅନ୍ୟ ଭାଇଭଉଣୀମାନଙ୍କୁ ଦେଖାରଖା କରିପାରିବ। ଏତେ ବଡ଼ ଖୁସି ଭଗବାନ୍ ମୋତେ ଦେଲେ।

ଏମିତି କେତେ ଦିନ ଯିବା ପରେ ଆସି ଶୁଭେନ୍ଦୁ ଭାଇ କହିଲେ, "କକେଇ, ମୁଁ କହିବା କଥା ନୁହେଁ, କିନ୍ତୁ ମୁଁ ଆପଣଙ୍କ ଅନିଚ୍ଛା ସତ୍ତ୍ୱେ ମନ ଚାହୁଁଛି। ନନା କହିଲେ, "କ'ଣ କହୁଛୁ କହୁନୁ।" ସେ ଆରମ୍ଭ କଲା ଯେ, "କେତେବେଳେ ଚାକିରି ପାଇବି ଠିକ୍ ନାହିଁ। ଆଉ ଖାଲିରେ ଘରେ ବସିବାକୁ ଭଲ ଲାଗୁନାହିଁ। ଆପଣ ମୋ ପାଇଁ ପାଣି ଭଳି ଖର୍ଚ୍ଚ କଲେଣି। ମୋ ଜନ୍ମିତ ବାପାଙ୍କଠାରୁ ଅଧିକା। ମୋ ବାପା ମୋ ପାଇଁ ଯାହା କରିପାରିଲେ ନାହିଁ ଆପଣ ତାହା ମୋ ପାଇଁ କରିଛନ୍ତି।" ନନା କହିଲେ, "କ'ଣ କହୁଛୁ କହୁନୁ, ଏତେ ବୁଲାଇ କହୁଛୁ କାହିଁକି। ମୁଁ ଭାବୁଛି ଗୋଟିଏ ଏ କ୍ଲାସ୍ କଣ୍ଟ୍ରାକ୍ଟର ଲାଇସେନ୍ସ କରିବି। ସେଥିରେ ଆମର କିଛି ରୋଜଗାର ହେବ। ତାହା ଆପଣ ବିଚାର କରନ୍ତୁ। ଆପଣଙ୍କ ଇଚ୍ଛା। ସେଥିରେ ଆପଣ ମଧ୍ୟ ଅତ୍ୟଧିକ ଲାଭବାନ ହେବେ। ନନା ହେଉଛନ୍ତି ସରଳ ବିଶ୍ୱାସୀ। ସେ କହିଲେ, "ଏ ପିଲାଟି ଏତେ ପାଠ ପଢ଼ି ଆସିଛି। ଘରେ ବସିବ କାହିଁକି ? ଘରେ ବସି ରହିଲେ ବିଭିନ୍ନ ପ୍ରକାର ଖରାପ ଚିନ୍ତାଧାରା ମୁଣ୍ଡରେ ପଶିବ। ତେଣୁ ସେ ଯଦି କିଛି କରିବାକୁ ଚାହୁଁଛି ତାହାହେଲେ ଏ ତ ବହୁତ ଭଲ। ସେ ମୋତେ ବି କିଛି ସାହାଯ୍ୟ କରିପାରିବ। ନନା କିଛି ସମୟ ଚୁପ୍‌ଚାପ୍ ବସି କହିଲେ, "ତୁ ହେଉଛୁ ମୋ ପୁଅଠାରୁ ଅଧିକ। କିପରି କ'ଣ ହେବ କହ।" ଶୁଭେନ୍ଦୁ ଭାଇ କହିଲେ, "ଏୟା ପାଇଁ ଆଉ କିଛି ଟଙ୍କା ଦରକାର ହେବ।" ନନା କହିଲେ, "ଯାହା ଦର୍କାର ନେଇ ତୁ କାମ ଆରମ୍ଭ କର।

ସେ ବିଷୟରେ ମୋର କିଛି ଅଭିଜ୍ଞତା ନାହିଁ।" ତା' ପରେ ସେ ପେପର ସବୁ ତିଆରି କରି ନନାଙ୍କଠାରୁ ସାଇନ୍ କରିନେଇଥିଲା। ନନା ବ୍ୟାଙ୍କରୁ ଟଙ୍କା ଉଠାଇ ଦେଇଥିଲେ। ସେ ଯେଉଁଦିନ କାମ ଆରମ୍ଭ କଲା, ସେ ଦିନ ସେ ନନା ବୋଉଙ୍କର ପାଦ ତଳେ ପ୍ରଣାମ ଜଣାଇଥିଲା। ନନା ଖୁସି ହୋଇ କହିଲେ "ଟିକିଏ ମନ୍ଦିରକୁ ଯାଇ ଆସିଛୁ ତ।" ସେ କହିଲା, ଆପଣମାନେ ହେଉଛନ୍ତି ମୋ ଜୀବନର ଚଳନ୍ତି ପ୍ରତିମା। ଆଜି ଆପଣଙ୍କ ପାଇଁ ମୁଁ ସମାଜରେ ଗୋଟିଏ ପରିଚୟ ପାଇବା ପାଇଁ ବିବେଚିତ ହୋଇଛି।" ନନା କହିଲେ, "ନାଇଁରେ ମୁଁ କିଏ ? ଯେ କରିଛି ସେ ଉପରେ ଅଛି। କରି କରାଉଥାଏ ମୁହିଁ, ମୋ ବିନୁ ଅନ୍ୟ ଗତି ନାହିଁ।" ମୁଁ ନିମିତ୍ତ ମାତ୍ର। ଏହା ହେଉଛି ତୋ ପରିଶ୍ରମର ଫଳ। ତୋ ବାପାମାଆଙ୍କର ସ୍ୱପ୍ନ ଆଜି ସାକାର ହେବାକୁ ଯାଉଛି। ତୁ ଯା'। ସବୁ ଖୁସିରେ କାମ ଆରମ୍ଭ କର। ଆମମାନଙ୍କ ଆଶୀର୍ବାଦ ତୋ ମୁଣ୍ଡ ଉପରେ ଅଛି।

ଶୁଭେନ୍ଦୁ କାମ ଆରମ୍ଭ କରିଛି। କାମ ସାରି ଫେରିଲେ ଘରକୁ ଆସି କହେ ଆଜି ଏ କାମ ହେଲା କାଲି ସେ କାମ ହେଲା। ନନା ତାକୁ ସବୁବେଳେ କହନ୍ତି ପୁଅ ତୁ ଯାହା କହିଲୁ ମୁଁ ତୋତେ ଆଖି ବନ୍ଦ କରି ବିଶ୍ୱାସ କରିଛି। ତୁ କେତେବେଳେ ହେଲେ ମୋର ବିଶ୍ୱାସ ହରାଇବୁ ନାହିଁ। ଏହି ଗୋଟିକ ହେଉଛି ମୋର ଶିକ୍ଷା। ଶୁଭେନ୍ଦୁ କହିଲା, "ଆପଣ ମୋତେ ଏପରି କ'ଣ କହୁଛନ୍ତି। ମୁଁ ଆପଣଙ୍କ ଦାନରେ ଆଜି ମଣିଷ। ନିଜ ପୁଅର ମର୍ଯ୍ୟାଦା ମୋତେ ଦେଇଛନ୍ତି। ମୁଁ ମୋ ହୃଦୟରେ ଦେବତାଙ୍କ ସ୍ଥାନ ଦେଇଛି। ଆଉ ଏ ଦେହରେ ଶେଷ ରକ୍ତ ବିନ୍ଦୁ ଥିବା ପର୍ଯ୍ୟନ୍ତ ଆପଣ ସେଇ ସ୍ଥାନରେ ରହି ଆସିଛନ୍ତି ଆଉ ରହିଥିବେ।" ତା' ପରେ ସେ ଘରକୁ ରୋଜଗାରିଆ ପୁଅ ପରି କେଉଁ ଦିନ କିଛି ମିଠା ତ କେଉଁଦିନ କିଛି ଫଳ ନେଇ ଆସନ୍ତି। ଆଉ ଘରେ କିଛି ଛୋଟକାଟିଆ ଖର୍ଚ୍ଚ ଦର୍କାର ହେଲେ ନିଜ ପକେଟ୍‌ରୁ କାଢ଼ିଦିଅନ୍ତି। ନନା ବୋଉ ଯେତେ ମନା କଲେ ବି ଅଭିମାନ କରି କହନ୍ତି "ମୁଁ ପରା ଏ ଘରର ପୁଅ। ଆପଣ ମୋତେ ସେ ଅଧିକାରରୁ ବଂଚିତ କରନ୍ତୁ ନାହିଁ। ମୁଁ ପରା ଆପଣଙ୍କ ଦୟାରୁ ଅଳପ ହେଉ ପଛେ କିଛି ରୋଜଗାର କଲିଣି।" ନନା କହିଲେ, "ଭଗବାନ ସବୁବେଳେ ତୋର ଏଇ ନମ୍ରତା ଗୁଣଟି ରଖିଥାଆନ୍ତୁ।"

ଏସବୁ ଗାଁରେ ସମସ୍ତେ ଜାଣି ଚୁପ୍‌ଚାପ୍ ହେଲେଣି। କେତେ ଜଣ ହିତାକାଂକ୍ଷୀ ଆସି ପଚାରିଲେଣି. "ଆରେ ଭାଇ ତୁ ପାଠପଢ଼ାରେ ତ ସାହାଯ୍ୟ କଲୁ ହେଲା, ଗୋଟିଏ ପିଲାକୁ ମଣିଷ କଲୁ, ଏହା ଭଲ କଥା। ତା'ପରେ ବି ଆଉ ଦେଇ ଚାଲିଛୁ। ସେ କିଛି ଦେଲାଣି ନା ଏହିପରି ନେଇଚାଲିଛି। ଏ ହେଉଛି କଳିଯୁଗ। ନିଜ ପୁଅ ତ ହେଉନାହିଁ ଏ ତୋର କ'ଣ କରିବ କି ନ କରିବ ତାହା ସମୟ କହିବ। ନିଜ ଛୁଆଙ୍କ

ପାଇଁ କିଛି ରଖ।" ନନା ଉତ୍ତର ଦିଅନ୍ତି, "ମୁଁ ଭଲକାମଟିଏ କରିଛି। ସେ ଯଦି ମୋତେ ଧୋକାଦେବ ତାହା ହେଲେ ସେ କଥା ଭଗବାନ ବୁଝିବେ।"

ଏକଥା ଶୁଣିଲା ପରେ ନନାଙ୍କୁ ଟିକିଏ ଅବାଗିଆ ଲାଗିଛି। ତାକୁ ପଚାରିଲେ, "ତୁ କେତେ କାମ କଲୁଣି। କେତେ ଟଙ୍କା ବ୍ୟାଙ୍କରୁ ଉଠାଇଲୁଣି ଆଉ କେତେ ଜମା କଲୁଣି।" ସେ କହିଲା, "ଆପଣ ବୁଝୁନାହାନ୍ତି। ଆଗ ଆମେ ସବୁ ନିଜ ହାତରୁ ଖର୍ଚ୍ଚ କରିବା ତା' ପରେ ବିଲ୍ ପାସ୍ ହେବ। ଆମର କାମ ସରି ନାହିଁ ତ ସେଥିପାଇଁ ଆମର ଡେରି ହେଉଛି।" ନନା କହିଲେ, "ତୁ କିଛି ବିଲ୍ ପାସ୍ କରିଦେ ଆଉ କେତେ ହାତରୁ ଖର୍ଚ୍ଚ କରିବା। ସବୁ ହାତରୁ ସାରିଦେଲେ କିପରି ହେବ। ଆଉ ସବୁ କ'ଣ କରିବା।" ଶୁଭେନ୍ଦୁ କହିଲା, "ମୋତେ ବି ଭଲ ଲାଗୁନାହିଁ। ମୁଁ ଏପରି ଖର୍ଚ୍ଚ କରୁଛି ଆଉ କିଛି ବିଲ୍ ହେଉନାହିଁ। ଆପଣ ମୋତେ ଯେଉଁ ଭରସାରେ ଦେଇଛନ୍ତି, ସେଇ ଭରସା ରଖନ୍ତୁ। ମୁଁ ସବୁ ଡିପୋଜିଟ୍ କରିଦେବି।"

ସମୟ ତ କାହାକୁ ଅପେକ୍ଷା କରେ ନାହିଁ। ଅର୍ପିତା କଲେଜରେ ନାମ ଲେଖାଇଛି। ସେତେବେଳକୁ ସେ ନୂଆନୂଆ କଲେଜ ଯାଉଥାଏ। ତା'ର ଚପଳ ମନରେ କୂଳ କିନାରା ରହୁନଥାଏ। ଜୀବନରେ ପ୍ରଥମ ଯୌବନରେ ପରଶ ଆଣିଛି। ଏ ଅସୀମ ଆକାଶ ଏ ବିସ୍ତୀର୍ଣ୍ଣ ସାଗର ବି ଛୋଟ ହୋଇଯାଉଛି। ଦେହ ଆଉ ମନରେ ନୂଆନୂଆ ପ୍ରେମର ବସନ୍ତ ବୋହୁଛି। ବସନ୍ତର ଆଗମନରେ ଥୁଂଟା ଗଛରେ ବି ପତ୍ର କଅଁଳି ଆସେ ଆଉ ସେଥିରେ ନାନା ଜାତିର ଫୁଲ ପ୍ରସ୍ଫୁଟିତ ହୁଏ। ଆଉ ତା'ର ମହକରେ ମତୁଆଲା ଭ୍ରମରଗଣ ମଧୁ ଚୋଷିବା ପାଇଁ ତା'ର ଚତୁଃପାର୍ଶ୍ୱରେ ଘୂରିବୁଲନ୍ତି। ସେହି ସମୟରେ ଜୀବନରେ ଫୁଲପତ୍ର ବି ପଲ୍ଲବିତ ହୋଇ ଉଠେ। ଆଉ ଜୀବନର ରଙ୍ଗ ବଦଳିଯାଏ। ଅର୍ପିତା ବର୍ତ୍ତମାନ ସେହି ସମୟ ଦେଇ ଗତି କରୁଥାଏ। ସେ ନୂଆନୂଆ ଉଡ଼ା ଶିଖୁଥାଏ। ସେ କଲେଜ ବାତାବରଣ ତାକୁ ବହୁତ ଭଲ ଲାଗୁଥାଏ।

ସେ ତା'ର ସାଙ୍ଗମାନଙ୍କ ଗହଣରେ ମୁକ୍ତ ବିହଙ୍ଗ ପରି ଘୂରି ବୁଲୁଥାଏ। ସେ ସଂସାରଟା କ'ଣ ବୁଝିବାକୁ ଚେଷ୍ଟା କରୁଥାଏ। ସେ ପେଟ ପୂରୁ ବା ନ ପୂରୁ କ'ଣ ଦି'ଟା ଖାଇଦେଇ କିପରି ବେଳ ହେବ ସେ ଯିବ ସେ ଚିନ୍ତାରେ ରହେ। ଆଉ କଲେଜ ଛୁଟି ହେଲେ କିମ୍ବା ରବିବାର ହେଲେ ସେ ବୋର୍ ହୋଇଥାଏ, କଲେଜ ଗଲାବେଳକୁ ସେ ନିଜ ଦେହକୁ ଦର୍ପଣ ଆଗରେ ଠିଆହୋଇ ବାରମ୍ବାର ଦେଖୁଥାଏ। ମୁହଁରେ ଲିପ୍‌ଷ୍ଟିକ୍ ଗାଢ଼ରଙ୍ଗ ହେଲା କି ନାହିଁ, ଆଇବ୍ରୋ ସେଡିଙ୍ଗ୍ ଠିକ୍ ହେଲା କି ନାହିଁ, ମୁଣ୍ଡରେ ଅଲରା ଚୁଟି ଠିକ୍ ସଜା ହୋଇଛି କି ନାହିଁ। କଲେଜରେ ଗଣେଶ ପୂଜା, ସରସ୍ୱତୀ ପୂଜା ଆଉ କଲେଜ୍‌ରେ ଫଙ୍କସନ୍ ହେବ ସେଥିରେ ସେ ଆଗରେ

ଥାଏ । ତା' ସାଙ୍ଗେସାଙ୍ଗେ ଭଲ ପାଠ ପଢୁଥାଏ ବୋଲି କ୍ଲାସ୍‌ରେ ସବୁ ଲେକ୍‌ଚରରଙ୍କ ପ୍ରିୟ ହୋଇଥାଏ । ତା'ର ନମ୍ର ବ୍ୟବହାରରେ ସେ ସମସ୍ତଙ୍କୁ ବାନ୍ଧି ରଖିଥାଏ । ସେଥିପାଇଁ ଗୁଡ଼ିଏ ସାଙ୍ଗ ତାଙ୍କୁ ଈର୍ଷା କରନ୍ତି । ତାକୁ ଥଟା କରି କହନ୍ତି "ତୋତେ କିପରି ଭଗବାନ୍ ସର୍ବଗୁଣ ସମ୍ପନ୍ନା କରିଛନ୍ତି । ତୁ ଆମକୁ ଟିକିଏ ଶିଖାଉନାହୁଁ କାହିଁକି ?" ଅର୍ପିତା ହସି ହସି ବେଦମ୍ ହୋଇପଡ଼େ ।

ଅର୍ପିତା ଜୀବନରେ ପ୍ରଥମ ବସନ୍ତ ସ୍ପର୍ଶରେ ଆସିଛନ୍ତି ଅମ୍ରିତ୍ । ସେ ମନେମନେ ଅମ୍ରିତ୍‌କୁ ଭଲପାଇ ବସିଛି । ତା'ର ଛବିଟିକୁ ମାନସପଟରେ ସାଧା କାଗଜରେ ଆଙ୍କି ଦେଇଛି । ଅମ୍ରିତ୍‌ର ପାପା ଆଲୋକବାବୁ ଆଉ ଅର୍ପିତାର ନନା ଅମୀୟବାବୁ ଏମାନେ ହେଉଛନ୍ତି ପିଲାବେଳର ଦୁଇ ବନ୍ଧୁ । ଗୋଟିଏ ଗାଁର । ଗୋଟିଏ ସ୍କୁଲରେ ପାଠ ପଢ଼ି ଦୁହେଁ ବଡ଼ ହୋଇଛନ୍ତି । ସେମାନଙ୍କର ପିଲାବେଳର ବନ୍ଧୁତ୍ୱଟି ଆଜି ଯାଏଁ ଅତୁଟ ହୋଇଛି । ଆଜିକାଲି ଏହା ପାଇବା ଅସମ୍ଭବ । ଆଜିକାଲି ସାଙ୍ଗ ହେଉଛି ଦେଖାଣିଆ । ସେଥିରେ ଆନ୍ତରିକତା ନଥାଏ । ଯଦି କିଏ ଆଗକୁ ଯାଏ ତାହାହେଲେ ଅନ୍ୟ ଜଣେ ତା' ଗୋଡ଼କୁ ଟାଣିଦିଏ । ଯେପରି ସେ ଉପରକୁ ଯାଇପାରିବ ନାହିଁ । ଆଜିକାଲି ସାଙ୍ଗମାନେ ଜଣେ ଯଦି ଖରାପ ଅଭ୍ୟାସରେ ପଡ଼ିଗଲା ତାହା ହେଲେ ସେ ଅନ୍ୟ ସାଙ୍ଗଟିକୁ ଟାଣିଆଣେ । ଆଜିକାଲି ଯେପରି ମଦ ଆଉ ଗଞ୍ଜେଇ, କୋକେନ୍ ଧଳା ଜହର ଦେଇ ଅବାଟକୁ ଟାଣି ନେଉଛନ୍ତି । ଆଉ ଝିଅମାନଙ୍କ ପଛରେ ଗୋଡ଼େଇବା, କାହାର ବେଣୀ ଟାଣିଦେବା, କାହା ଦେହରେ ସାଇକେଲ ଧକ୍କା କରିବା, ହଇରାଣ କରିବା ଆଉ ରାସ୍ତାରେ ଦୁଇ ପାର୍ଶ୍ୱରେ ଝିଅମାନଙ୍କର ନଗ୍ନଚିତ୍ର ଆଙ୍କିବା ଗୋଟିଏ ଫେସନ୍‌ରେ ପରିଣତ ହୋଇଗଲାଣି । ବାପାମା'ଙ୍କଠାରୁ ମିଛ କହି ପଇସା ଆଣି ଏପରି କରନ୍ତି । ଏସବୁ ଖରାପ ଜାଣିଲାବେଳକୁ ବହୁତ ତଳକୁ ଖସି ସାରିଥାଆନ୍ତି । ସେଥିରୁ ବାହାରି ପାରନ୍ତି ନାହିଁ । ବହୁତ ଡେରି ହୋଇଯାଇଥାଏ । ଆଗ କିନ୍ତୁ ଏସବୁ ନଥିଲା । ଯଦି ଜଣେ ଅବାଟକୁ ଯାଉଥିଲା ତାଙ୍କୁ ଅନ୍ୟ ସାଙ୍ଗମାନେ ବୁଝାସୁଝା କରି ବାଟକୁ ନେଇ ଆସୁଥିଲେ । ସେମାନେ ଭାବୁଥିଲେ ଏହା ହେଉଛି ତାଙ୍କର କର୍ତ୍ତବ୍ୟ । ଏହା ହେଉଛି ଗ୍ରାମ୍ୟ ଜୀବନ ସଂସ୍କାର । ଅର୍ପିତା ନନା ଆଉ ଅମ୍ରିତ୍ ପାପା ଦୁଇ ବନ୍ଧୁ ଆଜି ଯାଏଁ ଗୋଟିଏ ପରିବାର ହୋଇଆସିଛନ୍ତି । ପରସ୍ପର ଦୁଃଖସୁଖର ସାଥୀ ହୋଇ ଆସିଛନ୍ତି । ଏ ଦୁଇଜଣଙ୍କର ହସିଲା ସଂସାର ବଢ଼ି ବଢ଼ି ଚଲିଛି । ତା' ସଙ୍ଗେସଙ୍ଗେ ପିଲାମାନେ ଆଜି ବଡ଼ ହୋଇଯାଇଛନ୍ତି ।

ଅମ୍ରିତ୍ ଦିଲ୍ଲୀରେ ରହି ଆଇ.ଏ.ଏସ୍ ପାଇଁ ପଢ଼ାପଢ଼ି କରୁଥାଏ । ଯେତେବେଳେ ସେ ଘରକୁ ଆସେ ଅର୍ପିତା ଘରକୁ ବୁଲିବା ପାଇଁ ଆସେ । ଅର୍ପିତା ଅମ୍ରିତ୍‌କୁ ଦେଖି

ବହୁତ ଆନନ୍ଦିତ ହୋଇଯାଏ। ତାକୁ ଲାଗେ ସତରେ ଆଜି ସରଗରୁ ଚାନ୍ଦ ତା' ହାତରେ ଖସିପଡ଼ିଛି କି? ସେ ଗୋଟିଏ ସ୍ୱରରେ ପଚାରି ବସେ, "ଅମ୍ରିତ୍ ଭାଇ, ଆପଣ କେତେବେଳେ ଆସିଲେ। ଆଜି କ'ଣ ଖାଇଛନ୍ତି? ଆପଣଙ୍କ ହଷ୍ଟେଲରେ କିଛି ଅସୁବିଧା ନାହିଁ ତ?" ଠିକ୍ ସମୟରେ ଖାଇବାକୁ ଦେଉଛନ୍ତି ତ? ଆଉ ବାଟରେ କିଛି ଅସୁବିଧା ହୋଇନାହିଁ ତ। ଅମ୍ରିତ୍ ହସିହସି କୁହେ ନିଃଶ୍ୱାସ ନେ ତ। ତୁ ଟିକିଏ ପାଣି ପିଇଲୁ। ତୋ ତଂଟି ଶୁଖିଯିବଣି।"

"ଆରେ ତୋର କଥା ସରିଲେ ତ ମୁଁ କ'ଣ ଅଫର ଦେବି, ତୁ ତ କହିଚାଲିଛୁ। ମୋତେ ଟିକିଏ ସମୟ ଦେଲେ ତ ମୁଁ କହିବି।" ଏମାନଙ୍କ କଥାରେ ଘରେ ସମସ୍ତେ ଠୋ ଠୋ ହୋଇ ହସି ଉଠିଥିଲେ। ଅର୍ପିତାର ବୋଉ ଅପର୍ଣ୍ଣା ଦେବୀ କହିଲେ, "ଆଲୋ ସେ କେତେବେଳୁ ଆସି ଠିଆ ହେଲାଣି, ତୁ ତାକୁ ପ୍ରଶ୍ନ ଉପରେ ପ୍ରଶ୍ନ ପଚାରି ଚାଲିଛୁ ଆଗ ସେ ଟିକିଏ ବସୁ, ତା' ପରେ ପଚାରିଲେ ହେବ ନାହିଁ। ତୁ ବାବା ଟିକିଏ ବସିଲୁ। ସେ ଚଗଲିଟା କେତେବେଳେ କ'ଣ କହୁଛି କହୁଥାଉ। ସେ ବସିବାକୁ କହି ମା'ର ମମତାଭରା ନିଜ ଆଂଚଲରେ ମୁହଁ ହାତ ପୋଛି ଦେଇଥିଲେ। ଅର୍ପିତାକୁ କହିଲେ ତୁ ଖାଲି କଥା କହି ଚାଲିଥା, ତୁ ଠିଆ ହୋଇଛୁ କ'ଣ ଭାଇ କେତେବେଳେ କ'ଣ ଖାଇଥିବ। ତା' ପାଇଁ କିଛି ଖାଇବା ବ୍ୟବସ୍ଥା କର।" ଅମ୍ରିତ୍ କହିଲା, "ନାଇଁ, ମୁଁ ଏଇନା ଘରୁ ଖାଇ ଆସିଛି।" ଏ ଭିତରେ ଅର୍ପିତା ଯାଇ କିଛି ସ୍ନାକ୍ସ ଆଉ କିଛି ମିଠା ନେଇ ଆସିଛି। ଅମ୍ରିତ୍ କହିଲା, "ନା ନା ଏ ସବୁ ନେଇଯା। ମୋ ପାଇଁ ଏକ କପ ଚା' ନେଇଆସ୍।" ଅର୍ପିତା ଚପଲାମି କରି କହିଲା, ମୁଁ ଆଉ ଚା' କରି ଦେଇପାରିବି ନାହିଁ, ତୁମେ ଏଥର ଭାଉଜଟିଏ ନେଇ ଆସ।" ଅମ୍ରିତ୍ କହିଲା "ତୁ ତ ବର୍ତ୍ତମାନ ଅଛୁ, ଭାଉଜ ଯେତେବେଳେ ଆସିବ ଦେଖାଯିବ। ତୁ କେତେ କଥା କହୁଛୁ ମ? ଭାଇକୁ ଚା' କପେ ଦବାକୁ ଏତେ ଓଜନ ଲାଗୁଛି। କାଲିଠୁ କାଲି ଯାଇ ତୋ ବରକୁ କିପରି ଦେବୁ?" ଏହା କହି ତା' କାନକୁ ମୋଡ଼ି ଦେଇଥିଲେ। ସେ "ଆ ମୋ କାନ ଛାଡ଼" କହି ଚାଲିଯାଇଥିଲା। ସେ ଚା' କପଟିଏ ବହୁତ ଯତ୍ନର ସହିତ ଆଣି ଅମ୍ରିତ୍‌କୁ ଧରାଇ ଦେଇଥିଲା। ଏ ଥର ଅମ୍ରିତ ଦେଖୁଛି ଅର୍ପିତା ବହୁତ ପରିବର୍ତ୍ତନ ଜଣା ପଡ଼ୁଛି। ଟିକିଏ ଦୂରେଇ ଦୂରେଇ ଲାଜରା ଲାଜରା ଆଖିରେ ଚାହୁଁଛି। ତା'ର ସେଇ ଚପଳତା ରହିଛି। ଚା କପଟିକୁ ଧରି ଅମ୍ରିତ୍ ପଚାରିଲା, "ଥରେ ଅର୍ପିତା ପାପା କହୁଥିଲେ ତୋର କଲେଜରେ ନାମଲେଖା ହୋଇଯାଇଛି, ସେ ପରିବେଶ ତୋତେ କିପରି ଲାଗୁଛି?" ପ୍ରକୃତରେ ସମୟଟି ହେଉଛି ଏପରି ଗୋଟିଏ ଉପଭୋଗ୍ୟ ସମୟ, ଯେଉଁ ସମୟଟି ଚାଲିଗଲେ ଆଉ ଖୋଜିଲେ ମିଳେ ନାହିଁ। ଏ ଭିତରେ ଅର୍ପିତା ଆଉ ଅମ୍ରିତ୍ ମିଶି ଯାଇଛନ୍ତି।

ଅର୍ପିତା ଅମ୍ରିତ୍ ସହିତ କଥା ହେଲାବେଳେ ତାକୁ ଲାଗେ ତା' ଦେହରେ ଅଜବ ଶିହରଣ ଖେଳିଯାଉଛି, ସେ କିଛି ବୁଝିପାରୁନାହିଁ। ସେ ବହିରେ ପଢ଼ିଛି ଦେହ ଆଉ ମନରେ ପ୍ରଥମ ବସନ୍ତ ଆସିଲେ ବଉଳର ବାସ୍ନା ମହକି ଉଠୁଛି। କାନରେ କୋକିଳର କୁହୁତାନ ଗୁଞ୍ଜରିତ ହେଉଛି। ଆଖିରେ ପ୍ରେମର ଅତର ବୋଳି ହୋଇ ପଡୁଛି। ସେ କ'ଣ ଏପରି ଅନୁଭବ କରୁଛି। ସତରେ ଏ ପରିବର୍ତ୍ତନ କ'ଣ। ଏ ପରିବର୍ତ୍ତନଶୀଳ ଦୁନିଆ ଏଇଆ ହୋଇପାରେ। ତା' ମନର ଗଣିତ କଷି ସେ ଭାଗଶେଷ ବାହାର କରି ପାରୁନାହିଁ।

ଅର୍ପିତାର ସାଙ୍ଗ ନିବେଦିତା ଆସିଛି। ସେ ଅମ୍ରିତ୍‌କୁ ନିବେଦିତା ସହିତ ପରିଚୟ କରାଇ ଦେଇଛି। ନିବେଦିତା ହାତ ଯୋଡ଼ି ପ୍ରଣାମ ଜଣାଇଛି। ଅମ୍ରିତ୍ ପ୍ରତିଉତ୍ତର ଦେଇ କହିଲା, ଏଇ ତୁମେମାନେ କଲେଜରେ ମନଦେଇ ପାଠ ପଢୁଛ ନା ଯାଇ ଚଗଲାମି କରୁଛ।" ନିବେଦିତା ଲାଜରା ହୋଇ କହିଲା, "ଆମ କଲେଜରେ ଚଗଲାମି କରିବାକୁ ବେଳ ନଥାଏ। କଲେଜକୁ ଯାଅ, କ୍ଲାସ କର, ଘରକୁ ଫେର, ଏଥିରେ ଆମର ସମୟ ହୋଇଯାଏ।" ଅମ୍ରିତ୍ କହିଲା, "ଠିକ୍ ତୁମେମାନେ ଗୁଡ୍ ଗାର୍ଲ। ସବୁବେଳେ ଏହିପରି ମନଦେଇ ପଢ଼ିବ।" ଅମ୍ରିତ୍ ପଚାରିଲା, "ଆଉ ଏ ଗଧୁଣୀ ଅର୍ପିତା କିପରି ପଢୁଛି ?" ନିବେଦିତା କହିଲା, "ସେ ତ ଆମ କ୍ଲାସରେ ଫାଷ୍ଟ ହେଉଛି। ଖେଳରେ ଡ୍ରାମାରେ ସବୁଥିରେ ସେ ଆଗୁଆ। ଆଉ ବ୍ୟବହାରରେ ସମସ୍ତଙ୍କ ମନ କିଣି ନେଉଛି।" ଅମ୍ରିତ୍ କହିଲା "ନା-ନା ଏଇଟା ଚଗଲିଟା। ମୋର ବିଶ୍ୱାସ ହେଉନାହିଁ। ଆପଣ ଆମ ସାଙ୍ଗରେ କଲେଜକୁ ଆସନ୍ତୁ। ଆମ ସାର୍‌ମାନେ କହିଲେ ଆପଣଙ୍କର ବିଶ୍ୱାସ ହେବ। ଦୁହେଁ ସାଙ୍ଗ ହୋଇ କଲେଜକୁ ଯାଇଛନ୍ତି। ଅର୍ପିତାର ମନ କ୍ଲାସରେ ନଥାଏ। ସେ ଭାବୁଥାଏ ଗୋଟିଏ କ୍ଲାସ କରି ଘରକୁ ଫେରିଯିବି। ତା'ର ଅନ୍ୟମନସ୍କତା ନିବେଦିତା ଆଗରେ ଧରାପଡ଼ି ଯାଇଛି । ନିବେଦିତା ହସିହସି କହିଲା, ତୁ ଏପରି କାହିଁକି ଅନ୍ୟମନସ୍କ ହେଉଛୁ? ତୁ କ'ଣ ତୋ ମନ ଭିତରେ ଅମ୍ରିତ୍ ଭାଇଙ୍କୁ ସ୍ୱପ୍ନର ରାଜକୁମାର ସଜେଇ ସାରିଲୁଣି କି? "ଆରେ ନା' ମ ତୁ ଏପରି କ'ଣ କହୁଛୁ?"

ଅର୍ପିତା ଶୀଘ୍ର ଘରକୁ ଫେରିଆସିଛି। ଘରେ ବହି ଖାତା ରଖି ନିଜ ଖଟ ଉପରେ ଗଡ଼ିପଡ଼ି ଭାବୁଛି। ମୋର କିଛି ଭୁଲ ହୋଇଯାଉଛିକି ? କାହିଁ ଏତେ ବିଚଳିତ ଲାଗୁଛି। ଅମ୍ରିତ୍ ଭାଇଙ୍କ ସାନିଧ୍ୟ ପାଇଁ ପାଗଳ ହୋଇପଡୁଛି। ପ୍ରକୃତି ଆଉ ପୁରୁଷର ମିଳନ କ'ଣ ଏହିପରି ହୋଇଥାଏ ? ତା'ର ଭାବନା ଗୋଳମାଳ ହୋଇଯାଉଛି। ବୋଉ ଡାକ ପକାଉଛି, "ଆରେ ଅର୍ପିତା ଆସେ ଖାଇବୁ।" ସେ କହିଲା "ନା

ମୋତେ ଭୋକ ନାହିଁ।" ଅମ୍ରିତ୍ ତୋତେ ଅପେକ୍ଷା କରିଛି, ତୁ ଆସିଲେ ସାଙ୍ଗ ହୋଇ ଖାଇବା ପାଇଁ।" ଅର୍ପିତା ସୁନାପିଲାଟିଏ ଭଳି ଖାଇବାକୁ ଆସିଛି। ଏମାନେ ଏକାଠି ଖାଇ ବସିଛନ୍ତି। ଅର୍ପିତା ଅନ୍ୟମନସ୍କ ହୋଇ ଖାଉଥାଏ। ଅମ୍ରିତ୍ ପଚାରିଲା ତୁ ଖାଉଛୁ ନା ଅନ୍ୟ କାହା କଥା ଭାବୁଛୁ। ଅର୍ପିତା କହିଲା ଆପଣ କ'ଣ ମୋତେ ଚିଡ଼ାଉଛନ୍ତି। ଦୁହେଁ ଖାଇବା ସାରି ପାର୍କ ବୁଲିବାକୁ ଯାଇଛନ୍ତି। ଆଉ ଅମ୍ରିତ୍ ସହିତ ଘଂଟା ଘଂଟା ଧରି ଗପି ଚାଲିଥାଏ। ସନ୍ଧ୍ୟା ହୋଇଛି। ଅମ୍ରିତ୍ ତରତର ହୋଇ କହିଲା, "ଚାଲ ଘରକୁ ଫେରିବା।" ଅର୍ପିତା କହିଲା, "ଏତେ ଶୀଘ୍ର ଘରକୁ ଯାଇ କ'ଣ କରିବା?" ସେ ଅମ୍ରିତ୍‌ର ହାତ ଧରି ବସାଇଦିଏ। ଅମ୍ରିତ୍ ବାଧ ଶିଶୁଟିଏ ଭଳି ବସିଯାଏ। ଅମ୍ରିତ୍ ଅର୍ପିତାର ସ୍ପର୍ଶରେ କ୍ଷଣିକ ପାଇଁ ସବୁକିଛି ଭୁଲିଯାଏ। ତା' ପରେ ସେ ନିଜେନିଜେ ସଂଯତ ହୋଇଯାଏ। ପାର୍କରେ ଗୁପ୍‌ଚୁପ୍ ଖାଇବା ତା' ପରେ ବାଦାମ କିଣି ଗୋଟିଏ ଗୋଟିଏ ଚୋପା ଛଡ଼ାଇ ଖାଇ ପରସ୍ପର ଉପରକୁ ଚୋପା ଫୋପାଡ଼ିବା। ତା'ର ମଜା ଅଲଗା ଥାଏ। ରାସ୍ତାରେ ଫେରିଲାବେଳେ ଯେଉଁ ଗପସପ ହୋଇ ଫେରନ୍ତି, ତାହାର ଆରମ୍ଭ ନଥାଏ କି ଶେଷ ନଥାଏ।

ଘରକୁ ଫେରିଲା ପରେ ଅମ୍ରିତ୍ ଭାଇ କ'ଣ ଖାଇବେ ଅର୍ପିତାକୁ ବହୁତ ଚିନ୍ତା ହୋଇଯାଏ, ତାଙ୍କର କ'ଣ ପସନ୍ଦ ସେ କ'ଣ ଖାଉଛନ୍ତି। ପ୍ରତିଦିନ ଅଲଗା ଅଲଗା ଜଳଖିଆ କରି ଆଗ୍ରହର ସହିତ ପରଷିବାରେ ଥାଏ ତା'ର ଅପାର ଆନନ୍ଦ। ତା' ପରେ ତା'ର କଲେଜରେ କ'ଣ ପଢ଼ା ହୋଇଛି ତାହା ବୁଝାଇଦବା ପାଇଁ ଅଡ଼ି ବସେ। ସେ ବୁଝିଥାଉ ବା ବୁଝି ନଥାଉ ତା'ର ସେଥିରେ କିଛି ଫରକ ନଥାଏ। ସେ କିପରି ବାହାନା କରି ଅମ୍ରିତ୍ ସହିତ ଟାଇମ୍ ପାସ୍ କରିବ।

ସେ ଘରକୁ ଯିବାକୁ କହିଲେ ତା'ର ମୁହଁ ବିକୃତ ହୋଇଯାଏ। ଅମ୍ରିତ୍ ବାଧ ହୋଇ ପଢ଼ାଘର ଟେବୁଲ୍‌ରେ ବସନ୍ତି। ଅର୍ପିତା ଗୋଟିଏ ଲମ୍ବା ରୁଟିନ୍ ତିଆରି କରିଦିଏ, ନାମକୁ ମାତ୍ର ପାଠପଢ଼ା। ପାଠ ନାମରେ ହିମାଳୟଠାରୁ ଗଙ୍ଗା ଗୋଦାବରୀ ଯାଏଁ ଗପ ଲମ୍ବିଯାଏ। ଅମ୍ରିତ୍‌କୁ ଅର୍ପିତାର ଏସବୁ ପିଲାଳିଆମି ବହୁତ ଭଲଲାଗେ। ସେ ଦୁଇଜଣ ଖାତା କଲମ ଧରି ବସିପଡ଼ନ୍ତି ଟେବୁଲ ପାଖରେ। ଅର୍ପିତାର ପିଲାଳିଆମି ବଢ଼ିଯାଏ। ଅମ୍ରିତ୍ ତା' ଗାଲରେ ସ୍ନେହଭରା ଚଟକଣି ଦେଇ କହନ୍ତି ତୁ ପାଠ ପଢ଼ିବାକୁ ବସିଛୁ ନା ଚଗଲାମୀ କରିବାକୁ ବସିଛୁ। ସେ ଲାଜରେ ଝାଉଁଳି ପଡ଼େ। ସେ ମୃଦୁ ପରଶରେ ତା' ଦେହରେ ଗୋଟିଏ ଶିହରଣ ଖେଳିଯାଏ। ଅମ୍ରିତ୍ ପ୍ରାୟ ସବୁଦିନ ଆସେ। ଯଦି କେଉଁ ଦିନ ଡେରି ହୋଇଯାଏ ତାହାହେଲେ ସେ ବହୁତ ବ୍ୟସ୍ତ ହୋଇପଡ଼େ। ସେ ଅସ୍ଥିର ହୋଇ ବାରମ୍ବାର ଦାଣ୍ଡ ଦୁଆର ଖୋଲି ଚାହୁଁଥାଏ। ପାଠପଢ଼ା ଅଳ୍ପ ରୋମାନ୍ସ

ଅଧିକ ଥାଏ। ଜୀବନରେ ଅର୍ପିତା ପ୍ରଥମ ପ୍ରଥମ ଅନୁଭବ କରୁଛି ପ୍ରଥମ ପ୍ରେମ। ସେମାନଙ୍କ ବୟସ ଏମିତି ଗୋଟିଏ ଯେ ସେମାନଙ୍କୁ କିଛି ଦେଖାଯାଏ ନାହିଁ। ସେ ଖାଲି ଗୋଟିଏ ପ୍ରେମର ଚଷମା ପିନ୍ଧିଥାଆନ୍ତି। ସାତ ସମୁଦ୍ର ଲଙ୍ଘନ କରିବାକୁ ପ୍ରସ୍ତୁତ ହୋଇଯାଆନ୍ତି। ତା'ର ଫଳାଫଳକୁ ଅପେକ୍ଷା କରନ୍ତି ନାହିଁ। ସଂସାରକୁ ସେମାନେ ତୁଚ୍ଛ ମନେକରନ୍ତି। ଏହାର ପରବର୍ତ୍ତୀ ସମୟ କ'ଣ ଅଛି ଭାବି ପାରନ୍ତି ନାହିଁ। ଦୁନିଆଟା କିପରି ଅଜବ ଲାଗୁଥାଏ। ଅମ୍ରିତ୍ ପ୍ରେମରେ ମତୁଆଲା ହୋଇ ରଙ୍ଗିନ ପ୍ରଜାପତି ଭଳି ଉଡ଼ି ବୁଲୁଥାଏ ଅର୍ପିତାର ଚାରିପାଖରେ। ଅର୍ପିତା ବି ଅମ୍ରିତ୍‌ର ସାନିଧ୍ୟରେ ଆସି ରୋମାଂଚିତ ହୋଇ ପଡୁଥାଏ। ଅମ୍ରିତ୍ ଯେତେବେଳେ ଘରକୁ ଫେରେ ସେତେବେଳେ ପ୍ରେମସାଗରରେ ତରଙ୍ଗ ଲହରୀମାଳ ଶାନ୍ତ ହୋଇପଡ଼େ। ଶୀତଳ ପବନ ବୋହିବା ବନ୍ଦ ହୋଇଯାଏ। ଜଳ ଭିତରୁ ମାଛକୁ ବାହାର କରିଦେଲେ ଯେପରି ଛଟପଟ ହୁଏ ସେହିପରି ଅର୍ପିତାର ଅବସ୍ଥା ହୋଇଯାଏ। ସେ କିଛି ସମୟ ପାଇଁ ନୀରବ ହୋଇଯାଏ। ଆଉ ଅମ୍ରିତ୍ ଆସିଗଲେ ଦେହରେ ହଠାତ୍ ଶିହରଣ ଖେଳିଯାଏ। ଅମ୍ରିତ୍ ବି ଚୁମ୍ବକୀୟ ଭାବରେ ଟାଣି ହୋଇଆସେ ଅର୍ପିତା ସହିତ ମିଶିବା ପାଇଁ। ଅମ୍ରିତ୍ ଯେତେଦିନ ଗାଁରେ ରହେ ଅର୍ପିତା କିଛି ନା କିଛି ବାହାନା କରି କଲେଜ ବନ୍ଦ କରେ। ବୋଉ ପଚାରିଲେ କହେ ଆଜି ଆମର କ୍ଲାସ୍ ହେବ ନାହିଁ। ସାରେ ଛୁଟିରେ ଅଛନ୍ତି। ସାଙ୍ଗମାନେ ଫୋନ୍‌ରେ ପଚାରିଲେ କହେ ମୋର ଦେହ ଖରାପ ଅଛି।

ସାଙ୍ଗ ନିବେଦିତା ଘରକୁ ବୁଲିବାକୁ ଆସି ଜାଣେ ଯେ ଅମ୍ରିତ୍ ଭାଇ ଆସିଛନ୍ତି। ସେ ଥଟ୍ଟା କରେ, "ଆରେ ତୁ କଲେଜ ଯାଉନୁ କ'ଣ ଅମ୍ରିତ ଭାଇଙ୍କ ପାଖରେ କଲେଜ ପାଠ ତୁ ତ ପଢୁଛୁ। ତା' ସହିତ ପ୍ରେମପାଠ ମଧ୍ୟ ପଢ଼ାଇ ଦେଉଛନ୍ତି ନା କ'ଣ? ତୁ ସେ ସବୁକୁ ପାଠକୁ ସାବଧାନ ସହ ପଢ଼, ନହେଲେ ଫସିଯିବୁ। ଅର୍ପିତା ଏହା ଶୁଣି କହେ, "ଆରେ ମୁଁ କ'ଣ ପିଲା ହୋଇଛି ଯେ ଫସିଯାଉଛି।" ନିବେଦିତା କହେ, "ମୁଁ ସେମିତି କହୁଛି ନା। ତୁ ରାଗିଗଲୁ କି?" ଅର୍ପିତା କୁହେ, "ତୁ ମୋର ବେଷ୍ଟ ଫ୍ରେଣ୍ଡ। ମୋତେ ଆଉ ଏତେ ଉପଦେଶ କିଏ ଦିଅନ୍ତା।" ଅର୍ପିତା ମନେମନେ ଭାବୁଥାଏ ନିବେଦିତା ଶୀଘ୍ର ଯାଉନାହିଁ କାହିଁକି? ନିବେଦିତା କହେ, "ମୁଁ ଯାଉଛି, ତୁ ଅନ୍ୟ କୌଣସି ଆଡ଼େ ମନ ନଦେଇ ତୁ ପାଠରେ ମନ ଦିଏ। ଦୁନିଆରେ ସବୁ ସମ୍ପତ୍ତି ସମସ୍ତେ ନେଇଯାଇପାରନ୍ତି, କିନ୍ତୁ ତୋ ମୁଣ୍ଡରୁ ତୋ ପାଠବୁଦ୍ଧି କେହି ନେଇ ଯିବେ ନାହିଁ। ଆମର ବର୍ତ୍ତମାନ ସମୟ ହୋଇଛି ପାଠ ପଢ଼ି ନିଜ ଗୋଡ଼ରେ ନିଜେ ଠିଆ ହେବା। ଲାଇଫ୍ ଏନ୍‌ଜଏ କରିବାକୁ ତ ଆମ ପାଖରେ ବହୁତ ସମୟ ଅଛି। ଏହି ବୟସରେ ପୁଅ ହେଉ କିମ୍ବା ଝିଅ ହେଉ ବାଟ ହୁଡ଼ି ଯାଆନ୍ତି। ଆଉ ଜାଣିଲାବେଳକୁ

ସବୁ ସରିଥାଏ।” ଅର୍ପିତା କହିଲା, “ତୁ ଜେଜେମାଆଙ୍କ ପରି ଆଉ କହ ନାହିଁ।” “ଆରେ ମୁଁ କ’ଣ ବୁଝିପାରୁନାହିଁ। ନିବେଦିତା ତା’ର ମନର ଅବସ୍ଥା ବୁଝିପାରି ଚୁପ୍‌ଚାପ୍ ଚାଲିଯାଏ। ସେ ଚାଲିଗଲା ପରେ ଅର୍ପିତା ଗୋଟିଏ ଦୀର୍ଘ ନିଃଶ୍ୱାସ ମାରେ। ନିବେଦିତାର କଥାରେ ଅର୍ପିତା ଉପରେ ଟିକିଏ ହେଲେ ଫରକ ପଡ଼େ ନାହିଁ।

ଅର୍ପିତା ନିଜକୁ ନିଜେ ସଜେଇ ହୁଏ ବେଡରୁମ୍‌ରେ। ରୁମ୍‌କୁ ଯାଇ ଯତ୍ନର ସହିତ ସଜାଇ ହୁଏ ଅମ୍ରିତ୍ ଭାଇଙ୍କ ପାଇଁ। ରଜନୀଗନ୍ଧା, ଗୋଲାପ ଗୁଚ୍ଛ ଆଣି ଫୁଲଦାନୀରେ ସଜାଇଦିଏ। ଫୁଲର ମହକରେ ଘରଟି ମହକି ଉଠେ। ଅର୍ପିତା ଘରେ ପହଂଚୁ ପହଂଚୁ ସେ ତାଙ୍କ ପଢ଼ା ରୁମ୍‌କୁ ଡାକିନିଏ। ସେ ଘରେ ଗୋଡ଼ ଦେଉଦେଉ କହେ ଦେଖିଲେ ଫୁଲଗୁଡ଼ିକ ସତେଜ ଅଛନ୍ତି। କେତେ ସୁନ୍ଦର ଦେଖାଯାଉଛି। ଅମ୍ରିତ୍ ତା’ର ହାତକୁ ଚାପିଦେଇ କହନ୍ତି, “ନା-ନା, ତୋ’ଠାରୁ ଏଗୁଡ଼ିକ ସୁନ୍ଦର ନୁହେଁ। ତୁ ତ ଗୋଟିଏ ଗୋଲାପ।” ଏହା ଶୁଣି ଅର୍ପିତା ଲାଜେଇ ଯାଏ। ଦୁହେଁ ଦୁହିଁଙ୍କୁ ଭୁଲି ଯାଆନ୍ତି। ବୋଉଙ୍କର ପାଦଶବ୍ଦ ଶୁଣି ଦୁହେଁ ବାସ୍ତବତାକୁ ଫେରିଆସନ୍ତି। ବୋଉ କହିଲେ, “ଆରେ ଅର୍ପିତା, ତୁ ଭାଇ ପାଇଁ ଖାଇବା ପାଇଁ କିଛି ଆଣୁନୁ କାହିଁକି। ସେ ଆସିଲେ ଖାଲି ପାଠ ପାଠ ପାଠ ହେଉଛୁ। ବୋଉ କଥା ଶୁଣି ସେ ଯାଇ ପାଣି ଗ୍ଲାସଟିଏ ଆଣି ଧରାଇ ଦେଇଛି। ବୋଉ ହସି ହସି କହିଲେ, “ତୁ ଆଉ କେଉଁଦିନ ଜାଣିବୁ? ଖାଲି ପାଣି ମୁନ୍ଦିଏ ଧରାଇଦେଲୁ।” ଅର୍ପିତା କହିଲା “ସେ ତ ଘରୁ ଆସୁଛନ୍ତି ଏତେ ଶୀଘ୍ର ଭୋକ ହେଇଯାଉଛି। ଟିକିଏ ଡେରି ହେଲେ କ’ଣ ଚଳିବ ନାହିଁ?” ଅମ୍ରିତ୍ କହିଲା, “ମୁଁ ସଙ୍ଗେସଙ୍ଗେ ଘରୁ ଆସୁଛି।” ବୋଉ କହିଲେ, “ତୁମେ ଏମିତି କହିଲେ କିପରି ହେବ? ସେ ଶିଖିବ କେମିତି? ଝିଅମାନେ ଚାଲିଚଳଣି ଆଚାର ବ୍ୟବହାର ଘରୁ ସବୁ ଶିଖନ୍ତି।” ସେ ଯାଇ କିଛି ଷ୍ଟାର୍ଟର ଆଉ ସ୍ନାକ୍ସ ବୋଉ ପାଇଁ ଆଉ ଅମ୍ରିତ୍ ପାଇଁ ଦୁଇ କପ୍ ଚା’ ନେଇ ଆସିଲା। ବୋଉ ଆଗ ଚା’ ପିଇ କହିଲେ, “ତୁ ଆଜିଯାଏ ଚା’ ଟିକିଏ ଠିକ୍‌ରେ କରିପାରିଲୁ ନାହିଁ। ଏ କ’ଣ ଚା’ରେ ଚିନି ଦେଇ ନାହୁଁ? ଅର୍ପିତା ଜିଭ କାମୁଡ଼ି କହିଲା, “ମୁଁ ଚିନି ଆଣିଦେଉଛି।” ବୋଉ କହିଲେ ଆଜି ଘରେ ଚା’ରେ ଚିନି ପକାଇବା ପାଇଁ ଭୁଲିଯାଉଛୁ ଶାଶୁଘରକୁ ଗଲେ କିପରି କରିବୁ। ଅମ୍ରିତ୍ ଅର୍ପିତାକୁ ଚାହିଁ ମୁରୁକି ମୁରୁକି ହସି କହିଲା, “ସେ ତା’ ଶାଶୁଘରକୁ ଗଲେ ସବୁ ଠିକ୍ ହୋଇଯିବ।” ସେତେବେଳେ ଚା’ ପତି ପରମେଶ୍ୱରଙ୍କୁ କରି ଦେବ। ସେ ଠିକ୍ କରିଦେବେ। ଏ ଗେଲ ରହିବ ନାହିଁ।” ଅର୍ପିତା ଅଭିମାନଭରା କଣ୍ଠରେ ଆଖି ମଳିମଳି କହିଲା, “ଆପଣ ଭାଇ ହୋଇ କ’ଣ କହୁଛନ୍ତି।” ଅମ୍ରିତ୍ କହିଲା, “ମୁଁ କ’ଣ ଭୁଲ କହୁଛି ତୁ ବର୍ତ୍ତମାନ ଆମ ଝିଅ ଅଛୁ। ଆମେ କିଛି କହିବୁ ନାହିଁ। ସେମାନେ

କାହିଁକି ଆଡଜଷ୍ଟ କରିବେ ?" ଅର୍ପିତା କହିଲେ, "ସେମିତି କହିଲେ ମୁଁ କିଛି କରିବି ନାହିଁ। ତା' ହେଲେ କାନମୋଡ଼ା ଖାଇବୁ। ଆଖିର ଲୁହ କାନିରେ ପୋଛି କରିବୁ।" ଅର୍ପିତା କହିଲା, "ସେ ଯଦି ମୋ କାନ ମୋଡ଼ନ୍ତି ମୁଁ ଛାଡ଼ି ଚାଲିଆସିବି।" ଅମ୍ରିତ ହସିହସି କହିଲା, "ତୁ ଯେଉଁଦିନ ଛାଡ଼ି ଚାଲିଆସିବୁ ଏ ଘରେ ତୋତେ ଜାଗା ମିଳିବ ନାହିଁ। ତୋତେ ସବୁ ଚୁପ୍‌ଚାପ ସହି ରହିବାକୁ ପଡ଼ିବ।" ଏହା ଶୁଣି ବୋଉ ହସି ଉଠିଥିଲେ।

ଅମ୍ରିତ୍ ଅର୍ପିତାକୁ ବୁଝାଇ କହିଲା, "ଆରେ ଚଗଲି ! ତୋ ପରି ସବୁ ଝିଅ ବାପା ମାଆଙ୍କ ପାଖରେ ଗେହ୍ଲା ହେଇଥାଆନ୍ତି। ଯେତେ ଗେହ୍ଲା ହେଲେ ବି ଦିନେ ନା ଦିନେ ପରଘରକୁ ଯିବାକୁ ପଡ଼ିଥାଏ। ଏହା ହେଉଛି ଆମର ସାମାଜିକ ବନ୍ଧନ। ସେ ଏମିତି ଗୋଟିଏ ବନ୍ଧନ ଥରେ ବନ୍ଧା ହୋଇଗଲେ ତାହା ସବୁଦିନ ପାଇଁ ବାନ୍ଧିହୋଇ ଯାଇଥାଏ।" ଆବଶ୍ୟ ଆଜିକାଲି ଝିଅମାନେ ସମାଜର ସଂସ୍କୃତି ଆଉ ସଂସ୍କାର ଭୁଲିଗଲେଣି। ଟିକିଏ କ'ଣ ହେଲେ ଛାଡ଼ି ଚାଲି ଆସୁଛନ୍ତି। ତାଙ୍କ ପାଇଁ ସବୁ ନୂଆନୂଆ କାନୁନ୍ ଖାତାରେ ଲେଖା ହୋଇଗଲାଣି। ସେ ସତ କହୁ ବା ମିଛ କହୁ ସେ ଯାହା କହିବ ସବୁ ଠିକ୍। ସେଥିପାଇଁ ପ୍ରମାଣ ଦର୍କାର ହେଉନାହିଁ। ଅର୍ପିତା କହିଲା, "ତାହାହେଲେ ମୁଁ ତାଙ୍କ ଘର ଛାଡ଼ି ଚାଲିଆସିବି। ଅମ୍ରିତ୍ କହିଲେ, "ତୁ ଏପରି ଭୁଲ କରିବୁ ନାହିଁ। ମାହାତ୍ମା ଗାନ୍ଧୀ କହିଛନ୍ତି ତୋତେ ଗୋଟିଏ ଗାଲକୁ ଗୋଟିଏ ଚାପୁଡ଼ା ଦେଲେ ତୁ ଅନ୍ୟ ଗାଲଟି ଦେଖାଇଦେବୁ। ସେହି ସମୟଟି ଚାଲିଗଲେ ସବୁ ଠିକ୍ ହୋଇଯିବ। ସହିଯିବାଠାରୁ ଶକ୍ତି ଆଉ ସଂସାରରେ ନାହିଁ।" ଅର୍ପିତା କହିଲା, "ସେମାନେ ମୋତେ ଟର୍‌ଚର୍ କରିବେ - ମୁଁ ରହିବି, ତାହା ମୋ କ୍ଷେତ୍ରରେ ହୋଇପାରିବ ନାହିଁ। ମୁଁ ଛାଡ଼ି ଚାଲିଆସିବି।"

ତୁ ଛାଡ଼ି ଚାଲିଆସିଲେ ତୋର ବାପାମାଆ ତୋତେ ବୁଝେଇ ସୁଝେଇ ନେଇ ଛାଡ଼ିଦେଇ ଆସିବେ। ଏହା ସବୁ କ୍ଷେତ୍ରରେ ସମ୍ଭବ ହୋଇନଥାଏ। ଗୋଟିଏ ଝିଅ ବାପା ଘରକୁ ଆସିଲା ପରେ ତା'ର ଯଦି ଭାଇ ବାପା ମାଆ ମଜବୁତ ହୋଇଥିଲେ ସେ କ୍ଷେତ୍ରରେ ଏହିପରି ହୋଇଥାଏ। ସେମାନେ ସ୍ୱାମୀଙ୍କ ପାଖରୁ ଭରଣ ପୋଷଣ ଆଣିପାରନ୍ତି। ଯାହାର କେହି ନାହାଁନ୍ତି ତାହା ସମ୍ଭବ ହୋଇପାରେ ନାହିଁ। ସେହି ଶାଶୁଘର ଯଜ୍ଞକୁଣ୍ଡରେ ଆହୁତି ହୋଇଯାଏ। ଆଉ ଯଦି ଛାଡ଼ି ଚାଲିଆସେ ତାହାହେଲେ ତାକୁ ଆମ ଲୋକମାନେ ବହୁତ ତାସ୍‌ଲ୍ୟ କରନ୍ତି। ସେ ରାସ୍ତାରେ ବୁଲାକୁକୁରଙ୍କଠାରୁ ହୀନ ହୋଇଯାଏ। ରାସ୍ତା କଡ଼ରେ ବୁଲାକୁକୁରଙ୍କୁ ଯେପରି କିଏ ଠେଙ୍ଗାଟିଏ ତ କିଏ ପଥରଟିଏ ମାରିଦିଅନ୍ତି, ସେ ଚୁପ୍‌ଚାପ୍ ଚାଲିଯାଏ; ସେହିପରି ଅବସ୍ଥା ହୋଇଯାଏ।

ସାଇ ପଡ଼ୋଶୀ ବହୁତ କଥା କହନ୍ତି। ତାକୁ ଖରାପ ନଜର ପକାନ୍ତି। ଭିତରେ କିଛି ଉଦ୍ଦେଶ୍ୟ ରଖି ଭଦ୍ର ମୁଖା ପିନ୍ଧି ତାକୁ ସାହାଯ୍ୟ କରିବାକୁ ଚାଲିଆସନ୍ତି। ଆଉ ତା'ର ସରଳତାର ସୁଯୋଗ ନେଇ ତାକୁ ଖିନ୍‌ଭିନ୍ କରିପକାନ୍ତି। ସେତେବେଳକୁ ତା'ର କିଛି ଉପାୟ ନଥାଏ। ତାକୁ ବାଧ୍ୟ ହୋଇ ସହିବାକୁ ପଡ଼ିଥାଏ। ଆଉ ମଧ୍ୟ କେତେକ ଜାଗାରେ ପୋକ ମାଛି ପରି ଲୀନ ହେବାକୁ ପଡ଼ିଥାଏ। ସେତେବେଳେ ମୁହଁକୁ ମୋଡ଼ି ଅଣଦେଖା କରି ଚାଲିଯାଆନ୍ତି। ସେ ସେତେବେଳେ ଅଭିଶପ୍ତା ହୋଇ ଅବେଳରେ ଝରିପଡ଼େ। ତା' ପାଇଁ କାହା ଆଖିରୁ ଲୁହ ଦୁଇଧାର ଝରିପଡ଼େ ନାହିଁ। ଏଇ ଆମର ସମାଜ ଉପରେ ଉପରେ ଉଡ଼ାଇଦିଏ।

ଏହା ଶୁଣି ଅର୍ପିତାର କଅଁଳ ହୃଦୟ ତରଳିପଡ଼େ। ତାହା ଶୁଣି କହିଲା, "ଆମ ସମାଜ କ'ଣ ଏତେ ନିଷ୍ଠୁର? ତାହାହେଲେ ମୁଁ ବିବାହ କରିବି ନାହିଁ।" "ଅମ୍ରିତ କହିଲେ ଆରେ ତୁ କ'ଣ କୋଳି ଖାଇ ମଞ୍ଜି ପୋତିଛୁ ଯେ ବାପଘରେ ସବୁଦିନେ ରହିବୁ? ଅମ୍ରିତ୍ ଏହା କହିଲା କ'ଣ ତୁ ବୁଝିଲୁ ନା ନାହିଁ? କହି ତାକୁ ପାଖକୁ ଟାଣିନେଇ ଗୋଟିଏ ହାଲୁକା ଚୁମ୍ବନ ଆଙ୍କି ଦେଇଥିଲା।" ସେ ଅମ୍ରିତ୍ ପାଖକୁ ଟାଣି ହୋଇଯାଇଥିଲା।

ସେହିଦିନଠାରୁ ସମସ୍ତଙ୍କ ଅଜାଣତରେ ପରସ୍ପର ପରସ୍ପରକୁ ଭଲପାଇ ବସିଛନ୍ତି। ଦୁଇଜଣ ଏକାଠି ବୁଲାବୁଲି କରନ୍ତି। ସେମାନଙ୍କ ଦେହର ମୃଦୁ କମ୍ପନ ଦୁଇ ଜଣ ଜାଣି ବି ଅଜଣା ହୋଇଯାଆନ୍ତି। ଦୁହେଁ ଦୁହିଁଙ୍କୁ ମତୁଆଲା ଚାହାଣୀରେ ଚାହିଁ ନିଜେ ସଂଯତ ହୋଇଯାଆନ୍ତି। କିନ୍ତୁ ଆଦର୍ଶର ସୀମା ଉଲ୍ଲଘଂନ କରନ୍ତି ନାହିଁ। ଅମ୍ରିତ୍ ଘରକୁ ଗଲେ ଅର୍ପିତା ଏକା ପଡ଼ିଯାଏ। ଦେହଟି ସିନା ରହିଯାଏ ହେଲେ ମନଟା ଅମାନିଆ ସେଇ ସ୍ୱଚ୍ଛ ସମୟର ପ୍ରେମଭରା ସ୍ୱପ୍ନର ବଳୟ ଭିତରେ ଉବୁଟୁବୁ ହେଉଥାଏ। ଏହା ଅମାନିଆ ବୟସର ଲକ୍ଷଣ।

■

ତୃତୀୟ ଅଧ୍ୟାୟ

ଦିନେ ଅମୀୟବାବୁ ଆଉ ଆଲୋକବାବୁ ଦୁଇ ବନ୍ଧୁ ଜୀବନର ବିତିଯାଇଥିବା ପୁରୁଣା କାହାଣୀର ପୃଷ୍ଠା ଲେଉଟାଉଥାଆନ୍ତି। ଏମିତି କିଛି ସମୟ ଗପିବା ପରେ ଅମୀୟବାବୁ ଅର୍ପିତାକୁ ଡାକି କହିଲେ, "ମଉସା କେତେବେଳୁ ଆସିଲେଣି। ଆମ ପାଇଁ କଫି ଟିକିଏ କରି ଆଣ।" ଅର୍ପିତା କିଛି ସ୍ନାକ୍ସ ଆଉ କଫି ଦୁଇ କପ୍ ଆଣି ଦେଇଥିଲା । ସେ କଫି ପିଇବା ପରେ ଉତ୍ସୁକ ହୋଇ ପଚାରିଲେ, "କଫି ଭଲ ହୋଇଛି ତ?" "ତୁ କଫି କରିବୁ ତାହା ଭଲ ହେବ ନାହିଁ? ଏହା କ'ଣ କେବେ ହୋଇଥିଲା ନା ହବ? କହିଲେ, "ତୋର ପଢ଼ାପଢ଼ି କିପରି ଚାଲିଛି?" ଅର୍ପିତା କହିଲା, "ମୋର ପରୀକ୍ଷା ଆଉ ଅଳ୍ପ ଦିନ ଅଛି।" "ତୁ ମନଦେଇ ପଢ଼ ଯେପରି ପରୀକ୍ଷାରେ ଭଲ ପରସେଂଟ ରଖିବୁ। ତୁ ଭଲ କଲେ ଆମର ଗର୍ବ ଆଉ ଗୌରବ।" ଅର୍ପିତା "ଆଜ୍ଞା' କହି ଛୋଟ ଉତ୍ତରଟିଏ ଦେଇ ଚାଲି ଯାଇଥିଲା। ଆଲୋକବାବୁ କହିଲେ, "ମୁଁ ତୋତେ ଗୋଟିଏ କଥା କହିବି ବୋଲି ଭାବୁଛି, କିନ୍ତୁ କହିପାରୁ ନାହିଁ। କାଳେ ତୁ କ'ଣ ଭାବିବୁ।" ଅମୀୟବାବୁ କହିଲେ, "ଆରେ କହୁନୁ, ତୋ ମୋ ଭିତରେ ଭାବ ଭାବିବା କେଉଁ ଦିନଠାରୁ ହେଲାଣି। କ'ଣ କହୁ ନାହୁଁ?"

ଆଲୋକବାବୁ କହିଲେ, "ଅମ୍ରିତ୍ ଆଉ ଅର୍ପିତା ବଡ଼ ହୋଇଗଲେଣି ପରସ୍ପରକୁ ବୁଝିଲେଣି। ଆମେ ଏ ଦୁଇଜଣଙ୍କର ବାହାଘର କଲେ କେମିତି ହୁଅନ୍ତା? ଏ ଦୁଇ ଜଣଙ୍କୁ ବାନ୍ଧିଦେଲେ ଆମେ ଦୁଇଜଣ ସବୁ ଦିନ ପାଇଁ ବାନ୍ଧି ହେବା ସଙ୍ଗେସଙ୍ଗେ ଆମର ନୂତନ ପିଢ଼ି ବି ଏହି ଧାରାବାହିକତାରେ ପଡ଼ିଯାଆନ୍ତେ।" "ଆରେ ମୋତେ ତ ଏହା ସ୍ୱପ୍ନ ଦେଖିଲା ଭଳି ଲାଗୁଛି। ପ୍ରଭୁ ଜଗନ୍ନାଥଙ୍କର ଯଦି ନିର୍ଦ୍ଦେଶ ଥିବ ଏହା ନିଶ୍ଚୟ ସଫଳ ହେବ। ମୋ ଭାଗ୍ୟରେ ଥିଲେ ମୁଁ ଅମ୍ରିତ୍ ଭଳି ପୁଅକୁ ଜାମାତା ରୂପରେ ପାଇବି।"

ଆଲୋକବାବୁ କହିଲେ, "ତୁ ଯଦି ଅର୍ପିତା ପରି କନ୍ୟା ରତ୍ନଟିଏ ମୋତେ ଦାନ କରନ୍ତୁ ତାହାହେଲେ ମୁଁ ନିଜକୁ ଭାଗ୍ୟବାନ ମନେକରିବି। ମୁଁ ତାକୁ ନେଇ ମୋ ଘର ଅଗଣାରେ ଫୁଲ ପରି ସଜେଇଦେବି। ମୋର ଘର ଆନନ୍ଦ ଲହରୀରେ ପୂରି ଉଠିବ। ଆମେ ଭାବିଲେ କ'ଣ ହେବ। ଏହା ପ୍ରଭୁଙ୍କ ଉପରେ ଛାଡ଼ିଦେବା। ଝିଅ ପୁଅ ଜନ୍ମ ହେଲାବେଳେ ସେ ଲେଖି ଆଣିଥାଆନ୍ତି। ଆମେ ବାପା ମା' ନିମିତ୍ତ ମାତ୍ର।" ଦୁଇ ବନ୍ଧୁ ଏକା ସମୟରେ ଯୋଡ଼ହସ୍ତରେ ପ୍ରଭୁଙ୍କୁ ପ୍ରଣାମ ଜଣାଇଥିଲେ। କବାଟ ଆଢୁଆଳରେ ରହି ଅର୍ପିତା ଏହାକୁ ଶୁଣୁଥିଲା। ସେ ନିଜେ ନିଜକୁ ବିଶ୍ୱାସ କରିପାରୁନଥିଲା। ପ୍ରଭୁ ସତରେ କ'ଣ ତା'ର ମନର ଭାବନାକୁ ବୁଝିପାରିଛନ୍ତି ! ତା' ଆଞ୍ଜୁଳାରେ ସତରେ କ'ଣ ସ୍ୱର୍ଗରୁ ପାରିଜାତ ଆଣି ଭରି ଦେଇଛନ୍ତି। ଅମ୍ରିତ୍‌ର ହସହସ ମୁହଁଟି ତା' ଆଖି ଆଗରେ ନାଚି ଉଠୁଥିଲା। ସେ ସ୍ୱପ୍ନ ରାଇଜରେ ଘୂରି ବୁଲିଲା। ସେ ସେଇ ମୁହୂର୍ତ୍ତରେ କେତେ ଠାକୁର ଠାକୁରାଣୀଙ୍କୁ କେତେ କ'ଣ ମାନସିକ କରି ପକାଇଲା। କାହାକୁ ପାଟ ଶାଢ଼ି ତ କାହାକୁ ଚୁଡ଼ି ସିନ୍ଦୂର। କାହା ପାଖରେ ଶହେ ସଳିତା ଘିଅ ଦୀପ ଜାଳିବ। ଏହିପରି କେତେ କ'ଣ। ସେହି ସମୟରେ ଅମ୍ରିତ୍ ଆସି ପହଂଚିଛି। ଦୁଇ ସାଙ୍ଗ ଦୁହେଁ ଦୁହିଁଙ୍କୁ ଚାହିଁ ଆନନ୍ଦରେ ଗଦ୍‌ଗଦ୍ ହୋଇପଡ଼ିଛନ୍ତି। ଅମ୍ରିତ୍ ଆଲୋକବାବୁଙ୍କୁ କହିଲା, "ମୋର ଫୋନ୍ ଆସିଛି। ମୁଁ ଦିଲ୍ଲୀ ଚାଲିଯିବି। ମୋର ଏକ୍‌ଜାମ୍ ଆଉ ଅଳ୍ପ ଦିନ ରହିଲା।" ଏହା ଶୁଣି ଅର୍ପିତାର ପାଦତଳୁ ମାଟି ଖସିପଡ଼ିଲା ପରି ଲାଗିଲା। ଆଲୋକବାବୁ ଯିବାକୁ ଉଠିଲେ। ଆଗରେ ଦୁଇବନ୍ଧୁ ଚାଲିଲେ ଆଉ ଅମ୍ରିତ୍‌କୁ ଦେଖି ଅର୍ପିତା କାନ୍ଦି ପକାଇଲା। ଅମ୍ରିତ୍ ପଚାରିଲା, "ତୁ କାନ୍ଦୁଛୁ କ'ଣ ?" "ତୁମେ ବୁଝିପାରିବ ନାହିଁ।" ଅମ୍ରିତ୍ ତାକୁ ପାଖକୁ ଆଣି ତା'ର ଅଲରା ବାଳକୁ ସଜାଡ଼ିଦେଇ ତାକୁ ଚୁମ୍ବନଟିଏ ଦେଇ କହିଲା, "ଆରେ ମୁଁ କ'ଣ ସବୁଦିନ ପାଇଁ ଦିଲ୍ଲୀ ଯାଉଛି। ମୋର ଏକ୍‌ଜାମ ସାରି ପୁଣି ଫେରି ଆସିବି। ଏ ତ ଏଇ ଚାରି ଛଅ ମାସର କଥା।" ଅର୍ପିତା କହିଲା, "ତୁମେ କ'ଣ ଫେରିବ ମାନେ ଅଛି। କୌଣସି ରାଜକୁମାରୀ ପ୍ରେମରେ ପଡ଼ି ରହିଯାଇପାର। ସେତେବେଳେ କ'ଣ ତୁମର ମୋ କଥା ମନେପଡ଼ିବ ?" ଅମ୍ରିତ୍ ତା'ର ଲୁହକୁ ପୋଛିଦେଇ କହିଲା, "ଆରେ ଯିଏ ଯାହାର ସିଏ ତା'ର। ସ୍ୱର୍ଗର ଚାନ୍ଦକୁ ତ ପୁଣି ପୋଖରୀର କଇଁଫୁଲ ଚାହିଁ ରହିଥାଏ। ସେମାନେ କ'ଣ ପରସ୍ପରକୁ ପ୍ରେମ କରୁନାହାଁନ୍ତି ? ତାହା ହେଉଛି ସ୍ୱର୍ଗୀୟ" କହି ତା'ର ଗାଲକୁ ଚିପି ଦେଇଥିଲା।

ଅମ୍ରିତ୍ ଆଇ.ଏ.ଏସ୍ ପାଇଯାଇଛି। ତା' ପାପା ମମିଙ୍କର ଆନନ୍ଦ କହିଲେ ନସରେ। ଅମ୍ରିତ୍ ଫ୍ରେସ୍ ହୋଇ ବଜାର ଆଡେ ଯାଇ ତା'ର ସାଙ୍ଗମାନଙ୍କ ସହିତ

ମିଶିବା ପାଇଁ ବାହାରିଲା। ମମି କହିଲେ ତୁ କୁଆଡ଼େ ଯିବୁକି? ସେ "ମୁଁ ମୋର ସାଙ୍ଗମାନଙ୍କୁ ଦେଖା କରିବାକୁ ଯାଉଛି" କହି ଚାଲିଯାଇଥିଲା। ତା'ର ପିଲାଦିନର ସାଙ୍ଗ ଅବିନାଶ ଦେଖା ହୋଇଛି। ଦୁହେଁ ଦୁହିଁଙ୍କୁ କରମର୍ଦ୍ଦନ କରିଛନ୍ତି। ଅବିନାଶ ପଚାରିଲା, "ଆରେ କେଉଁଦିନଠାରୁ ଆସିଗଲୁଣି।" ଅମ୍ରିତ୍ କହିଲା, "ଆଜି ଘରକୁ ଆସିଲି ଏ ଘଂଟାଏ ଆଗରୁ।" "ଆମ ସାଙ୍ଗମାନେ ଭଲ ଅଛନ୍ତି ତ?" ତୁ ବର୍ତ୍ତମାନ କରୁଛୁ କ'ଣ?" ଅବିନାଶ କହିଲା, "ସମସ୍ତେ ତ କିଏ କେଉଁଠାରେ ରହିଲେଣି ଆମେ ଏଇ କେତେ ଜଣ ଗାଁରେ ରହିଛୁ।" "ତୁ ବର୍ତ୍ତମାନ କରୁଛୁ କ'ଣ?" "ମୁଁ ଏଇ ଗାଁ ସ୍କୁଲରେ ଶିକ୍ଷକତା କରୁଛି।" "ମୁଁ ପେପରରେ ପଢ଼ିଲି ତୋର ଆଇ.ଏ.ଏସ୍ ହୋଇଛି। ତୁ ବିଶ୍ୱାସ କରିବୁ ନାହିଁ। ମୁଁ ଏତେ ଖୁସି ହୋଇଥିଲି। ତୁ ହେଉଛୁ ଆମ ଗାଁର ଗର୍ବ ଆଉ ଗୌରବ। ତୁ ଆଜି ଆମ ଏହି ଅଂଚଳର ଗୋଟିଏ ଆଇ.ଏ.ଏସ୍ ଅଫିସର। ତୁ ଯେତେ ବଡ଼ ହୁଅ କେବେ ହେଲେ ଗାଁକୁ ଭୁଲିବୁ ନାହିଁ। ଆମକୁ ବି ଭୁଲିବୁ ନାହିଁ, ଏ ବିଶ୍ୱାସ ଅଛି ।" ଅମ୍ରିତ୍ କହିଲା - "ଏଇ ଗାଁ, ଏଇ ପାଣି, ପବନ, ଏଇ ଗୋଡ଼ି ମାଟି ଏଇ ସ୍କୁଲ ମୋର ମୂଳଦୁଆ। ଏଠି ମୁଁ ପଢ଼ିଉଠି ଚାଲି ଶିଖିଛି। ଆମେ ସମସ୍ତେ ଗୋଟିଏ ମା' ପେଟର ଛୁଆ ଭଳି ବଡ଼ ହୋଇଛେ। ଏଇ ମୋର ସାଙ୍ଗମାନେ ତୁମେ। କେତେ ବାଡାପିଟା କେତେ ବାଲିଗୋଡ଼ି ଫୋପଡ଼ା ଫୋପାଡ଼ି, କେତେ ହସକାନ୍ଦ ଏହା କ'ଣ କେବେ କିଏ ଭୁଲିପାରେ! ତୁ ମୋ ଉପରେ ଭରସା ରଖ। ମୁଁ ଯେମିତି ଥିଲି ସେମିତି ଅଛି।" ଅବିନାଶ କହିଲା, "ଆରେ ମୁଁ କହିଦେଲି। ଏହିପରି ଦୁଇ ବନ୍ଧୁ ଗପସପ କରି କରି ଯାଇ ଗୋଟିଏ ଶଙ୍ଖ ଉପରେ ବସି ପଡ଼ିଲେ। ଠିକ୍ ଏହି ସମୟକୁ ଗୋଟିଏ ଗୁପ୍‌ଚୁପ୍ ବାଲା ପହଂଚିଲା। ଅମ୍ରିତ୍ କହିଲା ଅବିନାଶ ଚାଲ ଆମେ ପୁଣି ସେଇ ଚବିଶ ପଚିଶ ବର୍ଷ ତଳକୁ ଚାଲିଯିବା। ଆମେ ଗୁପ୍‌ଚୁପ୍ ଖାଇବା। ସେଇ ପିଲାଦିନର ସ୍ମୃତିକୁ ସାଉଁଟି ଦୁଇ ସାଙ୍ଗ ମନଭରି ଖାଇସାରିବା ପରେ ଦୁହେଁ ଏକାବେଳକେ ପକେଟ୍‌ରୁ ପଇସା ବାହାର କଲେ। ଅମ୍ରିତ୍ କହିଲା, "ତୁ ରଖ।" ଅବିନାଶ କହିଲା, "ତୁ ରଖ, ମୁଁ ଏହି କାମଟି କରୁଛି। ତୁ ବଡ଼ ବଡ଼ କାମ କରିବୁ।" ଦୁହେଁ ଏକ ସ୍ୱରରେ ହସି ଉଠିଥିଲେ, ଅବିନାଶ ସେ ପଇସା ଦେଲା।

ଗୁପ୍‌ଚୁପ୍‌ବାଲା ରାମୁ କହିଲା, "ଆଜ୍ଞା, ଏଇ ଛୋଟ ମୁହଁରେ ବଡ଼ କଥା। ବଜାରରେ ସମସ୍ତେ କହୁଛନ୍ତି ଆପଣ ଜଣେ ବଡ଼ ଅଫିସର। ମୁଁ ହେଉଛି ମୂର୍ଖ। ମୁଁ ଆଇ.ଏ.ଏସ୍ ଅଫିସର କଥା କ'ଣ ଜାଣିବି। ମୁଁ ଖାଲି ଏତିକି ଜାଣିଲି ଯେ ଆପଣ ଗୋଟିଏ ବଡ଼ ଚାକିରି ପାଇଛନ୍ତି। ଯେତେବେଳେ ଯାହା ଚାହିଁବେ କରିପାରିବେ। ଆଜି ମୋର କି ଭାଗ୍ୟ। ଆପଣ ଆମ ଗାଁ ପୁଅ ବୋଲି ମୋ ପରି ଗୁପ୍‌ଚୁପ୍ ବାଲାଠାରୁ

ଖାଇଲେ। ଆପଣଙ୍କ ଛାଇ ଦେଖିବା ପାଇଁ ଦୁର୍ମୂଲ୍ୟ। ମୋର ଗୋଟିଏ ଛୋଟ ଅନୁରୋଧ, ଆପଣ ମୋ ଭଳି ଆମ ଗାଁର ଗରିବମାନଙ୍କ ଦୁଃଖ ବୁଝିବେ। ଆପଣ ଆମର ମା' ବାପା। ବଡ଼ ସହରକୁ ଯାଇ ଆମକୁ ଭୁଲିଯିବେ ନାହିଁ।" ଅମ୍ରିତ୍ କହିଲା, "ତୁମର କ'ଣ ଦର୍କାର କହୁନ।" ଆଜ୍ଞା, ମୋ କଥା ଏକା ବୁଝିଲେ କିପରି ହେବ। ଯେଉଁମାନଙ୍କର ବଡ଼ ଅଫିସର ଚିହ୍ନା ଅଛନ୍ତି ତାଙ୍କର ସବୁ କାମ ହେଉଛି। ଆମର ତ କେହି ନାହାଁନ୍ତି, ଆମ୍ଭମାନଙ୍କ ଭଳି ଗରିବଙ୍କ କଥା କିଏ ଶୁଣିବ? ଆମ୍ଭମାନଙ୍କୁ ଆଜ୍ଞା ଦୁଇ ଓଳି ଦୁଇ ମୁଠା ପେଟପୂରା ଖାଇବାକୁ ମିଳୁନାହିଁ। ଆମ ଝାଟିମାଟିର ଘର ଉପରେ ଖଣ୍ଡିଆ ଜରି ଘୋଡ଼ାଇବା ପାଇଁ ମିଳେ ନାହିଁ। ଆପଣ ଆମ ସମସ୍ତଙ୍କର ଦୁଃଖ ଟିକିଏ ଠିକ୍ କରିଦିଅନ୍ତୁ ନା। ମୁଁ ଜଣେ ସାଧାରଣ ଅଶିକ୍ଷିତ। କେମିତି କଥା କୁହାଯାଏ ମୁଁ ଶିଖିନାହିଁ। ମୁଁ କହୁ କହୁ କେତେ କଥା କହିଗଲିଣି। ଯଦି କିଛି ଭୁଲ କହିଦେଲି ମୋତେ ଆପଣ କ୍ଷମା କରିବେ।"

ଏ ସବୁ କଥା ଶୁଣି ତା' ମୁହଁକୁ ଅନାଇ ରହିଥାଏ। ଅବିନାଶ କହିଲା ଆରେ ତୁ ଧୈର୍ଯ୍ୟ ସହିତ ଶୁଣୁଛୁ। ତୁ ନିଶ୍ଚିତ ଗୋଟିଏ ବଡ଼ ଅଫିସର ହେବୁ, ତୋର ବହୁତ ଧୈର୍ଯ୍ୟ। ଅମ୍ରିତ୍ କହିଲା ନିଜେ ଗରିବ କଷାଘାତ କ'ଣ ଉପଲବ୍ଧି କରିଛନ୍ତି ବୋଲି ଗରିବ କ'ଣ ଆଜି ମୋତେ କହି ପାରୁଛନ୍ତି। ତୁମେ ମୂର୍ଖ ଅଶିକ୍ଷିତ କ'ଣ। ଖାଲି ପାଠ ପଢ଼ି ଡ଼ିଗ୍ରୀ ଅର୍ଜନ କଲେ ହବନାହିଁ। ପାଠର ମୂଲ୍ୟ ବୁଝି ତାକୁ କାମରେ ଲଗାଇବା ଉଚିତ୍। ତୁମେ ପାଠ ନପଢ଼ିଲେ କ'ଣ ହେବ, ତୁମେ ଆଜି ଜଣେ ବିଜ୍ଞ ଲୋକ ଭଳି ପରାମର୍ଶ ଦେଉଛ। ତୁମେ କେତେ ସ୍ୱଷ୍ଟବାଦୀ ଆଉ ପାଠ ପଢ଼ିଥିଲେ ଅଧିକ କ'ଣ ହୋଇଥାଆନ୍ତା। ଗାଁରେ ତ ବହୁତ ଧନୀ ପରିବାର ଅଛନ୍ତି। ଗରିବଙ୍କ ପାଇଁ କେବେ ଏପରି ଭାବୁଛନ୍ତି। ସେ ତ ନିଜ କଥା କହିପାରି ଥାଆନ୍ତେ। ନିଃସ୍ୱାର୍ଥପର ଭାବରେ କାହିଁକି ଆଜି ସମସ୍ତଙ୍କ ପାଇଁ ଭାବୁଛନ୍ତି। ଆମ ଦେଶରେ ଯେତେ ଧନୀ ଅଛନ୍ତି, ସେମାନେ ତାଙ୍କ ଧନରୁ କିଛି କିଛି ସାହାଯ୍ୟ କଲେ ଆମ ଦେଶରେ ଗରିବୀ ରହନ୍ତା ନାହିଁ। ଆଜି ତୁମଠାରୁ ବହୁତ କିଛି ଶିଖିବାକୁ ମିଳିଲା। ତୁମେ ଜଣେ ଗରିବ ହେଲେ କ'ଣ ହେବ। ତୁମର ଭାବଧାରା ବହୁତ ବଡ଼। ତୁମେ ନିଜେ ପରିଶ୍ରମ କରି ମୁଣ୍ଡର ଝାଳ ତୁଣ୍ଡରେ ମାରି ସତ୍ ଉପାୟରେ ନିଜର ପରିବାର ଚଳାଇ ଅନ୍ୟ ପାଇଁ ଭାବିପାରୁଛ। ତୁମକୁ ଧନ୍ୟବାଦ। ମୁଁ ତ ତୁମ କଥା ମନେରଖିଲି। ଆଉ ତୁମେ ମଧ୍ୟ ଯେତେବେଳେ କୌଣସି ଉନ୍ନତିମୂଳକ ଚିନ୍ତା କରିବ ତାହାହେଲେ ମୋତେ ଜଣାଇବ। ତୁମରି ପରି କେତେକଙ୍କର ଏହି ଚିନ୍ତାଧାରା ରହିଲେ ଆମ ଦେଶ କେତେ ଆଗୁଆ ବଢ଼ିବ। ତୁମେ ମୋର ଫୋନ ନମ୍ବର ରଖ।" ଗୁପଚୁପବାଲା ରାମୁ ଦୁଇ ହାତ ଯୋଡ଼ି ନମସ୍କାର

ଜଣାଇଲାବେଳକୁ ଅମ୍ରିତ୍ ଦୁଇ ହାତକୁ ଧରିପକାଇ କହିଲା ତୁମେ ଏ କ'ଣ କରୁଛ। ତୁମେ ମୋଠାରୁ ବୟସରେ ବଡ଼ ହେବ। ମୋ ବଡ଼ଭାଇ ପରି। "ବାବୁ, ଆପଣ ଏତେ ମହାନ୍। ଭଗବାନ ଆପଣଙ୍କର ମଙ୍ଗଳ କରନ୍ତୁ। ଏଇ ମୋର ପ୍ରଭୁଙ୍କ ପାଖରେ ପ୍ରାର୍ଥନା।"

ଅବିନାଶ କହିଲା, "ଆରେ ତୋର ମନ ପ୍ରାଣ ଠିକ୍ ଅଫିସର ବାଛିବାଛି ଦେଇଛନ୍ତି ପ୍ରଭୁ। ତୋର ଏତେ ଧୈର୍ଯ୍ୟ ମୁଁ ଦେଖି ଆଶ୍ଚର୍ଯ୍ୟ ହେଉଛି। ତୁ ଯେତେ ବଡ଼ ହେଲେ ବି ସବୁବେଳେ ଏଇ ଗରିବ ନର ନାରାୟଣଙ୍କ ସେବା କରିବୁ।" ଅମ୍ରିତ୍ କହିଲା, "ତୁ କ'ଣ ଭାବୁଛୁ ମୁଁ ଆଇ.ଏ.ଏସ୍ ପାଇଲି ବୋଲି ସବୁ କିଛି ଭୁଲିଯିବି ?"

ଏଇ ଗାଁ ଗଣ୍ଡା ଭାଇ ବନ୍ଧୁ କୁଟୁମ୍ବ ସାଙ୍ଗ ସୁଖ ସମସ୍ତଙ୍କୁ ଭୁଲିଯିବି। ମୋ ଗାଁର ଦେଖିଲୁ ତ କିପରି ଭାଇଚାରା। ଏ ଗାଁର ମୁଁ ଯେଉଁ ଅମ୍ରିତ ସେ ଅମ୍ରିତ୍। ମୁଁ ବାହାରେ ଅଫିସ୍‌ର ହୋଇପାରେ। ପ୍ରଭୁ ମୋତେ ଗୋଟିଏ ଶାସନଭାର ଦେଇଛନ୍ତି। କେଉଁଠି କ'ଣ ଦର୍କାର ପୋଲିସ୍ ଆଡମିନିଷ୍ଟ୍ରେସନ୍।"

"ଚରସ, ଗଞ୍ଜା, କୋକେନ ଆଉ ଧଳା ପାଉଡ଼ର ଚୋରା ଚାଲାଣ ରୋକିବା। ଆଜିକାଲି ସାଇବର ଠକେଇକୁ ରୋକିବା ଏସବୁ ବଡ଼ ବଡ଼ କାମକୁ ଉପେକ୍ଷା କରିହେବ ନାହିଁ। ମୋ ହାତରେ ଗୋଟିଏ ମାନଦଣ୍ଡ ପ୍ରଭୁ ଧରାଇ ଦେଇଛନ୍ତି। ତେଣୁ ମୋତେ କେଉଁଠାରେ ସିଂହ ପରି ପ୍ରତାପୀ ହେବାକୁ ହବ ତ କେଉଁଠାରେ ଆକାଶର ଜହ୍ନ ପରି ଶୀତଳ କିରଣ ଢାଳିବାକୁ ପଡ଼ିବ।"

ଅନିନାଶ କହିଲା, "ବାବାରେ ଅମ୍ରିତ୍ ତୋ ମୁଣ୍ଡରେ ଯେ କେତେ କ'ଣ ଅଛି। କେଡ଼େ ଉନ୍ନତ ମସ୍ତିଷ୍କ ବ୍ୟକ୍ତି ପ୍ରକୃତରେ ଗୋଟିଏ ଆଇ.ଏ.ଏସ୍ ହବାକୁ ଯୋଗ୍ୟ। ତୁ ପିଲାଦିନୁ ତୁଳସୀ ଦୁଇ ପତ୍ରରୁ ବାସିଲା ପରି ଜଣାପଡୁଥିଲୁ। ଆଜି ମୋର ମନେପଡୁଛି। ଥରେ କ୍ଲାସରେ ସାରେ ପଚାରିଲେ, "ତୁମେମାନେ ବଡ଼ ହେଲେ କ'ଣ ହେବ ?" କିଏ କହିଲା ମୁଁ ଡାକ୍ତର ହେବି, କିଏ କହିଲା ମୁଁ ଇଞ୍ଜିନିୟର ହେବି। କିଏ କହିଲା ମୁଁ ସମାଜସେବୀ ହେବି କିନ୍ତୁ ତୁ କହିଲୁ ମୁଁ ସାରେ ମୁଁ ଭାବୁଛି ଏପରି ଗୋଟିଏ ଚାକିରି କରିବି ଯେପରି ମୋ ଦ୍ୱାରା ଦେଶର ଉନ୍ନତି ହେବ। ଆମ ଦେଶର କେହି ହେଲେ ଅଶିକ୍ଷିତ ରହିବେ ନାହିଁ। ଦେଶରେ ଶିକ୍ଷାର ପ୍ରସାର ହେବ। ମୋ ଦେଶରେ ବାହାର ଦେଶ ପରି ନୂଆନୂଆ ଶିଳ୍ପ ସବୁ କିପରି ଗଢ଼ି ଉଠିବ। ତାହାହେଲେ ଦେଶରେ ଗରିବୀ ରହିବ ନାହିଁ। ସାରେ ମୋ ଦେହରେ ଶେଷରକ୍ତ ବିନ୍ଦୁ ଥିବା ପର୍ଯ୍ୟନ୍ତ ଦେଶ ମା'ର ସେବା କରିବି। ଆଉ ମୋ ଦେଶରେ 'ଜୟ ଜବାନ, ଜୟ କିଷାନ'ମାନଙ୍କୁ ସମ୍ମାନ

ପ୍ରଦର୍ଶନ କରିପାରିବି କହି ସେମାନଙ୍କ ଉଦ୍ଦେଶ୍ୟରେ ନମସ୍କାର ଜଣାଇଥିଲୁ। ସାରେ ସେଦିନ ଭାବବିହ୍ୱଳ ହୋଇ ତୋ ମୁହଁକୁ ଚାହିଁ ରହିଥିଲେ। ତୋ ପରି ଗୋଟିଏ ଛୋଟପିଲାର ଦେଶଭକ୍ତି ଦେଖି ତୋ ପିଠିକୁ ଆପୁଡ଼ାଇ କହିଲେ ଅମ୍ରିତ୍ ତୁ ନିଶ୍ଚୟ ଦିନେ ନା ଦିନେ ବଡ଼ଲୋକ ହେବୁ, ଏହା ମୋର ତୋ ପ୍ରତି ଦୃଢ଼ ବିଶ୍ୱାସ ଅଛି। ଏ ମନୋବୃତ୍ତି ସବୁବେଳେ ତୋର ଥାଉ। ମୁଁ ତୋତେ ଆଶୀର୍ବାଦ କରୁଛି। ସବୁ ପିଲାଙ୍କୁ କହିଲେ ତୁମେମାନେ ସବୁ ଏହିପରି ଉଚ୍ଚ ଆଶା ଆକାଂକ୍ଷା ରଖ। ସାର୍‌ଙ୍କର ସେଦିନର ସେ ନୀତିଶିକ୍ଷା ଆଜିଯାଏ ସ୍କୁଲ ଘର କାନ୍ଥରେ 'ଜୟ ଜବାନ, ଜୟ କିଷାନ' ଫଟୋଟିଏ ଟଙ୍ଗା ହୋଇଛି। ଆଜି ତାହା ସତରେ ପରିଣତ ହୋଇଛି। ତୁ ତୋ କଥାକୁ ରଖି ପାରିଛୁ। ଅମ୍ରିତ୍ କହିଲା, "ତୁ କ'ଣ କମ କରୁଛୁ। ତୁ ଆମ ଦେଶ ଭବିଷ୍ୟତମାନଙ୍କର ମୂଳଦୂଆ ତିଆରି କରୁଛୁ। ମୂଳଦୂଆ ଷ୍ଟ୍ରଙ୍ଗ ହେଲେ ଆଗକୁ ସବୁ ଠିକ୍ ହେବ। ଏହା ତ ନହେଲେ କିଛି ହୋଇପାରିବ ନାହିଁ। ଆରେ ସବୁ ଶାମୁକାରେ ମୋତି ନଥାଏ। ସେଥିରୁ ଗୋଟିଏ ଗୋଟିଏ ଶାମୁକାରୁ ମୋତି ବାହାରି ଚମକେ। ସେହିପରି ସମସ୍ତେ ତ ସମାନ ନଥାନ୍ତି। ସେହି ଭିତରୁ ବାଛିହୋଇ ଗୋଟିଏ ଗୋଟିଏ ଅଧାରେ ରହି ଯାଆନ୍ତି ତ କିଛି ପୂରା ହୋଇ ବାହାରନ୍ତି। ସେହିପରି ଗୋଟିଏ ହୀରା ଆମ ଗାଁ ପାଇଁ। ଭଗବାନ ଯାହା ଭାଗ୍ୟରେ ଯାହା ଲେଖିଛନ୍ତି ତାହା ତ ନିଶ୍ଚୟ ହେବ।

ଅବିନାଶ କହିଲା, "ଆରେ ଆମେ କଥାରେ କଥାରେ ସ୍କୁଲ ଜୀବନକୁ ଚାଲିଗଲେଣି। ଆଉ ଆମେ ସେଇ ଗାଁ ସ୍କୁଲରେ ପାଠ ପଢ଼ିଲା ପରି ଅନୁଭବ କଲେଣି। ଆମ ଭାବ କେଉଁଠାରୁ ଆରମ୍ଭ ହୋଇ କେଉଁଠାରେ ଶେଷ ହେଲାଣି। ତୁ ସବୁବେଳେ ଗାଁ ଆଡ଼େ ଆସି ଗାଁର ହାଲ୍‌ଚାଲ ବୁଝିଯାଉଥିବୁ। ଆଉ ଆମକୁ ଭୁଲିଯିବୁ ନାହିଁ।" "ଆରେ ତୁ ଏପରି କ'ଣ କହୁଛୁ? ତୋତେ ପରା କହିଛି, ଏଇ ବନ ଝରଣାର କୁଳୁକୁଳୁ ଶବ୍ଦ, ଏଇ ଗାଁର ମଠ ମନ୍ଦିର, ଏଇ ଗାଁର ଶୀତଳ ପବନ ଆଉ ତୁମମାନଙ୍କୁ ମୁଁ ଭୁଲିଯିବି? ଏଇଠି ମୁଁ ଅଙ୍କୁରିତ ହୋଇ ଆଜି ଗୋଟିଏ ବଡ଼ଗଛରେ ପରିଣତ ହୋଇଛି। ମୁଁ ଯଦି ଖରାବେଳେ ଛାଇ ଆଉ ଗଛର ଫଳଫୁଲ ଲୋକଙ୍କ କାମରେ ନ ଲାଗିବି ତାହାହେଲେ ତା'ର ମୂଲ୍ୟ କ'ଣ? ଆରେ ମୁଁ କହୁକହୁ କେତେ କଥା କହି ସାରିଲିଣି। ତୋତେ ଯଦି କିଛି ଖରାପ ଲାଗିଥାଏ ତାହାହେଲେ ସରି କହୁଛି। ସାଙ୍ଗକୁ ସରି କୁହାଯାଏ ନାହିଁ। ଏହା ପରେ ଦୁହେଁ ହସି ଉଠିଥିଲେ। ଅମ୍ରିତ୍ କହିଲା, "ଆରେ ମୁଁ ଆସି ସାଙ୍ଗେସାଙ୍ଗେ ଘରୁ ବୁଲିବାକୁ ଚାଲିଆସିଥିଲି। ପାପା ମାମା ବ୍ୟସ୍ତ ହୋଇପଡ଼ିବେଣି। ଚାଲ ଘରକୁ ଯିବା।" ଦୁହେଁ ଘରକୁ ଫେରିଥିଲେ।

ଅମ୍ରିତ୍ ଆସିଛି ବୋଲି ତା' ମାମାଙ୍କର ଗୋଡ଼ ତଳେ ଲାଗୁନଥାଏ। ତାହାର

ଯାହା ପସନ୍ଦ ତାହା ସେ ନିଜେ ଯତ୍ନରେ ରୋଷେଇ କରିଛନ୍ତି। ପୁଅ କେତେ ଦିନ ହେଲା ବାହାରେ ଥିଲା। ସେ କ'ଣ ଖାଇଥିବ। ଆଜି ସେ ନିଜ ହାତରେ ପୁଅକୁ ପରଷିବେ। ପାଖରେ ବସି ଦେହ ହାତ ଆଉଁଶି ଦେବେ। ପୁଅ ଯେତେ ବଡ଼ ହେଲେ ବି ମା'ଙ୍କ ପାଖରେ ସେଇ ଛୋଟ ନଟଖଟିଆ କୃଷ୍ଣ। ମାଆର ପ୍ରେମ କୌଣସି ଜାଗାରେ ତୁଳନା କରାଯାଇପାରେ ନାହିଁ। ରାତ୍ରି ଭୋଜନ ମାମା ଟେବୁଲରେ ବାଢ଼ି ଦେଇଛନ୍ତି। ତା'ର ବାବା ଆଉ ଅମ୍ରିତ୍ ଖାଇବା ପାଇଁ ବସି ଅମ୍ରିତ୍ ମାମାଙ୍କୁ ଡାକିଛି ତୁମେ ନେଇ ଆସ ସାଙ୍ଗ ହୋଇ ଖାଇବା। ମାମା କହିଲେ ହଁ ତୁ ଖାଇସାରିଲେ ମୁଁ ଖାଇବି। ତା' ପାଖରେ ବସି ତୁ ଏଇଟା ଖା ସେଇଟା ଖା କହୁଥାଆନ୍ତି। ଅମ୍ରିତ୍ କହିଲା, "ମାମା ମୁଁ କ'ଣ କୁନିପିଲା ହୋଇଛି ଯେ ମୋତେ ଏପରି କହୁଛ। ଆଉ କେତେ ଖାଇବି ?" ଆଲୋକବାବୁ କହିଲେ, "ଆରେ ସେ ପରା ଗୋଟିଏ ମାଆ। ଏ ଦୁନିଆରେ ମାଆର ସ୍ଥାନ ହେଉଛି ଅଲଗା। ପିଲା ଯେତେ ଖାଇଲେ ମାଆର ମନ ବୁଝେନା।" ପାପା କହିଲେ, "ଏଥର ପଢ଼ା ସରିଲା ତୋ ମାମାଙ୍କର ଆଉ ଦେହ ଭଲ ରହୁନାହିଁ। ଆମେ ଭାବୁଛୁ ତୋର ବାହାଘରଟା କରିଦେବା।" "ଅମ୍ରିତ କହିଲା, ମୋର ଟ୍ରେନିଙ୍ଗ୍‌ଟା ସରିଯାଉ ତା' ପରେ ଦେଖିବା।" ଅମ୍ରିତ୍‌ର ମାମା ଅନିମା ଦେବୀ - ଅମ୍ରିତ୍‌ର ମାମା କହିଲେ ଆଉ କ'ଣ ତୁମେ କହୁକହୁ କହିବ ମୋତେ ବାହାଘର କରିଦିଅ। ସେ ଏମିତି କହୁଛି ସମୟ ଆସିଲେ ସବୁ ଠିକ୍ ହୋଇଯିବ।

ମାମା କହିଲେ ତୁ ଟିକିଏ ଅମୀୟବାବୁଙ୍କ ଘର ଆଡେ ଯାଇ ଆସିଲୁ ନାହିଁ। ଅମ୍ରିତ୍ କହିଲା ନା ଆଜି ଯାଇନାହିଁ। ବାଟରେ ଅବିନାଶ ଦେଖା ହେଲା ତ କଥା ହେଉହେଉ ଡେରି ହୋଇଗଲା ଆଉ ଯାଇ ପାରିନାହିଁ। କାଲି ଯାଇ ଦେଖା କରିଆସିବି। ତା' ପରଦିନ ଅର୍ପିତା ଘରକୁ ଯାଇଛି। ଅମୀୟବାବୁ ଦେଖି ଖୁସି ହୋଇଛନ୍ତି। ପଚାରିଲେ ତୁ କେତେବେଳେ ଆସିଛୁ। ସେ କହିଲା ମଉସା ମୁଁ ଆସୁଥିଲି ବାଟରେ ସାଙ୍ଗ ଦେଖା ହେଲା ତ ଗପ କରୁକରୁ ଡେରି ହୋଇଗଲା ତେଣୁ ମୁଁ ଘରକୁ ଚାଲିଗଲି। ତୁ କେତେ ଦିନ ରହିବୁ ମୁଁ ଆଜି ସନ୍ଧ୍ୟାବେଳେ ଟ୍ରେନରେ ଚାଲିଯିବି। ଅମୀୟବାବୁ ଅର୍ପିତାକୁ ଡାକି କହିଲେ, ଆମ ଅମ୍ରିତ୍ ଆସିଲାଣି।" ଅର୍ପିତା ଶୁଣିଥିଲା ଯେ ଅମ୍ରିତ୍ କାଲିଠାରୁ ପ୍ରଣାମ ଜଣାଇଥିଲା। ଅମ୍ରିତ୍ ପଚାରିଲା, "ଆଜି ତୋର କ'ଣ ହୋଇଛି। ତୁ ଏଡ଼େ ବଡ଼ ମୁହଁ କରିଛୁ। ସେ ଅଭିମାନ କରି କିଛି କହିନଥିଲା। ଅମ୍ରିତ୍ କହିଲା, "ତୁ ଅଭିମାନ ଛାଡ଼। ମୁଁ ଅଳ୍ପ ସମୟ ପାଇଁ ଆସିଛି। ଟିକିଏ ଭଲରେ କଥା କହ। ଚାଲ ବାହାରେ ବୁଲି ଆସିବା।" ଦୁହେଁ ବୁଲିବାକୁ ଯାଇଛନ୍ତି, ଅମ୍ରିତ୍ କହିଲା, "ଏଥର ମାନଭଞ୍ଜନ କର ରାଧିକେ! ତୁମେ ଏଇ କେତେ ଦିନ ହେଲା ଯାଇ ଆମ ଘରକୁ

ଭୁଲିଗଲଣି। ତୁମେ କାଲିଠାରୁ ଆସି ଆଜି ଆସୁଛ।" ଅମ୍ରିତ୍ କହିଲା ଆରେ କାଲି ମୁଁ ଆସୁଥିଲି। ବାଟରେ ଅବିନାଶ ଦେଖା ହୋଇଗଲା। ଆମେ ଗପୁ ଗପୁ ରାତି ହୋଇଗଲା। ତେଣୁ ଆଉ ଆସିବି କ'ଣ, ଚାଲି ଯାଇଥିଲି। ତୁମେ ଏଇ ଅଳ୍ପ ଦିନ ଭିତରେ ଏତିକି ଉତ୍ତର ଦେଲଣି ଆଉ ଯେତେବେଳେ ବାହାରେ ରହିବ ତୁମେ ସବୁ ଭୁଲିଯିବ। ଆରେ ନାରେ ଯେତେ ଦୂରରେ ରହିଲେ ବି ନିଜରମାନଙ୍କୁ କ'ଣ କିଏ ଭୁଲିଲାଣି, ଯେତେ ଯାହା ହେଲେ ବି ନିଜମାନେ ହିଁ ନିଜର ହୋଇଥାଆନ୍ତି। ପର ଆପଣାର ହୁଅନ୍ତି ନାହିଁ। ମୋତେ ତ ବାହାରକୁ ଯିବାକୁ ପଡ଼ିବ। ମୁଁ କ'ଣ ରହିପାରିବି। ବାହାରେ ରହିଲେ ବି ବାପା ମା' ଭାଇ ବନ୍ଧୁ କୁଟୁମ୍ବ କିଏ କ'ଣ ଭୁଲିପାରେ।" ଅର୍ପିତା ଚା' କପ୍‌ଟିଏ ଧରାଇ ଦେଇଛି, ଅମ୍ରିତର ଅନ୍ୟମନସ୍କତା ଦେଖି ପଚାରିଲା, "ଆଜି ଆପଣ ଏତେ ଅନ୍ୟମନସ୍କ କ'ଣ?" ଅମ୍ରିତ୍ କହିଲା ମୋର ଟ୍ରେନିଙ୍ଗ୍ ସରିଗଲା, କେଉଁଠି ପୋଷ୍ଟିଙ୍ଗ୍ ହେବ ଠିକ୍ ନାହିଁ।" ଅର୍ପିତା କହିଲା ମୁଁ ଭାବୁଥିଲି କୌଣସି ରାଜକୁମାରୀ କଥା ଭାବୁଚ।" ଅମ୍ରିତ୍ ତାକୁ କହିଲା, ତୁ ଯଦି ଭାବୁଛୁ, ଭାବୁଥା। ମୋର ଫେରିବା ସମୟ ହୋଇଯିବ। ମୁଁ ଗଲେ ବାହାରିବି। ମୁଁ ଆଉ ଥରେ ଆସିଲେ ଦେଖା ହବା।" ଏ କଥାଗୁଡ଼ିକ ଅର୍ପିତାକୁ ଟିକିଏ ଖାପଛଡ଼ା ଲାଗୁଥାଏ। ସେ ତା'ର ଯିବା ବାଟକୁ ଚାହିଁ ରହିଥାଏ।

ଅମ୍ରିତ୍ ଅର୍ପିତା ଘରୁ ବହୁତ ଶୀଘ୍ର ଫେରି ଆସିଛି। ତା'ର ମନ ଭଲ ନାହିଁ। ସେ ଆଉ କେତେ ଦିନ ଛୁଟିରେ ରହିଛି। ତା' ପାପାଙ୍କ କଥା ତା' ମୁଣ୍ଡରେ ଶୁଣାଯାଉଛି। ସେ କ'ଣ ଉତ୍ତର ଦେବ। ଆଜି ଏଡ଼ାଇ ଦେଇଛି। କାଲିକୁ ପୁଣି କ'ଣ କହିବ, ସେ ଭାବିପାରୁ ନଥାଏ। ସେ ରାତିରେ ଶୋଇ ପାରିନାହିଁ। ତା'ର ଅତୀତ ମୁହୂର୍ତ୍ତଗୁଡ଼ିକ ତାକୁ ପାଗଳ କରିପକାଉଛି। ସେ ତା'ର ଯୌବନର ପ୍ରଥମ ପାହାଚରେ ଚଢ଼ି ଝିଲମିଲ ପ୍ରେମ କରିବସିଛି। କିପରି ଭୁଲିଯିବ ସେ ଅନ୍ତରଙ୍ଗ ମୁହୂର୍ତ୍ତ! ସେଗୁଡ଼ିକ ଆଖି ଆଗରେ ନାଚି ଉଠୁଛି। ତା'ର ଟ୍ରେନିଙ୍ଗ ସମୟରେ ପୁଅ ଝିଅ ସମସ୍ତେ ଏକାଠି ଟ୍ରେନିଙ୍ଗ ନେଉଥାଆନ୍ତି। ପୁଅ ଝିଅ କିଛି ଅଲଗା ନଥାଏ। ସେହି ସମୟରେ କିଛି ଟ୍ରେନିଙ୍ଗମେଟ୍ କହିଲେ, "ଆମର ଟ୍ରେନିଙ୍ଗ୍ ଆଉ ଅଳ୍ପ ଦିନ ପରେ ସରିଯିବ। କିଏ କେଉଁଠାରେ ରହିବା। ଜୀବନରେ ଆଉ କାହା ସହିତ କାହାର ଦେଖା ହୋଇପାରିବ କି ନାହିଁ। ଚାଲ ସମସ୍ତେ ଏକାଠି ଗୋଟିଏ ପିକ୍‌ନିକ୍ କରିବା।" ସମସ୍ତଙ୍କ ସହମତିରେ ଚିଲିକା ଯିବା ପାଇଁ ଠିକ୍ ହେଲା। ସମସ୍ତେ ମିଶି ଚିଲିକା ଯାଇଛନ୍ତି। ଚିଲିକାରେ କିଏ କୁଆଡ଼େ ବୁଲିବାକୁ ଚାଲିଗଲେ। ମୁଁ ଏକା ଯାଇ ଗୋଟିଏ ବଡ଼ ପଥର ଉପରେ ବସି ଚିଲିକାର ସୌନ୍ଦର୍ଯ୍ୟକୁ ଉପଭୋଗ କରୁଥାଏ। ମନରେ ଭାବୁଥାଏ ସତରେ ଏ ଦୃଶ୍ୟ କି ସୁନ୍ଦର!

କବି ମୁଗ୍ଧ ହୋଇ କବିତା ଲେଖେ। କବି ଯାହା ଲେଖିଛନ୍ତି ତାହା ଅକ୍ଷରେ ଅକ୍ଷରେ ସତ୍ୟ, ତାହାର କୌଣସି ପରିବର୍ତ୍ତନ ହୋଇ ନାହିଁ। ଏହି ଭାବନାରେ ବୁଡ଼ି ରହିଥିବାବେଳେ ଅଙ୍ଗୁରୁ ପଛରୁ ଆସି ଚମକାଇ ଦେଇଥିଲା। ହସିହସି କହିଲା, "ଆପଣ କାହା ଭାବନାରେ ବୁଡ଼ିଯାଇଛନ୍ତି ? ମୁଁ ଆସିଲିଣି ଜାଣି ପାରିନାହାନ୍ତି। ଅମ୍ରିତ୍ ହଠାତ୍ କିଛି ଉତ୍ତର ଦେଇପାରିନଥିଲା। ଆଶ୍ଚର୍ଯ୍ୟ ହୋଇ ତା' ମୁହଁକୁ ଚାହିଁ ରହିଥିଲା। ଅଙ୍ଗୁରୁ କହିଲା, "ଆପଣ ମୋତେ ନୂଆ ଦେଖିଲା ପରି ଦେଖୁଛନ୍ତି। ଆସନ୍ତୁ ଯିବା ସମସ୍ତେ ନିଜ ନିଜ ଲାଇଫ୍ ଏଞ୍ଜୟ କରୁଛନ୍ତି। ଆପଣ କ'ଣ ଏପରି ଋଷିଙ୍କ ପରି ତପସ୍ୟା କରୁଛନ୍ତି," କହି ହାତଟିକୁ ଟାଣି ଉଠାଇ ଦେଇଥିଲା। ହସି ହସି କହିଲା "ମୁଁ ପରା ସ୍ୱର୍ଗରୁ ଅପ୍‌ସରୀ ଓହ୍ଲାଇ ଆସିଛି, ଆପଣଙ୍କ ତପସ୍ୟା ଭାଙ୍ଗିବା ପାଇଁ।" ଏ ସବୁ ଶୁଣି ଅମ୍ରିତ୍ କ'ଣ କହିବ କିଛି କହିପାରୁନଥାଏ। ତା' ପରେ ହାତ ଧରି ଟାଣିଟାଣି ଉଠାଇ ଦେଇଥିଲା। ଦୁହେଁ ମିଶି ଚିଲିକା କୂଳକୁ ଯାଇ ଗୋଟିଏ ନିରୋଳା ବେଂଚ ଉପରେ ବସିଥିଲୁ। ଦେହରେ ସେଇ ସୁଲୁସୁଲିଆ ଥଣ୍ଡା ପବନ ଦୁଇଟି ଯୁବକ ଯୁବତୀଙ୍କୁ ପାଗଳ କରିଦେଇଥିଲା। କାହା ପାଟିରେ କିଛି ବାକ୍ୟ ନଥାଏ। ଚିଲିକାର ଦିଗନ୍ତ ବିସ୍ତାରୀ ନୀଳ ଜଳରାଶି ତରଙ୍ଗ ଉପରେ ଦୁଇଟି ପ୍ରେମୀ ଯୁଗଳ ରାଜହଂସଙ୍କର ଜଳକ୍ରୀଡ଼ା ଉପଭୋଗ କରୁଥାଉ। ଏହା ଥିଲା ପ୍ରକୃତିର ପ୍ରାକୃତିକତା। ଚଂଚୁରେ ଚଂଚୁ ଘଷି ସେଇ ତରଙ୍ଗ ମାଳାରେ ଦୋଳାୟିତ ହୋଇ ମତୁଆଲା ହୋଇଯାଉଥିଲେ। ଅଙ୍ଗୁରୁ କେତେବେଳେ ସ୍ଥାନ କାଳ ପାତ୍ର ଭୁଲିଯାଇ କ୍ଷଣିକ ଉତ୍ତେଜନାରେ ହିତାହିତ ଜ୍ଞାନ ଭୁଲି ମୋ ପାଖକୁ ଲାଗିଆସିଥିଲା। କହିଲା, "ଅମ୍ରିତ୍, ଆମେ କ'ଣ ଜୀବନର ଚଲାପଥରେ ଏହିପରି ପାଗଳ ପ୍ରେମୀ ହୋଇପାରିବା ନାହିଁ ?" କ'ଣ କିଛି କହୁନାହାନ୍ତି ଯେ ? "ସେତେବେଳକୁ ମୁଁ ଭାବୁଥାଏ ଏ ସୃଷ୍ଟି କି ସୁନ୍ଦର ସତରେ ! ଏଇ ତ ବାସ୍ତବ। ସେ ବେଳକୁ ମୁଁ ବା ନିଜକୁ ଭୁଲିଯାଇଥାଏ। ଚାହିଁ ରହିଥିଲି ତୁମର ସେଇ ଅସ୍ତଗାମୀ ସୂର୍ଯ୍ୟର ଲାଲ କିରଣ ତୁମ ମୁଖ ମଣ୍ଡଳକୁ ଆହୁରି ସୁନ୍ଦର କରିଦେଇଥାଏ। ଲାଲ୍ ଚକ୍‌ଚକ୍ ଗୋଲାପ ପାଖୁଡ଼ା ପରି ହୋଇଯାଇଥାଏ। ତୁମର ସେଇ ଲାଲ ଚକ୍‌ଚକ୍ ଗାଲରେ ଚୁମ୍ବନଟିଏ ଆଙ୍କି ଦେଇଥିଲି। ତୁମେ ଏଥିରେ ଲାଜକୁଳି ଲତାଟି ପରି ନରମିଯାଇ ଆ ଆ କହି ମୁହଁଟିକୁ ତୁମ ମୁହଁରୁ ଅଲଗା କରିଦେଇଥିଲ। ମୁଁ ତୁମକୁ ବାଚାଳ ପ୍ରେମିକ ପରି ଚାହିଁରହିଥିଲି। ସେ ମୁହୂର୍ତ୍ତଟି ଏପରି ଥିଲା ଯେ ଭଲ ମନ୍ଦ ବିଚାର କରିବା ପାଇଁ ସମୟ ନଥିଲା। ଆଉ ତୁମେ ବିନା ପ୍ରତିବାଦରେ ମୋ ଛାତି ଉପରେ ମଥାରଖି ଶୋଇଯାଇଥିଲ। ମୁଁ ପଚାରିଲି ଅଙ୍ଗୁରୁ ଏଇ ଦେଖ ଏଇ ଚିଲିକା ଯେ, କେତେ ସୁନ୍ଦର ! ଗୋଟିଏ ଶିଳ୍ପୀ ତା'ର ତୂଳୀରେ ଆଙ୍କେ। କବି ତାକୁ ନାୟିକା

ରୂପରେ ଦେଖି ବର୍ଣ୍ଣନା କରେ ଯେ ରୂପମୟୀ, ଲାସ୍ୟମୟୀ, ସାଗର କନ୍ୟା, ସେ ଅପରାଜିତା। ତା'ର ସୌନ୍ଦର୍ଯ୍ୟରେ କେହି ଜୟ କରି ପାରନ୍ତି ନାହିଁ। ତା'ର ରୂପ ଲାବଣ୍ୟରେ ବିଭୋର ହୋଇଯାଇଥାଏ।" ତୁମେ କହିଲ, "ତୁମେ କ'ଣ ଗୋଟିଏ କବି ପାଲଟିଗଲଣି। ମୁଁ ଆଗରୁ ଜାଣିଥିଲେ ତୁମ ପାଇଁ ଖାତା କଲମ ଧରି ଆସିଥାଆନ୍ତି।" ତା' ପରେ ମୁଁ କହିଲି, "ଏଥିରେ କିଏ ଭାବୁକ ନହେବ।"

ଏଇ ଦେଖ, "ଦିଗନ୍ତ ବିସ୍ତାରୀ ନୀଳ ଜଳରାଶି, ଚିଲିକାର ସୌନ୍ଦର୍ଯ୍ୟକୁ ଦ୍ୱିଗୁଣିତ କରିଥାଏ। ଏହାର ମଧୁରିମାରେ କିଏ ବା ମୁଗ୍ଧ ନହେବ, ଆତ୍ମହରା ନହୋଇ ରହିପାରିବ, ଲକ୍ଷ୍ମୀ ଯେପରି ଏ ହ୍ରଦରେ ବାସ କରିଛନ୍ତି, ସେଥିପାଇଁ କବିବର ରାଧାନାଥ ରାୟ କହିଛନ୍ତି :-

"ଉତ୍କଳ କମଳା ବିଳାସ ଦୀର୍ଘିକା
ମରାଳ ମାଳିନୀ ନୀଳାମ୍ବୁ ଚିଲିକା।"

ସେ ନୀଳବର୍ଣ୍ଣ ଚିଲିକା ବକ୍ଷ ଉପରେ ଧାଡ଼ିକୁ ଧାଡ଼ି ହଂସ ଓ ନାନା ପ୍ରକାର ପକ୍ଷୀଗଣ ଆନନ୍ଦରେ ତରଙ୍ଗ ଉପରେ ଖେଳରେ ମାତିଥାଆନ୍ତି। ଅଙ୍ଗୁରୁ କହିଲା ଥାଉ ଭାବୁକ ହୁଅନ୍ତୁ ନାହିଁ। ଏଇ ମୁଁ ଗୋଟିଏ କବି ହୋଇ କହୁଛି, "ନାଲି ସୂରୁଜ ପରବତ କୋଳେ ହସି ଉଠେ ସେତେବେଳେ ମୋତେ ଲାଗୁଛି ତୁମ ଶରୀରରେ ନାଲି ସୁରୁଜ ବିମ୍ବ ହୋଇଯାଉଛି। ଚିଲିକାର ସୌନ୍ଦର୍ଯ୍ୟ ଅତୁଳନୀୟ ପରି ତୁମେ ମୋର ପ୍ରେୟସୀ ପ୍ରିୟତମା। ଏ ଭିତରେ ତୁମେ ମୋ ଉପରେ ଶୋଇଯାଇଥିଲ। ମୁଁ ପଚାରୁଥିଲି ଅଙ୍ଗୁରୁ ସତରେ ତୁମେ ମୋତେ ଭଲପାଇ ବସିଛ?" ତା'ର ଉତ୍ତର ଥିଲା ଆପଣ କ'ଣ ତାହା ବୁଝି ପାରୁନାହାନ୍ତି। ମୁଁ ପୁଣି କହିବାକୁ ପଡ଼ିବ ମୋର ଭଲ ପାଇବାର ଗଭୀରତା କେତେ?" ତା'ପରେ ସାଙ୍ଗମାନଙ୍କ କୋଳାହଳରେ ଆମେ ଫେରିଆସିଥିଲେ।

ଏ ଭିତରେ କେତେବେଳେ ଅମ୍ରିତ୍ ଆଖିରେ ନିଦ ଆସିଯାଇଛି। ଶୀତ ସକାଳର କାକରମିଶା ଥଣ୍ଡା ପବନ ଝରକା ଫାଙ୍କ ଦେଇ ଆସି ଦେହ ଆଉ ମୁହଁକୁ ଭିଜାଇ ଦେଇଥିଲା। ସେ ଅନୁଭବ କରୁଛି ବଗିଚାରୁ ଭାସି ଆସୁଥିବା ରଜନୀଗନ୍ଧା ଆଉ ଝରିପଡ଼ିଥିବା ଶେଫାଳୀର ମହକକୁ। ନାନା ଜାତି ଫୁଲମାନଙ୍କ ଗହଣରେ ଅଳିର ଗୁଞ୍ଜନ ପକ୍ଷୀମାନଙ୍କର ମଧୁର କାକଳି ମନମୁଗଧ କରିଦେଉଛି। ଧୀରେଧୀରେ ଉଇଁ ଆସିଥିବା ରକ୍ତିମ ବର୍ଣ୍ଣର ସୂର୍ଯ୍ୟଙ୍କୁ ଦର୍ଶନ କରି ଖୁସିରେ ଆତ୍ମହରା ହୋଇପଡ଼ିଛି। ପୁଣି କିଛି କ୍ଷଣ ପରେ ଉଦାସ ହୋଇପଡ଼ିଛି। ସେ କ'ଣ ଉତ୍ତର ଦେବ ତା'ର ମମି ପାପାଙ୍କୁ। ତା'ର ମୁଣ୍ଡ ଗୋଳମାଳ ହୋଇଯାଉଛି।

ସକାଳୁ ଆସି ମମି ମମତାଭରା ହାତରେ ମୁଣ୍ଡକୁ ଆଉଁଶି ଦେଇ କହିଲେ

ଆରେ ଅମ୍ରିତ୍ ଆଜି ତୁ ଏତେ ସମୟ ଯାଏ ଶୋଇଛୁ। ତୁ ଉଠ ମୁହଁ ହାତ ଧୁଅ, ମୁଁ ତୋ ପାଇଁ ଚା' ନେଇଆସୁଛି। ଅମ୍ରିତ୍ ଛୋଟପିଲାଙ୍କ ଭଳି ବିଛଣାରୁ ଉଠି କହିଲା, "ମମି ଗୁଡ ମର୍ଣ୍ଣିଂ।" ଏହି ସମୟକୁ ପାପା ଆସି ଯାଇଥିଲେ। ସେ ପାପାଙ୍କୁ ବି ଗୁଡ୍ ମର୍ଣ୍ଣିଂ ଜଣାଇଥିଲା। ସମସ୍ତେ ମିଶି ଚା' କପେ କପେ ଧରି ବସିଥିଲେ। ପାପା ପୁଣି କହିଲେ, "ଆରେ ତୋ ମାମାର ବୟସ ହୋଇଗଲାଣି, ଆମେ ଭାବୁଛୁ ତୋ ବାହାଘରଟା ଅର୍ପିତା ସହିତ କଲେ କିପରି ହୁଅନ୍ତା। ତୁ ତାକୁ ପିଲାଦିନରୁ ଜାଣିଛୁ। ତା' ପରିବାର ତ ଆମର ଅଜଣା ନୁହନ୍ତି।" ଅମ୍ରିତ୍ ହଠାତ୍ କ'ଣ କହିବ ବିବ୍ରତ ହୋଇପଡ଼ିଥିଲା। ଏମାନେ କଥା ହେଲାବେଳକୁ ଅବିନାଶ ଆସି ଡାକ ପକାଇଲା ଅମ୍ରିତ୍ କ'ଣ ଉଠିନୁ ନା କ'ଣ ଆସ ବୁଲିବାକୁ ଯିବା। ଅମ୍ରିତ୍ ପ୍ରଭୁଙ୍କୁ ପ୍ରଣାମ ଜଣାଇ କହିଲା ମୋତେ ରକ୍ଷା କରିଦେଲ। ସେ ଅବିନାଶ ସହ ବୁଲିବାକୁ ବାହାରି ଯାଇଥିଲା।

ବାଟରେ ଆଉ ଜଣେ ସାଙ୍ଗ ଅରୁଣ ଦେଖା ହୋଇଥିଲା। ସେମାନେ ଯାଇ ଗାଁ ମୁଣ୍ଡ ପାର୍କରେ ବସି ପିଲାଦିନର ସ୍ମୃତିକୁ ସାଉଂଟି ବସିଛନ୍ତି। ସେମାନେ କିପରି ଟେକାମାରି ଆମ୍ବ ଝଡ଼ାଇଥିଲେ। ଆଉ ପଡ଼ିଶା ଘର ପିଜୁଳି ଗଛରୁ ପିଜୁଳି ଆଉ ବରକୋଳି ଚୋରି କରି ଖାଉଥିଲେ। କିଏ ଦେଖିଲେ ପାଳଗଦା ଆଢୁଆଳରେ ଲୁଚି ଯାଉଥିଲେ। ଏହିପରି କୁଆଡ଼େ କ'ଣ ଗପିଚାଲିଲେ ତା'ର ପ୍ରଥମ ଓ ଶେଷ ନଥିଲା। ଅବିନାଶ କହିଲା, "ଆରେ ଆମେ ପିଲାଙ୍କ ପରି ଗପିଚାଲିବା ନା ଜିନିଷ ବିଷୟରେ କିଛି ଗପିବା, ଅମ୍ରିତ୍ କହିଲା, "ଆରେ ମୁଁ ତ ଗାଁରେ ରହୁନାହିଁ। ତୁମେ ଦୁଇଜଣ ଆରମ୍ଭ କର।" ଅବିନାଶ କହିଲା, "ଆରେ ମୁଁ କ'ଣ ଶୁଣୁଥିଲି ମୋ ମାମା ଆଉ ଅର୍ପିତା ମାମା କଥା ହେଉଥିଲେ ତୋ ପାପା କହୁଥିଲେ ତା' ସହିତ ତୋ ବାହାଘର କରିବା ପାଇଁ। ମୋ କାନରେ ଟିକିଏ ପଡୁଥିଲା। ଅର୍ପିତା ତ ଭଲ ଝିଅଟିଏ। ସେ ଆମ ଗାଁର ସୁନାମୁଣ୍ଡାଟିଏ କହିଲେ ଭୁଲ ହେବ ନାହିଁ।" ବହୁତ ଧୀରସ୍ଥିର ଆଉ ସୁନ୍ଦର ବି ଅଛି। ତୁ ଯଦି ଖୋଜୁଥିବୁ ପାଠପଢ଼ାଟା ଭଳିଆ ମଡନ୍ ତାହା ହେଲେ ହେବ ନାହିଁ। ଅରୁଣ କହିଲା, "ସବୁ ଠିକ୍ ଯେ ନାକ କାନ୍ଦୁରିଟା।" ଅବିନାଶ କହିଲା, "ଯା ତୋର ସେ ଥଟ୍ଟା ମଜା ଗଲା ନାହିଁ।"

ଅମ୍ରିତ୍ କହିଲା, "ଆରେ ମୁଁ ପରା ତାକୁ ପିଲାଦିନରୁ ଜାଣିଛି। ତାଙ୍କ ପରିବାର ଆମ ପରିବାର ଗୋଟିଏ କହିଲେ ଚଳେ। ଏତେ ଶୀଘ୍ର ମୋର ଇଚ୍ଛା ନାହିଁ। ଆଉ କିଛି ଦିନ ଯାଉ।" ଏମାନେ ସାଙ୍ଗ ହୋଇ ପଚାରିଲେ, "ଆରେ ତୁ ଏପରି କ'ଣ କହୁଛୁ। ତୁ ଆଉ କାହାକୁ ଭଲ ପାଉଛୁନା କ'ଣ। ନହେଲେ ଅର୍ପିତା ପରି ପିଲାଙ୍କୁ କିଏ କ'ଣ ମନା କରେ।" ଅମ୍ରିତ୍ କହିଲା, "ଆରେ ହଁ, ସେହିପରି କିଛି ଭାବିନିଅ।"

ଆରେ ବର୍ତ୍ତମାନ କ'ଣ କରାଯିବ ? ତୋ ପାପା ତ, ମୁଁ ଶୁଣୁଥିଲି କଥା ଦେଇଛନ୍ତି । ତୁ ତାଙ୍କୁ କିପରି କ'ଣ କହିବୁ । ମୁଁ କ'ଣ କହିବି ତୁମେମାନେ କହୁନ । ଆରେ ସେ ଝିଅଟି ହେଉଛି ଅଙ୍ଗୁରୁ । ଟ୍ରେନିଙ୍ଗ୍ ଥିଲାବେଳେ ଆମେ ଏକାଠି ଟ୍ରେନିଙ୍ଗ୍ ନେଉଥିଲୁ । କିଛି ଦୁର୍ବଳ ମୁହୂର୍ତ୍ତରେ ତାକୁ ଭଲପାଇ ବସିଛି । ତାଙ୍କୁ ଜମା ଛାଡ଼ି ପାରିବି ନାହିଁ । ଅବିନାଶ କହିଲା, "ତାହାହେଲେ ବହୁତ ଜଟିଳ ସମସ୍ୟା । ତୁ କିପରି ପାପା ମାମାଙ୍କୁ କହିବୁ ।" ଅବିନାଶ ଆଉ ଅରୁଣ ତାକୁ ବହୁତ ବୁଝାଇଲେ ବି ସେ ବୁଝିନଥିଲା । ଆରେ ସିଚୁଏସନ୍ ବହୁତ ଆଗକୁ ବଢ଼ିଯାଇଛି । ଆଉ ପଛକୁ ଫେରିହେବ ନାହିଁ । ଦୁଇ ସାଙ୍ଗ କହିଲେ ହଉ ସମୟ ଆସିଲେ ସବୁ ଠିକ୍ ହୋଇଯିବ ।

ମନ ଖରାପରେ ସମସ୍ତେ ଘରକୁ ଫେରିଛନ୍ତି । ଘରେ ଆଲୋକବାବୁ ଆଉ ମାମା ଅର୍ଚ୍ଚନା ପୁଅକୁ ଅପେକ୍ଷା କରି ବସିଛନ୍ତି । ଆଜି ପୁଅ ଯାହା ହେଲେ କହିବ । ପାପା ଅମ୍ରିତ୍‌କୁ ପଚାରିଲେ ତୁ କ'ଣ ଅର୍ପିତା ଘରଆଡ଼େ ଯାଇଥିଲୁ ? ଅମ୍ରିତ୍ କହିଲା, "ନାଇଁ ମୁଁ ସାଙ୍ଗମାନଙ୍କ ସହିତ ବୁଲିବାକୁ ଯାଇଥିଲି ।" ପାପା ପଚାରିଲେ, "ଆରେ ତୁ ବାହାଘର ପାଇଁ କାହିଁକି ମନା କରୁଛୁ ? ଆଉ କେତେ ଦିନ ଆମେ ଅପେକ୍ଷା କରିବୁ ? ତୁ ଯଦି କେଉଁଠି ଠିକ୍ କରିଛୁ କହୁନୁ ଦେଖିବା । ସେ କ'ଣ କହିବ । ଗୋଟିଏ ତରାଜୁରେ ଓଜନ କଲା ପରି ଗୋଟିଏ ପଟେ ପାପା ମାମାଙ୍କର ସ୍ନେହ, ଆଉ ଗୋଟିଏ ପାଖେ ପ୍ରେମିକା ଅଙ୍ଗୁରୁ ।" ସେ ବାପା ମାଆଙ୍କ କଥା ରଖିବ ନା ଭଲପାଇ ବସିଛି ଅଙ୍ଗୁରୁକୁ । କାହାକୁ ତଳ କରିବ ଆଉ କାହାକୁ ଉପର । ଯେତେ ଯାହା ହେଲେ ବି ଅଙ୍ଗୁରୁକୁ ଛାଡ଼ିଲେ ସେ ବଂଚିପାରିବ ନାହିଁ । ସବୁ ସାହସ ଜୁଟାଇ କହିଲା - ପାପା, ମୁଁ ଗୋଟିଏ ଭୁଲ କରି ଦେଇଛି । ମୋତେ ଆପଣ କ୍ଷମା କରନ୍ତୁ । ମୁଁ ବହୁତ ଥର ଭାବିଛି କହିବା ପାଇଁ କିନ୍ତୁ ମୋର ସାହସ ହେଉନାହିଁ କହିବା ପାଇଁ । ଆଲୋକବାବୁ କହିଲେ ଆରେ ମୁଁ ପରା ତୋର ପାପା । ଆରେ ମୁଁ ତୋ ମନକଥା ଭାବି ସାରିଛି । ମୁଁ ତୋ ପାଖରୁ ଶୁଣିବାକୁ ଚାହୁଁଥିଲି । ପାପା ମୋ ଟ୍ରେନିଙ୍ଗ୍‌ରେ ଥିବାବେଳେ ମୁଁ ଜଣକୁ ଭଲପାଇ ବସିଛି । ପାପା କହିଲେ, "ହଉ ଠିକ୍ ଅଛି । ଆରେ ମୁଁ ପରା ତୋର ପାପା । ପିଲାମାନେ ବଡ଼ ହୋଇଗଲେ ପାପା ମାମାଙ୍କର ସାଙ୍ଗ ହୋଇଯାଆନ୍ତି, ଯେଉଁ ବାପା ମାଆ ପିଲାର ମନକୁ ବୁଝିପାରନ୍ତି ନାହିଁ, ସେମାନେ ବାପା ମାଆ ପାଇଁ ଯୋଗ୍ୟ ନୁହନ୍ତି ।" ଆଲୋକବାବୁ ଅମ୍ରିତ୍‌ଠାରୁ ଏହା ଶୁଣିବ ବୋଲି ଆଶାର ବାହାରେ ଥିଲା । ତାଙ୍କର ଅନ୍ତର ଆତ୍ମା କାନ୍ଦି ଉଠିଲା । ସେ କିପରି ଅମୀୟବାବୁଙ୍କୁ କହିବେ ମୋ ପୁଅ ଅନ୍ୟ ଜଣକୁ ଭଲପାଇ ବସିଛି । ମୁଁ ମୋ ଆଡୁ ପ୍ରପୋଜାଲ ଦେଇଥିଲି । ମୋର ସେ ପିଲାଦିନର ବନ୍ଧୁ । ଦୁଃଖସୁଖର ସାଥି, ଯାହା ପ୍ରଭୁଙ୍କ ଇଚ୍ଛା । ପାପାଙ୍କର ଚିନ୍ତାଗ୍ରସ୍ତ ହେବାର ଦେଖି

କହିଲା, "ପାପା ମୁଁ ଜାଣିଛି ଅର୍ପିତା ବହୁତ ଭଲ ପିଲା। ତୁମେ ଆଉ ମାମା ତାକୁ ବହୁତ ଭଲପାଅ। ସେ ଯାହା ଘରକୁ ଯିବ ତା' ଘର ହସ ଖୁସିରେ ପୂରିଉଠିବ। ମୁଁ ଭୁଲ କରିଦେଇଛି ମୁଁ ସେଥିପାଇଁ ବହୁତ ଅନୁତପ୍ତ।" ଆଲୋକବାବୁ କହିଲେ, "ତୋ ଖୁସିରେ ଆମେ ଖୁସି। ମୁଁ ଯାଇ ଅମୀୟ ସହିତ ଦେଖା ହୋଇ ଆସେ। ଅମ୍ରିତ୍ ଅନୁତପ୍ତ ହୋଇପଡ଼ିଛି। ଯାହା ହୋଇଯାଇଛି ତାହା ଆଉ ଫେରିବ ନାହିଁ।

ଆଲୋକବାବୁ ଅମୀୟ ଘରକୁ ଯାଇଛନ୍ତି। ତାଙ୍କ ଦୁଆରେ ଠିଆହୋଇ ଭାବୁଛନ୍ତି କ'ଣ କରିବେ ତାଙ୍କ ଘରକୁ ଯିବେ ନା ଏହିଠାରୁ ଫେରିଯିବେ। ଯେ କୌଣସି ମତେ କହିବାକୁ ତ ପଡ଼ିବ। ସେ ସାହସ କରି ଦୁଆର ଠକ୍‌ଠକ୍ କରିଛନ୍ତି। ଅମୀୟବାବୁ ଆସି ଦୁଆର ଖୋଲି ଆଲୋକବାବୁଙ୍କୁ ଦେଖି ଆଶ୍ଚର୍ଯ୍ୟ ହୋଇଯାଇଛନ୍ତି। ଆଉ କେତେ କ'ଣ ଭାବିନେଇଛନ୍ତି। ସେ କହିଲେ "ଆଜି ସକାଳୁ ଘରେ ସବୁ ଭଲ ତ ?" ଅର୍ପିତାକୁ ଡାକି କହିଲେ, "ଆଲୋକ ମଉସା ଆସିଛନ୍ତି, ଚା' ଦୁଇ କପ୍ ଆଣ।" ଅମୀୟବାବୁ ଭାବୁଛନ୍ତି ଆଜି ଆଲୋକ ଆସିଛି ବୋଧେ। ଖୁସିରେ ଅର୍ପିତାର ବାହାଘର ବିଷୟରେ କଥାବାର୍ତ୍ତା ପାଇଁ। ତା' ପରେ ପୁଣି ଭାବୁଛନ୍ତି କାଲି କ'ଣ ଅମ୍ରିତ୍ ଆସି ଚାଲିଯାଇଛି। ନା ନା, ମୁଁ ଏପରି କ'ଣ ବାଜେ ଚିନ୍ତା କରୁଛି। ସେ ମୋତେ କହିବ ମୁଁ ଆଜି ଆସିଛି ଅର୍ପିତାକୁ ମୋ ଘରକୁ ନେଇଯିବା ପାଇଁ। ତା' ବାହାଘର ଯାଏଁ ଅପେକ୍ଷା କରିପାରିବି ନାହିଁ। ତୁ ଯାହା କରୁଛୁ କର।

ଅର୍ପିତା ଦୁଇ ଜଣଙ୍କୁ ଚା' ଦୁଇ କପ୍ ଧରାଇ ଦେଇ ଆଲୋକବାବୁଙ୍କୁ ପ୍ରଣାମ କରି ପିଲାଙ୍କ ପରି ପଚାରି ଚାଲିଛି ପ୍ରଶ୍ନ ଉପରେ ପ୍ରଶ୍ନ। ଅମୀୟବାବୁ କହିଲେ ରହ ମଉସାଙ୍କୁ ଟିକିଏ ଭଲରେ ଚା' ପିଇବାକୁ ଦିଏ। ଅମୀୟବାବୁ କହିଲେ କ'ଣ ହୋଇଛି ତୋର ମୁଁ ଦେଖୁଛି ତୁ ଆସିଲାବେଳୁ ଗୁମ୍‌ସୁମ୍ ହୋଇ ବସିଛୁ। ଭାଉଜଙ୍କର ତୋର କ'ଣ ଝଗଡ଼ା ହୋଇଛି କି ? ଯାହା କିଛି ହୋଇଥିବ ସବୁ ଠିକ ହୋଇଯିବ। ଆଲୋକବାବୁ ଏହା ଶୁଣିଲା ପରେ କ'ଣ କହିବେ କେମିତି କହିବେ ଚେୟାର ଉପରୁ ଉଠି ଅମୀୟବାବୁଙ୍କ ହାତ ଧରି କାନ୍ଦ କାନ୍ଦ ହୋଇ କହିଲେ ମୋର ସବୁ ଭୁଲ ହୋଇଯାଇଛି। ଆଜିକାଲି ପିଲା ବାହାରକୁ ପାଠ ପଢ଼ିବାକୁ ଗଲେ ସେମାନେ ଭାବୁଛନ୍ତି ଆମେ ଯାହା କରୁଛୁ ସବୁ ଠିକ୍। କ'ଣ ହୋଇଛି କହୁନୁ କ'ଣ ହୋଇଛି କହିଲେ ତ ମୁଁ ଜାଣିବି। ଆଲୋକବାବୁ କହିଲେ କ'ଣ କହିବି କିପରି କହିବାକୁ ଆଉ କିଛି ନାହିଁ। ଆଉ ଅର୍ପିତାକୁ ବୋହୂ କରିବାକୁ ମୋ ଭାଗ୍ୟରେ ନାହିଁ। ଆମେ ଭାବୁଥିଲେ, କ'ଣ ଏ ସବୁ ହେଉଛି ? ଏ ସବୁ ଭାଗ୍ୟର ଦୋଷ । ତା'ର ଟ୍ରେନିଙ୍ଗ୍‌ମେଟ୍‌କୁ ଭଲପାଇ ବସିଛି। ଏହା ଶୁଣି ଅମୀୟବାବୁ ଅନ୍ତରର କୋହକୁ ଚାପିରଖି ମୁହଁରେ ହସ ଭରି

କହିଲେ ଏଥିରେ ଭୁଲ୍ ରହିଲା କେଉଁଠି। ଏହା ତୋର ଭାଗ୍ୟ। ଏପରି ପୁଅଟିଏ ପାଇଛୁ। ତୁ ଭାବିଲୁ ସେ ତୋତେ ଯଦି କହି ନଥାଆନ୍ତା, ତାହା ହେଲେ କେତେ ଅସୁବିଧା ହୋଇଥାଆନ୍ତା। ଆମେ ବାହାଘର କରିଥାଆନ୍ତେ, ସେମାନେ ଶାନ୍ତିରେ ରହି ପାରିନଥାଆନ୍ତେ। ଆମେ ସମସ୍ତେ ଆଖିରୁ ଲୁହ ଝରାଇ ଥାଆନ୍ତେ, ପିଲାମାନଙ୍କର ବାହାଘର ପ୍ରଭୁଙ୍କ ନିର୍ଦ୍ଦେଶ। ଆମେ ନିମିତ୍ତ ମାତ୍ର। ସେଥିପାଇଁ ଲେଖାଅଛି -"ପ୍ରଜାପତି ସମ୍ବନ୍ଧ, ବାପା ମାଆ ଅନ୍ଧ", ସେ ଭଲ କରିଛି କହିଦେଇଛି।

ଅର୍ପିତା ରୋଷେଇଘର ଝରକା ପାଖରେ ଠିଆହୋଇ ଏମାନଙ୍କ କଥା ଶୁଣୁଥିଲା, ତାକୁ ଲାଗିଲା ତା' ପାଦ ତଳୁ ମାଟି ଖସିଯାଉଛି। ସେ କଇଁକଇଁ ହୋଇ କାନ୍ଦି ଉଠିଲା। ତା' ଆଖି ଆଗରେ ବିଗତ କାହାଣୀଗୁଡ଼ିକ ଜଳଜଳ ହୋଇ ପଢ଼ି ହୋଇଯାଉଛି। ଅମ୍ରିତର ସେ ମିଠାମିଠା କଥା। ନିଜ ଉପରକୁ ଆଉଜାଇ ମୁଣ୍ଡର ଅଳରା ବାଳକୁ ସଜାଡ଼ି ଦବା। ଆଉ ସେ ପ୍ରେମଭରା ହାଲ୍‌କା ଚୁମ୍ବନ। ଏହା କ'ଣ ଥିଲା ଛଳନା। ପ୍ରଥମ ପ୍ରେମର ପ୍ରତାରଣା ତାକୁ କ୍ଷତାକ୍ତ କରିପକାଉଥାଏ। ତା' ଆଖିରୁ ନୀରବରେ ବହି ଚାଲିଥାଏ ଶ୍ରାବଣର ଅଶ୍ରୁଧାର। ସେ କ'ଣ ଅମ୍ରିତ୍‌କୁ ଭଲପାଇ ଭୁଲ କରିଛି। ସେ କ'ଣ ଅମ୍ରିତ୍‌ର ମନର ଖାତାଟାକୁ ଭଲରେ ପଢ଼ି ପାରିଲା ନାହିଁ। ସେ ଦିଗହରା ପକ୍ଷୀ ପରି ଗୁମୁରି ଗୁମୁରି କାନ୍ଦୁଥାଏ। ଅମ୍ରିତ୍ ସ୍ମୃତିରେ। ତା'ର କଅଁଳିଆ କୁଆଁରି ମନ କେତେ କ'ଣ ଭାବିଚାଲିଥାଏ।

ଆଲୋକବାବୁ ବିଳମ୍ବ ନ କରି ମୁଁ ଆସୁଛି କହି ଯିବାକୁ ବାହାରିଥିଲେ। ଅମୀୟବାବୁ ବୁଝାଇ କହିଲେ ଏଥିରେ କାହାର କିଛି ଭୁଲ୍ ନାହିଁ। ପିଲା ଏପରି କରିବେ। ଆମେ ତାକୁ ସମ୍ଭାଳିବାକୁ ପଡ଼ିବ। ତାହା ତ ପ୍ରଭୁଙ୍କ ନିର୍ଦ୍ଦେଶ। ମୋତେ ଆଉ ବୁଝା ନାହିଁ କହି ଉଠି ଚାଲିଯାଇଛନ୍ତି। ଅମୀୟବାବୁ କ'ଣ ଅର୍ପିତାକୁ କହିବେ, ତାଙ୍କର ପିତୃ ହୃଦୟ ତରଳିଯାଇଛି। ସେ ଜାଣିଥିଲେ ଯେ ଅର୍ପିତା ଅମ୍ରିତ୍‌କୁ କେତେ ଭଲ ପାଉଥିଲା।

ଅମୀୟବାବୁ ଅର୍ପିତାକୁ ପାଖକୁ ଡାକିଛନ୍ତି। ଅର୍ପିତା ତା'ର ହୃଦୟ ବେଦନାକୁ ଚାପି ରଖି ତା' ନନାଙ୍କ ପାଖକୁ ଆସିଛି। ଅମୀୟବାବୁ ଝିଅ ମନକୁ ପଢ଼ିନେଇଛନ୍ତି। ଅମୀୟବାବୁଙ୍କ କଥାକୁ ଅପେକ୍ଷା ନ କରି କଇଁକଇଁ ହୋଇ କାନ୍ଦି ଉଠିଥିଲା। ଅମୀୟବାବୁ କହିଲେ ମା' ସବୁ ମୁଁ ବୁଝିପାରୁଛି। ତୋ ଭାଗ୍ୟରେ ବୋଧେ ଆଉ କିଛି ଭଲ ଲେଖିଛନ୍ତି କି କ'ଣ ପ୍ରଭୁ ତୁ ଏ ସବୁକୁ ପାହାନ୍ତା ପ୍ରହର ସ୍ୱପ୍ନ ଭାବି ଭୁଲି ଯା', ଏମିତି ବି ହୁଏ। ନିଜେ ଭାବିଥିବ କ'ଣ ଆଉ ହୋଇଯାଉଛି ଅଲଗା। ଏମିତି ଅନେକ ଆସିବ ଆଉ ଯିବ। ସେ ତା'ର ଲୁହକୁ ପୋଛିଦେଇ କହିଲା ନନା ମୋର ବାହାଘର ପାଇଁ ଏତେ

ବ୍ୟସ୍ତ ହୁଅନ୍ତୁ ନାହିଁ। ଆଉ କେତେ ଦିନ ଯାଉ। ଅର୍ପିତା ଉଠି ତା' ଶୋଇବାଘରକୁ ଚାଲିଯାଇଛି। ତକିଆଟି ଉପରେ ମୁଣ୍ଡ ଥୋଇ ଉପରକୁ ଚାହିଁ ପୁରୁଣା ସ୍ମୃତିକୁ ସାଉଁଟି ବସିଛି। ସେ ତା' ମନର ସାଦା କାଗଜରେ ଅମ୍ରିତ୍‌ର ଛବି ଆଙ୍କିଥିଲା। ତା'ର ପ୍ରଥମ ଦସ୍ତଖତ ଋତୁ ବସନ୍ତ ଆସେ ଥରକୁ ଥର ପୁଣି ଚିତ୍ର ବିଚିତ୍ର ରଙ୍ଗବୋଳା ଭାବକୁ ନେଇ। ଅଥଚ ଜୀବନ ବସନ୍ତର ସ୍ମୃତି ଚିରନ୍ତନ। ସେଇ ବସନ୍ତର ବର୍ଣ୍ଣାଳୀ ଭିତରେ ନିଜକୁ ହଜାଇଦିଏ ଏଇ ମନ। ସେ ବସନ୍ତ ଥିଲା ମାୟାବୀ। ନିଜକୁ ନିଜେ ମାୟା ପ୍ରେମରେ ବୁଡ଼ାଇ ଦେଇଥିଲା। ଅମ୍ରିତ୍ ବସନ୍ତର ପହିଲି ରଙ୍ଗର ପରଶ ହୋଇ ଦୂରେଇ ଯାଇଛି। ସେ ଘୃଣାରେ ଅବିଶ୍ୱାସର ଥଳକୂଳ ପାଉନଥିଲା। ସେ ଆଜି ଭାବୁଛି, "ମୁଁ ଶୁଣିବା କାହାଣୀ କ'ଣ ସତ? ସବୁ ପୁଅ କ'ଣ ଏହିପରି ମାୟାବୀ। ଭ୍ରମର ପରି ଗୋଟିଏ ଫୁଲରେ ମହୁ ଚୋଷିସାରି ଅନ୍ୟ ଫୁଲ ପାଖକୁ ଚାଲିଯାଏ। ସେତେବେଳେ ସେ ପଛ ଫୁଲକୁ ଚାହେଁ ନାହିଁ ଯେ ତା'ର ଅବସ୍ଥା କ'ଣ। ଆଉ ସେ ଫୁଲଟି ଚାହିଁ ଚାହିଁ ଝଡ଼ିପଡ଼େ।" ସେହିପରି ଅମ୍ରିତ୍ ଆଜି ସବୁକୁ ଭୁଲିଯାଇ ଚାହିଁଯାଇଛନ୍ତି ଅନ୍ୟର ରଙ୍ଗରେ ରଙ୍ଗେଇ ହେବା ପାଇଁ। ସେ ହୋଇପଡ଼ିଛି ଧୀର ଆଉ ଗମ୍ଭୀର।

ଅମୀୟବାବୁଙ୍କ ପିତୃ ହୃଦୟରେ କୋହ ଉଠୁଥାଏ। ସେ ଆଜି ଭାଙ୍ଗି ପଡ଼ିଛନ୍ତି। ସେ ସବୁ ବନ୍ଧୁମାନଙ୍କୁ କହିଛନ୍ତି ଝିଅ ପାଇଁ ବରପାତ୍ର ଖୋଜିବା ପାଇଁ। ସେ ତାଙ୍କର ସ୍ୱାଭିମାନରେ ଚାହୁଁ ଥାଆନ୍ତି ଅମ୍ରିତ୍ ପରି ସୁନ୍ଦର ଆଉ ସୁଢଳ ହୋଇଥିବ। ଆଉ ସମାଜରେ ଜଣେ ପ୍ରତିଷ୍ଠିତ ବ୍ୟକ୍ତି ହୋଇଥିବ। ପ୍ରଥମେ ପ୍ରଥମେ ଅର୍ପିତା ବାହା ନ ହେବା ପାଇଁ ଜିଦି କରୁଥାଏ। ତା' ପରେ ସେ ତା' ନନା ବୋଉଙ୍କର ଅବସ୍ଥା ଦେଖି ରାଜି ହୋଇଯାଇଛି। ସେ ଭାବୁଛି, "ନା ମୁଁ ଏତେ ସ୍ୱାର୍ଥପର ହୋଇପାରିବି ନାହିଁ। ସେମାନଙ୍କ ଖୁସିରେ ମୁଁ ସାମିଲ ହୋଇଯିବି। ତା'ର ବାହାଘର ରୁଦ୍ରାକ୍ଷଙ୍କ ସହିତ। ନନା ଭିତରେ ମନ ଭଲ ନ ଥିଲେ ବି ଉପର ଦେଖାଣିଆରେ ବହୁତ ଖୁସି ଥିଲେ ଏହା ଅର୍ପିତା ବୁଝିପାରୁଥିଲା।

ଅମୀୟବାବୁ ଶୁଭେନ୍ଦୁକୁ ଡାକି କହିଲେ, "ଅର୍ପିତାର ବାହାଘର ଠିକ୍ ହୋଇଗଲା। ତୁ କେତେ କ'ଣ ଡିପୋଜିଟ୍ କଲୁଣି କହିନାହୁଁ। ଆଉ ଯାହା ଚେଷ୍ଟା କରି କିପରି ବିଲ୍ ସବୁ ପାସ୍ ହେବ ସେ ବ୍ୟବସ୍ଥା କର। ତୋତେ ଯେଉଁ ଟଙ୍କା ଦେଇଛି ସେ ସବୁ ଅର୍ପିତା ବାହାଘର ପାଇଁ ଥିଲା। ତୁ ସେ ସବୁ ଆଣିଲେ ତା'ର ବାହାଘର ହେବ। ଆଉ ଅଳ୍ପ ଦିନ ରହିଲା।"

ଶୁଭେନ୍ଦୁ ହସି ହସି କହିଲା ଅର୍ପିତା ବାହାଘରଠାରୁ ଆଉ କ'ଣ ଭଲ ଖବର ଅଛି। ଝିଅ ବାହାଘର ପ୍ରଥମ ଆଉ ଯାହା ସବୁ ପଛ। ମୁଁ ଚେଷ୍ଟା କରିବି। ଚେଷ୍ଟା

କରିବୁ କହୁଛୁ କ'ଣ। ଟଙ୍କା ଆସିଲେ ସବୁ ହବ। ତୁ ମୋ ଘରର ବଡ଼ପୁଅ। ମୁଁ ତୋତେ ଭରସା କରିଛି। ଟଙ୍କା ଆସିଲେ ସବୁ କାମ ହେବ। ଝିଅର ଜିନିଷ କିଣା ହେବ। ସୁନା, ଗହଣା, ଶାଢ଼ି ପାଟ, ଲୁଗାପଟା ପୁଣି ଜ୍ୱାଇଁଙ୍କ ପାଇଁ ସବୁ। ଆଉ ଅନ୍ୟ ଜିନିଷର ହିସାବ ନାହିଁ। ଝିଅ ପାଇଁ ଯେତେ କିଣିଲେ ଆଉ କିଛି ରହିଯିବ।

ଶୁଭେନ୍ଦୁ କହିଲା, "ଅର୍ପିତା କ'ଣ ମୋର ଭଉଣୀ ନୁହେଁ। ମୁଁ ତାକୁ ମୋର ସାନଭଉଣୀ ଭାବି ନେଇଛି। ତା'ର ବାହାଘର ଏତେ ଶୀଘ୍ର ହୋଇଯିବ ମୁଁ ଭାବିପାରୁନାହିଁ। ଆଉ ସେ ମୋ ଭଉଣୀ; ତା' ପ୍ରତି ମୋର କିଛି ତ କର୍ତ୍ତବ୍ୟ ଅଛି। ମୋତେ କିଏ ଜାଣିଥିଲା। ଆପଣଙ୍କ ଦୟାରୁ ଆଜି ମୁଁ ଆପଣଙ୍କ ସହିତ କଥାବାର୍ତ୍ତା କରିବାର ସାହସ ହେଉଛି।

ଅମୀୟବାବୁଙ୍କୁ ଶୁଭେନ୍ଦୁର କଥାଗୁଡ଼ିକ କାହିଁକି କେମିତି ଲାଗୁଥାଏ, ନା ନା ଏହା ମୋର ଭ୍ରମ। ଏ ସବୁ ବାଜେ ଚିନ୍ତାଧାରା ମୋ ମନକୁ ଆସିଛି। ବାରମ୍ବାର ମନରେ ପ୍ରଶ୍ନ ଉଠୁଛି, "ମୁଁ ଶୁଭେନ୍ଦୁକୁ ବିଶ୍ୱାସ କରି କ'ଣ ଭୁଲ କରିଛି। ବିଶ୍ୱାସରେ ତ ଏ ଜଗତ ଚାଲିଛି। ବିଶ୍ୱାସରେ ତ ସୂର୍ଯ୍ୟଚନ୍ଦ୍ର ଉଦୟ ହୋଇ ସାଗରରେ ମିଶିବା ପାଇଁ ବିଶ୍ୱାସରେ ଧାଇଁଛି। ବିଶ୍ୱାସ ନିଶ୍ଚିତ ଅଛି। ମୁଁ ସେହିପରି ବିଶ୍ୱାସ ରଖିବି ତା' ବିପରୀତ ହୋଇଛି। ସେ ଗଲାଦିନଠାରୁ ଆଉ ଫୋନ କରୁନାହିଁ। ଏ ଫୋନ୍ କଲେ ବି ଫୋନ୍ ଉଠାଉ ନାହିଁ। ଘରେ ପଚାରିଲେ ତା' ବାପା ମାଆ କହୁଛନ୍ତି, ସେ କେଉଁ ଆଡ଼େ ଯାଇଛି ଆମେ ଜାଣିନାହୁଁ।" ସେ ତା'ର ଆଉ ଠିକଣା ପାଉନାହାନ୍ତି। ଏପଟେ ବାହାଘର ଆଉ ଅଳ୍ପଦିନ ରହିଲା। ବାହାଘର କାମ ଆରମ୍ଭ ହୋଇଗଲାଣି। ଘର ରଙ୍ଗ ହେବା ଚିତ୍ରକର ଆସି ଘର ଚିତ୍ର ଆରମ୍ଭ କଲାଣି। ଝିଅ ମାମୁଘର, ମାଉସୀ, ପିଉସୀ, ବନ୍ଧୁ ପରିଜନ, ପଡ଼ୋଶୀ ଝିଅକୁ ତୋରାଣିପିଆ ପାଇଁ ଡାକିନେଲେଣି। ଏହା ଆମ ଓଡ଼ିଆ ଘରର ପରମ୍ପରା। ଝିଅ ପାଇଁ ବଡ଼ି, ଜାଇ ଅନୁକୁଳ ହୋଇସାରିଲାଣି। ଭୋଜି ପାଇଁ ମସଲାଗୁଣ୍ଡ ଆଉ ହଳଦିଗୁଣ୍ଡ ତିଆରି ହୋଇସାରିଲାଣି। ମାମୁଘର ବନ୍ଧୁବାନ୍ଧବ ଗୁଆ ଗଣ୍ଡା ଶୁଭ ଅନୁକୂଳ ହୋଇଗଲାଣି। କିନ୍ତୁ ଦାଣ୍ଡ ଦୁଆର ଛାମୁଣ୍ଡିଆ ପାଇଁ ଜଙ୍ଗଲରୁ ଖୁଂଟି ବାଉଁଶ ଆଉ ଜାମୁଡାଳ ଆସି ଗଦା ହୋଇଗଲାଣି। କିନ୍ତୁ ଆଜିକାଲି ନୂଆ ଫେସନ ହେଉଛି ହୋଟେଲ୍। ହୋଟେଲ୍‌ରେ ଯେତେ ବାହାଘର କଲେ ବି ପାଖରେ ଜାମୁଡାଳଟିଏ ଖୋଜା ପଡ଼େ। ଏ ସବୁ ପରେ ମୁଖ୍ୟ ଜିନିଷ ଝିଅର ଗହଣା ଲୁଗାପଟା କିଣା ହୋଇନାହିଁ। ଆଉ ମଧ୍ୟ ଜୋଇଁଙ୍କ ପାଇଁ ତାଙ୍କର ଲୁଗାପଟା ବେଦୀ ସଜ କିଣା ହୋଇନାହିଁ। ଏଥିପାଇଁ ତାଙ୍କର ମନ ଭଲ ନଥାଏ। ତଥାପି ଶୁଭେନ୍ଦୁ ଉପରେ ବିଶ୍ୱାସରେ ଚାହିଁଥାଆନ୍ତି।

ଏତେ ସରଳିଆ ମନରେ ଭାବୁ ଥାଆନ୍ତି ନିଶ୍ଚିତ ଶୁଭେନ୍ଦୁ ଆସିବ। ତା'ର ବୋଧେ କିଛି ଅସୁବିଧା ହୋଇଛି। ତେଣୁ ଆସିପାରୁ ନାହିଁ। ତାକୁ ଆଉ ଅପେକ୍ଷା ନ କରି ବ୍ୟାଙ୍କରୁ କିଛି ଆଣି କରିବି। ଆଉ ଯାହା ଥିବ ସେ ଆସିଲେ ଦବ।

ବାହାଘର ପାଇଁ ସବୁ ଆୟୋଜନ ହେଉଥାଏ। ଅର୍ପିତାର ସାଙ୍ଗମାନେ ଆସି ଥଟ୍ଟା ମଜାରେ କିଏ କ'ଣ କରିଛି। କିଏ କାହାକୁ ଭଲପାଇ ବସିଛି। ଏ ସମସ୍ତେ ମିଶି ଅତୀତର ମଧୁର ସ୍ମୃତିକୁ ଗୋଟିକ ପରେ ଗୋଟିଏ ସାଉଁଟୁଛନ୍ତି। ହସ ଖୁସିରେ ଘର ଫାଟିପଡୁଥାଏ। କଥା ଭିତରେ ଭିତରେ ପୂରା ପିଲାବେଳର ଧୂଳି ଖେଳକୁ ଚାଲିଯାଆନ୍ତି। ପରସ୍ପର ଧୂଳି ଫୋପଡ଼ା ଆଖିକୁ ମକଚି ମକଚି ଆସି ମାଆଙ୍କ କାନରେ ଲୁହ ପୋଛିବା, ମିଛ ସଫେଇ ଦବା। ବୋହୂଚୋରି, ରଜଦୋଳି, ତୁଳସୀ ମୂଳେ ଜହ୍ନିଫୁଲରେ ସଜାଇ କୁମାର ପୂର୍ଣ୍ଣିମା, ଚାନ୍ଦପୂଜା, ଖୁଦୁରୁକୁଣି ସାଙ୍ଗ ହୋଇ ଯାଇ ପୋଖରୀରେ ଗାଧୋଇ ବାଲୁକା ପୂଜା କରି ପାହାନ୍ତାରୁ ବୋଇତ ଭସା। ସ୍କୁଲରୁ ଆସି ଅନ୍ୟ ବାଡ଼ିରେ ପଶି ପିଜୁଳି, କଷିଆମ୍ବ, ବରକୋଳି ଆଉ ନରକୋଳି ଚୋରି କରିବା। ସ୍କୁଲ ପଛପାଖ ପଡ଼ିଆରୁ କଂଟେଇକୋଳି ବୁଦାରୁ କୋଳି ତୋଳି ଗୋଡ଼ହାତ ରକ୍ତାକ୍ତ ହେବା ତାହା ଥିଲା ପିଲାଦିନର ଅଲଗା ଆନନ୍ଦ। ରାସ୍ତାରେ ଗଲାବେଳେ ସ୍ୱପ୍ନର ରାଜକୁମାରମାନଙ୍କର ଚିତ୍ର ଆଙ୍କିବା, ବର୍ତ୍ତମାନ ମନେପକାଇ ଆନନ୍ଦରେ ବିଭୋର ହୋଇ ଉଠିଛନ୍ତି। ଅମିତ୍‌ର କଥା ମନେପକାଇ କାନ୍ଦ କାନ୍ଦ ହୋଇ ପଡୁଛନ୍ତି। ସାଙ୍ଗମାନେ ବୁଝାଉଛନ୍ତି ତୁ ସ୍ୱପ୍ନ ଭାବି ଭୁଲିଯା'। ସେ ତୋର ଅତୀତ। ଆଜି ଯାହା ଅଛି ତାହା ସହ ଯୋଡ଼ି ହବାକୁ ପଡ଼ିବ। ତାକୁ ନେଇ ଜିଇଁବାକୁ ହେବ। ଯାହା ଚାଲିଗଲାଣି ତାହା କେବେହେଲେ ମିଳିବ ନାହିଁ। ତାକୁ ମନେପକାଇ ବର୍ତ୍ତମାନର ମୂଲ୍ୟବାନ ସମୟ ବ୍ୟୟ କରିବା ଅନୁଚିତ, ଅତୀତକୁ ଯେତେ ଯତ୍ନରେ ମନେରଖିଲେ ବି ସେ ଫେରିବ ନାହିଁ। ନୂଆ ସଂସାରଟିଏ କରିବାକୁ ହେଲେ ପୁରୁଣାକୁ ଭୁଲି ନୂଆରେ ଭିଜିବାକୁ ହୋଇଥାଏ। ସମସ୍ତଙ୍କ ମନ ଚାହେଁ ବହୁତ କିଛି। କିଛି ହରାଇବାକୁ ଚାହେଁ ନାହିଁ। ତା'ର ମନର ଅବସ୍ଥା କେହି ବୁଝିପାରୁନଥାନ୍ତି।

ଅମୀୟବାବୁ ବ୍ୟାଙ୍କ୍‌କୁ ଯାଇଛନ୍ତି କିଛି ଟଙ୍କା ଉଠାଇ ଆଣିଲେ ଆଉ ଯାହା ଅଛି ଖର୍ଚ୍ଚ କରିବେ। ବ୍ୟାଙ୍କରେ ବ୍ୟାଙ୍କ ମ୍ୟାନେଜର ଆକାଶବାବୁ ଅମୀୟବାବୁଙ୍କୁ ଦେଖି ଖୁସି ଆନନ୍ଦରେ ପଚାରିଲେ ଝିଅ ବାହାଘର ଠିକ୍ ହୋଇଗଲା ଶୁଣିଲି। ଯାହା ହେଉ ଆପଣ ଗୋଟିଏ ବଡ଼କାମ କରୁଛନ୍ତି। ସବୁ ମାର୍କେଟିଙ୍ଗ ସରିଲାଣି ତ ! ଅମୀୟବାବୁ କହିଲେ ବାହାଘର ମାର୍କେଟିଙ୍ଗ୍ କ'ଣ ସରେ ? ଝିଅ ଶାଶୁଘରକୁ ଗଲାଯାଏ ବି କିଣା ବିକା ଚାଲିଥିବ। ହାତରେ ଯାହା ଥିଲା ସବୁ ସରିଗଲାଣି। ଆଉ କିଛି ନେଲେ କାମ

ହେବ। ଆକାଶବାବୁ କହିଲେ, "ନମ୍ବର କହନ୍ତୁ ମୁଁ କମ୍ପ୍ୟୁଟରରେ ଦେଖୁଛି।" ଆକାଶବାବୁ ଦେଖୁଛନ୍ତି, ଆକାଉଂଟ ଜିରୋ ହୋଇଯାଇଛି। ଗୋଟିଏ ଲୋକ ଝିଅ ବାହାଘର ପାଇଁ ନିଜ ପଇସା ନିଜେ ନେବ। ସେ କେତେ ଆଶା ନେଇ ଆସିଛି। ସେ କ'ଣ କହିବେ କିଛି ବୁଝିପାରୁ ନଥାନ୍ତି। ସେ କିଛି ସମୟ ବସିବା ଦେଖି ଅମୀୟବାବୁ କହିଲେ, "ସାର ମୋର ଟିକିଏ କରିଦେଲେ ମୁଁ ଯିବି। ସେ ଆଡ଼େ କେତେ କାମ ବାକି ପଡ଼ିଛି।" ତଥାପି ଆକାଶବାବୁ ଭାବୁଛନ୍ତି କିପରି କହିବେ। ତାଙ୍କୁ ତାଙ୍କର ମାନବିକତା ବାଧା ଦେଉଥାଏ। ପୁଣି ଅମୀୟବାବୁ ପଚାରିଲେ ଆପଣ ଅନ୍ୟ କାମ ପଛରେ କରିବେ ଆଗ ମୋ କାମ କରିଦିଅନ୍ତୁ। ତେଣେ ଘରେ ବହୁତ କାମ ପଡ଼ିଛି। ସେ ବାଧ୍ୟ ହୋଇ ମନ ବୁଝେଇଲା ଭଳି କହିଲେ ମୁଁ ଦେଖୁଛି ଆପଣଙ୍କ ଆକାଉଂଟ ବୋଧେ ଭୁଲ ହୋଇଛି। ଅମୀୟବାବୁ କହିଲେ କ'ଣ ହୋଇଛି, ଆକାଉଂଟ ଜିରୋ ହୋଇଯାଇଛି। ଗୋଟିଏ ଲୋକ ସାରା ଜୀବନର ପୁଣି ଆଉ ଜଣେ ତାକୁ ଠକି ନେଇଯାଇଛି। ଆପଣଙ୍କର ଯାହା ମୋ'ଠାରୁ ନେଇ କାମ କରନ୍ତୁ। ଆକାଶବାବୁ ବାଧ୍ୟ ହୋଇ କହିଲେ ଆପଣଙ୍କ ଆକାଉଂଟରେ ଆଉ କିଛି ନାହିଁ। ଶୁଭେନ୍ଦୁ ସବୁ ନେଇଯାଇଛି। ଅମୀୟବାବୁ ଥକା ମାରି ବସିପଡ଼ିଛନ୍ତି। ଏହା କିପରି ହେଲା। ଆକାଶବାବୁ କହିଲେ "ଆପଣଙ୍କ ନାମରେ ଅଥୋରାଇଜେସନ୍ କରିଦେଇଛନ୍ତି। ସେଥିପାଇଁ ଆପଣଙ୍କ ସ୍ୱାକ୍ଷର ଆଉ ଦର୍କାର ନଥିଲା। ସେ ସବୁ ଉଠାଇ ନେଇଛି। ଆଜିକାଲି ଏତେ ସରଳ ହେଲେ ଚଳିବ। ସେ ଆପଣଙ୍କର ସରଳତାର ସୁଯୋଗ ନେଇ ଏପରି କରିଛି। ସେ ଆଉ କିଛି କହି ପାରି ନଥିଲେ। ଏତିକି କହିଲେ, "ମୁଁ ତାକୁ ପୁଅର ସମ୍ମାନ ଦେଉଥିଲି। ସେ ମୋ ସହିତ ଏପରି ବିଶ୍ୱାସଘାତକତା କରିବ ବୋଲି କଳ୍ପନା ବି କରିନଥିଲି। ମୁଁ ତାକୁ ବିଶ୍ୱାସ କରି ନିଜ ଗୋଡ଼ରେ ନିଜେ କୁରାଢ଼ି ମାରିଛି। ମୁଁ ଆଜି ପଙ୍ଗୁ ହୋଇଯାଇଛି। ପ୍ରଭୁ ତା'ର ମଙ୍ଗଳ କରନ୍ତୁ। ସେ ମୋତେ ଠକିଦେଇଛି।" ଏହା କହିଲାବେଳକୁ ଆଖିରୁ ଲୁହ ଧାରଧାର ବୋହିଯାଉଥାଏ। ମୋର ସବୁ ସରିଯାଇଛି। ମୁଁ ବାହାଘର କରିବି କିପରି? ସେ ହିତାହିତ ଜ୍ଞାନ ଭୁଲି ମୁଣ୍ଡରେ ହାତ ଦେଇ ବସିଥାଆନ୍ତି।

ଆକାଶବାବୁ ବୁଝାସୁଝା କରି ପାଣି ଗ୍ଲାସଟିଏ ଦେଇଛନ୍ତି। କହିଲେ "ପାଣି ପିଅନ୍ତୁ ଦେଖିବା କ'ଣ ହେଲେ କରିବା। ଆଉ ବାହାଘର ତ ଅଟକିଯିବ ନାହିଁ।" ସେ ଘରେ ଆଣି ଅମୀୟବାବୁଙ୍କୁ ଛାଡ଼ିଯାଇଛନ୍ତି।

ଘରକୁ ଆସି ଅମୀୟବାବୁ ଥକା ମାରି ବସିପଡ଼ିଛନ୍ତି। ବୋଉ ଅନିମା ଦେବୀ ଅମୀୟବାବୁଙ୍କ ମୁହଁକୁ ଚାହିଁ କହିଲେ, "କ'ଣ ହେଲା, କ'ଣ ଭାବୁଛ।" ଏହା

ପଚାରୁ ପଚାରୁ "ଆମର ସବୁ ସରିଗଲା ଅନିମା। ଆଉ କିଛି ନାହିଁ" କହି କୋହ ସମ୍ଭାଳି ପାରିନଥିଲେ। ଅନିମା ଦେବୀ କହିଲେ ତୁମେ କ'ଣ କହୁଛ ମୁଁ କିଛି ବୁଝିପାରୁନାହିଁ। ଅମୀୟବାବୁ କହିଲେ ଶୁଭେନ୍ଦୁ ମୋ ସହିତ ବିଶ୍ୱାସଘାତକତା କରିଛି। ସବୁ ଟଙ୍କା ନେଇ ଆକାଉଂଟ ଜିରୋ କରିଦେଇଛି। ଅନିମା ଦେବୀ ଅମୀୟବାବୁଙ୍କ ମୁହଁକୁ ଚାହିଁ କାଠ ପାଲଟି ଯାଇଛନ୍ତି। ଠିକ୍ ଏହି ସମୟକୁ ଜଣେ ପଡ଼ୋଶୀ ବୁଲିବାକୁ ଆସିଛନ୍ତି। ଝିଅ ବାହାଘର। ସେ ପଚାରିଲେ ଭାଇ ସବୁ ଯୋଗାଡ଼ ସରିଲାଣି ତ ? ନା ଆଉ କିଛି ଅଛି। ମୋତେ କିଛି ଦାୟିତ୍ୱ ଦେଉନାହଁ। ମୁଁ କ'ଣ କରିପାରିବି। ଏ ଆଶ୍ୱାସନା ବାଣୀ ଶୁଣି ନିଜକୁ ସମ୍ଭାଳି ନପାରି ଜୋରରେ କାନ୍ଦିପକାଇ ଥିଲେ। ପଡ଼ୋଶୀ ଅନୁଭବ କହିଲେ, "କ'ଣ ହୋଇଛି ତୁମେ ଏତେ ଦୁଃଖ କରୁଛ। ମୁଁ ବୁଝୁଛି ଝିଅ ତ ଦିନେ ନା ଦିନେ ପର ଘରକୁ ଯିବ।" ଅମୀୟବାବୁ କହିଲେ ତାହା ହବ କିନ୍ତୁ ମୁଁ ଆଉ ମୋ ଝିଅ ବାହାଘର କରିପାରିବି ନାହିଁ। ଅନୁଭବ ପଚାରିଲେ, କ'ଣ ଏମିତି କହୁଛନ୍ତି ମୁଁ କିଛି ବୁଝି ପାରୁନାହିଁ। ଶୁଭେନ୍ଦୁ ମୋର ଆକାଉଂଟ ଖାଲି କରିଦେଇଛି। ଗୁଆଗଣ୍ଡା ବଂଟା ସରିଲାଣି। ନିମନ୍ତ୍ରଣ ବଂଟା ହେଲାଣି। ଚୁଲି ଉପରେ ହାଣ୍ଡି ବସିଲାଣି। ଝିଅର ଜିନିଷପତ୍ର କିଣା ହୋଇନାହିଁ। ପୁଣି ଭୋଜିଭାତ ଅଛି। ଶୁଭେନ୍ଦୁ ମୋତେ ଉଚ୍ଛନ୍ନ କରିଦେଲା।" ଅନୁଭବ କହିଲେ, "ସେ କ'ଣ ଆସିନାହିଁ ?" ଅମୀୟବାବୁ କହିଲେ, "ସେ କହିଲା, ମୁଁ କଟକେଇ ଯାଉଛି ବିଲ୍ ପାସ୍ କରି ଟଙ୍କା ନେଇ ଆସିବି। ସେହି ଦିନଠାରୁ କେଉଁ ଆଡ଼େ ଚାଲିଯାଇଛି। ତା'ର ଠିକ୍ ଠିକଣା ନାହିଁ। ତାଙ୍କ ଘରେ କହୁଛନ୍ତି, "ସେ କେଉଁଠି ଅଛି ଆମକୁ କହୁନାହିଁ, ନା ଫୋନ କରୁଛି ନା ମେସେଜ ଦେଉଛି। ବ୍ୟାଙ୍କ ଗଲାବେଳକୁ ଆକାଉଂଟ ଜିରୋ। ମୁଁ ବର୍ତ୍ତମାନ ବ୍ୟାଙ୍କରୁ ଫେରୁଛି। କାହାକୁ କ'ଣ କହିବି। ମୁଁ କାହାକୁ ମୁହଁ ଦେଖାଇବି। ମୁଁ ସୁଇସାଇଡ୍ କରିଦେବି।" ଅନିମା ଦେବୀ କହିଲେ ତୁମେ ଏପରି କ'ଣ କହୁଛ। ଏହା ଶୁଣି ଅନୁଭବ ହତ୍‌ବାକ୍ ହୋଇଯାଇଛନ୍ତି। ଏ ସମୟରେ ସେ କ'ଣ ବୁଝାଇବେ। ସେ ସାହସ ଦେଇ କହିଲେ, "ଝିଅ କ'ଣ ଅଭିଆଡି ରହିଯିବ ? ତୁମେ ସୁଇସାଇଡ୍ କରିଲେ ସବୁ ସମସ୍ୟାର ସମାଧାନ ହୋଇଯିବ ନାହିଁ ତ, କିପରି କାମଟା ହେବ? ଅନୁଭବ କହିଲେ, "ଚାଲନ୍ତୁ ଯିବା ଯାହା ଦର୍କାର ମୁଁ ଦେଉଛି। ଆପଣ ମୋତେ ପର ବୋଲି ଭାବନ୍ତୁ ନାହିଁ। ସେ କ'ଣ ଏକା ଆପଣଙ୍କର ଝିଅ, ସେ ବି ତ ମୋ ଝିଅ। ବାହାଘର ପରେ ଶୁଭେନ୍ଦୁ କଥା ବୁଝିବା। ସେ କ'ଣ ଆମଠାରୁ ବଳେଇ ଯିବ। ଆମେ ସମସ୍ତେ ଆପଣଙ୍କ ପଛକୁ ଅଛୁ। ଆପଣ ମୋତେ ଯେତେ ସାହାଯ୍ୟ କରିଛନ୍ତି ମୁଁ କ'ଣ ସବୁ ଭୁଲିଯିବି। ଆଜି

ଏତେ ଦିନ ପରେ ପ୍ରଭୁ ମୋତେ ଗୋଟିଏ ମଉକା ଦେଇଛନ୍ତି। ଏଥିରୁ ବଂଚିତ କରନ୍ତୁ ନାହିଁ। ମୋତେ ଆଉ ନାହିଁ କରନ୍ତୁ ନାହିଁ।

ଅମୀୟବାବୁ ଭାବୁଛନ୍ତି ଭଗବାନ ଗୋଟିଏ ବାଟ ବନ୍ଦ କଲେ ଆଉ ଗୋଟିଏ ବାଟ ଦେଖାଇ ଦେଉଛନ୍ତି। ପ୍ରଭୁ ଅନୁଭବ କଣ୍ଠରେ ବିଜେ ହୋଇ ମୋତେ ସାହାଯ୍ୟ କରିବା ପାଇଁ ଆଗେଇ ଆସିଛନ୍ତି। ମଝି ଦରିଆରେ ଭାସୁଥିବା ନାଆକୁ କୂଳକୁ ଆଣୁଛନ୍ତି। ପ୍ରଭୁ ତୁମକୁ କୋଟି ପ୍ରଣାମ। ତାଙ୍କ ମନରେ ଆଶାର କିରଣ ଝଲସି ଉଠିଛି। ସେ ମନକୁ ସାନ୍ତ୍ୱନା ଦେଇଛନ୍ତି। ଆଗ ବାହାଘରଟା ସରିଯାଉ ତା’ ପରେ ବୁଝିବା।

ଅର୍ପିତା ଏ ସବୁ ଶୁଣିଲା ପରେ ବହୁତ ଅନୁତାପ କରିଛି। “ମୋ ପାଇଁ ମୋ ନନା ଆଜି କେତେ କ’ଣ ଭାବୁଛନ୍ତି। ମୁଁ ଯଦି ଗୋଟିଏ ପୁଅ ହୋଇଥାଆନ୍ତି, ତାହାହେଲେ ଏପରି ପରିସ୍ଥିତି ହୋଇନଥାଆନ୍ତା, ସେ ଝିଅ ଜନ୍ମ ଦେଇ ନନା ବୋଉଙ୍କର ଦୁଃଖର କାରଣ ହୋଇଛି। ମୋତେ ପ୍ରଭୁ କାହିଁକି ଝିଅ ଜନ୍ମ ଦେଲ। କାହିଁକି ପୁଅଟିଏ ଜନ୍ମ ଦେଲ ନାହିଁ। ସେ ଯାଇ ନନାଙ୍କୁ କହିଛି ନନା ମୁଁ ସବୁ ଶୁଣିଲିଣି। ତୁମେ ମୋତେ ଧାର କରଜ କରି ବାହାଘର କର ନାହିଁ। ମୁଁ କ’ଣ ଏଥିରେ ଖୁସିରେ ରହିପାରିବି। ଆଜିକାଲି ପୁଅ ଝିଅ ସମାନ। ମୁଁ ତ ଆପଣଙ୍କର ଅଯୋଗ୍ୟ ଝିଅ ନୁହେଁ। ମୁଁ ନିଜ ଗୋଡ଼ରେ ନିଜେ ଠିଆହୋଇ ପାରିବି। ତୁମମାନଙ୍କ ଉପରେ ବୋଝ ହେବି ନାହିଁ। ତୁମେମାନେ ଏତେ ଭାବ ନାହିଁ। ମୋର ସେ ବାହାଘର ବନ୍ଦ କରିଦିଅ। ମୁଁ ଆଦୌ ବାହା ହେବି ନାହିଁ।”

ଅମୀୟବାବୁ ନିଜର ଦୁଃଖକୁ ନିଜେ ଢୋକି ଦେଇ ଝିଅକୁ ଡାକି ପାଖକୁ ବୁଝାଇଛନ୍ତି। “ଆରେ ମା’ ମୁଁ କ’ଣ ଜାଣିଥିଲି ଶୁଭେନ୍ଦୁ ମୋତେ ଅଧା ସାଗରରେ ଛାଡ଼ି ଲୁଚିଯିବ ବୋଲି। ମୁଁ ଜାଣିପାରିଲି ନାହିଁ। ଶିବ ଯେପରି ବିଷଜ୍ୱାଳାରୁ ମୁକ୍ତ କରିବା ପାଇଁ ସମୁଦ୍ର ମନ୍ଥନରୁ ବାହାରିଥିବା ହଳାହଳ ବିଷ ପାନ କରିଥିଲେ। ସେ ବିଷ ଶିବଙ୍କ ଗଳାରେ ଅଟକି ରହିଥିଲା। ସେ ବିଷ ଜ୍ୱାଳାରେ ତାଙ୍କର ଗଳା ନୀଳ ଦେଖାଯାଉଥିଲା, ସେଥିପାଇଁ ସେ ନୀଳକଣ୍ଠ ନାମ ହୋଇଥିଲେ। ମୁଁ ତ ମନୁଷ୍ୟ। ମୋର ପରିବାର ପାଇଁ ଲୋଭ ରହିବା ସ୍ୱାଭାବିକ। ମୁଁ ଭାବୁଥିଲି ଟଙ୍କା ତ ବ୍ୟାଙ୍କରେ ଅଛି। ତାହା କିଛି କାମରେ ଲାଗିଲେ ଘରକୁ ଆଉ ଅଧିକ ଦୁଇ ପଇସା ଆସିବ। ସେ କିନ୍ତୁ ତାହା କରିବାକୁ ଦେଲା ନାହିଁ। ଦିଅଁ ଖାଇ ଖଟୁଲି ଖାଇଦେଇଛି। ମୁଁ ଭାବିଥିଲି ତୋ ବାହାଘରଟା ଅତି ଧୁମ୍‌ଧାମ୍‌ରେ କରିବା ପାଇଁ। ଚୁଲି ଉପରେ ହାଣ୍ଡି ବସିଲାଣି। ସବୁ ଆୟୋଜନ ସରିଲାଣି। ମୁଁ ବର୍ତ୍ତମାନ ବାହାଘର ବନ୍ଦ କରିଦେଲେ ଲୋକେ କ’ଣ କହିବେ। ବହୁତ ପ୍ରକାର କଥା ତିଳକୁ ତାଳ କରି କହିବେ। ପ୍ରକୃତ ଅସୁବିଧା

କେହି ବୁଝିପାରିବେ ନାହିଁ। ଝିଅର ସବୁ ସରିଥିଲା ବାହାଘର କାହିଁକି ବନ୍ଦ ହେଲା। ପୁଅ ଘରକୁ କେହି କିଛି କହିବେ ନାହିଁ। କହିବେ ଝିଅ ଭଲ ଝିଅ ନୁହେଁ ବୋଲି ବାହାଘର ଭାଙ୍ଗିଗଲା। ଆଜିକାଲି ସମାଜରେ ଯଦି କିଛି ଭଲ ହୁଏ ତାହାହେଲେ ଲୋକ ଜାଣନ୍ତି ବହୁତ ଡେରିରେ। ଯଦି କିଛି ଗୋଟିଏ ଖରାପ ଘଟିଯାଏ ତାହାହେଲେ ତୁଣ୍ଡ ବାଇଦ ସହସ୍ର କୋଷ ଯାଏ ବ୍ୟାପିଯାଏ। ଯଦି ତୋର ବାହାଘର ରହିଯାଏ ତାହାହେଲେ ମୋତେ ବହୁତ ପ୍ରଶ୍ନର ଉତର ଦେବାକୁ ହେବ। ତାହା ସହ୍ୟ କରି ହେବ ନାହିଁ। ଏ ପ୍ରଶ୍ନ ଉତ୍ତରଟି ଭିତରେ ପ୍ରକୃତ ଉତ୍ତରଟି ଲୁଚିଯିବ। ମୁଁ ଯେପରି ହେଲେ ତୋର ବାହାଘରଟି କରିବି। ଆଜି ମୋ ଜୀବନରେ ସୂର୍ଯ୍ୟ ଅସ୍ତ ହେଉଛନ୍ତି। ଆଉ କିଛି ସମୟ ପରେ ତ ସୂର୍ଯ୍ୟ ଉଦୟ ହେବ। ତାହା ଡେରି ହୋଇପାରେ କି ଦୁଃଖର ରାତ୍ରି ଶୀଘ୍ର ପାହିଯିବ ତାହା ପ୍ରଭୁ ଜଗନ୍ନାଥଙ୍କୁ ଜଣା। ରାତ୍ରି ଅଛି ଯଦି ନିଶ୍ଚୟ ସକାଳ ହେବ। ଏହିପରି ବହୁତ ବୁଝାଇବା ପରେ ଅର୍ପିତା ଚୁପ୍ ହୋଇଯାଇଥିଲା।

ଅମୀୟବାବୁଙ୍କ ଜୀବନରେ ଅନୁଭବ ଦେବଦୂତ ପରି ପହଂଚି ଯାଇଛନ୍ତି। ଯାହା ଯେମିତି କରି ସବୁ ଠିକ୍‌ଠାକ୍ ହୋଇଛି। ଏ ସବୁ ଦୁଃଖକୁ ପଛରେ ପକାଇ ଆଗରେ ଖୁସିର ଲହରି ଖେଳି ଯାଇଛି। ଜାକଜମକରେ ଝିଅ ବାହାଘର ଆୟୋଜନ ହୋଇଛି। ଉପରେ ଯେତେ ଆନନ୍ଦ ଥିଲେ ବି ବାପା ମା' ମନ ଆଜି ଅଥୟ ହୋଇପଡୁଛି। ତାଙ୍କ ଝିଅ ଥିଲା ଘରର ଆନନ୍ଦର ଢେଉ। ଘର ସୁନ୍ଦର ଆଉ ବାପାମାଆଙ୍କ ଜୀବନର ଧନ। ସେଥିପାଇଁ ଝିଅଟିଏ ଜନ୍ମହେଲେ କହନ୍ତି ଘରକୁ ଲକ୍ଷ୍ମୀ ଆସିଛନ୍ତି। ଆଜି ସେ ଲକ୍ଷ୍ମୀଟିକୁ ପରଘରକୁ ପଠାଇବା ପାଇଁ ଯୋଜନା କରୁଛନ୍ତି। ସେ ଛାତିରେ ପଥର ଥୋଇ ନିଜର ଅମୂଲ୍ୟ କନ୍ୟା ରତ୍ନଟିକୁ ଗୋଟିଏ ଅଜଣା ବ୍ୟକ୍ତି ହାତରେ ଦାନ ଦେଇଦେବେ। ସେ ପୁଣି ହୋଇଯିବ ପର। ଏହା ହେଉଛି ଆମର ସଂସ୍କୃତି।

ଆଲୋକବାବୁ ଆଜି ବହୁତ ଅନୁତପ୍ତ। ସେ ଅର୍ପିତାକୁ ଜନ୍ମ ନ ଦେଲେ କ'ଣ ହେଲା ପିଲାଦିନୁ ଝିଅ କରି ପିତୃ ହୃଦୟର ସ୍ନେହ ଦେଇ ଆସିଛନ୍ତି। ଆଜି ସେ ମୁକ ବଧିର ପାଲଟି ଯାଇଛନ୍ତି। ଆଜି ତାଙ୍କର ସବୁ ଗୋଟିଗୋଟି ହୋଇ ମନେପଡୁଛି। ଏ ଭିତରେ ଏତେ ବର୍ଷ ବିତିଯାଇଛି। ସେ ଭୁଲି ଯାଇଛନ୍ତି। ତାଙ୍କୁ କାଲି ପରି ଲାଗୁଛି। ଅମ୍ରିତ୍‌ର ମା' ଆରତୀ ଦେବୀ ଭର୍ତ୍ତି ହୋଇଥାଆନ୍ତି ପ୍ରସୂତି ଭବନରେ। ଅର୍ପିତାର ମା' ଅନିମା ଦେବୀ ମଧ୍ୟ ସେହିଠାରେ ଭର୍ତ୍ତି ହୋଇଥାଆନ୍ତି। ଏମାନେ ଦୁଇ ବନ୍ଧୁ ବାହାରେ ଠିଆହୋଇ ପ୍ରଭୁ ଜଗତର ନାଥ ଜଗନ୍ନାଥଙ୍କୁ ଆକୁଳ ବିକଳ ହୋଇ ଡାକୁଥାଆନ୍ତି। ଆଜି ଦୁଇଟି ମା' ସ୍ରଷ୍ଟା ସୃଷ୍ଟି କରିବେ । ସୃଷ୍ଟିର ସଜ ସର୍ଜନା ଯେ କେତେ କଷ୍ଟ ତାହା ସେଇ ପ୍ରଭୁଙ୍କୁ ଜଣା। ଉତ୍କଣ୍ଠାର ସହିତ ଚାହିଁ ରହିଥାଆନ୍ତି। ଏ ଭାବନା ଭିତରେ

ଅମୀୟବାବୁଙ୍କୁ କିଛି ଅଜବ ଲାଗୁଥାଏ। ଅବସନ୍ତରେ ବସନ୍ତ ବୋହୁଛି। ପଦ୍ମଫୁଲର ବାସ୍ନା ମହକି ଉଠୁଛି। ତାଙ୍କୁ ଲାଗୁଛି ପଦ୍ମଫୁଲ ଭିତରୁ ସତରେ ଲକ୍ଷ୍ମୀ ଓହ୍ଲାଇ ଆସୁଛନ୍ତି। ଏହି ସମୟକୁ ନର୍ସ ଆସି କହିଲା ସାର୍ ଆପଣଙ୍କର ଗୋଟିଏ ଲକ୍ଷ୍ମୀ ଆସିଛନ୍ତି। ଏହା ଶୁଣିବା ପରେ ତାଙ୍କର ସ୍ୱପ୍ନ ଭାଙ୍ଗିଯାଇଛି। ଆଲୋକବାବୁ ଆଉ ଅମୀୟବାବୁ ଦୁହେଁ ଦୁହିଁଙ୍କୁ ଜାକି ଧରିଛନ୍ତି। କିଛିକ୍ଷଣ ପରେ ପଚାରିଲେ କାହାର ? ନର୍ସ କହିଲେ, ଅନିତା ଦେବୀଙ୍କର। ଆଲୋକବାବୁ ପଚାରିଲେ, ଆରତୀ ଦେବୀ ? କିଛି ସମୟ ଭିତରେ ଆପଣ ଜାଣିବେ। ଏତେ ଆନନ୍ଦ ଭିତରେ ନର୍ସ ଆସି ଜଣାଇଲା, ଆରତୀ ଦେବୀଙ୍କର କଥାଟି। ଛୁଆଟି ନଷ୍ଟ ହୋଇଯାଇଛି। ତାଙ୍କର ଅବସ୍ଥା ବହୁତ କ୍ରିଟିକାଲ ଅଛି। ଟ୍ରିଟ୍‌ମେଂଟ ଚାଲିଛି। ଅମୀୟବାବୁ ଆଲୋକବାବୁଙ୍କୁ ବହୁତ ବୁଝାଇଛନ୍ତି। ଆଉଥରେ ନର୍ସ ଆସି କହିଲା ତାଙ୍କ କୋଳକୁ ଛୁଆଟିଏ ନ ଦେଲେ ତାଙ୍କୁ ବଂଚାଇବା ବହୁତ କ୍ରିଟିକାଲ ହୋଇପଡ଼ିବ। ଏହା ଶୁଣିବା ପରେ ଆଲୋକବାବୁ ବହୁତ ଭାଙ୍ଗି ପଡ଼ିଛନ୍ତି। ଅମୀୟବାବୁ ସାହସ ଦେଇ କହିଲେ, ଯାହାହେଲେ କରିବା। ଅମୀୟବାବୁ ଯାଇ ଅନିତା ଦେବୀଙ୍କ ପାଖରେ ବସି ତାଙ୍କ ମୁଣ୍ଡକୁ ଆଉଁଶିଦେଇ କହିଲେ ଆମର ପ୍ରଭୁ ଭଗବାନ କୋଳ ଭରି ଦେଇଛନ୍ତି। ତୁମେ ଯଦି ଟିକିଏ ସେ ଖୁସି ବାଂଟିପାରିବ ତାହାହେଲେ ଗୋଟିଏ ଅମୂଲ୍ୟ ଜୀବନ ବଂଚିଯିବ। ଏଇ ଅମୂଲ୍ୟ ରତ୍ନ ନଦେଖିଲେ ଗୋଟିଏ ଜୀବନ ଚାଲିଯିବ। ଗୋଟିଏ ସଂସାର ଭାଙ୍ଗିଯିବ। ତୁମେ ଟିକିଏ ସ୍ୱାର୍ଥ ତ୍ୟାଗ କର। କିଛି ଦିନ ପାଇଁ ଭାଙ୍ଗିଯାଉଥିବା ସଂସାରକୁ ସଜାଡ଼ି ଦିଅ। ଅନିତା ଦେବୀ କହିଲେ ତୁମେ କ'ଣ କହୁଛ ସ୍ୱାର୍ଥ ତ୍ୟାଗ ସଂସାର ରହିବ। ମୁଁ କିଛି କହିପାରୁ ନାହିଁ। ଅମୀୟବାବୁ କହିଲେ, "ଆଲୋକବାବୁଙ୍କର ଛୁଆଟି ନଷ୍ଟ ହୋଇଯାଇଛି। ତାଙ୍କ ପାଖରେ ଛୁଆଟିଏ ନ ଦେଖିଲେ ସେ ବଂଚିପାରିବେ ନାହିଁ। ତୁମେ ତୁମ ହୃଦୟର ଧନକୁ ଦେଇ ତାଙ୍କର ଜୀବନ ଦିଅ। ସେ ନିର୍ଜୀବ ହୋଇ ତାଙ୍କର ଅମୂଲ୍ୟ ନିଧିଟିକୁ ଗୋଟିଏ ମା' ଅନ୍ୟ ମା'ର ଯେ ଏଇ ଛୁଆଟିଏ ପାଇଁ ଜୀବନ ସହିତ ସଂଗ୍ରାମ କରୁଛି। ତାକୁ ବିଶାଳ ହୃଦୟର ପରିଚୟ ଦେଇ ନିଜକୁ ଧନ୍ୟ ମନେକରୁଛନ୍ତି। ଅମୀୟବାବୁ ଛୁଆଟିକୁ ନେଇ ଆଲୋକବାବୁଙ୍କୁ ଧରାଇ ଦେଇଛନ୍ତି। ଆଲୋକବାବୁ ଅମୀୟବାବୁଙ୍କୁ ଚାହିଁ ରହିଛନ୍ତି। ଅମୀୟବାବୁଙ୍କଠାରୁ ଏତେ ବଡ଼ ସ୍ୱାର୍ଥ ଆଶା କରିପାରୁନଥାନ୍ତି। ଅମୀୟବାବୁ କହିଲେ ଆରେ ଚାହୁଁଛୁ କ'ଣ ଯାଇ ଆରତୀ କୋଳରେ ଛୁଆକୁ ଶୁଆଇଦେଇ ଆସ। ସେ ଯାଇ ଛୁଆଟିକୁ ଆରତୀଙ୍କର ସେନ୍‌ସ ଆସିବା ପୂର୍ବରୁ ଶୁଆଇଦେଇ ଆସିଥିଲେ। ଆଲୋକବାବୁ ଆସି କହିଲେ, "ମୁଁ ତୁମ ପାଖରେ ଚିରଋଣୀ ହୋଇଗଲି।" ଅମୀୟବାବୁ

କହିଲେ, "ମୁଁ ତୁମର ଏଇ ସମୟରେ କରିବିନି ତ କରିବି କେତେବେଳେ। ଏଇ ପରା ଆମର ବନ୍ଧୁତା।"

ସେହିଦିନଠାରୁ ଦୁଇଜଣଙ୍କ ଭିତରେ ବନ୍ଧୁତା ଅତଳ ସାଗର ପରି ଅମାପ ହୋଇଯାଇଛି। ଆରତୀ କ୍ରମେକ୍ରମେ ଭଲ ହୋଇଛନ୍ତି। ଘରକୁ ଫେରିଛନ୍ତି। ଆଲୋକବାବୁ ଭଲରେ ଶୋଇପାରୁନଥାଆନ୍ତି କିମ୍ବା ଖାଇପାରୁନଥାଆନ୍ତି। ଆରତୀ ପଚାରିଲେ କହନ୍ତି ଅମୀୟବାବୁଙ୍କର ଛୁଆଟି ନଷ୍ଟ ହୋଇଯାଇଛି। ସେଥିପାଇଁ ମୋତେ ଭଲ ଲାଗୁନାହିଁ। ଆରତୀ ବି ବହୁତ ମନଦୁଃଖ କଲାବେଳେ ଆଲୋକବାବୁ ମନେମନେ ଭାବନ୍ତି, ଆରେ ମୁଁ ତୁମକୁ ବଂଚାଇବା ପାଇଁ କେତେ ଭୁଲ କରିଛି। ତୁମେ ଜାଣିଲା ପରେ କ୍ଷମା କରିଦେବ।

କିନ୍ତୁ ଆରତୀ ଦେବୀଙ୍କୁ ଆଲୋକବାବୁଙ୍କ ବ୍ୟବହାର ଟିକିଏ ଖାପଛଡ଼ା ଲାଗୁଥାଏ। ଦିନେ ସେ ବହୁତ ବାଧ କରି ଆଲୋକବାବୁଙ୍କୁ ପଚାରିଛନ୍ତି। କ'ଣ ହୋଇଛି କୁହ। ତୁମେ ଏତେ ଅପ୍‌ସେଟ୍ ମାଇଣ୍ଡ୍ ରହୁଛ କାହିଁକି ? ଆଲୋକବାବୁ କଥାକୁ ଆଡ଼େଇ କହିଲେ ନା ସେ ସବୁ କିଛି ନୁହେଁ। ଆରତୀ କହିଲେ ନା ମୋତେ ତୁମେ କ'ଣ ଲୁଚାଉଛ ? ଦୁଃଖ ବାଂଟିଲେ କିଛି କମିଯାଏ। ଆଲୋକବାବୁ କହିଲେ ଯାହା କ୍ଷତି ହୋଇଛି ତୁମେ ଶୁଣିଲେ ସମ୍ଭାଳି ପାରିବ ନାହିଁ। ଆମର ଗୋଟିଏ ବଡ଼ ଅପୂରଣୀୟ କ୍ଷତି ହୋଇଛି। ଆରତୀ ଦେବୀ କହିଲେ ଯେତେବେଳେ ହେଲେ ତ ଜାଣିବି। ଆଜି କାହିଁକି ଜାଣିବ ନାହିଁ ? କ'ଣ ହୋଇଛି କୁହ। ବହୁତ ବାଧ କଲା ପରେ ଆଲୋକବାବୁ କହିଲେ ତୁମେ ଯାହାକୁ କୋଳକୁ ଧରି ନିଜର ଅମୃତ ଧାର ଅଜାଡ଼ି ଦେଉଛ, ସେ ତୁମର ନୁହେଁ। ଆରତୀ ପଚାରିଲେ ଆଉ ସେ ହେଉଛି ଅମୀୟ ଆଉ ଅନିତା ଦେବୀଙ୍କର। ଆରତୀ ପଥର ପାଲଟି ଯାଇଥାଆନ୍ତି। ଆଲୋକବାବୁ କହିଲେ ଆମର ଛୁଆଟି ମରିଯାଇଥିଲା। ଡାକ୍ତର କହିଲେ ଛୁଆଟିକୁ ନଦେଲେ ତାଙ୍କୁ ବଂଚାଇବା କଷ୍ଟ ହୋଇପଡ଼ିବ। ଏହା ଜାଣିବା ପରେ ଅମୀୟ ଆଉ ଅନିତା ଦୁହେଁ ନିଜର ଜୀବନଟିକୁ ତୁମକୁ ସମର୍ପି ଦେଇଛନ୍ତି। ଆରତୀ ଦେବୀ କହିଲେ ସେମାନେ ଆମକୁ ଏତେ ନିସ୍ୱାର୍ଥ ଭଲପାଇବା ଦେଲେ। ଆଜି ମୋର ଛୁଆଟି ଚାଲିଯାଇଥିଲେ ମୁଁ ବି ତାଙ୍କ ପାଖରେ ଋଣୀ ହୋଇଯାଇଛି। ଚାଲ ନିଜେ ଯାଇ ତାଙ୍କ ଜୀବନର ଧନକୁ ଦେଇ ଆସିବା। ଦୁହେଁ ମିଶି ଅମୀୟବାବୁଙ୍କ ଘରକୁ ଯାଇଛନ୍ତି। ସବୁ କଥାବାର୍ତ୍ତା ହୋଇଛନ୍ତି। ଆରତୀ ଅନିତାଙ୍କ ହାତ ଧରି କହିଲେ ତୁମେ ବଂଚେଇବା ପାଇଁ ଏତେ ବଡ଼ ସ୍ୱାର୍ଥ ତ୍ୟାଗ କରିଛ। ତୁମେ ଜଣେ ମା' ନୁହଁ ତୁମେ ଜଣେ ଦେବୀର ପରିଚୟ ଦେଇଛ। ଆଜି ମୁଁ ଆସିଛି ତୁମର ଧନକୁ ଫେରାଇବା ପାଇଁ। ଅନିତା ଦେବୀ କହିଲେ ତୁମେ ନୁହେଁ ତୁମର ଜାଗାରେ ଯିଏ ଥିଲେ ବି ମୁଁ ମୋର

କର୍ତ୍ତବ୍ୟ କରିଛି। ଆପଣ ଆଉ କିଛିଦିନ ରଖନ୍ତୁ। ତୁମେ ହେଉଛ ତା'ର ଯଶୋଦା ମାତା। ମୁଁ ତାକୁ ଜନ୍ମ ଦେଲି କିନ୍ତୁ ତୁମେ ତାକୁ ନିଜ ଅମୃତ ଧାରରେ ବଂଚାଇଛ। ତୁମେ ତା'ର ଶ୍ରେଷ୍ଠ ମାଆ। ନା ନା ତୁମେ ମୋ ପାଇଁ ଦେବକୀ ହୋଇଛ। ତୁମର ଅନ୍ତରକୁ ମୁଁ ବୁଝିପାରୁଛି। ସେ ଆମ ଦୁଇଜଣଙ୍କର ଥାଉ। ଆଲୋକବାବୁ ତା'ର ନାମକରଣ କରିଛନ୍ତି ଅର୍ପିତା। ଖୁବ ସୁନ୍ଦର ନାଆଁଟିଏ। ସେ ଦୁଇଟି ଫାମିଲି ପାଇଁ ସମର୍ପିତା। ସେହିଦିନଠାରୁ ଆଲୋକବାବୁ ମନେମନେ ଠିକ୍ କରିଥିଲେ ଯେ ସେ ଅମ୍ରିତ୍ ପାଇଁ ଠିକ୍ କରିଥିଲେ। ଯେପରି ଅର୍ପିତା ସବୁଦିନ ପାଇଁ ତାଙ୍କ ଘରେ ଝିଅର ଆସନ ଦେବ। କିନ୍ତୁ ଭାଗ୍ୟ ହୋଇଯାଇଛି ଓଲଟପାଲଟ।

ଅମ୍ରିତ୍ ମନା କଲା ପରେ ଦୁଇ ପରିବାର ହୋଇଯାଇଛନ୍ତି ଅଲଗା। ଏତେ ବାଧା ବିଘ୍ନ ପରେ ଅର୍ପିତାର ବାହାଘର ସରିଯାଇଛି। ଯେତେ ଯାହା ହେଲେ ବି ଆଲୋକବାବୁ ନିଜକୁ ନିଜେ ବୁଝାଇ ପାରୁନାହାନ୍ତି। ଅମୀୟବାବୁ ବାହାଘରକୁ ଡାକିନାହାନ୍ତି। ଏତେ ଝଡ଼ ଭିତରେ ଭୁଲିଯାଇଛନ୍ତି ଆଲୋକବାବୁଙ୍କୁ। ଆଲୋକବାବୁ ଆଜି ଠିକ୍ କରିଛନ୍ତି ଯେ :-

ଅମୀୟବାବୁ ନ ଡାକିଲେ ବି ଆଜି ସେ ଯିବେ। ଜୀବନଠାରୁ ଯାହାକୁ ଅଧିକ ଭଲପାଉଥିଲେ ନିଜ ପିତୃ ହୃଦୟରେ ଝିଅର ସ୍ଥାନ ଦେଇଛନ୍ତି ତାକୁ ଭୁଲିବେ କେମିତି। ଆଜି ତା'ର ଶୁଭ ବିଦାୟର ବେଳ। ତା' ମୁଣ୍ଡରେ ଟିକିଏ ଆଶୀର୍ବାଦ ଚାଉଳ ପକାଇବେ। ତା' ପରେ ସେ ନିଜେ ପରିବାର ସହିତ ଅର୍ପିତାର ବେଦୀ ପାଖରେ ପହଂଚିଛନ୍ତି। ଅମୀୟବାବୁ ଆନନ୍ଦରେ ଗଦ୍‌ଗଦ୍ ହୋଇପଡ଼ିଛନ୍ତି। ଅନେକ ଦିନର ଅଜସ୍ର ଅଭିମାନର କଳା ବାଦଲକୁ ଅଶ୍ରୁଭିଜା ନୟନରେ ଶ୍ରାବଣର ଧାର ପରି ଦୁଇ ବନ୍ଧୁ ବୁହାଇ ଦେଇଛନ୍ତି। ଦୁଇ ପରିବାର ସବୁ ଭୁଲି ପୁଣି ଏକ ହୋଇଯାଇଛନ୍ତି। ଅର୍ପିତା ଅମ୍ରିତ୍‌କୁ ଦେଖି ମାନ ଅଭିମାନ ପ୍ରେମକୁ ହୃଦୟର ବାଦଲ ଫଟା ବର୍ଷାମାନ ଆକାରରେ ଝରିପଡ଼ିଛି। ଆଜି ସେ ଭାବୁଛି ଆଜି ମୋର ବିଦାୟ ବେଳ। ବର୍ତ୍ତମାନ ବି ସମୟ ଅଛି। ସବୁ ପରମ୍ପରା ସାମାଜିକ ସଂସ୍କାରକୁ ଠେଲିଦେଇ ଚାଲିଆସ, ଆଉ କୁହ, "ଅର୍ପିତା ତୁ ମୋର।" ତୋତେ ଛାଡ଼ି ରହିପାରିବି ନାହିଁ। ତୁ ଆସ, ଆମେ ଦୁହେଁ ଉଡ଼ିଯିବା ନୀଳ ଗଗନକୁ। ଭଗବାନ ଭାଗ୍ୟରେ ତାହା ଲେଖି ନାହାନ୍ତି। ମୁଁ ମରୁଭୂମିର ମରୀଚିକା ପଛରେ ଧାଇଁଛି। କିନ୍ତୁ ବିଧିର ବିଧାନ ଅଲଗା। ଜୀବନ ପାହାଡ଼ ଉପରୁ ଆଜି ଅଶ୍ରୁଭରା ନଦୀ ଝରି ଝରି ଯାଉଛି। ସେ ଆଉ ପଛକୁ ଲେଉଟିବ ନାହିଁ। ସେ ଯାଇ ସାଗରରେ ଲୀନ ହେବ।

ଅମୀୟବାବୁଙ୍କ ସହିତ ଆଲୋକବାବୁ ମଧ୍ୟ ଗୋଟିଏ ଝିଅର ବିଦାୟ ବେଳର

ପରିବେଶ ବାପା ହୋଇ ବେଶ୍ ଅନୁଭବ କରିପାରୁଛନ୍ତି। ଅମ୍ରିତ୍ ବି ସ୍ଥାଣୁଟିଏ ପାଲଟି ଯାଇଛି। ସେ ଲୁହଭିଜା ନୟନରେ ଅର୍ପିତାକୁ ଚାହିଁରହିଛି। ସେ ଆଜି ଭାବୁଛି କ୍ଷଣିକ ଉତ୍ତେଜନାରେ ସେ କେତେ ଭୁଲ କରିବସିଛି। ସବୁକୁ ହୃଦୟ ଭିତରେ ଚାପିରଖି ଅମ୍ରିତ୍ ଭାଇ କହି ଲୋତକଭରା ନୟନରେ ବିଦାୟ ନେଇଛି। ଅମ୍ରିତ୍ ଯାଇ କାର କବାଟ ଖୋଲି ଧରିଛି। ଅର୍ପିତା ବସିବା ପରେ ହାତକୁ ଧରି କଇଁକଇଁ ହୋଇ କାନ୍ଦିଉଠିଛି। ଅର୍ପିତା ଅମ୍ରିତ୍‌କୁ ଚାହିଁଛି। ଅମ୍ରିତ୍ ଅର୍ପିତାକୁ ଚାହିଁଛି। କିଛି ସମୟ ଦୁହେଁ ନୀରବ ହୋଇଯାଇଛନ୍ତି। ଅମ୍ରିତ୍ କାର କବାଟଟିକୁ ବନ୍ଦ କରି କହିଛି ତୁ ଯା' ସୁଖରେ ଘର ସଂସାର କର। ଅର୍ପିତାର ସଂସାରର ଗାଡ଼ି ଧୀରେଧୀରେ ଗଡ଼ିଚାଲିଛି। ଅମ୍ରିତ୍ ଭାବୁଛି, ଏସବୁ କ'ଣ ହୋଇଗଲା ? ଯାହାକୁ ଏତେ ଜୀବନ ଦେଇ ଭଲପାଉଥିଲି ତାହା କ'ଣ ପ୍ରତାରଣା ଥିଲା ? ସତରେ ମୁଁ କ'ଣ ଏତେ ନିଷ୍ଠୁର ? ଆଲୋକବାବୁ କାନ୍ଦକାନ୍ଦ ହୋଇ କହୁଛନ୍ତି ଏହି ରତ୍ନଟି ମୋ ଆଲମାରୀ ଶୋଭାବର୍ଦ୍ଧନ କରିଥାଆନ୍ତା। ଏହା ମୋ ଭାଗ୍ୟରେ ନାହିଁ। ଭଗବାନ ମୋତେ ଏତେ ପାଖରେ ଦେଇଥିଲେ। ତାହା ମୋ ଆଖି ଆଗରେ ଅନ୍ୟ ଜଣେ ନେଇ ଚାଲିଗଲା।

ଅର୍ପିତା ଆଜି ତା'ର ଘର ଅଗଣା, ଗାଁ ସାହିପଡ଼ିଶା, ସାଙ୍ଗସାଥି ସମସ୍ତଙ୍କଠାରୁ ବିଦାୟ ନେଇ ଚାଲିଯାଇଛି ଏକ ଅଜଣା ଜାଗାକୁ। ଆଜିଠାରୁ ତା'ର ଭାଗ୍ୟ ହୋଇଯାଇଛି ଅଲଗା। ଅଜଣା ଗାଁ ଗଣ୍ଡା, ଅଜଣା ପରିବାର ଏସବୁ ହୋଇଯିବ ନିଜର। ସେ ଥିଲା ଗୋଟିଏ ଝିଅ। ନଥିଲା ତା ପାଇଁ ବାଧା ଆଉ ବନ୍ଧନ। ସେ ମୁକ୍ତ ବିହଙ୍ଗ ପରି ଉଡ଼ିବୁଲୁଥିଲା। ସେ ଆଜି ହୋଇଯାଇଛି ଗୋଟିଏ ବୋହୂ ଟୋପାଏ ସିନ୍ଦୂର ଆଉ ଦୁଇପଟ ଶଙ୍ଖା ନେଇ। ସେ ଏକ ଅଜଣା ଭାବ ନେଇ ପହଂଚିଯାଇଛି ସେଇ ଅଜଣା ସ୍ୱପ୍ନପୁରୀ ଶାଶୁଘରେ। ସେଠି କୋଳାହଳପୂର୍ଣ୍ଣ ପରିବେଶ ଭିତରେ ଓଢ଼ଣା ଟାଣି ଧୀର ମନ୍ଥରେ ଗତିରେ ପହଂଚିଯାଇଛି ସେଇ ସ୍ୱପ୍ନର ତାଜମହଲ ଭିତରେ। ସେ ଭିତରେ ଆଜି ସେ ହୋଇଯାଇଛି ଏକା। ଏକ ଅଜଣା ଭୟରେ ଛାତି ଧଡ଼ ଧଡ଼ ହେଉଥାଏ। କିଛି ସମୟର ନୀରବତା ଭାଙ୍ଗି ଗୋଟିଏ ସର୍ବତ ଗ୍ଲାସ ନେଇ ଭାଉଜ କହି ପାଖରେ ବସିପଡ଼ି କହିଲା, "ତୁମେ କେତେବେଳେ କ'ଣ ଖାଇଥିବ। ଏ ଗ୍ଲାସଟି ପିଇଦିଅ।" ଅର୍ପିତାକୁ ଭାଉଜ ଡାକଟି ଥିଲା ତା' ପାଇଁ ପ୍ରଥମ। ସେ ଯେତେ ନାହିଁ କଲେ ବି ତାକୁ ବାଧ କରି ପିଆଇଦେଇ ଚାଲିଯାଇଛି। ଅର୍ପିତା ସେ ତାଜମହଲ ଭିତରକୁ ଚାହିଁ ରହିଛି। ସେ ଦେଖୁଛି ଆଜି ଫଗୁଣ ପୂର୍ଣ୍ଣମୀର ଜ୍ୟୋସ୍ନାରାତି। ମନକୁ ଆଜି ଭାବ ବିହ୍ୱଳ କରିପକାଉଛି। ସେ ପୂର୍ଣ୍ଣମୀର ଚାନ୍ଦ ଆଜି ତାକୁ ଚାହିଁ ମୁରୁକି ମୁରୁକି ହସୁଛି। ଆଜି ସୁସଜ୍ଜିତ କୋଠରୀରେ ସେ ଏକା ବସି ପଛ ଜୀବନର ସ୍ମୃତିକୁ

ସାଉଁଟିଲାବେଳକୁ ସେଇ ପୂର୍ଣ୍ଣମୀ ଚାନ୍ଦ କହୁଛି ତୁ ସବୁ ଭୁଲି ଆଜିକୁ ଅପେକ୍ଷା କର। ଏହା ତୋ ପାଇଁ ସୁନ୍ଦର ଅନୁଭବ। ଯାହା ହେଲେ ବି ସବୁ ଝିଅ ଜୀବନର ଲକ୍ଷ୍ୟ ଏକ। ପୁରୁଷ ହୃଦୟର ରାଜ୍ୟରେ ଅଧିଷ୍ଠାତ୍ରୀ ଦେବୀ ହବା ଆଉ କେତେ କ'ଣ।

ଅର୍ପିତା ସ୍ୱପ୍ନର ପାହାଡ଼ ସବୁ ଓଲଟପାଲଟ ହୋଇଯାଇଛି। ସେ କ'ଣ ଦେଖୁଛି। ତା'ର ସଂସାର କ'ଣ ଏଇଆ। ଭଗବାନ ତା' ପାଇଁ ଏତେ ନିଷ୍ଠୁର କାହିଁକି। ସେ ଯେଉଁଠି କି ଆସିଛି, ସେ ଭୁଲିଯାଇନି ତ ରାସ୍ତା। ତାହା କ'ଣ ଏତେ ଜରାଜୀର୍ଣ୍ଣ? ତାହା ଚାରିପାଖ ଖାଲି ଖାଲି। ତାକୁ ଘରକୁ ଚାରିକାନ୍ଥ ବିଦ୍ରୂପ କରିଛନ୍ତି। କହୁଛନ୍ତି ଏଇ ତୋର ସଂସାର। ତୁ ଏ ଦୁଆରବନ୍ଧ ଡେଇଁ ପାରିବୁ ନାହିଁ। ବିବାହ ବେଦୀର ଯଜ୍ଞରେ ତୋର ସାରା ଶରୀର ବନ୍ଧା ହୋଇଯାଇଛି। ଆଜି ସେ କ'ଣ ଭାବୁଛି?

ମହାଭାରତରେ ଏହା ଲେଖା ହୋଇଛି ଦ୍ରୌପଦୀ ଥିଲେ ଦ୍ରୁପଦ ନନ୍ଦିନୀ। ସେ ଯଜ୍ଞକୁଣ୍ଡରେ ଜନ୍ମ ନେଇଥିଲେ ସେଥିପାଇଁ ତାଙ୍କ ନାମ ଥିଲା ଯାଜ୍ଞସେନୀ। ଦ୍ରୁପଦ ରାଜା ଘୋଷଣା କରିଥିଲେ ଲାଖବିନ୍ଧାରେ ଯେ ବିଜୟ ହାସଲ କରିବ ସେ ତାଙ୍କ ଝିଅକୁ ବିବାହ ଦେବେ। ସେ ସଭାରେ ଅର୍ଜୁନ ଲାଖବିନ୍ଧାରେ ଉତ୍ତୀର୍ଣ୍ଣ ହୋଇ ଦ୍ରୌପଦୀଙ୍କୁ ହାସଲ କରିଥିଲେ। ସେତେବେଳେ ସେ ଜାଣିନଥିଲେ ଅର୍ଜୁନ କିଏ। ଆଉ କ'ଣ। କିଏ ତାଙ୍କର ପରିବାର। ସେ ରହନ୍ତି କେଉଁଠି। ସେ କେବଳ ଦେଖିଥିଲେ ସେ ହେଉଛନ୍ତି ଜଣେ ବୀର। ଆଉ ଶାନ୍ତ ସରଳ ସୁଢଳ ଯୁବକ। ସେତେବେଳକୁ ସେ ଭାଇ ଆଉ ମା' କୁନ୍ତୀଙ୍କ ସହିତ ବନବାସ କରୁଥିଲେ। ଅର୍ଜୁନ ସେମାନଙ୍କ ବିନା ପରାମର୍ଶରେ ବିବାହ କରିପାରିବେ ନାହିଁ। ତେଣୁ ସେ ଦ୍ରୌପଦୀଙ୍କୁ ନେଇ ତାଙ୍କ ଅନୁମତି ଆଣିବାକୁ ଯାଇଥିଲେ। ସେତେବେଳକୁ କୁନ୍ତୀ ଘରେ ବିଶ୍ରାମ ନେଉଥାଆନ୍ତି। କବାଟ ବନ୍ଦ ଥାଏ। ସେ ବାହାର ପଟୁ କହିଲେ "ମା' ଦେଖ ଆମେ ତୁମ ପାଇଁ କ'ଣ ଆଣିଛୁ।" ମା' ଭିତରେ ରହି କହିଲେ, "ମୁଁ ଟିକିଏ ବିଶ୍ରାମ ନେଉଛି। ତୁମେ ଯାହା ଆଣିଛ ବାଂଟିକରି ନିଅ। ଏହା ଶୁଣି ସମସ୍ତେ ହତବାକ୍ ହୋଇଯାଇଥିଲେ। ଅର୍ଜୁନ କହିଲେ ମା' ତୁମେ ଏ କ'ଣ କହିଲ?" ମା' ଆସି ଦେଖିଲାବେଳକୁ ଦ୍ରୌପଦୀ ବୋହୂ ବେଶ ସାଜି ତାଙ୍କ ସମ୍ମୁଖରେ ପ୍ରଣାମ ଜଣାଉଛନ୍ତି।

କୁନ୍ତୀ ଭାବୁଛନ୍ତି ମୁଁ ଏ କ'ଣ କହିଦେଲି। ସେ ଦ୍ରୌପଦୀଙ୍କ ମୁହଁକୁ ଚାହିଁ ରହିଥିଲେ। ଯୁଧିଷ୍ଠିର ପରିସ୍ଥିତିକୁ ସମ୍ଭାଳି ନେଇ କହିଲେ ମା' ଏହା କ'ଣ ବିଧିର ବିଧାନ। ମା' ଯାହା କହନ୍ତି ପିଲାମାନେ ତାହା ଅକ୍ଷରେ ଅକ୍ଷରେ ପାଳନ କରନ୍ତି। ଦ୍ରୌପଦୀ ବାଧ୍ୟ ହୋଇ ପାଂଚଭାଇଙ୍କୁ ପାଂଚସ୍ୱାମୀ ରୂପରେ ବରଣ କରିଥିଲେ। ବହୁତ ଲାଂଛିତ ବି ହୋଇଥିଲେ।

ରାଜା ଦ୍ରୁପଦ ଏହା ଜାଣିବା ପରେ ବହୁତ ଅନୁତପ୍ତ ହୋଇଥିଲେ । ବାପା ହୋଇ ସେ ତାଙ୍କର କର୍ତ୍ତବ୍ୟ କରିନଥିଲେ । ସେ ଆଜି ଭାବୁଛନ୍ତି ତାଙ୍କର କର୍ତ୍ତବ୍ୟ ନଥିଲା ସେ ଯେଉଁଠି ତାଙ୍କର ଅଲିଅଳି କନ୍ୟାକୁ ଦାନ କରୁଛନ୍ତି ।

ସେ ତାକୁ ସୁରକ୍ଷା ଦେଇପାରିବେ କି ନାହିଁ । ସେ ସବୁ କିଛି ଦେଖିନଥିଲେ । ସେ କେବଳ ଦେଖିଥିଲେ ତାଙ୍କର ପରାକ୍ରମ । ପରାକ୍ରମ ତ ଦେଖିଲେ ସବୁକିଛି ମିଳେ ନାହିଁ । ବାପା ଦେଖିବା କଥା ସେ ଯେଉଁଠି ଝିଅକୁ ଦେଉଛନ୍ତି, ସେ ତାଙ୍କ ଝିଅକୁ ଖାଇବା ପାଇଁ ଖଣ୍ଡେ ଆଉ ଇଜ୍ଜତ୍ ବଂଚାଇବା ପାଇଁ ପାଟ, ମଠା ନହେଲେ ବି ଦୁଇଖଣ୍ଡ ବସ୍ତ୍ର । ସେ ତାହା କରିନଥିଲେ । ନିରୀହ ରାଜକନ୍ୟା ଦ୍ରୌପଦୀ ସେଥିଲେ ବାନ୍ଧି ହୋଇଯାଇଛନ୍ତି । ଏହା ହେଉଛି ଆମର ପରମ୍ପରା । ସେ ରାଜାଝିଅ ହେଲେ ବି ସେ ଅନ୍ୟର ଗୃହଲକ୍ଷ୍ମୀ ପାଲଟି ଯାଇଛନ୍ତି । ଯେଉଁ ଘରକୁ ସେ ଶୁଭଶଙ୍ଖ ବଜାଇ ଆସିଛନ୍ତି ପୁଣି ସେଇ ଘରୁ ତାଙ୍କର ଶେଷ ଆରତୀ ଉଠିବ । ତାହାହେଲେ ଯାଇ ତାଙ୍କର ଜୀବନ ସନ୍ତୁଷ୍ଟ ହେବ । ଏଥିରେ ଦ୍ରୁପଦ ରାଜା କିଛି କରି ପାରିନଥିଲେ । ସେ ତାଙ୍କ ଭାଗ୍ୟକୁ ନେଇ ସଂସାର କରିଚାଲିଥିଲେ । ଝିଅଟି ବିବାହ ପୂର୍ବରୁ ତା' ଘରେ ଶିଖିଥାଏ ଯେ ବଡ଼ମାନଙ୍କୁ ସମ୍ମାନ, ଛୋଟମାନଙ୍କୁ ସ୍ନେହ ଆଉ ପରିବାରର ସୁଖଦୁଃଖରେ ଭାଗିଦାର ହେବା । ସେ ନିଜ ଜୀବନକୁ ସମର୍ପି ଦେଇଥାଏ ଶାଶୁଘର ଲୋକଙ୍କୁ ।

ଅର୍ପିତାର ଭାଗ୍ୟରେଖା ବଦଳି ଯାଇଛି । ସେ ବାନ୍ଧି ହୋଇଯାଇଛି ସାଂସାରିକ ଜଞ୍ଜାଳ ଡୋରିରେ । ସେ ଯାହାକୁ ବିବାହ କରି ଆସିଛି ସେ ହେଉଛନ୍ତି ରୁଦ୍ରାକ୍ଷ । ଅର୍ପିତାକୁ ଲାଗେ ନାମ ଯେପରି ରୁଦ୍ରାକ୍ଷ ସତରେ ସେ ରୁଦ୍ର ଅବତାର ନା ସେ ବହୁତ କୋମଳ । ସେ ଅର୍ପିତାକୁ ବହୁତ ଭଲପାଆନ୍ତି । ସେତେବେଳକୁ ଫୁଲ ପରି କଅଁଳିଆ ବୟସ । ପ୍ରଜାପତି ପରି ମନ ଛନଛନ ହୋଇ ଉଡ଼ିବୁଲୁଥାଏ ସ୍ୱପ୍ନ ରାଇଜରେ । ସଂସାର କ'ଣ ଜାଣିନାହିଁ ସେ । ସେ ଜାଣିନଥିଲା ବିବାହ ବନ୍ଧନରେ ଥରେ ବାନ୍ଧି ହୋଇଗଲେ ଆଉ ତାହା ଖୋଲିନଥାଏ । ସେ ଭାବେ ଯେପରି ସାଙ୍ଗମାନଙ୍କ ବାହାଘରରେ ଯୋଗଦିଏ ତାକୁ କେତେ ଗହଣା ଗାଣ୍ଠି ପିନ୍ଧାଇ ଦିଆଯାଏ । କେତେ ଥଟ୍ଟାମଜା କେତେ ଭୋଜିଭାତ କେତେ ନାଚଗୀତ ହୁଏ । ଘରକୁ କେତେ ବନ୍ଧୁବାନ୍ଧବ ଆସନ୍ତି । ସେ ସେତେବେଳେ ଭଗବାନଙ୍କୁ ପ୍ରାର୍ଥନା କରେ ଏପରି ସମୟ ମୋ ଜୀବନରେ କେତେ ଆସିବ । ଆଜି ତାହା ସତରେ ପରିଣତ ହୋଇଛି । ତାହା ଯେ କେତେ କଷ୍ଟଦାୟକ ତାହା ଆଜି ସେ ବସି ଭାବୁଛି । ହଠାତ୍ ଘରକୁ ପଶି ଆସିଛନ୍ତି ରୁଦ୍ରାକ୍ଷ ।

■

ଚତୁର୍ଥ ଅଧ୍ୟାୟ

ହଠାତ୍ ରୁଦ୍ରାକ୍ଷଙ୍କୁ ଦେଖି ଅର୍ପିତା ଚମକି ପଡୁଛି । ହସହସ ହୋଇ ରୁଦ୍ରାକ୍ଷ ପଚାରିଦେଲେ ଆରେ ତୁମେ ଏତେ ଡରୁଛ କ'ଣ । ଏହି ହେଉଛି ତୁମ ଜୀବନର ଗୋଟିଏ ପ୍ରଥମ ଅନୁଭବ । ତୁମେ ପାଠଶାଠ ପଢ଼ିଛ । ଏପରି କ'ଣ ? ତୁମେ କ'ଣ ଟିଭି ଦେଖିନାହଁ ? ଉପନ୍ୟାସ ପଢ଼ିନାହଁ ? ସେ ଭୟରେ ଥରିବାକୁ ଲାଗିଲା । ତା' ଦେହରୁ ଝାଳ ଗମ୍‌ଗମ୍ ହୋଇ ବୋହିଯାଉଥାଏ । ସେ ଦେଖୁଛି ଜଣେ ଯୁବକ ପଚାରୁଛନ୍ତି ସେ କ'ଣ ଉତ୍ତର ଦେବ । ତା'ର ପାଟି ଅଠାଅଠା ହୋଇଯାଉଛି । ରୁଦ୍ରାକ୍ଷ ପାଣି ଗ୍ଲାସ୍‌ଟିଏ ଧରାଇଦେଇ କହିଲେ, "ନିଅ ପାଣି ମୁନ୍ଦେ ପିଇଦିଅ ।" ଏହି କିଛି ନୀରବତା ଭିତରେ ରୁଦ୍ରାକ୍ଷ ପଚାରିଲେ, "ତୁମେ ଏତେ ଚିନ୍ତାଗ୍ରସ୍ତ କାହିଁକି ? ତୁମେ କିଛି କହୁନାହଁ କାହିଁକି ? ଏଥିରେ କିଛି ଡରିବାର ନାହିଁ । ଏହା ହେଉଛି ତୁମର ସଂସାର । ତୁମେ ଧୀରେଧୀରେ ସବୁ ବୁଝିଯିବ । ଅର୍ପିତା ପାଖକୁ ଆସି ତା' ମଥାରେ ଗୋଟିଏ ଚୁମ୍ବନ ଆଙ୍କିଦେଇଥିଲେ । ସେ ସେହିପରି ଚୁପ୍ ହୋଇ ବସିରହିଥାଏ । ସେ ଦେଖୁଛି ନୂଆ ଘର । ନୂଆ ପରିବାର । ସେ କାହାକୁ କ'ଣ କହିବ । କେମିତି କହିବ । କିଏ କ'ଣ ଭାବିବେ । ରୁଦ୍ରାକ୍ଷ କହିଲେ କ'ଣ ଘରକଥା ମନେପଡୁଛି ? ସବୁ ଝିଅ ତୁମରି ପରି ନିଜ ଘର ଛାଡ଼ି ଅନ୍ୟ ଘରକୁ ଆସିଥାଆନ୍ତି । ତୁମେ କ'ଣ ଏକା । ତୁମେ ଏପରି ନୀରବ ହେଲେ କିପରି ଚଳିବ ? କିଛି ହେଲେ ତ କୁହ । ତୁମଠାରୁ କଥା ପଦେ ଶୁଣିବା ପାଇଁ ଅପେକ୍ଷା କରିଛି । ଅର୍ପିତାର ଆଖି ଛଳଛଳ ହୋଇଯାଇଛି । ରୁଦ୍ରାକ୍ଷ ତାଙ୍କ ରୁମାଲରେ ଅର୍ପିତାର ମୁହଁକୁ ପୋଛିଦେଇ ବୁଝାଇଛନ୍ତି, "ଏହା ହେଉଛି ତୁମର ନୂଆ ପରିଚୟ । ଆମେ ଜନ୍ମ ଜନ୍ମର ସାଥି ହୋଇ ବନ୍ଧା ହୋଇଗଲେ । ତୁମେ ଯଦି ଏପରି ଲୁହ ଝରାଇବ ଆମର ସଂସାର ଚଳିବ କେମିତି । ତୁମେ କ'ଣ ସବୁବେଳେ ତୁମ ନନା ବୋଉଙ୍କର ଗେହ୍ଲାଝିଅ ହୋଇଥାଆନ୍ତ । ମୁଁ ଏପରି ଜାଣିଥିଲେ ବିବାହ କରିନଥାଆନ୍ତି ।" ରୁଦ୍ରାକ୍ଷ କହିଲେ,

"ତୁମେ କ'ଣ ସବୁଦିନ କୁଆଁରୀ ରହିଥାଆନ୍ତ। ତୁମେ ଯଦି ଆମ ଘରକୁ ଆସିନଥାଆନ୍ତ ତାହାହେଲେ ମୋ ସଂସାର ବୁଝିଥାଆନ୍ତା କିଏ ସେ ?" ଅର୍ପିତା ଚୁପ୍‌ଚାପ୍ ବସି ରହିଥାଏ। ରୁଦ୍ରାକ୍ଷ ମନଭୁଲା କଥା କହି ଅର୍ପିତାକୁ ବୁଝାଇବାକୁ ଚେଷ୍ଟା କରିଛନ୍ତି। ତୁମେ ଝିଅମାନେ ଯେ କ'ଣ ତାହା ଆଜିଯାଏଁ କୌଣସି ପୁରୁଷ ବୁଝିପାରିନାହାନ୍ତି। ତୁମେମାନେ ଯେତେ ଶିକ୍ଷାଗତ ଯୋଗ୍ୟତା ହାସଲ କଲେ ବି ତୁମ ପାଇଁ ଜଣେ ସାହାରା ଦର୍କାର ପଡ଼ିଥାଏ। ବିନା ସାହାରାରେ ଝିଅଟିଏ ଦୁନିଆ ଦାଣ୍ଡରେ ଚାଲିବା ଅସମ୍ଭବ ହୋଇପଡ଼େ। ଗୋଟିଏ ଝିଅ ବାପଘରେ ବାପା ଭାଇଙ୍କ ଆଶ୍ରୟରେ ଥାଏ। ବିବାହ ପରେ ସ୍ୱାମୀଙ୍କର ସାହାରା ଦର୍କାର ହୋଇଥାଏ। ବାର୍ଦ୍ଧକ୍ୟରେ ପୁତ୍ରର ସହାୟତା ଲୋଡ଼େ। ଅର୍ପିତା କହିଲା, "କାହିଁକି ଆଜିକାଲି ଝିଅମାନେ ନିଜ ଗୋଡ଼ରେ ନିଜେ ଠିଆ ହେଲେଣି।" ରୁଦ୍ରାକ୍ଷ କହିଲେ, "ତାହା ଠିକ୍। କିନ୍ତୁ ଏହା ବହୁତ କଷ୍ଟକର ହୋଇପଡ଼େ। ସେଥିପାଇଁ ଲେଖାଅଛି :-

ବିନାଶ୍ରୟେ ନବର୍ତ୍ତନ୍ତି
କବିତା ବନିତା ଲତା।

ଗୋଟିଏ ଭାବକୁ ନ ଯୋଡ଼ିଲେ କବିତାଟିଏ ହୋଇପାରେ ନାହିଁ। ଗୋଟିଏ ସ୍ତ୍ରୀ ପାଇଁ ଗୋଟିଏ ଆଶ୍ରୟ ଦର୍କାର ହୁଏ। ଆଉ ଗୋଟିଏ ଲତା ମାଡ଼ିବା ପାଇଁ ଗୋଟିଏ ସାହାରା ଖୋଜା ହୋଇଥାଏ। ଗୋଟିଏ ଝିଅ ଏହିପରି ବଡ଼ ବଡ଼ କଥା କହନ୍ତି। ସେ ଯାହାର ହାତ ଧରେ ତା' ହୃଦୟ ରାଜ୍ୟରେ ଅଧିଷ୍ଠାତ୍ରୀ ହୋଇ ରହିବା ପାଇଁ ଇଚ୍ଛା କରନ୍ତି। ସେମାନଙ୍କ ଇଚ୍ଛା ମୋ ସ୍ୱାମୀ ସବୁବେଳେ ବିଶ୍ୱସ୍ତ ହୋଇରହିବ। ଯାହା କହିଲେ ସବୁଥିରେ ହଁ ଭରୁଥିବ। ତାହାହେଲେ ସେ ଭଲ ସ୍ୱାମୀଟିଏ ହୋଇପାରିବ। ଅର୍ପିତା କହିଲା, "ଏହା କ'ଣ ସମସ୍ତଙ୍କର ଭାଗ୍ୟରେ ଜୁଟିଥାଏ ? ତୁମେ କ'ଣ ଏହା ସତ ଭାବିପାରୁନାହଁ ?" ସେ କହିଲା, "ରାଜା ରାମଚନ୍ଦ୍ର ସୀତା ଦେବୀଙ୍କୁ ବିବାହ କରି ବହୁତ ଭଲପାଉଥିଲେ। ସେ ସୀତାଙ୍କ ଆଗରେ ଶପଥ କରି କହିଥିଲେ, ମୁଁ ଏକ ସ୍ତ୍ରୀ ବ୍ୟତୀତ ଦ୍ୱିତୀୟ ସ୍ତ୍ରୀ ଗ୍ରହଣ କରିବି ନାହିଁ। ଭାଗ୍ୟର ବିଡ଼ମ୍ବନା ଏପରି ହେଲା ଯେ ସେ ରାଜା ହୋଇଥିବାରୁ ପ୍ରଜାଙ୍କ ବିଶ୍ୱାସଭାଜନ ପାଇଁ ଅନ୍ତଃସତ୍ତ୍ୱା ସ୍ତ୍ରୀକୁ ବନକୁ ପଠାଇ ଦେଇଥିଲେ। କିଏ ତାଙ୍କ ସହ ଥିଲେ, ଏଥିରେ ସେ ସୀତାଙ୍କ ପ୍ରତି ଅନ୍ୟାୟ କରିନଥିଲେ। ପୁରୁଷମାନେ ନିଜ ସ୍ୱାର୍ଥରେ ଆଂଚ ଆସିଲେ ସ୍ତ୍ରୀକୁ ଭଲ ମନ୍ଦ ବିଚାର ନକରି ଦୂରକୁ ଠେଲିଦିଅନ୍ତି।" ରୁଦ୍ରାକ୍ଷ ଅର୍ପିତାର ପ୍ରତି ଶବ୍ଦମାଳଗୁଡ଼ିକୁ ଗୋଟିଗୋଟି କରି ମାଳ ଗଡ଼ାଇଲା ପରି ଗଡ଼ାଉଥାଆନ୍ତି। ସେ ତା'ର ଭାବନାକୁ ସମ୍ମାନର ସହିତ ଶୁଣୁଥାଆନ୍ତି। ସେ କହିଲେ, "ଭଗବାନ ସମସ୍ତଙ୍କୁ ହୃଦୟ ଦେଇଛନ୍ତି। ତାଙ୍କୁ କ'ଣ

ଦୁଃଖ ହୋଇନଥିବ ?" ସ୍ତ୍ରୀ ହେଉଛି ସ୍ୱାମୀର ଅର୍ଦ୍ଧାଙ୍ଗିନୀ। କିନ୍ତୁ ସେ କରିବେ କ'ଣ ? ସେ ଥିଲେ ପ୍ରଜାବତ୍ସଳ ରାଜା। ସେ ପ୍ରଜାଙ୍କର ହୃଦୟ ଜୟ କରିବା ପାଇଁ ତାଙ୍କ ମନରେ କିପରି କଳଙ୍କ ନଲାଗୁ।

ସେତେବେଳେ ପ୍ରଜାଙ୍କ ମନରେ ହିଂସା, କ୍ରୋଧ, ପରଶ୍ରୀକାତରତା ଭଳି ମାନସିକ ବିଭ୍ରାନ୍ତିକର ଭାବନା ଭରିରହିଥିଲା। ହୃଦୟ ଆସିଲା କେଉଁଠାରୁ। ହୃଦୟ ହେଉଛି ଜୀବନର ଏକ କୋମଳ ଅନୁଭବ। ଯାହା ସବୁବେଳେ ଶାନ୍ତି ଅନ୍ୱେଷଣ କରିଥାଏ। ତେଣୁ ସେ ରାଜାଙ୍କ କର୍ତ୍ତବ୍ୟ ଆଗରେ ଭୁଲିଯାଇଥିଲେ।

ଅର୍ପିତା କହିଲା ଏହା କ'ଣ ଠିକ୍। ରାଜା ସମସ୍ତଙ୍କ ପାଇଁ ସମାନ ବିଚାର କରିବା ଉଚିତ୍। ସ୍ତ୍ରୀ ପାଇଁ କିଛି ନଥିଲା। ସେ ନିଜକୁ ଦେଖି ପାରିନଥିଲେ। ଦୀପ ତଳ ଅନ୍ଧାର କରି ସମସ୍ତଙ୍କୁ ଆଲୋକ ଦେଖାଇ ସୀତା ଦେବୀଙ୍କ ଜୀବନକୁ ଅନ୍ଧାରକୁ ଠେଲିଦେଇ ଥିଲେ। ଏହା ଥିଲା କେତେ ହୃଦୟବିଦାରକ। ଏହା ହେଉଛି ଆଜିକାଲି ପୁରୁଷ ସମାଜ। ସବୁ ବାଦ, ବିବାଦ ସମାଧାନ ହୋଇଯାଇଛି। କିନ୍ତୁ ଏହା ହୋଇପାରିନଥିଲା।

ରୁଦ୍ରାକ୍ଷ ଅର୍ପିତାକୁ ବହୁତ ଭଲପାଉଛନ୍ତି। ଜୀବନ ପଥରେ ବସନ୍ତର ମଳୟ ପବନ ବହିବାକୁ ଲାଗିଛି। ଆକାଶରେ ଜ୍ୟୋତ୍ସ୍ନାର ଜୁଆର। ଶୀତଳ ପବନ ମତୁଆଲା କରିଦେଉଥାଏ। କିଛି ମଧୁର ସମୟ ଭିତରେ କେତେ ଶୀଘ୍ର ଆଗମନ କରେ ପାହାନ୍ତା ପହରର ବିରହ ବେଦନା। ସେ ମୁହୂର୍ତ୍ତ ବି କଟାଇବା ବହୁତ କଷ୍ଟକର ହୋଇପଡ଼େ। ଗୋଲାପର ମଧୁର ବାସ୍ନାରେ ମତୁଆଲା ଭ୍ରମର ଉଡ଼ି ବୁଲିଲା ପରି ତା'ର ଚାରିପାଖରେ ଘୂରି ବୁଲୁଥାଆନ୍ତି। ମିଠାମିଠା କଥା କହି ପ୍ରେମ ଆଲିଙ୍ଗନରେ ବାନ୍ଧି ପକାଉଥାଆନ୍ତି। ଅର୍ପିତା ବି ସମ୍ପର୍କର ସୂତ୍ର ଖୋଜି ବୁଲୁଥାଏ। ସଂସାରର ସବୁ ସମ୍ପର୍କ ମଧ୍ୟରୁ ସ୍ୱାମୀ-ସ୍ତ୍ରୀଙ୍କ ସମ୍ପର୍କ ଅଲଗା। ଦୁଇଟି ଭିନ୍ନ ପରିବାରର ଭିନ୍ନ ମଣିଷ ଏକାଠି ଦାମ୍ପତ୍ୟ ସୂତ୍ରରେ ବାନ୍ଧିହୋଇ ନିଜ ପରିବାର ଗଢ଼ନ୍ତି। ଗୋଟିଏ ପୁରୁଷକୁ ନିଜ ସ୍ତ୍ରୀର ସୌନ୍ଦର୍ଯ୍ୟ, ସଂସ୍କାର, କର୍ତ୍ତବ୍ୟପରାୟଣତା ଏବଂ ମାନବିକତା ପରି ଗୁଣ ସ୍ୱାମୀଙ୍କୁ ବେଶି ଆକୃଷ୍ଟ କରିଥାଏ। ସ୍ତ୍ରୀ ମୁହଁର ଟିକିଏ ହାଲୁକା ହସ ତାଙ୍କ ମନରେ ସକାରାତ୍ମକ ଭାବ ଭରିଦିଏ। ମନରେ ଯେତେ କଷ୍ଟ ହେଲେ ବି ସ୍ୱାମୀଙ୍କୁ ଦେଖିବା ପରେ ମଧୁରତା ହସ ଟିକେ ହସିଦେଲେ ଉଭୟଙ୍କ ବନ୍ଧନ ସୁଦୃଢ଼ ହୋଇଥାଏ। ତାଙ୍କ ପରିବାର ପ୍ରତି ଯେଉଁ ସ୍ତ୍ରୀର ଦାୟିତ୍ୱ ରହିଥାଏ ସେ ସ୍ୱାମୀଙ୍କର ଦୁର୍ବଳତା ପାଲଟି ଯାଆନ୍ତି। ସ୍ୱାମୀ ନିଜ ସ୍ତ୍ରୀ ଭିତରେ ମା'ଙ୍କର ବ୍ୟବହାର ଖୋଜି ବୁଲନ୍ତି। ନିଜ ସ୍ତ୍ରୀ ଦୟାଳୁ ହୋଇଥିବ, ସ୍ୱଚ୍ଛ ମନଭାବ ପ୍ରତ୍ୟେକ ସ୍ୱାମୀଙ୍କ ପାଇଁ ଆକର୍ଷଣୀୟ ହୋଇଥାଏ। ସଂସାର ରଥ ଚଳାଇବା ବହୁତ କଷ୍ଟ । ସବୁ

ସହି ଉପରେ ହସ ଭରିବା ଏକ ମହୌଷଧି ଅଟେ। ଏ ଭିତରେ ପୁରୁଣା କାହାଣୀ ସବୁକୁ ଭୁଲି ଅର୍ପିତା ରୁଦ୍ରାକ୍ଷଙ୍କ ବିଶାଳ ହୃଦୟ ତଳେ ସମଗ୍ର ଜୀବନ କଟାଇବା ପାଇଁ ନିଜେ ନିଜେ ଶପଥ ନେଇସାରିଛି। ଗୋଟିଏ ସ୍ତ୍ରୀର ଚମତ୍କାର ଦିଗ ହେଉଛି ସ୍ୱାଭିମାନ ଆଉ ସମର୍ପଣ। ସମର୍ପଣ ହେଉଛି ଜୀବନର ଅପୂର୍ବ ସୌନ୍ଦର୍ଯ୍ୟ, ସୌଭାଗ୍ୟ ଆଉ ସମ୍ପଦ। ନିଜକୁ ସମର୍ପଣ କରିଦେଲେ ଅହଂକାର ସବୁ ଦୂରିଭୂତ ହୋଇଯାଏ। କ୍ଷଣିକ ସୁଖ ପାଇଁ ଧନ ସଂପତ୍ତି କୋଠାବାଡ଼ି ପଛରେ ଧାଇଁବା ପାଗଳାମି ନୁହେଁ ତ ଆଉ କ'ଣ ? ଶ୍ରାବଣର ବର୍ଷାଧାରରେ ପାଣି ଫୋଟକାଟିଏ କେତେ ଖୁସି ମନରେ ହସିହସି ଭାସିଯାଇ କିଛି ମୁହୂର୍ତ୍ତ ଭିତରେ ମିଳାଇ ଯାଇଥାଏ। ଜୀବନ ହେଉଛି ସେହିପରି ଗୋଟିଏ ପାଣିଫୋଟକା। ଏଇନା ଅଛି ଆଉ କିଛି ସମୟ ପରେ କ'ଣ ହେବ କେହି ଜାଣି ନଥାଏ। ଜନ୍ମବେଳେ ଯେପରି ଏକା ଆସିଥିଲେ, ସେହିପରି ଗଲାବେଳେ ଏକା ଯିବାକୁ ପଡ଼ିବ। ତେଣୁ ଏ ଲୋଭ ମାୟାରେ ନ ପଡ଼ି ଯେତେବେଳେ ଯାହା ଆସିଛି ତାକୁ ଭୋଗ କରିବାକୁ ପଡ଼ିବ। ପୃଥିବୀରେ ଅନ୍ୟ ପ୍ରାଣୀମାନଙ୍କ ଅପେକ୍ଷା ମଣିଷ ହିଁ ଉନ୍ନତ। ସେ ଅନ୍ୟର ହୃଦୟ ଜାଣିପାରିଥାଏ। ହୃଦୟକୁ ଜାଣିବାକୁ ହୃଦୟଟିଏ ଦର୍କାର ହୋଇଥାଏ। ହୃଦୟବାନ୍ ଆତ୍ମାର ନିଷ୍ପକ୍ଷତା ନିରପେକ୍ଷତା ହୃଦୟକୁ ଜାଣିବା ଲାଗି ସମର୍ଥ ହୁଏ।

ରୁଦ୍ରାକ୍ଷ କେତେବେଳୁ ଦେଖୁଛନ୍ତି କ'ଣ ଗୋଟିଏ ଭାବରେ ବୁଡ଼ିରହିଛି ଅର୍ପିତା। ତାକୁ କହିଲେ ତୁମେ ସବୁବେଳେ ଭାବନା ରାଜ୍ୟରେ ବୁଡ଼ିରହିଲେ ଏ ମୋର ଛୋଟକାଟିଆ ସଂସାର ଚାଲିବ କିପରି। ତୁମେ ବାସ୍ତବତାକୁ ଫେରିଆସ। ଅର୍ପିତା ମଧୁର କଣ୍ଠରେ କହିଲା ମୁଁ ଭାବୁଛି ଏ ଭରପୁର ପରିବାର ମୋତେ ଭଗବାନ ଦେଇଛନ୍ତି। ମୁଁ କିପରି ଏହାକୁ ନିଜର ସ୍ୱାର୍ଥ ତ୍ୟାଗ କରି ସମସ୍ତଙ୍କ ପାଖରେ ଆଦରଣୀୟ ହୋଇପାରିବି। ଆଜି ଯାଏ ମୁଁ ନିଜ ପାଇଁ ନିଜେ ଥିଲି। ଏହା ହେଉଛି ସାଧାରଣ, କିନ୍ତୁ ଅନ୍ୟମାନଙ୍କ ପାଇଁ ବଂଚିବାରେ ଜୀବନର କେତେ ସାର୍ଥକତା ସତରେ! ଏହା ମୁଁ ପାରିବି ତ! ଏଥିରେ ଆପଣଙ୍କ ସହଯୋଗ ମୋ ପାଇଁ ଏକାନ୍ତ କାମ୍ୟ। ସବୁକିଛି ଭୁଲିଯାଇ ନିଜର କର୍ତ୍ତବ୍ୟ ପାଳନ ହେଉଛି ବିଶେଷତ୍ୱ। ତା'ପରେ ରୁଦ୍ରାକ୍ଷଙ୍କ ନୂଆନୂଆ ପ୍ରେମ ଆଲିଙ୍ଗନ ଭିତରେ ମଜ୍ଜିଯାଇଛି। ସେ ରୁଦ୍ରାକ୍ଷଙ୍କ ପରିବାରରେ ନିଜକୁ ହଜାଇ ଦେଇଛି। ନୂଆ ପରିବାର କିଏ କ'ଣ କହିଲା ସେଥିପ୍ରତି ତାର ଭ୍ରୁକ୍ଷେପ ନାହିଁ। ସେ ପରିବାରଟିକୁ ଏକ ପ୍ରେମ ରଜ୍ଜୁରେ ବାନ୍ଧି ଦେଇଥାଏ। ଜୀବନର ହସ, କାନ୍ଦ, ଉଲ୍ଲସିତ, ପୁଲକିତ ରହିବା ହେଉଛି ଗୋଟିଏ ବୋହୂର କର୍ତ୍ତବ୍ୟ ଭାବିନେଇଛି। ଭଲପାଇବାର ନିଗୁଢ଼ତା ତନ୍ମୟତା ଭିତରେ ଦିନ ବିତାଇବାରେ ବହୁତ ସ୍ନେହ ଥାଏ। ଏହା ହେଉଛି

ଗୋଟିଏ ଝିଅ ଜୀବନର ପରିବର୍ତ୍ତନ ଦୁନିଆ। ଏ ପରିବର୍ତ୍ତନଶୀଳ ଗତିରେ କିଏ କେତେବେଳେ କେଉଁଠି କେଉଁଆଡ଼େ ଢଳିପଡ଼େ କେହି ଜାଣିପାରନ୍ତି ନାହିଁ। ଏହିପରି ସମୟର ଚକ ଗଡ଼ି ଚାଲିଥାଏ। ସେ ସବୁବେଳେ ସମାନ୍ତରାଳରେ ଚାଲେ ନାହିଁ। ଖାଲ ଢିପ ଆସିଲେ ବି ଅଟକିଯାଏ ନାହିଁ। ସେହିପରି ଅର୍ପିତା ଜୀବନରେ କିଛି ଆସିଛି।

କ'ଣ ହୋଇଛି କେଜାଣି ରୁଦ୍ରାକ୍ଷ ଘରେ ଗୁମ୍‌ସୁମ୍ ହୋଇ ବସିଛନ୍ତି। ଅର୍ପିତା ପଚାରିଲା କ'ଣ ଆଜି ଏପରି କ'ଣ କିଛି ହୋଇଛି କି? ରୁଦ୍ରାକ୍ଷ କହିଲେ ଯାହା ହବାକୁ ଥିଲା ହୋଇସାରିଲାଣି। କ'ଣ ହୋଇଛି ମୁଁ ଜାଣିପାରିବି? ସେମିତି କିଛି ରୁଦ୍ରାକ୍ଷ ଭାବୁଛନ୍ତି କିପରି ସେ ଅର୍ପିତାକୁ ଏତେ ବଡ଼ କଥା ଜଣାଇବେ। ହସିଲା ଖେଳିଲା ଚୁଲବୁଲି ଝିଅଟି ଭାଙ୍ଗିପଡ଼ିବ। ଯାହାହେଲେ ବି ତ ସେ ଜାଣିବ। ଅର୍ପିତା ପୁଣି ସେଇ ଚଗଲାମି ଦେଖାଇ କହିଲା, "କ'ଣ କହିଲେ ମୁଁ ଜାଣିବି?" ରୁଦ୍ରାକ୍ଷ ବାଧ୍ୟ ହୋଇ କହିଲେ, "ମୁଁ ଶୁଣିବାକୁ ପାଇଲି ନନା ତୁମ ଘରଟିକୁ ତାଙ୍କ ବନ୍ଧୁଙ୍କୁ ବିକି ଦେଇଛନ୍ତି।" ସତରେ ଶୁଭେନ୍ଦୁ ତୁମ ନନାଙ୍କ ସହିତ ବିଶ୍ୱାସଘାତକତା କରିଛି। ସେ ଆଉ ଆସିଲା ନାହିଁ। ଅର୍ପିତା ବିଶ୍ୱାସ କରିପାରୁ ନଥାଏ। ସେ ଭାବୁଥିଲା ରୁଦ୍ରାକ୍ଷ ଭୁଲ ଶୁଣିଥିବେ। ସେ ବା ଭୁଲ କାହିଁକି ଶୁଣିବେ। ନନା ତ ସାଦାସିଧା ଲୋକ, ଶୁଭେନ୍ଦୁର କିଛି ଅତା ପତା ମିଳିନି। ତେଣୁ ସେ ଅଙ୍କଲ୍‌ଙ୍କୁ ଦେଇ ଦେଇଥିବେ। ଏହା ଶୁଣିବା ପାଇଁ ପୁଣି ମୋ ଭାଗ୍ୟରେ ଥିଲା। "ହେ ପ୍ରଭୁ ତୁମେ କ'ଣ କରୁଛ?" ରୁଦ୍ରାକ୍ଷ ଅର୍ପିତାର ମନର ଅବସ୍ଥା ବୁଝିପାରିଛନ୍ତି। ତାକୁ ବୁଝାସୁଝା କରି ଦୁଇଜଣ ମିଶି ଗାଁକୁ ଯାଇଛନ୍ତି। ଏମାନଙ୍କୁ ହଠାତ୍ ଦେଖି ସମସ୍ତେ ଖୁସି ହୋଇଯାଇଛନ୍ତି। ରୁଦ୍ରାକ୍ଷଙ୍କ ଅଭ୍ୟର୍ଥନାରେ କୌଣସି ତ୍ରୁଟି କରିନାହାନ୍ତି। ଏସବୁ ସରିବା ପରେ ସମସ୍ତେ ଏକାଠି ବସିଛନ୍ତି। ରୁଦ୍ରାକ୍ଷ ଆରମ୍ଭ କରିଛନ୍ତି। ନନା ମୁଁ କ'ଣ ଯାହା ଶୁଣିଛି ଠିକ୍। ଆପଣ ସତରେ ଘରଟିକୁ ବିକ୍ରି କରିଦେଇଛନ୍ତି?" ନନା କହିଲେ, ତୁମେ ଯାହା ଶୁଣିଛ ତାହା ଠିକ୍। ପରକୁ ଆପଣାର ଭାବି ମୁଁ ବହୁତ ଭୁଲ କରିଛି। ମୋ ଭୁଲର କ୍ଷମା ନାହିଁ। ସେ ସିନା ମୋ ସହିତ ବିଶ୍ୱାସଘାତକତା କଲା ମୁଁ କ'ଣ ସେପରି ହୋଇପାରିବି। ମଝି ଦରିଆରେ ମୋ ଡଙ୍ଗା ବୁଡ଼ିଯାଉଥିବାବେଳେ ମୋତେ ଯିଏ କୂଳରେ ଲଗାଇଛି ମୁଁ ତାକୁ ଛାଡ଼ିପାରିବିନି। ଏହା ବୋଧେ ପ୍ରଭୁଙ୍କ ନିର୍ଦ୍ଦେଶ। ମୁଁ ମୋର କର୍ତ୍ତବ୍ୟ କରିଛି କେମିତି ସେ ଭାଙ୍ଗି ପଡ଼ିଥିଲେ। ସେ ସମୟରେ ଆସି ବନ୍ଧୁଙ୍କ ସାହାଯ୍ୟ ସବୁ ଗୋଟିଗୋଟି ବର୍ଣ୍ଣନା କରିଥିଲେ। ଆପଣ କୁହନ୍ତୁ ମୁଁ ତ ତାଙ୍କୁ ଠିକ୍ ସମୟରେ ମୋ କଥା ରଖି ପାରିବି ନାହିଁ। ତେଣୁ ତାଙ୍କୁ ଦେଇ ମୁଁ ଋଣମୁକ୍ତ ହୋଇଛି। ସେ ମୋତେ ମନା

କରୁଥିଲେ। ମୁଁ ତାଙ୍କୁ ବାଧ୍ୟ କରିଥିଲି। ତା' ପରେ ସେ ମୋତେ କହିଲେ ତୁମେ ମୋର କଥା ରଖିବ। ତୁମେ ପୁଣି ସବୁ ଠିକ୍ ହେଲାଯାଏ ଏହି ଘରେ ରହିବ।"

ନନା ରୁଦ୍ରାକ୍ଷଙ୍କୁ ସବୁ କାଗଜପତ୍ର ଆଣି ଦେଖାଇଛନ୍ତି। ରୁଦ୍ରାକ୍ଷ ସବୁ ତନ୍ନତନ୍ନ କରି ସବୁ ପଢ଼ି ଭାବୁଛନ୍ତି, ହେ ପ୍ରଭୁ ଆଜିକାଲି ବି ଦୁନିଆରେ ଏହିପରି ସରଳ ବିଶ୍ୱାସୀ ଅଛନ୍ତି। ସେ ଦେଖୁଛନ୍ତି ସବୁ ପେପର ସେ ତା' ନାମରେ କରିଦେଇଛି। ଆଉ ସେ ନନାଙ୍କୁ ପାର୍ଟନର କରିଦେଇଛି। ଯେପରି ସେ ନନାଙ୍କ ବିନା ସ୍ୱାକ୍ଷରରେ ଟଙ୍କା ଉଠାଇ ପାରିବ। ରୁଦ୍ରାକ୍ଷ ପଚାରିଲେ ଆପଣ କ'ଣ ପେପର ସବୁ ପଢ଼ିନଥିଲେ ? ମୁଁ ତାକୁ ଟଙ୍କା ଦେଇ ପାଠପଢ଼ାଇ ମଣିଷ ପରି ମଣିଷଟିଏ କରି ଠିଆ କରିଥିଲି। ମୋ ଘରେ ତାକୁ ପୁଅର ଆସନ ମିଳିଥିଲା। ମୁଁ ଭାବିଥିଲି ସେ ମୋ ପିଲାମାନଙ୍କୁ ସାହାଯ୍ୟ କରିବ। ସେ ସବୁ ଥିଲା ମୋର ଜୀବନ ସଂଚିତ ପୁଞ୍ଜି। ସେ ତାକୁ ମାୟା କରି ଅପହରଣ କରିନେଇଛି। ତାହାରି ଲାଗି ମୁଁ ଆଜି ବାସହରା ହୋଇ ଦାଣ୍ଡର ଭିକାରି ହୋଇଯାଇଛି। ମୋର ସବୁ ମାନସମ୍ମାନ ବଜାରରେ ନିଲାମ ହୋଇଯାଇଛି। ହଉ ସେ ମୋ ଭାଗ୍ୟ ନେଇଯାଇ ନାହିଁ। ରାଜା ରାମଚନ୍ଦ୍ର ତ ରାତି ପାହିଥିଲେ ରାଜ୍ୟରେ ରାଜା ହୋଇଥାଆନ୍ତେ, କିନ୍ତୁ ତାଙ୍କ ଭାଗ୍ୟରେ ଲେଖାଥିଲା ଯାହା ପାଇଁ ହେଉ ଚଉଦ ବର୍ଷ ଆଗମନ କରିଥିଲେ, ମୁଁ ତ ସାଧାରଣ ମଣିଷ। ମୁଁ ଯଦି ଗୋଟିଏ ଗଛ ଲଗାଇ ତା' ପାଇଁ ଏତକ ଖର୍ଚ୍ଚ କରିଥାଆନ୍ତି ତାହାହେଲେ ସେ ଆଜି ମୋତେ ଫଳ ଫୁଲରେ ଭରିଦେଉଥାଆନ୍ତା। ଯଦି ମୁଁ ସେତିକି କୌଣସି ଅନାଥ ଆଶ୍ରମ କିମ୍ବା ବୃଦ୍ଧାଶ୍ରମକୁ ଦେଇଥାଆନ୍ତି, ତାହାହେଲେ ସେମାନେ ମୋତେ ସବୁଦିନ ପାଇଁ ମନେରଖି ଥାଆନ୍ତେ। ମୁଁ ତାହା କରିନଥିଲି। ମୁଁ ଥିଲି ସ୍ୱାର୍ଥୀ। ମୋ ନିଜ କଥା ଚିନ୍ତା କରିଥିଲି। ପ୍ରଭୁ ସେଥିପାଇଁ ଏପରି ଦଣ୍ଡ ଦେଇଛନ୍ତି। କେହି ହେଲେ ଭାଗ୍ୟଚକ୍ରକୁ ବଦଳେଇ ପାରିନାହାନ୍ତି। ଆଉ ସେ ବନ୍ଧୁ ଚୁକ୍ତି କରିଛନ୍ତି ଯେ ଶୁଭେନ୍ଦୁ ଆସି ଟଙ୍କା ଦେଲେ ମୋ ଘର ସେ ମୋତେ ଫେରାଇଦେବେ। ଏହା ହେଉଛି ମୋର ନିର୍ବାସନ ଯୋଗ। ଏଥିରୁ ମୁଁ କେବେ ଋଣମୁକ୍ତ ହେବି ସେ ପ୍ରଭୁ ଲୀଳାମୟଙ୍କ ଇଚ୍ଛା। ଅର୍ପିତା ନନାଙ୍କ ପାଖରେ ବସି ଲୁହ ଝରାଉଥାଏ। ସତରେ ସେ ତାଙ୍କର ସବୁ ଦୁଃଖ ଧୋଇଦେବ। ସେ ବା କ'ଣ କରିପାରିବ। ସେ ତ ପରାଧିନ ହୋଇଯାଇଛି। ତା' ଗୋଡ଼ରେ ଯେଉଁ ଜଞ୍ଜାଳ ବନ୍ଧା ହୋଇଛି ତାକୁ ଛିଣ୍ଡାଇବାକୁ ତା'ର ଶକ୍ତି ନାହିଁ।

ଏ ସବୁ ଶୁଣି ରୁଦ୍ରାକ୍ଷ ପଥର ହୋଇଯାଇଛନ୍ତି। ସେ ଭାବୁଛନ୍ତି ଏ ଯୁଗରେ ବି ଆଜି ପ୍ରଭୁ ପରୀକ୍ଷା କରୁଛନ୍ତି। ପ୍ରଭୁ ତୁମେ କ'ଣ ସତରେ ଏହିପରି। ସେ ସମସ୍ତଙ୍କୁ

ବୁଝାସୁଝା କରି ଅର୍ପିତାକୁ ନେଇ ଘରକୁ ଫେରିଛନ୍ତି। ଏହିପରି କିଛି ଦିନ ବିତିଯାଇଛି। ରୁଦ୍ରାକ୍ଷଙ୍କ ଘରେ ସମସ୍ତେ ଶୁଣି ବହୁତ ଦୁଃଖ କରିଛନ୍ତି। ରୁଦ୍ରାକ୍ଷଙ୍କ ପରିବାରରେ ରୁଦ୍ରାକ୍ଷଙ୍କୁ କହିଲେ, "ତୁ ତା' ଠାରୁ ସବୁ ସୁନା ଗହଣା କାମ ଅଛି କହି ନେଇଆସ।" କହିଲେ, "ସେ ତା' ବାପା ଘରକୁ ପଠାଇ ଦେବ।" ଏହା ରୁଦ୍ରାକ୍ଷଙ୍କ ଇଚ୍ଛା ନଥିଲେ ବି ଅର୍ପିତାକୁ ଯେତେ ଭଲପାଇଲେ ବି ସେ ପରିବାରଙ୍କ କଥାକୁ ସମର୍ଥନ କରିଛନ୍ତି। ସେ ଆସି ଅର୍ପିତାକୁ କହିଲେ ମୋର କିଛି ମୋଟା ଅଙ୍କର ଟଙ୍କା ଦରକାର ହୋଇଛି। କ'ଣ କରିବି କିଛି ଜାଣିପାରୁ ନାହିଁ। ଆଉ ତୁମକୁ ଏହା କହିବାକୁ ଭଲ ଲାଗୁନାହିଁ। ତୁମେ ବ୍ୟସ୍ତ ହୁଅ ନାହିଁ ମୁଁ ମ୍ୟାନେଜ କରିନେବି। ଏହା ଶୁଣିଲା ପରେ ଅର୍ପିତା ବାଧ୍ୟ ହୋଇ କହିଲା ମୋର ଗହଣା ନେଇପାର। ମୋର କ'ଣ ହେବ କି। ଏ ଗହଣା ଯଦି ଦର୍କାରବେଳେ କାମରେ ନ ଲାଗିବ? ରୁଦ୍ରାକ୍ଷ ଉପରେ ଦୁଃଖ ପ୍ରକାଶ କରି କହିଲେ, "ନା, ନା ତୁମକୁ କେଉଁ ପରିସ୍ଥିତିରେ ଦେଇଛନ୍ତି। ତୁମଠାରୁ ନବା ପାଇଁ ଇଚ୍ଛା ହେଉ ନାହିଁ।"

ରୁଦ୍ରାକ୍ଷ ସବୁ ଗହଣା ତା'ଠାରୁ ନେଇଯାଇଥିଲେ। ସେଥିରେ ବି ତାଙ୍କ ମନ ଭରିନଥିଲା। ତାଙ୍କର ସବୁ ଆସବାବ ପତ୍ର ନେଇ ବିକ୍ରି କରି ଜାକଜମକରେ ଖର୍ଚ୍ଚ କରୁଥିଲେ। ଏହା ସରଳ ହୃଦୟା ଅର୍ପିତା ଜାଣିପାରୁ ନଥିଲା। ସେ ମନେମନେ ଖୁସି ହେଉଥିଲା ଯାହା ହେଉ ମୁଁ କିଛି ରୁଦ୍ରାକ୍ଷଙ୍କୁ ସାହାଯ୍ୟ କରିପାରୁଛି। ସେ ରୁଦ୍ରାକ୍ଷଙ୍କ ପ୍ରେମରେ ଅନ୍ଧ ହୋଇଯାଇଥାଏ। ଏହିପରି ତା'ର ସବୁ ସରିଆସିଲାଣି। ଏହିପରି ତା' ଆଲମିରାରୁ ଶାଢ଼ି ଖଣ୍ଡିଏ ଖଣ୍ଡିଏ ନେଇ ରୁଦ୍ରାକ୍ଷ ତାଙ୍କ ପରିବାରଙ୍କୁ ବାଂଟିସାରିଲେଣି। ଅର୍ପିତା ଦେଖେ କିନ୍ତୁ କିଛି କହିପାରେ ନାହିଁ। ବେଳେବେଳେ ମନ ଭଲ ଲାଗେନାହିଁ। ସେ କାହାକୁ କହିବ। ବାପଘରର ତ ଅବସ୍ଥା ଏହିପରି। ତାଙ୍କୁ କ'ଣ ତା'ର ଦୁଃଖ ଜଣାଇ ତାଙ୍କ ଉପରେ ଆଉ ଦୁଃଖ ଦବ। ରୁଦ୍ରାକ୍ଷଙ୍କର ପୁଣି ସେହି କଥାର ପୁନରାବୃତ୍ତି। ମୋର କିଛି ଦର୍କାର। କ'ଣ କରିବି? ତୁମେ କିଛି ଗୋଟାଏ ବ୍ୟବସ୍ଥା କର। ଅର୍ପିତା କହିଲା ମୋ ପାଖରେ ଯାହା ଥିଲା ସବୁ ତ ନେଇସାରିଲଣି ଆଉ ମୁଁ କେଉଁଠାରୁ ଆଣିବି। ରୁଦ୍ରାକ୍ଷ ଏହା ଶୁଣି ବହୁତ ରାଗିଯାଇ କହିଲେ, "କ'ଣ କହିଲ, ମୁଁ ତମଠାରୁ ନେଇ କ'ଣ ମଦ ଗଞ୍ଜେଇ ଖାଇ ଦେଉଛି। ତୁମେ ତ ବହୁତ ବଡ଼ବଡ଼ କଥା କହୁଛ। ତୁମର ତ ସାହସ କମ୍ ନୁହେଁ। ଏ ପାଟି ଶୁଣି ଅର୍ପିତା ଡରି ଡରି କହିଲା, "ମୁଁ ତ କିଛି କହିନାହିଁ। ତୁମେ ଏପରି ରାଗୁଛ କାହିଁକି? ତୁମେ ଏପରି ରାଗିଲେ କ'ଣ ଏପରି ହେବ?" ରୁଦ୍ରାକ୍ଷ କହିଲେ "ତୁମେ ଚୁପ୍ ରୁହ। ତୁମେ ମୋତେ ଉପଦେଶ ଦିଅନାହିଁ।

ମୁଁ ସବୁ ଜାଣିଛି। ଅର୍ପିତା କ'ଣ କରିବ କିଛି ଭାବି ପାରୁନଥିଲା। ସେ ବହୁତ କାନ୍ଦୁଥିଲା। ତା' ଜୀବନରେ ଏହା ଥିଲା ପ୍ରଥମ। ସେ ନିଜକୁ ନିଜେ ବୁଝାଇ ପାରୁନଥାଏ।

କିଛି ସମୟ ପରେ ରୁଦ୍ରାକ୍ଷ ବାହାରୁ ଆସି ଅର୍ପିତାକୁ ବୁଝାଇବାକୁ ଚେଷ୍ଟା କରିଛନ୍ତି। କହିଲେ, ମୁଁ ଟିକେ ବ୍ୟସ୍ତ ଥିଲି। ତୁମକୁ କ'ଣ କହିଦେଲି। ତୁମେ ଏଥିପାଇଁ ଏତେ କାନ୍ଦୁଛ? ଏଇ ତ ଆମର ଜୀବନ ଆରମ୍ଭ। ମୋର ଭୁଲ୍ ହୋଇଛି। କହି ଉଠାଇ କହିଛନ୍ତି ଯାଅ ମୋ ପାଇଁ ଚା' କରି ଆଣ। ଏହିପରି ତାକୁ ଭୁଲାଇ ଦେଇଛନ୍ତି। ଏହିପରି ପୁଣି କେତେ ଦିନ ଭଲରେ କଟିଯାଇଛି। ଅର୍ପିତା ସବୁକୁ ଭୁଲିବାକୁ ଚେଷ୍ଟା କରିଛି। ପୁଣି ସେଇ କଥାର ପୁନରାବୃତ୍ତି ହୋଇଛି। ପୁଣି ସେଇ ଟଙ୍କା। ଅର୍ପିତା ଭାବୁଛି ଏସବୁ କ'ଣ ହୋଇଯାଉଛି। ତା'ର ସ୍ୱପ୍ନର ବାଲିଘରଟିକୁ ଟଙ୍କା ରୂପର ଢେଉ ଆସି ଧୋଇନେଉଛି। ତାଙ୍କ ପରିବାରର କେହି ହେଲେ ତାକୁ ପସନ୍ଦ କରୁନାହାନ୍ତି। ତାକୁ ଶୁଣେଇ ଶୁଣେଇ ବହୁତ କଥା କହିଛନ୍ତି। ତାହାକୁ ରୁଦ୍ରାକ୍ଷ ସମର୍ଥନ କରୁଥାଆନ୍ତି। ସେ ପୁଣି କହୁଛନ୍ତି ଏ ବଦଳୁଥିବା ସମୟ ସହିତ ତୁମକୁ ବଦଳିବାକୁ ପଡ଼ିବ। ଏ ଛୋଟ ଛୋଟ କଥାକୁ ତିଳକୁ ତାଳ କରି ଘରେ ଶାନ୍ତି ଭଙ୍ଗକର ନାହିଁ। ସେ ଏହା ଶୁଣି ରୁଦ୍ରାକ୍ଷଙ୍କ ମୁହଁକୁ ଚାହିଁ ଜଡ଼ ପାଲଟିଯାଏ। ସେ କର୍ତ୍ତବ୍ୟମାନ ଏକା ହୋଇଯାଇଛି। ତାଙ୍କର ଘରର ସମସ୍ତେ ତା'ର କୌଣସି ନା କୌଣସି ଭୁଲ ଖୋଜି ବୁଲୁଛନ୍ତି। ଏଇ ଛୋଟଛୋଟ କଥାରେ ରୁଦ୍ରାକ୍ଷଙ୍କର ଗୋଇଠା ମାଡ଼ରେ ତା'ର ପିଠି ଫାଟିଯାଏ। ଆଖିର ଲୁହକୁ ଓଠରେ ପିଇଯାଇ ଆଉ କିଛି ପଣତରେ ପୋଛିଦେଇ କାମରେ ଲାଗିପଡ଼େ। ସେ ଗୋଟିଏ ପଥର ପାଲଟିଯାଇଥାଏ। ଶିବ ଠାକୁରଙ୍କ ମୁଣ୍ଡରେ ପଛେ ଦିନେ ବେଲପତ୍ର ବନ୍ଦ ହୋଇଯିବ, ପ୍ରତିଦିନ ତାକୁ କିଛି ନା କିଛି ଶୁଣିବାକୁ ପଡୁଥାଏ। ସେ ବିଛଣାରୁ ଉଠି ପ୍ରଭୁଙ୍କୁ ଗୋଟିଏ ପ୍ରଣାମ ଜଣାଇ କହେ ପ୍ରଭୁ ଆଜି ଦିନଟି କିପରି ଭଲରେ କଟୁ। ଏସବୁ ସହିବା ପାଇଁ ପ୍ରଭୁ ମୋତେ ଶକ୍ତି ଦିଅ। ମୋର ଉଜୁଡ଼ି ଯାଉଥିବା ସଂସାରକୁ ସଜାଡ଼ି ଦିଅ। ଏହିପରି ବିକଳ ହୋଇ ଭଗବାନଙ୍କୁ ଡାକୁଥାଏ। ସେ ଭାବୁଥାଏ ବଂଚିବାକୁ ହେଲେ ଏ ଦୁଃଖପୂର୍ଣ୍ଣ ରାସ୍ତାକୁ ମୋତେ ଅତିକ୍ରମ କରିବାକୁ ପଡ଼ିବ।

ଏସବୁ ଅଶାନ୍ତି ଭିତରେ ଦିନ କାଟିବାକୁ ପଡ଼ିଥାଏ। ରୋଗ ତ ଜାଣେ ନାହିଁ ସୁବିଧା ଅସୁବିଧା ଭଲ ମନ୍ଦ। ସେ ଆସିବାଟା ହିଁ ଆସିବ। ଏହିପରି ଅର୍ପିତାକୁ ଭୀଷଣ ଜ୍ୱର ହୋଇଛି। ସେ ଜ୍ୱରରେ କମ୍ପୁଥାଏ। ତାକୁ ଯେତେ କଷ୍ଟ ହେଲେ ବି ତା'ର କର୍ତ୍ତବ୍ୟରେ ହେଳା କରେ ନାହିଁ। ତା' ସହିତ କେହି ଭଲରେ କଥାବାର୍ତ୍ତା ହେଉନାହାନ୍ତି। ତା'ର ମୁଣ୍ଡଟା କାହିଁକି କ'ଣ ହୋଇଯାଉଛି। ଔଷଧ ପାନେ ଦବା ଦୂରର କଥା, ରୁଦ୍ରାକ୍ଷ ପାଟିକରି କହିଲେ ଚା' ଟିକେ ଦବାକୁ ବେଳ ଜଣା ପଡୁନାହିଁ।

ସେ ସେହି ଜ୍ୱରରେ ଉଠି ଚା' କପ୍‌ଟି ଧରି ଦେଉଦେଉ ତାଙ୍କ ହାତଟି ଥରଥର ହୋଇ ଚା' କପ୍‌ଟି ଖସିପଡ଼ିଲା, ତାର ଗୋଡ଼ ଉପରେ। ସେ ଛଟପଟ ହେଉଥାଏ। ଘରର ସମସ୍ତେ ଦୌଡ଼ିଆସିଛନ୍ତି। ଏଥିରେ ବହୁତ ରାଗି କହିଲେ ଠିକ୍‌ରେ ଚା'ଟିକେ ଦେଇପାରୁ ନାହଁ। ଅର୍ପିତା କହିଲା ମୋ ହାତ ଥରି ଚା' କପ୍‌ଟି ପଡ଼ିଗଲା। ମୁଁ ଆଉ ଥରେ କରି ନେଇ ଆସୁଛି। ସେ ଆଉ ଅଧିକ ରାଗି ଯାଇଥିଲେ। ତା' ଗୋଡ଼ରେ ଗରମ ଚା' ପଡ଼ି ସେ ଛଟପଟ ହେଉଛି। ତାକୁ ନ ଦେଖି ତା' ଉପରେ ଚାପୁଡ଼ା ଗୋଇଠା ମାରି ତା'ର ଚୁଟି ଧରି ଘରୁ ବାହାରକୁ ବାହାର କରିଦେଇ କବାଟ ବନ୍ଦ କରିଦେଲେ। ରାତି ଯେତେ ଗଭୀର ହେଉଥାଏ, ମନରେ ଏକ ଅଜଣା ଭୟ ସଂଚାର ହେଉଥାଏ। ସେ ଭାବୁଥାଏ ରାଗି କରି ବାହାରକୁ ଛାଡ଼ିଦେଇଛନ୍ତି। ସେ ନିଶ୍ଚୟ ଆସି ହାତଧରି କହିବେ ଆସ ତୁମେ ଘରକୁ ଆସ। ମୁଁ କ'ଣ ତୁମକୁ ବାହାରେ ଛାଡ଼ି ଘରେ ରହିପାରିବି ?

ନିର୍ଜନ ରାତି, ରାତି ଯେତେ ବଢ଼ୁଛି ସେତେ ଯନ୍ତ୍ରଣାରେ ଛଟପଟ ହେଉଥାଏ। ଶୋଷରେ ତଂଟି ଅଠାଅଠା ହୋଇଯାଉଥାଏ। ସେ ଏହିପରି ରାତି ବାହାରେ କେବେ ଦେଖିନଥିଲା। ସେ ବହୁତ ସାହସ କରି କବାଟ ଠକ୍‌ଠକ୍ କରିଛି। ରୁଦ୍ରାକ୍ଷ ଆସି କହିଲେ ତୁ କ'ଣ ଟିକିଏ ଶାନ୍ତିରେ ଶୁଆଇ ଦବୁନି ନା କଣ। ସେ ଗୋଟିଏ ଚିରା ଲୁଗା ଅର୍ପିତା ଉପରକୁ ଫୋପାଡ଼ିଦେଇ କବାଟ ବନ୍ଦ କରିଦେଇଛନ୍ତି। ସେ କ'ଣ କରିବ କିଛି ଭାବି ପାରୁନାହିଁ। ତା'ର ହୃଦୟର ସ୍ପନ୍ଦନ କେତେବେଳେ ବଢ଼ିଯାଉଛି ତ କେତେବେଳେ କମିଯାଉଛି। ପୁଣି ପୋଡ଼ା ଘା'ର କଷ୍ଟ। ସେ କିନ୍ତୁ ନିରୁପାୟ ହୋଇପଡ଼ିଛି। ଉଠିବାକୁ ବଳ ପାଉନାହିଁ। ଦିନ ଥିଲା ସେ ଥିଲା ରୁଦ୍ରାକ୍ଷଙ୍କର ସବୁଠାରୁ ଭଲପାଇବା। ଆଜି କିନ୍ତୁ ସେ ଉପେକ୍ଷିତ, ନିଷ୍ପେଷିତ ଏବଂ ନିର୍ଯାତିତ। ଜୀବନର ଅର୍ଥକୁ ବୁଝିନପାରି ପଥଭ୍ରଷ୍ଟ ହୋଇଯାଏ। ସେତେବେଳେ ସେ ଆପଣାର ଅଶେଷ କ୍ଷତି କରି ବସେ। ଅର୍ପିତା ବହୁତ କଷ୍ଟରେ ଉଠି ଠିଆ ହୋଇଛି। ଜୀବନର ଦୋ'ଛକି ରାସ୍ତା ଉପରେ ଠିଆ ହୋଇଛି। ଗୋଟିଏ ହେଉଛି ଘରକୁ ଯିବା କିନ୍ତୁ ରାସ୍ତାଟି ବନ୍ଦ। ଆଉ ଗୋଟିଏ ହେଉଛି ନିଜ ଜୀବନକୁ ବିସର୍ଜନ କରିଦବା, ସେ ଆଉ ଏସବୁ ସହ୍ୟ କରି ପାରୁନାହିଁ। ସେ ବିଚଳିତ ହୋଇପଡ଼ିଥାଏ। ପୁଣି ଝିପିଝିପି ବର୍ଷା। ସେ ପହଂଚି ଯାଇଛି ନଦୀକୁ ଝାସ ଦେବା ପାଇଁ। ଆଖିରେ ଅସୁମାରି ଲୁହ। ସମ୍ମୁଖରେ ଭରାନଈର ସୁଅ ଭଉଁରୀ ବୁଲୁଛି। ତାକୁ ଲାଗୁଛି ନଈ ଡାକୁଛି ଆ ମୁଁ ତୋତେ ମୋ କୋଳରେ ସ୍ଥାନ ଦେବି। ଆସ ମା' ତୁ ଆଉ ଭାବୁଛୁ କ'ଣ ? ବିଜୁଳିର ଚମକ ଆଉ ବର୍ଷାର ପ୍ରକୋପ ବଢ଼ିବାରେ ଲାଗିଥାଏ, ଏ ନିର୍ଜନ ସ୍ଥାନରେ ହୃଦୟଫଟା କାନ୍ଦ କମ୍ପି ଉଠୁଥାଏ

ନଦୀକୂଳ। ସେ ତା'ର ଚାରିପଟକୁ ଥରେ ଚାହିଁନେଇ ନଦୀକୁ ଡେଇଁଲାବେଳକୁ ପଛରୁ ଜଣେ କିଏ ଆସି ଧରିପକାଇଛି। ସେ ଆଉ କିଛି ଜାଣିପାରି ନାହିଁ।

ଅନ୍ଧକାର ରାତ୍ରି। କିଛି ସ୍ପଷ୍ଟ ଦେଖାଯାଉନଥାଏ। ଦେହସାରା ବର୍ଷାରେ ଭିଜିଯାଇଛି। ଦେହରେ ତାତି ଭରି ରହିଛି। ସେ କ'ଣ କରିବ ନ କରିବ କିଛି ନ ଭାବି ଗାଡ଼ିରେ ଶୁଆଇ ତାକୁ ହସ୍ପିଟାଲ ନେଇଯାଇଛି। ଡକ୍‌ଟର ଅମ୍ରିତ୍‌କୁ ଦେଖି ସଙ୍ଗେସଙ୍ଗେ ଚିକିତ୍ସା ଆରମ୍ଭ କରିଛନ୍ତି। କିଛି ସମୟ ପରେ ତା'ର ସେନ୍‌ସ୍ ଆସିଛି। ସେ ଚାରିଆଡ଼େ ଦେଖୁଛି ? ନର୍ସ ଡାକ୍ତରଙ୍କୁ ଡାକି କହୁଛି, "ସାର୍, ପେସେଂଟର ସେନ୍‌ସ ଆସିଛି।" ଅମ୍ରିତ୍ ବାହାରେ ଚେୟାର ଉପରେ ଅପେକ୍ଷା କରିଥାଏ। ସେ ଦୌଡ଼ି ଆସିଛି। ସେ ନିଜକୁ ନିଜେ ବିଶ୍ୱାସ କରିପାରୁନାହିଁ। ସେ ଏ କ'ଣ ଦେଖୁଛି। ଏ ତ ଅର୍ପିତା। ସେ ଏ ସବୁ କ'ଣ କରୁଥିଲା, ଆଉ କାହିଁକି ? ସେ ତ ବହୁତ ଭଲରେ ଅଛି ବୋଲି ମୁଁ ଶୁଣି ଖୁସି ହୋଇଥିଲି। ତାହା କ'ଣ ଭୁଲ ଥିଲା। ଶେଷରେ ସେ ନିଷ୍ପତ୍ତି ନେଇଗଲା ନିଜକୁ ନିଜେ ହଜିଯିବା ପାଇଁ। ସେ ତା' ମୁହଁକୁ ଚାହିଁ ରହିଥାଏ। ସେ ଧୀରେଧୀରେ ଆଖି ଖୋଲି କ'ଣ କହିବାକୁ ଚେଷ୍ଟା କରୁଥାଏ। ଅମ୍ରିତ୍ ତା' ମୁଣ୍ଡକୁ ଆଉଁଶି ଦେଇ କହିଲା ତୁ ବର୍ତ୍ତମାନ ନିର୍ଭୟରେ ରହ। ଯାହା ହବ ପରେ ବୁଝିବା।

ଡକ୍ଟର ଆସି ଚେକ୍‌ଅପ୍ କରି କହିଲେ ବହୁତ ଜ୍ୱର ଅଛି। ଗୋଡ଼ରେ ଫୋଟକା ସଫାକରି ମେଡିସିନ୍‌ସ୍ ଦିଆହୋଇଛି। ଦେହସାରା ମାଡ଼ଚିହ୍ନ। ଏହା ଗୋଟିଏ ପୋଲିସ୍ କେସ୍ ଦେବ। ଅମ୍ରିତ୍ କିଛି ଭାବି କହିଲା ଯାହା ହେବ ପରେ। ବର୍ତ୍ତମାନ ତା' ଦେହ ଭଲ ହେଉ। ଅର୍ପିତା ଜାଣିପାରୁନାହିଁ। ଅମ୍ରିତ୍‌କୁ କହିଲା, "ତୁମେ କାହିଁକି ମୋତେ ବଂଚାଇଲ ? ମୋତେ ମୋ ବାଟରେ ଛାଡ଼ିଦେଲ ନାହିଁ କାହିଁକି ? ଡକ୍ଟର ଅର୍ପିତାକୁ ଇଞ୍ଜେକ୍‌ସନ ଦେଇ ଶୁଆଇ ଦେଇଛନ୍ତି। ଅମ୍ରିତ୍‌କୁ ପଚାରିଲେ, "ଏ ଆପଣଙ୍କର କ'ଣ ହେବେ।" ଅମ୍ରିତ୍ କହିଲା, "ଏ ମୋର ସାନଭଉଣୀ ହେବ।" ଏ ସବୁ କ'ଣ ହୋଇଛି ? ଏତେ ମେଂଟାଲ ଆଉ ଫିଜିକାଲ୍ ଡିପ୍ରେସନ୍। କେମିତି କ'ଣ ହେଲା ? ଅମ୍ରିତ୍ କହିଲା, "ସେ ତା' ଶାଶୁଘରେ ଥିଲା। ଘରେ ବୋଧେ କିଛି ଡିଷ୍ଟର୍ବ ହୋଇଛି। ମୁଁ ଘରକୁ ଫେରୁଥିଲି। ଅନ୍ଧାର ରାତିରେ ବିଜୁଳି ଆଲୁଅରେ ମୁଁ ଦେଖିଲି ଜଣେ କିଏ ନଦୀକୂଳରେ ଠିଆ ହୋଇଛି। ଗାଡ଼ି ଲାଇଟ୍‌ରେ ଦେଖିଲାବେଳକୁ ଜଣେ ସ୍ତ୍ରୀ ଲୋକ। ମୋତେ ଟିକିଏ କେମିତି ଲାଗିଲା। ମୁଁ ସାହସ କରି ଗଲାବେଳକୁ ସେ ନଦୀକୁ ଡେଇଁଲାବେଳକୁ ଡାକି ଅଟକାଇଲାବେଳକୁ ସେ ମୋ ହାତରେ ଚେତାଶୂନ୍ୟ ହୋଇଯାଇଥିଲା। ମୁଁ ତାକୁ ଗାଡ଼ିକୁ ଆଣିଲାବେଳକୁ ସେ ଓଦା ଦେହରେ ବି ତା'

ଦେହରେ ଜ୍ୱର ଥିଲା। ତାକୁ ସଙ୍ଗେସଙ୍ଗେ ନେଇଆସିଲି। ତାକୁ ଝାପ୍‌ସା ଦେଖିଲେ ବି ମୁଁ ଭାବିପାରୁନଥିଲି ସେ ଅର୍ପିତା ବୋଲି। ବର୍ତ୍ତମାନ ତା'ର ଅବସ୍ଥା କିପରି ଅଛି।

ଡକ୍ଟର କହିଲେ, "ଆପଣ ଠିକ୍ ସମୟରେ ପହଂଚାଇ ଦେଇଛନ୍ତି। ଆଉ କିଛି ସମୟ ପରେ ଜ୍ୱର କମିବ। ଜ୍ୱର ଛାଡ଼ିଲା ପରେ ସେ ଦେଖୁଛି। ସେ ହସ୍‌ପିଟାଲ ବେଡ୍‌ରେ ପଡ଼ିଛି। ସେ ଚାରିଆଡ଼କୁ ଚାହୁଁଛି। ସେ ଭାବୁଛି ରୁଦ୍ରାକ୍ଷ ବୋଧେ ତା'ପଛେ ପଛେ ଆସିଛନ୍ତି। ଆଉ ତାକୁ ହସ୍‌ପିଟାଲ ନେଇ ଆସିଛନ୍ତି। ସେ କ'ଣ କେବେହେଲେ ମୋତେ ଛାଡ଼ି ରହିପାରିବେ। ସେ ମୋତେ କେତେ ଭଲପାଆନ୍ତି। ଆକାଶର ଚାନ୍ଦ ଜଳରେ କୁମୁଦକୁ ଚାହିଁଲା ପରି ସେ ଚାହିଁ ରହିଥାଆନ୍ତି। ତା'ର ଆଉ କିଛି ମନେପଡୁନଥାଏ। ସେ ସବୁ ଭୁଲି ଯାଇଛି।

ହଠାତ୍ ଅମ୍ରିତ୍ ଆସି ପଚାରିଲା, "ଆରେ ତୋତେ କିପରି ଲାଗୁଛି ?" ଅମ୍ରିତ୍ କଥାରେ ସେ ଚମକି ପଡ଼ିଛି। ସେ ଦେଖୁଛି ଏ ରୁଦ୍ରାକ୍ଷ ନୁହନ୍ତି। ଏ ହେଉଛି ଅମ୍ରିତ୍। ସେ ବହୁତ ଭାଙ୍ଗି ପଡ଼ିଛି। ସେ କଇଁକଇଁ ହୋଇ କାନ୍ଦି ଉଠିଛି। ଅମ୍ରିତ୍ ତାକୁ ବୁଝାଇବା ପାଇଁ ଚେଷ୍ଟା କରୁଛନ୍ତି। କହିଲେ, "ସଂସାରରେ ଏମିତି ବହୁତ ଦୁଃଖ ଦୁର୍ଦ୍ଦଶା ଆସେ ସେଥିପାଇଁ ଏତେ ବଡ଼ ଡିସିଜନ୍ ନେଇଯାଇଥିଲୁ। ଏମିତି ଅଜାଣତରେ ବେଳେବେଳେ ହୋଇଯାଏ। ଯାହା ହବାକୁ ଥିଲା ହୋଇସାରିଲାଣି। ତୁ ସବୁକୁ ଭୁଲିଯା। କେହି ଜାଣିବା ଦର୍କାର ନାହିଁ। ମୁଁ ରୁଦ୍ରାକ୍ଷଙ୍କୁ ବୁଝାଇ ତୋତେ ଛାଡ଼ିଦେଇ ଆସିବି। "ମୁଁ ଆଉ ସେଠାକୁ ଯିବିନାହିଁ।" ଅମ୍ରିତ କିଛି ଚିନ୍ତା କରି କହିଲା "ହଉ ନଗଲେ ନାହିଁ। ବର୍ତ୍ତମାନ ତୋତେ ଭଲ ଲାଗିଲାଣି ତ ଚାଲ ତୋତେ ଘରକୁ ନେଇଯିବି। ତୁ ସେଠାରେ ଟିକିଏ ଆରାମ କରିବୁ।" ଅର୍ପିତା କିଛି କହିପାରୁନଥାଏ। ସେ କ'ଣ କରିବ। ବର୍ତ୍ତମାନ ମୋତେ ନନା ବୋଉଙ୍କ ପାଖରେ ରହିବାକୁ ପଡ଼ିବ। ସେମାନେ ମୋତେ ଏ ଅବସ୍ଥାରେ ଦେଖି ଭାଙ୍ଗି ପଡ଼ିବେନି ତ। ଅମ୍ରିତ୍ କହିଲା ଆଉ କ'ଣ ଭାବୁଛୁ ? ଭଗବାନ ତୋତେ ବଂଚାଇ ଦେଇଛନ୍ତି। ତୁ ଭଲ ହୋଇଯା। ଅର୍ପିତା ଉଠିବସିଛି। ଅମ୍ରିତ୍ ତା'ର ହାତ ଧରି ଧୀରେଧୀରେ ଗାଡ଼ିରେ ଆଣି ବସାଇଛି, ଦୁହେଁ କେହି କାହାକୁ କିଛି କହି ପାରିନାହାନ୍ତି। ସେ ସକାଳୁ ସକାଳୁ ଯାଇ ଅମୀୟବାବୁଙ୍କ ଦୁଆରେ ଅମ୍ରିତ୍ ଠକ୍‌ଠକ୍ କରିଛି। ଅମୀୟବାବୁ ସକାଳୁ ଅମ୍ରିତ୍‌କୁ ଦେଖି ପଚାରିଛନ୍ତି ସବୁ ଠିକ୍ ତ। ତୁ ଆଜି ସକାଳୁ ସକାଳୁ କ'ଣ ଆସିଛୁ। ଅମ୍ରିତ୍ କହିଲା ହଁ ସବୁ ଠିକ୍ ଅଛି। ଗାଡ଼ିର କବାଟ ଖୋଲି ହାତ ଧରି ଆଣିଛି। ଆଉ ଅମୀୟବାବୁଙ୍କୁ କହିଲା ମଉସା ସବୁ ଠିକ୍ ହୋଇଯିବ। ଅମୀୟ ବାବୁ ତା' ବୋଉକୁ ଡାକିଛନ୍ତି। ବୋଉ ଦଉଡ଼ି ଆସିଛନ୍ତି। ତାକୁ ନେଇ ଘରେ ବିଛଣାରେ ଶୁଆଇଦେଇ ଅମ୍ରିତ୍‌କୁ ବସିବାକୁ କହି ଏ ସବୁ କ'ଣ ? ସେମାନେ ତା'

ଦେହସାରା ମାଡ଼ରେ ପିଠି ଫାଟିଯାଇଛି। ଗୋଡ଼ ବ୍ୟାଣ୍ଡେଜ ହୋଇଛି। ତା' ବୋଉ ତା' ଦେହ ମୁହଁ ଆଉଁଶି ଚାଲିଛନ୍ତି। ତାଙ୍କ ଆଖିରୁ ନୀରବ ଅଶ୍ରୁ ବହି ଚାଲିଥାଏ। ଅର୍ପିତା ପାଣି ଟିକିଏ ମାଗିଛି। ତା' ବୋଉ ପାଣି ମୁନ୍ଦିଏ ଆଉ ଗରମ କ୍ଷୀର ଆଣି ପିଆଇ ଦେଇଛନ୍ତି। ସେ କିଛି ସମୟ ଆରାମରେ ଶୋଇଯାଇଛି। ଅମୀୟବାବୁ ଅମ୍ରିତ୍‌କୁ ପଚାରିଛନ୍ତି। ଅମ୍ରିତ୍ ନଦୀକୂଳଠାରୁ ଆଣି ହସ୍‌ପିଟାଲ୍‌ରେ ଆଡମିସନ କରି ତା' ଦେହ ହାତ ଉଷୁମ ଲାଗିଲାଠାରୁ ସବୁ ଗୋଟିଗୋଟି ବର୍ଣ୍ଣନା କରିଛି। ସେତେବେଳକୁ ଅର୍ପିତାକୁ ଭଲ ଲାଗିଛି। ସେ ଉଠିବସିଛି। ଅମୀୟବାବୁ ପଚାରିଛନ୍ତି, "କିରେ ମା', କ'ଣ ହେଲା ଯେ ତୁ ଏପରି ଭାଙ୍ଗିପଡ଼ିଲୁ? ଅମ୍ରିତ ଠିକ୍ ସମୟକୁ ପହଂଚି ନଥିଲେ ଆମେ ଆଉ ତୋତେ ପାଇନଥାନ୍ତୁ। ସେତେବେଳେ ତୁ ଆମକୁ ମନେପକେଇ ପାରିଲୁ ନାହିଁ?"

ନନା ବୋଉଙ୍କର ମଧୁର କଥାରେ ସବୁ ଭୁଲିବାକୁ ଚେଷ୍ଟା କରିଛି ଅର୍ପିତା। ସେ ଆଉ ରୁଦ୍ରାକ୍ଷଙ୍କ ପାଖକୁ ଫେରିବ ନାହିଁ ବୋଲି ଦୃଢ଼ମନା ହୋଇଯାଇଛି। ସେ ଆସିଲା ପରଠାରୁ ଆଉ ରୁଦ୍ରାକ୍ଷ ତାକୁ ଖୋଜି ନାହାନ୍ତି। ରୁଦ୍ରାକ୍ଷଙ୍କର ଥିଲା ତା' ପ୍ରତି ପ୍ରତିଶ୍ରୁତି, ଛଳନା। ଏତେ ପରେ ବି ଅଭିମାନର ଦୁର୍ବଳତା ରହିଯାଇଛି। ସେ ପୁଣି ବେଳେବେଳେ କଠୋର ହୋଇଯାଉଛି। ସେ ଅତିମାତ୍ରାରେ ବ୍ୟଥିତ ଓ ବିବ୍ରତ ହୋଇପଡୁଛି। ତା' ମନକାଗଜର ଲେଖାଗୁଡ଼ିକୁ ତା' ନନାବୋଉ ପଢ଼ିନେଉଛନ୍ତି। ଆଉ କହୁଛନ୍ତି ତୁ ତୋ ଜୀବନକୁ ଭଲପାଆ, ଜୀବନଟା କ'ଣ ଖୋଜ ଓ ବୁଝୁ। ଜୀବନକୁ ଜାଣ ଓ ଜିତ। ସମୟର ସମାହାରରେ ହିଁ ତ ଜୀବନ ଗଢ଼ା। ସମ୍ପର୍କକୁ ଶିଥିଳ ନକରି ସୁଦୃଢ଼ କର। ଏସବୁ ତ ଆସିବ ଆଉ ଯିବ। ଯେପରି ନଈବଢ଼ିର ପ୍ରଖର ସ୍ରୋତରେ ବଡ଼ ବଡ଼ ଗଛ ସବୁ ଉପୁଡ଼ି ଭାସିଆସେ କିନ୍ତୁ ବେଣା ଗଛ ନଇଁଯାଏ। ତା' ଉପରେ ସୁଅ ଆସି ଚାଲିଯାଏ। ତା'ର କିଛି କ୍ଷତି ହୁଏ ନାହିଁ। ସେ ପୁଣି ପୂର୍ବ ଅବସ୍ଥାକୁ ଆସି ମୁଣ୍ଡ ଟେକି ରହେ। ସେହିପରି ତୁ କିଛିଦିନ ମୁଣ୍ଡପାତି ରହିଯା'। ତୁ ହେଉଛୁ ପିଲା, ତୁ ଜୀବନର ପୃଷ୍ଠା କ'ଣ ଜାଣିନାହୁଁ। ତୁ ତୋ ନନାଙ୍କ ଜୀବନ କାହାଣୀ ଶୁଣିଲେ ଜାଣିପାରିବୁ ଜୀବନଟା କ'ଣ?

ନନା ବୁଝାଇଛନ୍ତି। ସମୟକୁ କେହି ବାନ୍ଧି ରଖିପାରି ନାହିଁ। ସେ ସ୍ରୋତରେ ଯାହା ପଡ଼ିଯାଏ ତାହା ଆଉ ପଛକୁ ଫେରେ ନାହିଁ। ମୁଁ ସମୟକୁ ଏତିକି ମିନତୀ କରୁଛି ଯେ ଟିକିଏ ପଛକୁ ଫେରିଆସ। ଆଜି ସାଉଁଟୁଛି ସେଇ ଲୋତକଭରା ଅଭୁଲା ସ୍ମୃତିକୁ। ବାସ୍ତବରେ ସମୟ କେବେ ଫେରେ ନାହିଁ। ଆଜି ଏସବୁ ସମ୍ଭବ ହୋଇଛି ପ୍ରଭୁ ସେଇ :- ମଦନ ମୋହନଙ୍କ କୃପାରୁ। ଏଇ ଛୋଟ ଗାଁଟି ଖୋର୍ଦ୍ଧାଗଡ଼ଠାରୁ ଚାରି

ପାଂଚ କିଲୋମିଟର ହେବ। ସେତେବେଳର ଲୋକକଥା। ଇଂରେଜ ଶାସନ ସମୟ। ଠିକ୍ ସମୟ ଜଣାନାହିଁ। ଏହା କେତେ ପୁରୁଷର ଶୁଣାକଥା। ସେତେବେଳର ପୁରୁଣା କଥା ଆଉ ନାହିଁ। ତାହା ଶୁଣାରେ ରହିଯାଇଛି। ସେ ଇତିହାସ ଲେଖା ହୋଇଥିବା କେଉଁ ପୁରୁଣା ଉଇଖିଆ କାଗଜରେ ସମାଧି ନେଇ ସାରିଲାଣି। ଗାଁର କଥା ବା କିଏ କାହିଁକି ଲେଖିବ ? ଏପଟ ସେପଟ ହୋଇ ପଡ଼ିରହିଛି କିଛି ସ୍ମୃତି। କର୍ପୂର ଉଡ଼ିଯାଇଛି। ଆଉ ପଡ଼ିରହିଛି କିଛି ପୁରୁଣା ଲୋତକର ଗଣ୍ଠିପକା କନା। ଆଉ ପଡ଼ିରହିଛି ଦେଢ଼ ମଣିଷ ହେବ କି ଦୁଇ ମଣିଷ ହେବ ସନ୍ଧିମରା ଚାନ୍ଦିନୀ। କିଛି ବଡ଼ ବଡ଼ କଟା ପଥର। ସତେ ଯେପରି ଝୁରୁଛନ୍ତି ତାଙ୍କର ସେ ପୁରୁଣା ଇତିହାସ। ସେ ଥିଲେ ସେ ଯୁଗର ସର୍ବରାକାର। ଗୋଟିଏ ଛୋଟ ରାଜା କହିଲେ ଅତ୍ୟୁକ୍ତି ହେବ ନାହିଁ। ଏହା କେଉଁ ଯୁଗର ଇତିହାସ। ପୂର୍ବ ପୁରୁଷଙ୍କ ଶୁଣାକାହାଣୀ। ଆଜି ଭଲରେ କହିବାକୁ କେହି ନାହାନ୍ତି। ତାଙ୍କର ଥିଲା ଖଣ୍ଡଗିରି ବାରକୋଷର ଆଧିପତ୍ୟ। ଲୋକମାନଙ୍କଠାରୁ କର ଆଦାୟ କରିଦବା, ଗାଁରେ ନ୍ୟାୟ ନିଷାପ କରିବା, ଗାଁର ଦୁଃଖ, ସୁଖ ଭଲମନ୍ଦ ବିଚାର ହେଉଥିଲା ସେଇ ବଡ଼ ଚାନ୍ଦିନୀ ଉପରେ। ଗାଁର ସମସ୍ତେ ଗୋଟିଏ ପରିବାର ପରି ଚଳନ୍ତି। ତାଙ୍କର ଥାଏ ଅପର୍ଯ୍ୟାପ୍ତ ସମ୍ପତ୍ତି। ସେ ଥିଲେ 'ସାଧୁଚରଣ'।

ସମୟର ଘୂର୍ଣ୍ଣନ ସମୟର ଚକ ସବୁବେଳେ ଅବିରାମ ଗତିରେ ଘୂରି ଚାଲିଥାଏ। ସେ ପାହାଡ଼ ପର୍ବତ ଧକା ଖାଇ ଅଟକିଯାଏ ନାହିଁ। ତା'ରି ସାଙ୍ଗରେ ମଣିଷର ଜୀବନ ଚକ୍ର ଘୂରୁଥାଏ। ଆଜି ଯେ ରାଜା କାଲି ସେ ରାସ୍ତାର ଭିକାରୀ। ଆଜି ଯାହାକୁ ରାଜମହଲର ସୌଖୀନ୍ ଶେଯରେ ନିଦ ହୁଏ ନାହିଁ। କାଲି ତାକୁ ରାସ୍ତା କଡ଼ରେ ଛିଣ୍ଡା ଅଖା ପକାଇବାକୁ ମିଳେ ନାହିଁ। ଏହା ହେଉଛି ସମୟ ସହିତ ଭାଗ୍ୟର ପରିବର୍ତ୍ତନ। ଏହା ପୁରାଣ ଯୁଗର ପୋଥିରେ ଦର୍ପଣ ହୋଇ ରହିଛି। ଏଥିରେ ସାତଖଣ୍ଡ ରାମାୟଣ ଆଉ ଅଠର ଖଣ୍ଡ ମହାଭାରତ ବାଦ୍ ପଡ଼ି ନାହିଁ। ଏହା ଜୀବନ କାଳର ପରିବର୍ତ୍ତନ ଅଟେ।

ସେ ସମୟରେ ରାଜା, ମହାରାଜା, ମନ୍ତ୍ରୀ, ସର୍ବରାକାର ସମସ୍ତଙ୍କର ଜମିବାଡ଼ି ଧନ ସମ୍ପତ୍ତି ସବୁ ସରକାର ନିଜ ହାତକୁ ନେଇଯାଇଥିଲେ। ସରକାର ଯାହା ଛାଡ଼ି ଯାଇଥିଲେ ତାହା ସମୁଦ୍ରକୁ ଶଙ୍ଖେ ସମ ଥିଲା। ସେମାନେ ନିଜର ଅହମିକାରୁ ବାହାରକୁ ବାହାରି କାମଦାମ କରିପାରୁନଥିଲେ, ଆଉ ଯାହା ଥିଲା ତାକୁ ବିକି ଭାଙ୍ଗି ସଂସାର ଚଳାଉଥିଲେ। ବସି ଖାଇଲେ ତ ନଈବାଲି ସରିଯାଏ। ସେହିପରି ସବୁ ସରିବାକୁ ଲାଗିଲା। କିନ୍ତୁ ଅହମିକା ଭାଙ୍ଗୁନଥାଏ। ଏ ଭିତରେ କେତେ ପୁରୁଷ ଗଡ଼ି ଆସିଲାଣି। ଏଣିକି ପରିବାରଙ୍କୁ ଦୁଇ ଓଳି ଦୁଇମୁଠା ଖାଇବା ପାଇଁ ବହୁତ କଷ୍ଟକର ହୋଇ ପଡୁଥାଏ। ସବୁବେଳେ ଗରିବୀ ଅଭାବ ଅନଟନ ଲାଗି ରହିଥାଏ। ସେଇ ବଂଶରେ ମୋର ଜନ୍ମ

ହୋଇଥାଏ। ଆମେ ଭାଇ ଭଉଣୀ ପାଂଚଜଣ ହୋଇଥାଉ। ସେତେବେଳେ ଆମେ ଗାମୁଛା ପିନ୍ଧୁଥିଲୁ। ପାଠ ପଢ଼ିବାକୁ ଗଲାବେଳେ ଆମେ ପ୍ୟାଂଟ ପିନ୍ଧି ଚାଟଶାଳୀକୁ ଯାଇ ଆସିଲେ ସେ ଖଣ୍ଡିକ ବାହାର କାନ୍ଥରେ ଟଙ୍ଗା ହେଉଥିଲା। ଘରକୁ ଗାମୁଛା ପିନ୍ଧି ଆସୁଥିଲୁ। ସେତେବେଳେ ପ୍ୟାଂଟକୁ କହୁଥିଲେ ଅଂଟାଗଳା। ମୁଁ ସବୁବେଳେ ଭାବୁଥିଲି ସମସ୍ତଙ୍କର ତ ଅଛି। ଆମେ ଏପରି କାହିଁକି। ସେ ଉତ୍ତର ମୋତେ ମିଳୁନଥାଏ। ବ୍ରାହ୍ମଣ ପରିବାର, ନନା କେଉଁଦିନଠାରୁ ଆମକୁ ଛାଡ଼ି ଚାଲିଗଲେଣି। ଏହା ସବୁବେଳେ ଭାବି ଭାବି ରାତିରେ ନିଦ ହୁଏ ନାହିଁ। ମୁଁ ଜାଣିଲାବେଳକୁ ଥାଏ ମୋ ବୋଉର ଚିରା ମଇଳା କାନି ପଣତ। ମୁଁ ଘୋଡେଇ ହୁଏ। କିଏ ଭଲ ପୋଷାକଟିଏ ପିନ୍ଧିଲେ ମୁଁ ଭାବେ ମୋର ନନା ଥିଲେ ମୋ ପାଇଁ ଏହିପରି ଗୋଟିଏ ଆଣିଥାଆନ୍ତେ, ତାକୁ ଦବ କିଏ ? ତାଙ୍କ ପାଇଁ ଦୁଇ ଥର ଖାଇବା କଷ୍ଟ ହୋଇପଡୁଛି। ଚାଟଶାଳୀକୁ ଯାଇ ପାଠ ପଢ଼ିବାକୁ ବହୁତ କଷ୍ଟ ହୁଏ। ଆଜି ଖାତା ଖଣ୍ଡିଏ ନାହିଁ ତ କାଲି ଦୁଆତରେ ସ୍ୟାହି କିଣିବା ପାଇଁ ପଇସା ନାହିଁ। ଏହିପରି ସମୟ କଟେ। ସବୁବେଳେ ଶୁଣେ ଯେ ଯିଏ କଲିକତା ଯିବ କାମ କରିବ, ସେଠାରେ ବହୁତ ପଇସା ମିଳେ। ଭଲ ଖାଇବା ମିଳେ। ପିଲାମନ ଭଲ ଖାଇବାକୁ ମିଳୁଛି। ମୁଁ ଭାବି ନେଇଥାଏ ଆଉ ଏତେ କଷ୍ଟ କରିପାରିବି ନାହିଁ। ମୁଁ କଲିକତା ଯିବି। ପୁଣି ଭାବୁଥାଏ କେମିତି ଯିବି। ଗଲେ କେଉଁଠି ରହିବି। ସାହିପଡ଼ୋଶୀ କଥା ହେଲାବେଳେ ମନଦେଇ ଶୁଣେ। ଟ୍ରେନରେ ଯିବାକୁ ପଡ଼େ। ଆଉ ସନ୍ଧ୍ୟାବେଳେ ଟ୍ରେନ ପୁରୀରୁ ଆସି କଲିକତା ଯାଏ। ସେ ମନେମନେ ଠିକ୍ କଲା ସେ ଆଜି ହିଁ କଲିକତା ଯିବ। ଦୁଇ ପ୍ରହର ଖାଇବା ସାରି ବୋଉ ପାଖରେ ଶୋଇଥାଏ। କିନ୍ତୁ ତାକୁ ନିଦ ନଥାଏ। ସେ ବୋଉ କାନିରୁ ଅଣାଏ ପଇସା ଧରି ପ୍ୟାଂଟ ସାର୍ଟ ହଳଟିଏ ପିନ୍ଧି ଗାମୁଛାଟିଏ ଧରି କାହାକୁ କିଛି ନକହି ଚାଲିଯାଇଛି। ସେତେବେଳକୁ ସନ୍ଧ୍ୟା ହୋଇ ଆସିଥାଏ। ସେ ଷ୍ଟେସନ୍‌ରେ ପହଂଚି ଯାଇଛି। ସେତେବେଳେକୁ ଟ୍ରେନ୍ ଛାଡୁଥାଏ। ସେତେବେଳକୁ ଜାଣିନାହିଁ ଟ୍ରେନ୍‌ଟି କେଉଁଆଡ଼େ ଯିବ। ସେ କାହାକୁ କିଛି ନ କହି ଗୋଟିଏ ସିଟ୍‌ରେ ବସିପଡ଼ିଛି। ଧୀରେଧୀରେ ଟ୍ରେନ୍‌ଟି ଗଡ଼ିଗଡ଼ି ଟ୍ରେନର ଗତି ବଢ଼ିବାକୁ ଲାଗିଲା। ଝରକା ବଟେ ସୁଲୁସୁଲିଆ ପବନରେ କେତେବେଳେ ନିଦ ହୋଇଯାଇଛି। ସେ ସ୍ୱପ୍ନ ଦେଖୁଛି ତା' ବୋଉ କୋଳରେ ମୁଣ୍ଡଦେଇ ଶୋଇଛି। ତା' ମୁଣ୍ଡକୁ ଆଉଁଶି ତା' ବୋଉ କହୁଛନ୍ତି ତୁ ଉଠୁନୁ ତୋତେ ଭୋକ ହେବଣି ଖାଇବୁ ତୁ କେତେବେଳେ କଣ ଖାଇଥିଲୁ। କେତେବେଳୁ ଶୋଇଲୁଣି ? ସେ କହୁଛି, "ନା, ମୁଁ ଖାଇବି ନାହିଁ। ମୁଁ କଲିକତା ଯିବି।" ତା' ପାଖ ସିଟ୍‌ରେ ବସିଖାଆନ୍ତି ଦୁଇ ଜଣ ମଧ୍ୟ ବୟସ୍କ ସ୍ୱାମୀ ସ୍ତ୍ରୀ। ସେ ଦେଖୁଛନ୍ତି ଛୋଟପିଲାଟି।

ତା' ସାଙ୍ଗରେ କେହି ନାହାନ୍ତି। ସେ ବୋଧେ ଘରୁ ରାଗି ଚାଲିଆସିଛି। ସେ ସ୍ତ୍ରୀ ଲୋକଟିଙ୍କୁ ଭାରି ଦୟା ଆସିଛି। ସେ ପିଲାକୁ ଉଠାଇ ପଚାରିଲା, "ତୁ କ'ଣ ସ୍ୱପ୍ନ ଦେଖୁଛୁ କି ? ତୋ ସାଙ୍ଗରେ କ'ଣ କେହି ଆସିନାହାନ୍ତି ?" ସେ ଉଠିପଡ଼ିଛି। ଚାରି ଆଡ଼କୁ ଚାହିଁଛି। ସେ ଏତେଗୁଡ଼ିଏ ପ୍ରଶ୍ନର ଉତ୍ତର ଦେଇ ପାରୁନାହିଁ। କାନ୍ଦି ପକାଇଛି। ସେ ତାକୁ ସାନ୍ତ୍ୱନା ଦେଇ କହିଛନ୍ତି ତୁ କାନ୍ଦ ନାହିଁ।

ଏକଥା ଶୁଣିଲାବେଳକୁ ଅର୍ପିତାର ସେ କଳାରାତ୍ରି କଥା ମନେପଡ଼ିଯାଇଛି। ତାକୁ ଓଡ଼ିଆ ଚଳଚ୍ଚିତ୍ର ଦେଖିଲା ପରି ଲାଗୁଥାଏ। ସେ ଦିନର ସେ ନିର୍ଜନ ରାତ୍ରି, ସାହା ଭରସା କେହି ନାହିଁ। ଦେହ ଜ୍ୱରରେ କମ୍ପୁଛି। ତଂଟି ଶୁଖି ଅଠାଅଠା ହୋଇଯାଉଛି। ଉଠିବାକୁ ବଳ ପାଉନାହିଁ। ସେ କିଛି ଭାବି ପାରୁନଥାଏ। ଆଉ ମୁଁ ଘରକୁ ଫେରିବି ନାହିଁ। ତା'ର ଏକ ମାତ୍ର ଲକ୍ଷ୍ୟ ଥାଏ ସେ ତା'ର ପ୍ରାଣକୁ ବିସର୍ଜନ କରିଦେବ। ସେ ନଦୀ କୂଳକୁ ଯିବ କେମିତି ? ସେ ଯଦି ଆଉ ସେ କୌଣସି ମଦ୍ୟପଙ୍କ ହାବୁଡ଼େ ପଡ଼ିଯାଏ। ସେମାନେ ତାକୁ ଖିନ୍‌ଭିନ୍ କରି ଖାଇଯିବେ। ହେ ପ୍ରଭୁ ମୋତେ ଏତିକି ଦୟା କର, ମୁଁ ଯେପରି ନଦୀକୂଳ ଯାଏ ପହଂଚିଯାଏ।

ଅର୍ପିତାର ଅନ୍ୟମନସ୍କତା ଦେଖି ତା' ନନା କହିଲେ ଶୁଣୁଛୁ ତ ମା'। ସେ ଚମକିପଡ଼ି କହିଛି ହଁ, ତା'ପରେ ସେ ଆରମ୍ଭ କରିଛନ୍ତି, ସେ ଦୁଇଜଣଙ୍କ କଥା ଶୁଣି କାନ୍ଦିବାକୁ ଆରମ୍ଭ କରିଛି। ପଚାରୁଛି, ଆମେ କେତେ ବାଟ ଆସିଲେଣି କଲିକତା ଆଉ କେତେ ବାଟ ଅଛି ? ସେ ଭଦ୍ରମହିଳା ପଚାରିଲେ ତୁ କଲିକତା କେଉଁଠାକୁ ଯିବୁ ? ତୋର ସେଠାରେ କିଏ ଅଛନ୍ତି ? ଉତ୍ତର ଦେଲା, "ମୋର ସେଠାରେ କେହି ନାହାନ୍ତି। ମୁଁ ସେଠାକୁ ଚାକିରି ଖୋଜିବାକୁ ଯାଉଛି।" ସେ ମହିଳାଙ୍କୁ ବହୁତ ଦୟା ଆସିଛି। ସେ କହିଲେ, "ତୁ ଚାଲ ଆମ ଘରେ ଆମ ପୁଅ ହୋଇ ରହିବୁ। ତୋର ଚାକିରି ହେଲେ ତୁ ଆମ ଘରୁ ଚାଲିଯିବୁ।" ସେତେବେଳକୁ ଲୋକଙ୍କଠାରୁ ଶୁଣିଥାଏ ଚାକିରି। ଚାକିରି ମାନେ କ'ଣ ଜାଣିନଥାଏ। ସେ ଖୁସି ହୋଇଯାଇଛି। ସେମାନେ ରାତି ଖାଇବା ପାଇଁ ତାଙ୍କ ଡବା ଖୋଲୁଛନ୍ତି। ସେଥିରୁ କିଛି ଖାଇବାକୁ ଦେଇଛନ୍ତି। ସେତେବେଳକୁ ଭାରି ଭୋକ ହେଉଥାଏ। ସେ ମନା ନ କରି ତାଙ୍କ ସହିତ ଖାଇଛି। ତା' ପରେ ସମସ୍ତେ ଶୋଇଯାଇଛନ୍ତି। ନିଦ ଭାଙ୍ଗି ଲାଗିଲାବେଳକୁ ସେମାନେ କଲିକତା ଷ୍ଟେସନ୍‌ରେ ପହଂଚି ଯାଇଛନ୍ତି। ତାଙ୍କ ସହିତ ଯାଉଥାଏ। କଲିକତା ସହର ତାକୁ ନୂଆନୂଆ ଲାଗୁଥାଏ। ତାଙ୍କ ଘରେ ଘରକାମରେ ସାହାଯ୍ୟ କରେ। ବଜାରରୁ ସଉଦା ପତ୍ର ଆଣେ। ତାଙ୍କ ସ୍ନେହରେ ଭୁଲିଯାଇଥାଏ ବୋଉ, ଗାଁ ଗଣ୍ଡା ସବୁକିଛି। ସେ ଭଦ୍ରବ୍ୟକ୍ତିଙ୍କୁ ବାବା ଆଉ ସେ ଭଦ୍ର ମହିଳାଙ୍କୁ ମା' ଡାକୁଥାଏ। ସେ

ଭଦ୍ରବ୍ୟକ୍ତି ତାକୁ ସ୍କୁଲରେ ନାମ ଲେଖାଇ ଦେଇଛନ୍ତି। ଘରେ ଘରକାମ କରେ ଆଉ ସ୍କୁଲକୁ ଯାଇ ପାଠପଢ଼ାରେ ମନ ଦିଏ। ସେ ଭଲ ପଢୁଥାଏ। ଦିନେ ମାଆଙ୍କୁ କହିଲା ମା' ଆପଣଙ୍କୁ ଗୋଟିଏ କଥା କହିବାକୁ ଡର ମାଡୁଛି। ମା' ପଚାରିଲେ ଆରେ କ'ଣ କହୁନୁ। କ'ଣ ତୋର ମା' ମନେପଡୁଛନ୍ତି କି ? ଆଜି ଯାଏ ଆମେ ତୋ ବିଷୟରେ ତୋତେ କିଛି ପଚାରି ନାହୁଁ। "ମା' ମୁଁ ଗୋଟିଏ ସ୍ୱପ୍ନ ନେଇ ଆସିଛି ଯେ କଲିକତାରେ ରହି ଚାକିରି କରିବି। ଏଇ ଆମ ଘର ପାଖରେ ଗୋଟିଏ ଡ୍ରାଇଭିଙ୍ଗ୍ ସ୍କୁଲ ଅଛି। ମୁଁ ଭାବୁଛି ଯାଇ ସେ ସ୍କୁଲରେ ପଢ଼ିବା ପାଇଁ। ଆପଣମାନେ ମୋ ପାଇଁ ଏତେ କଲେଣି ଆଉ କେତେ କରିବେ।" ଏହା ଶୁଣି ମାଆ ବହୁତ ଖୁସି ହୋଇଯାଇଛନ୍ତି। ତାଙ୍କ ମା' ମନ ତରଳି ଯାଇଛି। ସେ କହିଲେ, "ଯାଅ ବୁଝାବୁଝି କରି ଆସ କେତେ ଟଙ୍କା କ'ଣ ଦର୍କାର ଆଉ କେତେବେଳେ ଯିବୁ ଆଉ କେତେବେଳେ ଫେରିବୁ।" "ମାଆ ମୁଁ ସବୁ ବୁଝି ଆସିଛି। କିଛି ଅସୁବିଧା ହେବ ନାହିଁ। ବାବା ଅଫିସ୍ ଯିବା ପରେ ଯିବି। ସେ ଆସିଲା ପୂର୍ବରୁ ଘରେ ପହଂଚି ଯାଇଥିବି।" ସେ ଯାଇ ନାମ ଲେଖାଇ ସେ ସ୍କୁଲକୁ ଯାଏ।

ଏ ଭିତରେ ଟ୍ରେନିଙ୍ଗ୍ ସରିଯାଇଛି। ସେ ଟ୍ରେନିଙ୍ଗ୍‌ରେ ଗୋଲଡ୍ ମେଡାଲ ପାଇବା ପାଇଁ ଯୋଗ୍ୟ ବିବେଚିତ ହୋଇଛି। ତାଙ୍କ ସ୍କୁଲରେ ଗୋଟିଏ ବଡ଼ ସଭାର ଆୟୋଜନ ହୋଇଛି। ସେଠାରେ ସବୁ ପିଲାଙ୍କର ବାପା ମା'ଙ୍କୁ ନିମନ୍ତ୍ରଣ କରା ହୋଇଥାଏ। ସେ କହିଲା, ମାଆ ବାବାଙ୍କୁ କିପରି କହିବ କାଲି ମୋତେ ଗୋଲଡ୍ ମେଡାଲ ଦିଆଯିବ। ଆପଣ ଜୁଇଜଣ ତ ମୋର ବାପା ମାଆ। ଆପଣମାନଙ୍କୁ ମୋର ନିମନ୍ତ୍ରଣ ଅଛି। ମା' କହିଲେ, "ହଉ, ଏତେବଡ଼ ଖୁସିଟେ ମୁଁ ତୋ ବାବାଙ୍କୁ କହିବି।" ସେଦିନ ବାବା ଘରକୁ ଫେରିଲାବେଳକୁ କିଛି ରସଗୋଲା ଧରି ଘରକୁ ଫେରିଛନ୍ତି। ମାଆ ପଚାରିଲେ, "ଆଜି କାହିଁକି ରସଗୋଲା ଆଣିଛ ?" ସେ କହିଲେ, "ଆଜି କାହିଁକି ମିଠା ଖାଇବାକୁ ଇଚ୍ଛା ହେଲା।" ବାବା ବାଟରୁ ଏ କଥା ଶୁଣି ଆଣିଛନ୍ତି, କିନ୍ତୁ କାହାକୁ କିଛି କହୁନାହାନ୍ତି। ଆମେ ମିଶି ମିଠା ଖାଇଲୁ, ମାଆ କହିଲେ, "ମୁଁ ଆଜି ଗୋଟିଏ ମିଠା ଖବର ଜଣାଇବି। ଆଜି ତୁମ ପୁଅ ଗୋଟିଏ ଗୋଲଡ୍ ମେଡାଲ୍ ପାଇବା ପାଇଁ ଯୋଗ୍ୟ ହୋଇଛି। ସେ ଚକିତ ହୋଇଯାଇଛନ୍ତି। ଆମେ ଦୁହେଁ ଡରିଗଲୁ। କାଇଁ ମୋତେ ତୁମେ ମାନେ ତ କିଛି କହିନଥିଲ। ରାତ୍ରି ଖାଇବା ସାରି ଶୋଇଲାବେଳକୁ ବାବା କହିଲେ, "ତୁମେ କାଲି ସବୁ ଶୀଘ୍ର ଉଠିବ। କାଲି କାଳୀ ମନ୍ଦିର ଯିବା।" ତା' ପରଦିନ କାଳୀ ମନ୍ଦିର ଯାଇ ଧୂପ, ଦୀପ, ଫୁଲ ନେଇ ମନ୍ଦିରରେ ଭୋଗ କରି ଫେରିଲାବେଳକୁ ଗୋଟିଏ ବଡ଼ ଦୋକାନକୁ ଯାଇ ବାବା ତା' ପାଇଁ ନୂଆ ପ୍ୟାଂଟ

ସାର୍ଟ ଦୁଇ ହଳ ଆଉ ନୂଆ ଜୋତା କିଣି ଦେଇଛନ୍ତି। ତାକୁ କହିଲେ ତୁ ଆଜି ନୂଆ ପିନ୍ଧି ସ୍କୁଲକୁ ଯିବୁ। ତୁ ହେଉଛୁ ମୋର ଛୋଟ ପୁଅ। ସେ ଘରକୁ ଯାଇ ନୂଆ ପିନ୍ଧି ଆସି ଗୋଡ଼ ତଳେ ପ୍ରଣାମ କଲାବେଳକୁ ବାବା ତାକୁ ଛାତିରେ ଭିଡ଼ି ଧରିଛନ୍ତି। ସେ କାନ୍ଦି ପକାଇଛି। ବାବା କହିଲେ ଯା' ତୁ ଯେଉଁଥିପାଇଁ କଲିକତା ଆସିଥିଲୁ ତୋର ସ୍ୱପ୍ନ ପୂରା ହୋଇଛି। ଆମେ ଦୁହେଁ ଆଜି ତୋ ସାଙ୍ଗରେ ଯିବୁ। ଯେତେବେଳେ ମେଡାଲ ନବା ପାଇଁ ଡାକିଛନ୍ତି ସେ ଯାଇ ତା' ଅଫିସରଙ୍କୁ କହିଛି, "ସାର୍, ମୁଁ ଏହା ପାଇବା ପାଇଁ ମୋତେ ଯେଉଁମାନେ ଯୋଗ୍ୟ କରାଇଛନ୍ତି ମୁଁ ସେମାନଙ୍କୁ ସମସ୍ତଙ୍କ ଆଗକୁ ଆଣିବାକୁ ଇଚ୍ଛା କରୁଛି, ମୁଁ ତାଙ୍କୁ ଏ ସମ୍ମାନ ଦେବାକୁ ଚାହୁଁଛି।" ତାଙ୍କ ଅଫିସର କହୁଛନ୍ତି ହଉ ଠିକ୍ ଅଛି। ସେ ତା' ବାବା ମାଆଙ୍କୁ ସେ ମଂଚ ଉପରକୁ ଡାକି କହିଲା, "ଏମାନେ ହେଉଛନ୍ତି ମୋର ନନ୍ଦ ବାବା ଆଉ ଯଶୋଦା ମାଆ। ମୋର ବାବାଙ୍କ ଛବି ମୋର ମନେ ନାହିଁ। ଏମାନଙ୍କ ପାଇଁ ଆଜି ଏହା ପାଇବାକୁ ଯୋଗ୍ୟ ହୋଇଛି।" ଆଜିକାଲି ଏମିତିକି ଭଦ୍ରବ୍ୟକ୍ତି ଅଛନ୍ତି ଗୋଟିଏ ଅନାଥ ପିଲାକୁ ପାଳିତ ପୁଅ କରି ମଣିଷ ପରି ମଣିଷଟିଏ କରି ଠିଆ କରନ୍ତି। ଆଉ ସେ ମଂଚ ଉପରେ ଗୋଲ୍ଡ ମେଡାଲଟିକୁ ତାଙ୍କୁ ଅର୍ପଣ କରିଛି। ଏହା ଦେଖି ସମସ୍ତେ ତାଳି ବଜାଇଛନ୍ତି। ଘରକୁ ଫେରିଛନ୍ତି। ବେଳେବେଳେ ପରିବାର ଆଉ ବୋଉ କଥା ମନେପଡ଼େ। ସେ ଆଖିରୁ ଦୁଇଟୋପା ଲୁହ ଝରିଆସେ। ସେ ଦୃଢ଼ମନା ହୁଏ। କହେ ମୁଁ ଆସିଛି ପଇସା କମେଇବି। ଆଉ ମୋ ବୋଉ ମୁହଁରେ ହସ ଭରିବି। ସେ ଆର୍ମିରେ ଜଏନ୍ କରିଛି। ସେ ପ୍ରଥମ ମାସ ଦରମା ହାତରେ ଧରି ପ୍ରଭୁଙ୍କୁ ପ୍ରଣାମ ଜଣାଇଛି। ତା' ଜୀବନରେ କେବେହେଲେ ଏତେ ଟଙ୍କା ଦେଖିନଥିଲା। ସେ ଆସି ବାବାଙ୍କୁ ଧରାଇଦେଇଛି। ବାବାଙ୍କୁ କହିଲା, "ବାବା ଏ ହେଉଛି ମୋର ପ୍ରଥମ ଦରମା।" ବାବା କହିଲେ, "ଆରେ ମୋତେ କ'ଣ ଦେଉଛୁ। ଏଥିରେ ତୋର ମାଆଙ୍କର ଅବଦାନ।" ସେ ଯାଇ ମାଆଙ୍କୁ ଧରାଇ ପ୍ରଣାମ ଜଣାଇ କହିଲା ମାଆ ଏହା ମୋ ପ୍ରତି ଆପଣଙ୍କ ଆଶୀର୍ବାଦ। ମା' କାନ୍ଦି ପକାଇଛନ୍ତି।

ମା' କାନ୍ଦି ପକାଇ କହିଲେ ଆରେ ଆମେ ତୋ ଉପରେ ବହୁତ ଖୁସି। ତୋ କଥା ମୋତେ କାଲି ପରି ଲାଗୁଛି। ତୋ ସହିତ ପ୍ରଥମ ଦେଖାରେ ମୁଁ ଜାଣିଥିଲି ଯେ ତୁ ନିଶ୍ଚୟ ଦିନେ ନା ଦିନେ ମଣିଷ ପରି ମଣିଷଟିଏ ହେବୁ। ତୋର ଆଶା ନିଶ୍ଚୟ ପୂରଣ ହେବ। ଆଜି ତୁ ତାହା କରି ଦେଖାଇ ନେଇଛୁ। ତୁ ଯାହା ଭାବି ଘର ଛାଡ଼ିଥିଲୁ ଆଜି ତାହା ତୋର ପୂରଣ ହୋଇଛି। ଏହିପରି କିଛିଦିନ ଚାଲିଯାଇଛି। ତା' ପାଖରେ କିଛି ପଇସା ହୋଇଯାଇଛି। ଦିନେ ବାବା ମାଆ ଦୁହେଁ କହିଲେ ଆରେ ଅମି ତୁ

ପିଲାଟିଏ ହୋଇଥିଲୁ ଘର ଛାଡ଼ିଲୁଣି। ମା' କାଳୀ ତୋର ଆଶା ପୂରଣ କରିଛନ୍ତି। ଏଥର ଯାଇ ତୋ ବୋଉ ତୋ ପରିବାରଙ୍କୁ ଦେଖି ଆସ।

ଆପଣ ଦୁଇଜଣ ହେଉଛନ୍ତି ମୋର ବାବା ମାଆ। ଆପଣମାନଙ୍କ ପାଇଁ ଆଜି ମୁଁ ମଣିଷଟିଏ ହୋଇପାରିଛି। ଯଦି ଦୁନିଆରେ ପ୍ରକୃତରେ ଠାକୁର ଅଛନ୍ତି ତାହାହେଲେ ଆପଣ ହେଉଛନ୍ତି ଜୀବନ୍ତ ଠାକୁର। ଯେତେବେଳେ ଦୁନିଆ କ'ଣ ମୁଁ ବୁଝିନଥିଲି, ମୋତେ ଗଣ୍ଡେ ଖାଇବାକୁ ମିଳୁନଥିଲା, ମୁଁ ଯେତେବେଳେ ରାସ୍ତା କ'ଣ ଜାଣି ନଥିଲି, କେଉଁ ରାସ୍ତା ଭଲ ଆଉ ଖରାପ, ଆପଣ ମୋତେ ଠିକ୍ ପଥ ଦେଖାଇଥିଲେ। ଭଗବାନ ସମସ୍ତଙ୍କୁ ହୃଦୟ ଦେଇଛନ୍ତି। ସମସ୍ତେ ସେ ହୃଦୟକୁ ପ୍ରୟୋଗ କରିପାରନ୍ତି ନାହିଁ। ମୁଁ ଆପଣଙ୍କୁ ଯାହା କହିଲେ ବି ଆପଣମାନଙ୍କ ହୃଦୟ ଭରଣା କରିପାରିବି ନାହିଁ। ଆପଣମାନେ ହେଉଛନ୍ତି ମୋ ପାଇଁ ଏ ଅନନ୍ତ ଆକାଶ ଆଉ ବିଶାଳ ସାଗରଠାରୁ ବଡ଼। "ଆରେ ତୁ ଆଉ ଏତେ କଥା କହ ନାହିଁ। ଦେବକୀ ତ ପୁଣି କୃଷ୍ଣଙ୍କୁ ଜନ୍ମ ଦେଇ ପରିସ୍ଥିତିରେ ପଡ଼ି ଛାତିକୁ ପଥର କରି ବସୁଦେବ ନିଜେ ନନ୍ଦରାଜାଙ୍କ ଘରେ ଛାଡ଼ିଆସିଥିଲେ। ଯଶୋଦା ରାଣୀ ବାତ୍ସଲ୍ୟ ମମତାରେ ତାଙ୍କର ପଣତ କାନିରେ ବାନ୍ଧି ରଖିଥିଲେ। ସେ ତ ବଡ଼ ହେବା ପରେ ଯାଇ କଂସରାଜାକୁ ମାରି ବନ୍ଦୀଶାଳରୁ ପିତାମାତାଙ୍କୁ ମୁକ୍ତ କରିଥିଲେ। ତୁ ବର୍ତ୍ତମାନ ଏସବୁ କିଛି ବୁଝିପାରିବୁ ନାହିଁ। ତୋର ବୋଉ ତୋ ବାଟକୁ ଚାହିଁ ଝୁରି ହେଉଥିବେ। ତାଙ୍କ ଆଖିରୁ ଲୁହ ଶୁଖୁନଥିବ। ତୁ ଯେତେବେଳେ ବାପା ହେବୁ ସେତେବେଳେ ଜାଣିବୁ।"

ସେ କହିଲା, "ମୁଁ ସବୁ ଭୁଲିଯାଇଥିଲି। ଆପଣ ଆଜି ମୋତେ ମନେପକାଇ ଦେଇଛନ୍ତି। ମୋ ବୋଉ ଭାବିନଥିବ ମୁଁ ବଂଚିଛି ବୋଲି। ଆପଣମାନେ ଏତେ ଉଦାର।" ମା' କହିଲେ, "ଆରେ ଆମେ କ'ଣ ଏତେ ସ୍ୱାର୍ଥପର। ଗାଁକୁ ଆସିବାକୁ ରାଜି ହୋଇଥିଲେ। ମା' କହିଲେ, "ତୁ ଏତେ ଦିନ ପରେ ଗାଁକୁ ଯିବୁ ସମସ୍ତଙ୍କ ପାଇଁ କିଛି ମାର୍କେଟିଙ୍ଗ୍ କର। ସେ ମାର୍କେଟ ଯାଇଛି। ସେ କ'ଣ କିଣିବ କିଛି ଜାଣିପାରିଲା ନାହିଁ। ଫେରି ଆସିଛି। ମା' ପଚାରିଲେ, "କ'ଣ କିଛି ଆଣିଲୁ ନାହିଁ ?" ମୁଁ କିଛି ବୁଝିପାରିଲି ନାହିଁ କ'ଣ କିଣିବି। ମୁଁ ସବୁ ଭୁଲିଯାଇଛି। ମା' ହସିହସି କହିଲେ ଆରେ ଚଗଲା ତୁ ସବୁ ଧୀରେଧୀରେ ବୁଝି ଯିବୁ।

ବାପା ମା' ଦୁଇଜଣ ତାକୁ ଅପଲକ ନୟନରେ ଚାହିଁ ରହିଥାଆନ୍ତି। ସକାଳ ହେଲେ ସେ ଯିବ ତା' ଗାଁ ଆଉ ପରିବାରଙ୍କ ପାଖକୁ। ସେଦିନ ରାତିରେ ସେ ଆଉ ଶୋଇପାରି ନାହିଁ। ସେ ସ୍ୱପ୍ନରେ ଦେଖୁଛି ତା' ବୋଉ କାନ୍ଦିକାନ୍ଦି ଆଖିକୁ ଦେଖା ଯାଉନାହିଁ। ତାଙ୍କ ଆଖିରୁ ଯେପରି ଗଙ୍ଗା ଯମୁନା ଦୁଇଧାର ଶୁଖି ଦୁଇଟି ଧାର

ହୋଇଯାଇଛି। ତା' ବୋଉ କହୁଛି, "ଆରେ ମୋର ଚଗଲା, ତୋର କ'ଣ ତୋ ବୋଉ ମନେପଡୁନାହିଁ। ମୁଁ ମୋର କର୍ତ୍ତବ୍ୟ କରିପାରିଲି ନାହିଁ ବୋଲି ତୁ ମୋ ଉପରେ ଅଭିମାନ କରି ଚାଲିଗଲୁ।" ତା'ର ଅଲରା ବାଳକୁ ସଜାଡ଼ିଦେଇ ହାତ ଧରି ଉଠାଇ ଦେଉଛି। ସେତେବେଳକୁ ରାତି ପାହି ଆସୁଥାଏ।

ବୋଉ ତା'ର ସେଦିନ ରାତିରେ ସ୍ୱପ୍ନ ଦେଖୁଛି। ସେଇ ଛୋଟ ଅମି ଘରକୁ ଆସି କହୁଛି ବୋଉ ମୁଁ କ'ଣ ଖାଇବି। ହଠାତ୍ ତାର' ନିଦ ଭାଙ୍ଗି ଯାଇଛି। ସେ ଉଠି ଚାରିଆଡ଼କୁ ଖୋଜିଲା ଖୋଜିଲା ଆଖିରେ ଚାହୁଁଛନ୍ତି। ତାଙ୍କ ଆଖିରୁ ଅମାନିଆ ଅଶ୍ରୁ ବୋହି ଚାଲିଥାଏ। ସବୁଦିନ ପରି ସକାଳୁ ନିତ୍ୟକର୍ମ ସାରି ଠାକୁର ମଦନ ମୋହନଙ୍କ ପାଖରେ ଫୁଲଚନ୍ଦନ ଧୂପ ଦେଇ, ଘିଅ ଦୀପ ଜାଳି କାନ୍ଦି କାନ୍ଦି କହୁଛନ୍ତି ସତରେ ମୋ ମନ କହୁଛି ମୋ ହଜିଲା ପୁଅ ମୋ କୋଳକୁ ଫେରିଆସୁଛି। ମା'ର ହୃଦୟ କେମିତି କେମିତି ହୋଇଯାଉଛି।

ଅନେକ ଦିନ ପରେ ଆଜି ସେ ଗାଁକୁ ଫେରୁଛି। କେତେ ଯେ ଭାବନା ସରୁନାହିଁ। ଗାଁ ଯେତେ ପାଖ ହେଉଛି ମନ ସେତେ ଉଛନ୍ନ ହେଉଛି। ମୋ ବୋଉ କ'ଣ କରୁଥିବ। ଏତେ ଅଭାବ ଅନଟନ ଭିତରେ ନିଷ୍ପେଷିତ ହୋଇଯାଇଥିଲା। ଭାଇ ଭାଉଜ ଆଉ ବଡ଼ନାନୀ କ'ଣ କରୁଥିବେ! ସତରେ ମୁଁ କେତେ ନିଷ୍ଠୁର! ମୁଁ କାହାକୁ ଟିକିଏ ହେଲେ ମନେପକାଉ ନାହିଁ, ମୁଁ ଠିକ୍ କରିଛି। ମୁଁ ଯଦି ମନେପକାଇ ଥାଆନ୍ତି ତାହାହେଲେ ମୁଁ ଆଜି ଠିଆ ହୋଇ ପାରିନଥାଆନ୍ତି। ବର୍ତ୍ତମାନ ସେମାନେ କିପରି ଅଛନ୍ତି। କ'ଣ କରୁଛନ୍ତି, କ'ଣ ଖାଉଛନ୍ତି। ଏ ଅସରନ୍ତି ଭାବନା ଭିତରେ ଜଟଣୀ ଷ୍ଟେସନ୍‌ରେ ପହଂଚିଯାଇଛି। ଷ୍ଟେସନ କେତେ ବଦଳିଯାଇଛି। ସବୁ ଆଧୁନିକିକରଣ ହୋଇଯାଇଛି। ସବୁ ନୂଆନୂଆ ଲାଗୁଛି। କେତେ ଲୋକ ଯିବା ଆସିବା କରୁଛନ୍ତି। କିଛି ବାଟ ଆସିବା ପରେ ଜଣେ ପଚାରିଲେ ଆରେ ତୁ ଅମି କିରେ? ସେ ତାଙ୍କ ଗାଁର। ଆରେ ତୁ ଏତେ ଦିନ କେଉଁଠାରେ ଥିଲୁ। ତୋ ବୋଉ ତୋ ପାଇଁ କାନ୍ଦି କାନ୍ଦି ଆଉ ଆଖିକୁ ଦେଖାଯାଉନାହିଁ। ସେ ପହଂଚିଲାବେଳକୁ ଦେଖୁଛି ବୋଉ ତା'ର ଚାନ୍ଦିନୀର ଗୋଟିଏ କୋଣକୁ ଆଉଜି ବସିଛି। ଆଖିରୁ ଲୁହଧାର ବୋହି ଶୁଖିଯାଇଛି। ବହୁତ ଦୁର୍ବଳ ହୋଇଯାଇଛି। ବୋଉ କହି ଡାକିବା ମାତ୍ରେ ବୋଉ ଅବାକ ହୋଇ ମୁହଁକୁ ଚାହିଁ ରହିଥାଏ। ଏ କି ଅପୂର୍ବ ମିଳନ! ଯେ ଦେଖୁଛି ସେ ଜାଣିପାରିବ। ବୋଉକୁ ହଲାଇ କହିଲା ବୋଉ ତୁ କ'ଣ ମୋତେ ଜାଣିପାରୁନାହୁଁ। ମୁଁ ପରା ତୋର ଅମୁ। ବୋଉ ଭାବୁଛି କାଲିରାତ୍ରିର ସ୍ୱପ୍ନ କ'ଣ ସତ ହୋଇଛି। ପ୍ରଭୁ ମଦନ ମୋହନ ଏତେ ଦିନ ପରେ ମୋ ଡାକ ଶୁଣିଛନ୍ତି। ମୋ ହଜିଲା ଧନ କ'ଣ

ମୋ କୋଳକୁ ଫେରିଆସିଛି ! ସେ ନିଜକୁ ନିଜେ ବିଶ୍ୱାସ କରିପାରୁନାହାନ୍ତି । ସେ ଅମାନିଆ ପୁଅ ଆଜି ବଡ଼ ହୋଇଯାଇଛି । ପୁଅକୁ କୋଳେଇ ନେଇଛି । ଏ କି ଦୃଶ୍ୟ ! ସାଗର ଗର୍ଭରେ ମିଶିବା ପାଇଁ କେତେ ଉଠାଣି ଗଡ଼ାଣି କେତେ ପଥୁରିଆ ପଥ କାଟି ଆସିଛି ଶାନ୍ତ ସରଳ କୁଳୁକୁଳୁ ନିର୍ଝରିଣୀ । ଏସବୁ ଦେଖିବା ପାଇଁ ସାହିର ଲୋକ ଜମା ହୋଇ ଯାଇଛନ୍ତି । ଏ ଦୃଶ୍ୟ ଦେଖି ସମସ୍ତଙ୍କ ଆଖିରୁ ଲୁହ ଝରି ପଡ଼ିଛି । ଏ ମା' ପୁଅଙ୍କର ମିଳନ । ଏଇ ପାଟିତୁଣ୍ଡ ଶୁଣି ଘରର ସମସ୍ତେ ଦାଣ୍ଡକୁ ଦୌଡ଼ି ଆସିଛନ୍ତି । ସମସ୍ତେ ଘରକୁ ଯାଇଛନ୍ତି । ବୋଉର ଗୋଡ଼ହାତ ତଳେ ଲାଗୁନଥାଏ । ଘରର ସମସ୍ତଙ୍କୁ ଦେଖୁଛି । ପାଉ ନାହିଁ ତା'ର ଆଦରଣୀୟ ବଡ଼ ଭଉଣୀକୁ । ବୋଉକୁ ପଚାରିଲା ବୋଉ ସମସ୍ତେ ଅଛନ୍ତି ନାନୀ କାହିଁ ଦେଖା ଯାଉନାହିଁ । ବୋଉ କହିଲା ତୁ ଏତେ ଛୋଟବେଳୁ ଘର ଛାଡ଼ିଲୁଣି । ଆମେ ଖୋଜି ଖୋଜି ଆଖିରୁ ପାଣି ମରିଗଲା । ତୁ କେଉଁଠି ରହିଲୁ ତୋର କିଛି ଖୋଜ ଖବର ପାଇଲୁ ନାହିଁ । ଏଭିତରେ ତୋ ନାନୀର ବାହାଘର ହୋଇଯାଇଛି । ଆଉ ତୋର ଗୋଟିଏ ଭାଣିଜୀ ହୋଇଛି । ସେ ଦିନ ରାତିରେ ଖାଇବା ସାରି ମା' ପୁଅ ଏକାଠି ଶୋଇବାକୁ ଯାଇଛନ୍ତି । ଅମି ତା' ମା'ର ପାଦ ଘଷି ଦେଉଛି । ବୋଉ କହିଲା, "ଆସ ଶୋଇପଡ଼ । କେତେ ବାଟରୁ ଆସିଛୁ ।" ବୋଉ ମୋତେ ତୁ ମନା କର ନାହିଁ । ମା' ପୁଅର ଦୁଃଖ, ସୁଖର କାହାଣୀରେ ରାତି ପାହିଯାଇଛି । ପାହାନ୍ତାରୁ ଦାଣ୍ଡ ଦୁଆର ଖଟ ଖଟ ଶୁଭୁଛି । ବୋଉ କବାଟ ଖୋଲିବାକୁ ଗଲାବେଳକୁ ମୁଁ କହିଲି ତୁ ଶୋଇଥା ମୁଁ ଦେଖୁଛି । ଯାଇ ଦୁଆର ଖୋଲିଲାବେଳକୁ ସେଇ ଆଦରର ନାନୀ ଆଉ ଗୋଟିଏ ଗୁଲୁଗୁଲିଆ ଛୁଆ ଠିଆ ହୋଇଛି । ତା' ନାନୀ ଅବାକ୍ ହୋଇ କହିଲା ଆରେ ତୁ ଅମି । ଆଜି ଯାଏ କେଉଁଠାରେ ଥିଲୁ କହି କାନ୍ଦି ପକାଇଥିଲେ । ସେ ଭାଣିଜୀଟିକୁ ଆକାଶର ଚାନ୍ଦ ତୋଳି ଆଣିଲା ପରି କୋଳେଇ ନେଇଛି । ତା' ଗାଲରେ ଚୁମା ଦେଇ ଚାଲିଥାଏ । ଏହା ଦେଖି ବୋଉ ହସିହସି କହିଲେ ଆରେ ତୁ କ'ଣ ଆଜି ସବୁ ଗେଲ ସାରି ଦେବୁ ନା କ'ଣ । କିଛି ଥାଉ । ଏହା ଶୁଣି ଘରର ସମସ୍ତେ ହସି ଉଠିଛନ୍ତି । ସେ ବଜାରରୁ ଗୁଡ଼ିଏ ଖେଳନା ଆଣି ଭାଣିଜୀ ପାଖରେ ଗଦେଇ ଦେଇଛି । ଏଇ ଭାଇ ଭଉଣୀ, ଭାଇ ଭାଉଜ ଆଉ ମାଆ ପୁଅ ସବୁକଥା ମନେପକାଇ ହସ କାନ୍ଦ ଭିତରେ କିଛି ଦିନ ଚାଲିଯାଇଛି । ଏ ଭିତରେ ବାହାଘର ହୋଇଯାଇଛି । ତା' ପରେ ମୋର ଫେରିବା ସମୟ ହୋଇଛି । ମୋର ଯିବା କଥା ଶୁଣି ବୋଉ କାନ୍ଦି ପକାଇଛି । ସେ ବୋଉକୁ ବୁଝାଇଛି ।

ବୋଉ ମୁଁ ଏକା ତୋ ପୁଅ ନୁହେଁ । ସେ ଆଉ ଗୋଟିଏ ମା' ମୋତେ ଅପେକ୍ଷା କରି ବସିଛି । ସେ ହେଉଛି ମୋ ଦେଶର ମାଆ । ବୋଉ କହିଲା ଆରେ ତୁ

କ'ଣ କହୁଛୁ ମୁଁ କିଛି ବୁଝିପାରୁ ନାହିଁ। ଦେଶ ମାଆ କ'ଣ ? ତୁ ବୁଝି ପାରିବୁ ନାହିଁ। ମୁଁ ଯେପରି ତୋର ପୁଅ, ତୋର ଦେହପା' ଭଲ ମନ୍ଦ ବୁଝୁଛି ସେହିପରି ଆମ ଦେଶ ହେଉଛି ଗୋଟିଏ ମାଆ। ମୋତେ ମଧ୍ୟ ତା'ର ସେବା କରିବାକୁ ପଡ଼ିବ। ବୋଉ ଆଶ୍ଚର୍ଯ୍ୟ ହୋଇ ପଚାରିଲେ, "ତା' ମାନେ କ'ଣ ତୁ ଯୁଦ୍ଧ କରୁଛୁ ?" ହଁ, ବୋଉ, ତୋ ପୁଅ କ'ଣ କରୁଛି ତୁ ବୁଝିପାରିବୁ ନାହିଁ। ତୁ କେତେ ଭାଗ୍ୟବାନ। ତୋ ପୁଅ ତୋ ସେବା ସଙ୍ଗେସଙ୍ଗେ ଦେଶ ପାଇଁ ତୁ ପୁଅକୁ ସମର୍ପଣ କରିଦେଇଛୁ। ଏତେ ଦିନ ପରେ ହଜିଲା ପୁଅକୁ କୋଳରେ ପାଇ କୋଉ ମା' ଚାହିଁବ ତା' ପୁଅକୁ ଯୁଦ୍ଧ ଭୂମିକୁ ଛାଡ଼ିଦେବା ପାଇଁ।

ବୋଉକୁ ବୁଝାଇଛି। ଯାହା ହେଲେ ବି ମୋତେ ଗନ୍ତବ୍ୟ ସ୍ଥଳକୁ ଯିବାକୁ ପଡ଼ିବ। ଦେଶ ମା'ର ସେବା କୋଟିକୋଟି ମାନବ ଜାତିର ସେବା। ଏଥିରେ ପ୍ରାଣବଳି ଦେଲେ ଇତିହାସରେ ସ୍ୱର୍ଣ୍ଣ ଅକ୍ଷରରେ ନାମ ଲେଖା ହୋଇଯିବ ଯୁଗଯୁଗ ପାଇଁ। ଜନ୍ମ ହୋଇଛେ ମାନେ ଦିନେ ମରିବାକୁ ପଡ଼ିବ। ସେମିତି ମରିବା ଅପେକ୍ଷା ମାତୃଭୂମି ପାଇଁ ପ୍ରାଣବଳି ଦେବା ବହୁତ ଗର୍ବର ବିଷୟ। ତା' ବୋଉ ବି ବହୁତ କାନ୍ଦିଥିଲା। ମୁଁ ତାକୁ ବୁଝାଇଲି ତୁମେ ଜଣେ ବୀରର ମଣି। ତୋ ବୋଉକୁ ନେଇ କଲିକତା ବାହାରିଲୁ। ପୁଣି ସେଇ ଟ୍ରେନରେ କଲିକତା। ଟ୍ରେନ ଗଡ଼ି ବଢ଼ିବା ସଙ୍ଗେସଙ୍ଗେ ପିଲାଦିନ ଯିବାବେଳେ ମନେପଡୁଥାଏ। ଏମିତି ବେଳ ଥିଲା ସେ ଟ୍ରେନରେ ଚଢ଼ିଯାଇଥିଲା। କୁଆଡ଼େ ଯିବ ସେ ? ତା' ପାଖରେ ଠିକଣା ନଥିଲା। ତା'ର ପଇସା ନଥିଲା। ଥିଲା ସମ୍ପୂର୍ଣ୍ଣ ନିରାଶ୍ରୟ, ଥିଲା କେବଳ ଇଚ୍ଛାର ଦୃଢ଼ଶକ୍ତି।

ଆଜି କିନ୍ତୁ ତା'ର ଜୀବନ ପୃଷ୍ଠା ଲେଉଟି ଯାଇଛି। ଆଜି ଅଛି ତା'ର ପରିଚୟ ପତ୍ର। ଆଜି ଅଛି ପଇସା। ଆଜି ନଦୀର ଦୁଇଟି ଧାର ପରି ଦୁଇଜଣ ମାଆ। ଦେବକୀ ପରି ଜଣେ ଜନ୍ମଦାତ୍ରୀ। ଆଉ ଜଣେ ଯଶୋଦାଙ୍କ ପରି ପାଳିତ ମାଆ। ପୁଣି ଆଉ ଗୋଟିଏ ଦେଶ ମାତୃକା ମାଆର ସେବା କରିବା। ସତରେ ସେ କେତେ ଭାଗ୍ୟବାନ ! ସେ ଆଜି ସବୁକୁ ଛାଡ଼ି ଚାଲିଆସିଛି ଦେଶ ମାତୃକାର ସେବାରେ। ଯେଉଁ ମା' ତାକୁ ପାଳି ନିଜ ରଙ୍ଗରେ ରଙ୍ଗେଇ କୋଟି ଜୀବନ୍ତ କଣ୍ଢେଇକୁ ସଜେଇ ଦେଇଛନ୍ତି ଗୋଟିଏ ଆର୍ମି ଅଫିସର୍। ସେ ତା' ପାଇଁ ଚିରନମସ୍ୟ। ଆଖିରୁ ଆଜି ତୋର ଧାରଧାର ହୋଇ ଅଶ୍ରୁ ବୋହି ଯାଉଥାଏ। ତୋ ବୋଉ ଏହା ଦେଖି କହିଲା ମଣିଷ ଜୀବନରେ ଏମିତି ଉତ୍‌ଥାନ ପତନ ଥାଏ। ତୁମେ ଏପରି ଅଶ୍ରୁ ଢାଳିଲେ କିପରି ହେବ। ଯେଉଁ କାମ ପାଇଁ ଆସିଛ ତାହାକୁ ସତ୍ୟ ଆଉ ନିଷ୍ଠାର ସହିତ ପାଳନ କର। ଷ୍ଟେସନ୍‌ରୁ ଘରକୁ ଯାଇଛନ୍ତି।

ଅର୍ପିତା ତା'ର ନନାଙ୍କୁ ମନେପକାଇ ଦେଇଛି। ମୋର ନନା ଆପଣ ପୁଅ ଥିଲେ। ମୋତେ ସେମାନେ ଯେଉଁ ସମୟରେ ଘରୁ ବାହାର କରି କବାଟ ବନ୍ଦ କରିଦେଲେ। ମୁଁ ରାତି ଅନ୍ଧାରରେ ଆଉ କ'ଣ କରିପାରିଥାଆନ୍ତି। ସେତେବେଳେ ମୋତେ ସାହାଯ୍ୟ କରିବାକୁ, ମୋ ପାଖରେ କେହି ସାହାରା ନଥିଲେ। ମୁଁ ଏ ନିର୍ଜନ ରାତିରେ କ'ଣ ଆଉ କରିପାରିଥାଆନ୍ତି। ମୋ ପାଖରେ ସେଇ ଗୋଟିଏ ଚିନ୍ତାଧାରା ଥିଲା ଆତ୍ମହତ୍ୟା। ଏ ରୂପ ଭେକ ନେଇ କିପରି ତୁମ ପାଖକୁ ଆସିଥାଆନ୍ତି। ନନା କହିଲେ ମୁଁ ସବୁବେଳେ ତୋତେ କହିଥିଲି ତୁ ସବୁକୁ ଧୈର୍ଯ୍ୟର ସହିତ ସମ୍ମୁଖୀନ ହେବୁ। ସେ କିଛି ସମୟଟି ଅତିକ୍ରମ କରିଗଲେ ସବୁ ଠିକ୍ ହୋଇଯିବ। ନନା ଆଉ କେତେ ମୁଁ ସହ୍ୟ କରି ଥାଆନ୍ତି। ଧରିତ୍ରୀ ତାକୁ ସମସ୍ତେ କହନ୍ତି ଯେ ସେ ସବୁ ସହିଯାଏ। ମୋର ନିର୍ଯାତନା ତା'ଠାରୁ ବଳେଇ ଯାଇଥିଲା। ମୋର ଧୈର୍ଯ୍ୟ ବଳ ଭାଙ୍ଗି ପଡ଼ିଥିଲା। ନନା ଏମିତି ବି ବେଳ ଆସିଛି, ମୋତେ ସେମାନେ ଖାଇବା ପାଇଁ ଜଗିବସନ୍ତି। ଅଟା ଚକଟି ସାରିଲା ପରେ ଅଟାଗୁଳା କରିଦିଅନ୍ତି। ମୁଁ ସେଥିରୁ କିଛି କିଛି ବାହାର କରି ଆଉ ଦୁଇଖଣ୍ଡ ରୁଟି ଅଧିକ କରି ଅଂଟାରେ ଖୋସି ୱାସରୁମ୍ ଯାଇ ସେ ରୁଟିକୁ ଖାଇଦେଇ ଆସେ। ଆଉ ପେଟ ପାଇଁ ତୁମ ଝିଅ ଚୋରିକରି ଖାଇଲା। ଭୋକର ଜ୍ୱାଳା କେତେ ସହିଥାଆନ୍ତି ! ସମସ୍ତେ ଖାଇ ସାରିବା ପରେ ମୋ ପାଇଁ ସେ ତଳ ରୁଟି ଦୁଇଖଣ୍ଡ ଛାଡ଼ି ଯାଆନ୍ତି। ମୁଁ ତାକୁ ପାଣିରେ ଭିଜାଇ ଖାଇଦିଏ। ଏମିତି ବି ଆଉ କେତେ କ'ଣ ଘଟିଛି। ସବୁ ଶୁଣିଲେ ଆପଣଙ୍କ ଧୈର୍ଯ୍ୟ ଭାଙ୍ଗିପଡ଼ିବ।

ଅର୍ପିତାର ମନ ବୁଝାଇବା ପାଇଁ ତାକୁ ଆଉଥରେ କଥା ଆରମ୍ଭ କରିଛନ୍ତି। ଆମେ କଲିକତାରେ ପହଂଚିଲାବେଳକୁ ବର୍ମାରେ ଯୁଦ୍ଧ ଲାଗିଥାଏ। କଲିକତାରେ ସେତେବେଳକୁ ଶହେ ଚଉରାଳିଶି ଧାରା ଲାଗିଥାଏ। ଘରୁ ବାହାରିଲେ ଗୁଳି କରିଦିଆଯାଉଥିଲା। ଘରେ ପହଂଚିଲାବେଳକୁ ବାବାଙ୍କ ଦେହ ସାଂଘାତିକ। ଘରେ ପଇସା ଥିଲେ ବି କିଛି ଖାଇବାକୁ ମିଳୁନଥିଲା। ଏମାନେ ଦୁଇ ଜଣ। ବାବାଙ୍କୁ ହସ୍‌ପିଟାଲ ନ ନେଲେ ବାବା ଆଉ ବଂଚିବେ ନାହିଁ। ମା' ମୋତେ ଦେଖି ଭୋ ଭୋ କାନ୍ଦି ପକାଇଲେ। ମୁଁ ସାଙ୍ଗେସାଙ୍ଗେ ଆଇକାର୍ଡ ଦେଖାଇ ହସ୍‌ପିଟାଲ ନେଇ ତାଙ୍କର ଟିଟ୍‌ମେଂଟ କରାଇଲି। ଆଉ ରାସନ୍ କାର୍ଡରେ ସବୁ ଜିନିଷପତ୍ର କିଣି ଆଣିଲି। ବାବା ଭଲ ହୋଇ ଘରକୁ ଫେରିଛନ୍ତି। ଆଉ ମୁଁ ନିଜେ ବାବାଙ୍କର ସେବା ଶୁଶ୍ରୂଷା କରିଛି। ସେତେବେଳେ ବୋଉର କଥା ବହୁତ ମନେପଡୁଥାଏ। ଏମାନଙ୍କ ପରି ମୋ ବୋଉର ସେବା ଦର୍କାର। ମୋତେ ମନେପକାଇ ତା' ଆଖିରୁ ଲୁହ ଶୁଖୁନଥିବ। ମୋତେ ପୁଣି ଦେଶ ମା'ର ସେବା କରିବାକୁ ପଡ଼ିବ। ମୋ ବୋଉ ପରି କେତେ ପିଲାଙ୍କର

ମାଆମାନେ ଆଖିରୁ ଲୁହ ଝରାଉଥିବେ। ଯାହା ହେଲେ ବି କଥାରେ ଅଛି, "ଆଗ ରାଜ କାର୍ଯ୍ୟ ପରେ ପିତୃ କାର୍ଯ୍ୟ।" ପ୍ରଥମେ ଦେଶ ପାଇଁ କର୍ତ୍ତବ୍ୟ କରିବାକୁ ପଡ଼ିବ। ଆଉ ତା' ପରେ ଯାହା ସବୁ।

ସକାଳୁ ସକାଳୁ ବାବା ଡାକୁଛନ୍ତି। ଆରେ ଅମି ତୁ କ'ଣ ଆଜି ତୋ କର୍ମସ୍ଥଳକୁ ଯିବୁ ନାହିଁ କି? ମୁଁ ସାଙ୍ଗେସାଙ୍ଗେ ଉଠି କହିଲି ଆପଣ ଏତେ ସକାଳୁ କାହିଁକି ଉଠିପଡ଼ିଛନ୍ତି। ଆଉ କେତେ ବିଛଣାରେ ପଡ଼ିବି? ମୁଁ ତ ଆରପାରିକୁ ଟିକେଟ୍ କାଟି ଦେଇଥିଲି। ମୋତେ ତୁ ଆଉ ତୋ ବୋହୂ ମିଶି ଫେରାଇ ଆଣିଲ। ଆମେ ଦୁଇଜଣ ଖାଇବାକୁ ପାଉନଥିଲୁ। ପଇସା ଥିଲେ କ'ଣ ହେବ। ସଂସାରରେ ଟଙ୍କାଟା ବଡ଼ ନୁହେଁ, ମଣିଷର ବଳ ହେଉଛି ବଡ଼।

ଆଉ ତୁ ବାବା ଡାକୁଛୁ କ'ଣ। ତୁମେ ଦୁହେଁ ଆମର ବାବା ମା' ହୋଇଯାଇଛ। ଆମର ଜନ୍ମକଲା ପୁଅ ଆମକୁ ଛାଡ଼ି ଚାଲିଗଲା। ତୁ ଆଜି ଆମର ରକ୍ତ ସମ୍ପର୍କଠାରୁ ବଡ଼ ହୋଇଯାଇଛୁ। ଆଜି ଯାହା ହୋଇଛି ଆପଣଙ୍କ ପାଇଁ। ମୋର ନନା ମୋତେ ଛାଡ଼ି ଚାଲିଯାଇଛନ୍ତି। ତାଙ୍କୁ ମୋର ମନେନାହିଁ। ଆପଣ ମୋର ସେ ଶୂନ୍ୟସ୍ଥାନ ପୂରଣ କରିଛନ୍ତି। ଆରେ ଅମି ତୋ ବୋଉ କେତେ ଭାଗ୍ୟବାନ। ତୋ ପରି ପୁଅକୁ ଜନ୍ମଦେଇ ଧନ୍ୟ ହୋଇଛନ୍ତି।

କିଛି ଦିନ ପରେ ତୋର ଜନ୍ମ ହୋଇଛି। ତୁ ଜନ୍ମ ହୋଇ ଏତେ ଖୁସି ଦେଇଥିଲୁ ଯେ ଆମେ ଭାବୁ ଥାଉ ପ୍ରଭୁ ସଂସାରର ସବୁ ଖୁସି ଅଜାଡ଼ି ଦେଇଛନ୍ତି। ତୁ ମୋ ଘର ଅଗଣାରେ ଗୋଟାଏ ଛୋଟ ପାରିଜାତ ଫୁଲ ହୋଇ ଫୁଟିଥିଲୁ। ମୋତେ ଲାଗୁଥାଏ ସ୍ୱର୍ଗରୁ ଗୋଟିଏ ପରୀ ଓହ୍ଲାଇ ଆସିଛି କି? ସେତେବେଳେ ତୋ ବୋଉ ଆଉ ମୁଁ ଦିନରାତି ଏକ କରି ଦେଇଥିଲୁ।

ଶୁଣିଲୁ ତ ଏହିପରି ମୋର ଜୀବନର ଗତିପଥ। ଏହିପରି ହେଉଛି ସଂସାର। ଗୋଟିଏ ସମ୍ପର୍କର ସେତୁ ବାନ୍ଧିବା ପାଇଁ କେତେ ଉତ୍‌ଥାନ କେତେ ପତନ କେତେ ଝଡ଼ବତାସ କେତେ ମାନ ଅଭିମାନ ଉପର ଦେଇ ଚାଲିଯାଏ। ତୁ ଏତିକିରେ ଭାଙ୍ଗିପଡୁଛୁ। ଏ ସବୁ ତୋତେ ସମ୍ମୁଖୀନ ହବାକୁ ହବ।

ଯେତେ ବୁଝାଇଲେ ବି ଅର୍ପିତା ମନ ବୁଝୁନଥାଏ। ରୁଦ୍ରାକ୍ଷଙ୍କ କଥା ତାକୁ ବାରମ୍ବାର ଆଘାତ ଦେଉଥାଏ। ତା' ମନକୁ ଆସୁଥାଏ, "ସତରେ ମୁଁ କ'ଣ ଭାଙ୍ଗିପଡ଼ିଛି?" "ନା ନା, ମୁଁ ଭାଙ୍ଗିପଡ଼ିବି ନାହିଁ। ଯଦି ମୁଁ ଭାଙ୍ଗିପଡ଼ିବି ତା' ହେଲେ ନନା ମୋତେ ବୁଝାଇ କହିଲେ ଯେ, ତୁ ଯେପରି ହେଲେ ଏ ସମ୍ପର୍କ ସେତୁକୁ ତୋତେ ମଜବୁତ କରିବାକୁ ପଡ଼ିବ। ତାଙ୍କର ମଧୁର କଥାରେ ସେ ଭୁଲିଯାଇଛି ସବୁ

କଷ୍ଟ।" ସେ ଦୃଢ଼ ନିଷ୍ପତ୍ତି କଲା ଯେ ଯାହା ହେଲେ ବି ନିଜ ଚେଷ୍ଟାରେ ନିଜେ ଠିଆହେବ। ଆଉ ପଛକୁ ଫେରି ଚାହିଁବ ନାହିଁ। ସେ ଆଉଥରେ ପଢ଼ାପଢ଼ି କରିବା ପାଇଁ ମନକୁ ବୁଝାଇ ନେଇଛି। ରୁଦ୍ରାକ୍ଷ ଆଉ ଅର୍ପିତାକୁ ଖୋଜିନାହାନ୍ତି। ଅର୍ପିତା ରହିଯାଇଛି ଅଭିମାନରେ।

ଅମୀୟବାବୁ ପ୍ରଭୁଙ୍କ ପାଖରେ ବସି ଦୀପ ଜାଳି କହୁଛନ୍ତି, ଏସବୁ କ'ଣ ହୋଇଗଲା ? ସେ ବିବାହ ନ କରି ଅବିବାହିତ ରହିଥିଲେ ଭଲ ହୋଇଥାଆନ୍ତା। ମୁଁ ନିଜେ ନିଜ ହାତରେ ମୋ ଝିଅର ସୁନ୍ଦର ଭବିଷ୍ୟତ ନଷ୍ଟ କରିଦେଲି। ସାଇ ପଡୋଶୀ ସମସ୍ତେ ପଚାରୁଛନ୍ତି କ'ଣ ଝିଅ ଏତେ ଦିନ ହେଲା ଅଛି ? କିଛି ଅବୁଝାମଣା ହୋଇଛି କି ? ଏ ଭିତରେ କିଛି ଦିନ ଚାଲିଗଲାଣି। ରୁଦ୍ରାକ୍ଷଙ୍କ ଘର ପଟୁ କିଛି ଖୋଜ ଖବର ନାହିଁ। ସମସ୍ତଙ୍କ ଘରେ କିଛି ନା କିଛି ଛୋଟମୋଟ ହୁଏ। ତା'ପରେ କାହାର ଯଦି ଅଣିଭାଗ ଥାଏ କାହାର କୋଡ଼ିଏ ଭାଗ ଦୋଷ ଥାଏ। ଏହା ଦୁଇ ଜଣଙ୍କର କିଛି କିଛି ଭୁଲ ରହି ଯାଇଥାଏ। ତା'ପରେ ତ ପୁଣି ସମାଧାନ ହୋଇଥାଏ।

ରୁଦ୍ରାକ୍ଷ ବି କିଛି ଦିନ ଯିବା ପରେ ତାଙ୍କର ମନ ବଦଳି ଯାଇଛି। ସେ ଅର୍ପିତାର ମାନ, ଅଭିମାନ, ହସ, ଆଉ ପିଲାଳିଆମି ସବୁ ଆଖି ଆଗରେ ନାଚିଯାଉଛି। ତାଙ୍କର ଅବୁଝା ମନ ବେଳେବେଳେ ମନ ହେଉଛି ସବୁ ବାଧା ବନ୍ଧନକୁ କାଟିଯାଇ ଅର୍ପିତାକୁ ନେଇ ଆସିବେ। ଏହି ସମୟକୁ ସାଙ୍ଗମାନେ ଆସି ଡାକିଲେ ଆରେ ରୁଦ୍ରାକ୍ଷ କ'ଣ କରୁଛୁ। ଆସ ଆଜି ସତ୍‌ସଙ୍ଗ ଅଛି କିଛି ସମୟ କଟାଇ ଆସିବା। ଇଚ୍ଛା ନ ଥିଲେ ବି ସେ ସାଙ୍ଗମାନଙ୍କୁ ସହିତ ସତ୍‌ସଙ୍ଗ ବିହାର ଯାଇ ବସିଛନ୍ତି। କିଛି ସମୟ ପରେ ସ୍ୱାମୀ ଜ୍ଞାନେନ୍ଦ୍ରଜୀ ଆସିଛନ୍ତି। ସମସ୍ତେ ନିଜନିଜ ଜାଗାରୁ ଉଠି ତାଙ୍କୁ ପ୍ରଣାମ ଜଣାଇଛନ୍ତି। ସ୍ୱାମୀଜୀ ସମସ୍ତଙ୍କୁ ବସିବାକୁ କହି ନିଜେ ତାଙ୍କ ଆସନ ଗ୍ରହଣ କରିଥିଲେ।

ସ୍ୱାମୀଜୀ ଆରମ୍ଭ କରିଛନ୍ତି ଏ ସଂସାରଟା ହେଉଛି ମାୟାର ସଂସାର। ଆମେ ସମସ୍ତେ ଜାଣିଛେ। ଏହା ଜାଣି ବି ଆମେ ଏ ମାୟା ସଂସାରକୁ ଛାଡ଼ିପାରୁନାହୁଁ। ଏ ସତ୍‌ସଙ୍ଗରେ ଆମେ ଏକାଠି ହେଉଛେ ସମସ୍ତଙ୍କଠାରୁ କିଛି ଶୁଣିବା ଆଉ ଶୁଣେଇବା। କିଏ କେତେ ଗ୍ରହଣ କରିବେ ତାହା ନିଜ ଉପରେ ନିର୍ଭର କରିଥାଏ। କେତେକଙ୍କଠାରୁ କିଛି ଶୁଣିଲା ପରେ ମନରେ ଶାନ୍ତି ପାଇଁ, ଭ୍ରାନ୍ତ ଧାରଣା ଦୂରେଇବା ପାଇଁ, ଆଉ ତୃପ୍ତି ପାଇଁ ସମସ୍ତେ ଏକାଠି ହୋଇଛେ। ଏହା ହେଉଛି ଜଗତର କଥା, ଜୀବନର କଥା, ଆଉ ଜଞ୍ଜାଳର କଥା। ମୁଁ ଯାହା ଆଲୋଚନା କରୁଛି ଏ ବିଷୟ ହୁଏତ ଆପଣମାନଙ୍କ ସହିତ କିଛି ସାମଞ୍ଜସ୍ୟ ଆସିପାରେ। ମୁଁ ଏମିତି କିଛି କାହାକୁ କହୁନାହିଁ। ଏ ଜୀବନ ପଥରେ ଚାଲୁଚାଲୁ ବେଳେବେଳେ ଆମେ ପଥ ହୁଡ଼ିଯାଉ। ଏ ହୁଡ଼ା ପଥକୁ କିଏ ତ

ଅଧାରୁ ସଜାଡ଼ି ନିଅନ୍ତି । ଆଉ କିଏ ବିପଥଗାମୀ ହୋଇପଡ଼ନ୍ତି । ସେତେବେଳକୁ ଆଉ କିଛି ନଥାଏ । ତାହା ଜୀବନ ନଦୀରେ ବହିଯାଇଥାଏ । ଆଉ ଫେରେ ନାହିଁ । ଆମ ସଂସାର ହେଉଛି ବାପା ମାଆ, ଭାଇଭଉଣୀ, ଆଉ ସ୍ୱାମୀ ସ୍ତ୍ରୀ ବା ବୋହୂ ଏହା ହେଉଛି ଘର ଆଉ ପରିବାର । ସମସ୍ତେ ସମସ୍ତଙ୍କ ସହିତ ଯୋଡ଼ିହୋଇ ରହିଥାଆନ୍ତି । ତା' ଭିତରେ ଥାଏ ବୋହୂଟି ପରଘର ଝିଅ । ସେ ତା' ବାପଘରୁ ସ୍ୱାମୀଟିର ହାତ ଧରି ଆସିଥାଏ । ତାଙ୍କ ଘରେ ସେ ନିଜ ଲୋକ ହୋଇଥାଆନ୍ତି ସ୍ୱାମୀ । ସେ ସବୁକୁ ଆଡଜଷ୍ଟ କରିନେଲେ ଘରଟି ସୁରୁଖୁରରେ ବଢ଼ିଯାଏ । ସେ ପରିବାର ଆଉ ସ୍ତ୍ରୀକୁ ବୁଝାମଣା ଠିକ୍ କରିବା ଉଚିତ୍ । ନ ହେଲେ ଘରଟି ନର୍କ ସମାନ ହୋଇଯାଏ । ଗୋଟିଏ ସ୍ତ୍ରୀ ହେଉଛି ଘରର ଲକ୍ଷ୍ମୀ । ସ୍ୱାମୀର ସେ ହେଉଛି ଅର୍ଦ୍ଧାଙ୍ଗିନୀ । ସେ ହାସ୍ୟମୟୀ, ଲାସ୍ୟମୟୀ ଆଉ ପ୍ରେମମୟୀ । ଘରେ ଯଦି କିଛି ଗୋଟିଏ ଅବୁଝାମଣା ହୋଇଯାଏ, ସ୍ତ୍ରୀଟି ଯଦି ଅଭିମାନ ହେଉ ରାଗି ରୁଷି ହେଉ ବାପ ଘରକୁ ଚାଲିଯାଇଥାଏ, ତାହାହେଲେ କଥାକୁ ଅଧିକ ଚର୍ଚ୍ଚାକୁ ନ ଆଣି ବୁଝାସୁଝା କରି ନେଇ ଆସନ୍ତୁ । ଏଥିରେ କିଛି ଭୁଲ ହୋଇଯାଇନଥାଏ ।

ଏହା ହେଉଛି ଆମ ଗୀତ ଗୋବିନ୍ଦର ଲେଖା । ସେ ଲେଖୁଥାଆନ୍ତି ଯେ କୃଷ୍ଣଙ୍କ ପ୍ରେମିକା ରାଧା ଅଭିମାନ କରିଛନ୍ତି, ସେ ରାଧାଙ୍କୁ ମନାଇବା ପାଇଁ ବିଭୋରିତ - ଲେଖିବାକୁ ଆରମ୍ଭ କରି ଶେଷ ଦୁଇପଦ ଲେଖି ପାରିନଥିଲେ ।

"ସ୍ମରଗରଳ ଖଣ୍ଡ ନଂ
ସ୍ଥଳ କମଳା ରଞ୍ଜୀନଂ
ମମ ଶିରସି ମଣ୍ଡନଂ
ଦେହିପଦ ପଲ୍ଲବ ମୁଦାରଂ"

ସେ ବ୍ୟସ୍ତ ବିବ୍ରତ ହୋଇଯାଇଥିଲେ । ସ୍ତ୍ରୀ ପଦ୍ମାବତୀ ପଚାରିଲେ ତୁମେ କାହିଁକି ଏତେ ବିବ୍ରତ ହୋଇପଡୁଛ ? ଜୟଦେବ କହିଲେ ମୁଁ ଗାଧୋଇବାକୁ ଯାଉଛି । ସେ ଯିବାର କିଛି ସମୟ ପରେ ଜୟଦେବ ଫେରିଲେ । ପଦ୍ମାବତୀ ପଚାରିଲେ ତୁମେ କ'ଣ ଏତେ ଶୀଘ୍ର ଫେରିଆସିଲ ? ସେ କହିଲେ ମୋ ଲେଖନୀ ଦେଲ । କିଛି ରହିଯାଇଛି । ମୋତେ ବହୁତ ଭୋକ ଲାଗୁଛି । ତୁମେ ଖାଇବା ଠିକ୍ କର । ପଦ୍ମାବତୀ ଲେଖନୀ ପୋଥିକୁ ଦେଇ ଖାଇବା ବାଢ଼ି ଦେଇଛନ୍ତି । ଜୟଦେବ ସେଇ ଦୁଇ ଧାଡ଼ି ପୂରଣ କରି ଖାଇବା ଖାଇ ଶୋଇବାକୁ ଚାଲିଗଲେ । ପଦ୍ମାବତୀ ଖାଇସାରି ଉଠିଲାବେଳକୁ ଜୟଦେବ ଫେରି ଆସିଛନ୍ତି । ପଦ୍ମାବତୀ ଦେଖି ବିସ୍ମିତ ହୋଇଯାଇ ପଚାରିଲେ ତୁମେ ତ ଲେଖିଲ, ଖାଇଲ । ଶୋଇବାକୁ ଗଲ । ପୁଣି କ'ଣ ମୁଁ ଏ ଦେଖୁଛି ? ଜୟଦେବ

ପଦ୍ମାବତୀଙ୍କଠାରୁ ଶୁଣି ଦେଖିଲେ ସେ ଯାହା ଲେଖିନଥିଲେ ସେତକ ପୂରଣ ହୋଇଯାଇଛି। ଶୋଇବା ଘରେ କେହି ନାହାନ୍ତି। କସ୍ତୁରୀ ଚନ୍ଦନର ମହକରେ ଘର ପୂରି ଉଠୁଛି। ସେ ଆସି ପଦ୍ମାବତୀଙ୍କୁ ଚାହିଁ ଦେଖିଲେ ତାଙ୍କ ଓଠରେ କଣିକାଟିଏ ଭାତ ଲାଗିଛି। ସେ ତାଙ୍କ ଓଠରୁ ଆଣି ତାକୁ ଖାଇ ତାଙ୍କ ପାଦ ଧରିଥିଲେ। ପଦ୍ମାବତୀ କହିଲେ ଏ କ'ଣ କରୁଛ ! ଜୟଦେବ କହିଲେ ମୁଁ ଯାହାକୁ ପାଇବା ପାଇଁ ପାଗଳ ହୋଇଛି ସେ ତୁମକୁ ଦର୍ଶନ ଦେଇ ତୁମ ହାତରୁ ଅନ୍ନ ଭକ୍ଷଣ କରି ଚାଲିଯାଇଛନ୍ତି। ତୁମର ଭାଗ୍ୟ ତୁମେ ତାଙ୍କୁ ସ୍ୱଚକ୍ଷୁରେ ଦର୍ଶନ କରିଛ। ଏହା ହେଉଛି ପତିପତ୍ନୀର ସମ୍ପର୍କ। ପତ୍ନୀ ଯଦି କୌଣସି କାରଣରୁ ଅବୁଝା ହୋଇଯାଏ ତାଙ୍କୁ କ୍ଷମା ମାଗିବା ଦ୍ୱାରା ପତି ଛୋଟ ହୋଇଯାଏ ନାହିଁ। ଏହା ଦ୍ୱାରା ପ୍ରେମମୟ ଜୀବ ସୁଖରେ ଅତିବାହିତ ହୋଇଥାଏ। ଏହା ମୁଁ କାହାକୁ ଆକ୍ଷେପ କରି କହୁନାହିଁ। ଏହା ହୁଏତ କାହା ପାରିବାରିକ ଜୀବନରେ ଘଟିଥାଇପାରେ। ଆପଣମାନଙ୍କୁ ମୋର ଉପଦେଶ ଯେକୌଣସି ସମସ୍ୟାକୁ ନ ବଢ଼ାଇ ତାକୁ ସମାଧାନ କରିବାକୁ ଚେଷ୍ଟା କରନ୍ତୁ। ଏହାଦ୍ୱାରା ଆପଣମାନେ ଆପଣମାନଙ୍କ ପରିବାର ସମସ୍ତେ ଶାନ୍ତିରେ ରହିଲେ ଭଲ ହେବ। ଆପଣ ଯଦି ଶାନ୍ତିରେ ରହିବେ ନାହିଁ ତାହାହେଲେ ଆପଣ ବାହାରେ ଆମର ଯେଉଁ ସାମାଜିକ ଚଳଣି ଅଛି ତାହା ଆପଣ ଆଦୌ ଭଲରେ ଚଳିପାରିବେ ନାହିଁ। ଏ ସବୁ ଶୁଣିଲା ପରେ ରୁଦ୍ରାକ୍ଷଙ୍କ ସାଙ୍ଗମାନେ ଦେଖୁଛନ୍ତି ଯେ ରୁଦ୍ରାକ୍ଷ କାନ୍ଦୁଛନ୍ତି। ସେମାନେ ସମସ୍ତେ ବାହାରକୁ ଚାଲିଆସିଛନ୍ତି। ସାଙ୍ଗମାନେ ଭାବିଲେ ଏ ସତ୍‌ସଙ୍ଗର ପ୍ରବଚକଗୁଡ଼ିକ ରୁଦ୍ରାକ୍ଷର ମନ ପରିବର୍ତ୍ତନ ହୋଇଯାଇଛି। ସାଙ୍ଗମାନେ ବୁଝାଇଛନ୍ତି। ଆରେ ଘର ସଂସାର ଭିତରେ ଏମିତି କିଛି ଘଟେ। ତୁ ଯାଇ ଅର୍ପିତାକୁ ବୁଝାଇ ନେଇଆସ। ସବୁ ଠିକ୍ ହୋଇଯିବ। ସମସ୍ତେ ଘରକୁ ଫେରିଛନ୍ତି। ରୁଦ୍ରାକ୍ଷ ଭାବୁଛି ସେ ଯାଇ ଅର୍ପିତାକୁ ନେଇ ଆସିବ। ସେ ଶୋଇବାକୁ ଯାଇଛି। କିଛି ସମୟ ଯାଏ ନିଦ ହୋଇନାହିଁ। ତା' ପରେ କେତେବେଳେ ନିଦ ହୋଇଯାଇଛି। (ସେ ସକାଳୁ ଉଠି ବ୍ୟାଗ୍ ସଜାଡ଼ି ବାହାରିଛନ୍ତି)। କ'ଣ ମନ ହେଲା କେଜାଣି ତାଙ୍କର ସେ ପୁରୁଣା ଅଭ୍ୟାସ, ନା-ନା, ମୁଁ ହେଉଛି ପୁରୁଷ। ସେଇ ଅହଂ ଭାବ ଜାଗିଉଠିଛି। ସେ ହେଉଛି ସ୍ତ୍ରୀ। ମୁଁ ତା' ପାଖରେ ମୁଣ୍ଡ ନୁଆଁଇବି ନାହିଁ। ତା' ପରେ ଭାବନ୍ତି କେତେ ବଡ଼ ଭୁଲ୍ କରିଛି। କିଏ ବାହାରେ ପଚାରିଲେ ସେ ଅର୍ପିତା ନାମରେ ବହୁତ ବାଜେ କଥା କହନ୍ତି।

■

ପଞ୍ଚମ ଅଧ୍ୟାୟ

ଅମୀୟବାବୁଙ୍କୁ ବହୁତ ଲୋକ ବହୁତ କଥା କହନ୍ତି । କିଛି ଶୁଣାକଥା । ସେଥିରେ ଆଉ ବାର ପ୍ରକାର କଥା ଲୋକ ମିଶାଇ କହନ୍ତି । ଅମୀୟବାବୁ ଶୁଣନ୍ତି, କିନ୍ତୁ ଅର୍ପିତାକୁ କିଛି କହନ୍ତି ନାହିଁ । ତାଙ୍କୁ ଯେତେ କଷ୍ଟ ହେଲେ ବି ସମ୍ଭାଳି ଯାଆନ୍ତି । ନିଜେ ଆଲୋକବାବୁ ଆସି ପଂହଚିଛନ୍ତି । ଅମୀୟବାବୁ ତାଙ୍କୁ ଦେଖି ଖୁସି ହୋଇଯାଇ ଅର୍ପିତାକୁ ଡାକି କହିଛନ୍ତି ଦେଖିଲୁ କେତେଦିନ ପରେ ତୋ ମଉସା ଆମ ଘରକୁ ଆସିଛନ୍ତି । ନନାଙ୍କ ଡାକରେ ଅନ୍ୟମନସ୍କ ଅର୍ପିତା ଚମକିପଡ଼ିଛି । ତାକୁ ଲାଗୁଛି ଏଇ ଦେଖ ରୁଦ୍ରାକ୍ଷ ଆସିଛନ୍ତି । ଆସନ୍ତୁ, ମୁଁ ତାଙ୍କ ସହିତ ଯିବି ନାହିଁ । ସେ ଫେରିଯାଆନ୍ତୁ । ସେ କହିବେ, "ଅର୍ପିତା ମୁଁ ତୁମକୁ ନେବାକୁ ଆସିଛି ।" ସବୁ ତୁମେ ଭୁଲିଯାଅ । ତାହା ଗୋଟିଏ ଖରାପ ସମୟ ଥିଲା । ଜୀବନରେ ବିଚ୍ଛେଦ ନଥିଲେ ଆନନ୍ଦ ଆସିବ କେଉଁଠାରୁ । ସେ କୋଳକୁ ଭିଡ଼ିନେଇ ଗୋଟିଏ ଚୁମ୍ବନ ଆଙ୍କିଦେଇ କହିବେ ତୁମେ ଆଉ ଅଭିମାନ କରନାହିଁ । ମୁଁ ତୁମକୁ ନେବା ପାଇଁ ଆସିଛି । ସେ ହଠାତ୍ ଅମ୍ରିତ୍‌କୁ ଦେଖି ବାସ୍ତବତାକୁ ଫେରିଆସିଛି । ସେ ଲୁଚେଇ ମୁହଁକୁ ପୋଛି ଆସି ଅମ୍ରିତ୍‌କୁ ଆଉ ଆଲୋକବାବୁଙ୍କୁ ପ୍ରଣାମ କରିଛି । ସେ ଅମ୍ରିତ୍ ଆଗରେ ଧରାପଡ଼ି ଯାଇଛି । ଅମ୍ରିତ୍ କଥା ଭୁଲାଇ କହିଲା, "ତୁ ଭଲ ଅଛୁ ତ ? ତୋ ଦେହ ଭଲ ଅଛି ତ ?" ଏହା ଶୁଣିଲା ପରେ ଅର୍ପିତାର ଲୁହ ଝରିପଡ଼ିଛି । ସେ ସମ୍ଭାଳି ପାରିନାହିଁ । ଅମ୍ରିତ କହିଲା, "ତୁ ଆଉ ପୁଣି କାନ୍ଦୁଛୁ ?" ଅର୍ପିତା କାନ୍ଦି କାନ୍ଦି କହିଲା ତୁମେ ମୋତେ କାହିଁକି ବଂଚାଇଲ, ମୋ ବାଟରେ ମୋତେ ଯିବାକୁ ଦେଲ ନାହିଁ କାହିଁକି ? ଆରେ ତୋତେ କ'ଣ ବଂଚାଇଲି ? ତୋ ଜାଗାରେ ଯିଏ ଥିଲେ ବି ମୁଁ ତାହା କରିଥାଆନ୍ତି । ଏଇଟା କିଛି ବଡ଼ କଥା ନୁହେଁ । ଏହା ଶୁଣି ଅମୀୟବାବୁ ଆଲୋକବାବୁ ବି କାନ୍ଦି ପକାଇନ୍ତି । ଅମୀୟବାବୁ କହିଲେ ଯେ ସମସ୍ତେ ମିଶି ଚା' ପିଇବା । ତୋ ବୋଉକୁ କହ ଚା' କରି ଆଣୁ । ମଉସା ଆଉ ଭାଇ ଆସିଛନ୍ତି ।

ଆଲୋକବାବୁ କହିଲେ ତୋ ପାଇଁ ଫେବ୍‌ରାଇଟ୍ ଚକ୍‌ଲେଟ୍ ଆଣିଛୁ। ଆସେ ଖାଆ। ମୁଁ ଚକ୍‌ଲେଟ୍‌ଖିଆ ଭୁଲିଯାଇଛି। ଆଲୋକବାବୁ କହିଲେ ତୁ ଆଉ ମୋତେ ଏପରି କହ ନାହିଁ, ତୁ ସେତେବେଳେ ଯେଉଁ ଅର୍ପିତା ଥିଲୁ ଆଜି ବି ମୋର ସେଇ ଅର୍ପିତା। ଆଲୋକବାବୁ ଚକ୍‌ଲେଟ୍‌ଟିଏ ଚିରି ଅର୍ପିତାକୁ ବଢ଼ାଇ ଦେଇଛନ୍ତି। କହିଲେ କ'ଣ ହେବ ଦେଖାଯିବ ନେ ତୁ ଚକ୍‌ଲେଟ୍ ଖାଆ। ଅର୍ପିତା ଚକ୍‌ଲେଟ୍ ଆଣି ଖାଇଛି। ଅମୀୟବାବୁ ଆଉ ଆଲୋକବାବୁ ଅର୍ପିତାକୁ ଚାହିଁ ରହିଥାଆନ୍ତି। ତାଙ୍କ ପିତୃହୃଦୟ ତରଳି ଯାଉଥାଏ। ଆଲୋକବାବୁ କହିଲେ, "ତୁ ମା' ଟିକିଏ ଆସି ମୋ ପାଖରେ ବସିଲୁ। ମୁଁ ତୋତେ ଟିକିଏ ମନଭରି ଦେଖେ।" ସେ ଆସି ଆଲୋକବାବୁଙ୍କ ପାଖରେ ବସିଛି। ଆଲୋକବାବୁ ତା' ମୁଣ୍ଡଟିକୁ ଆଉଁଶି ଦେଇ କହିଲେ, "ଆଲୋ ମା', ତୋତେ ତୋ ବୋଉ ଜନ୍ମ ଦେଇଥିଲେ। ତୁ ତୋ ମାମାକୁ ମରଣ ମୁହଁରୁ ଫେରାଇ ଆଣିଥିଲୁ। ସେହି ଦିନଠାରୁ ତୁ ଆମର ଝିଅ ଥିଲୁ। ତୋ ନନା ବୋଉ ମୋତେ ଅର୍ପଣ କରିଥିଲେ ବୋଲି ମୁଁ ତୋ ନାମ ରଖିଥିଲି ଅର୍ପିତା। ତୁ ଏତେ ବଡ଼ କଥା ଭାବିଲା ପୂର୍ବରୁ ଆମ କଥା ଟିକିଏ ମନେପକାଇ ପାରିଲୁ ନାହିଁ, ତୁ ଏସବୁ କ'ଣ କରୁଥିଲୁ। ତୁ ତୋ ଜୀବନ ନଉକାକୁ ଚଳାଇ ନପାରି ବୁଡ଼ାଇ ଦେଉଥିଲୁ। ତୋତେ ପ୍ରଭୁ ଜଗନ୍ନାଥ ବଂଚାଇଛନ୍ତି ମାନେ ତୋ ଭାଗ୍ୟରେ କିଛି ଭଲ ଲେଖା ଅଛି।"

ଅମୀୟବାବୁ ମନ ଦୁଃଖରେ କହିଲେ ଯାହାର ସୁଖ ଦେଖିବା ପାଇଁ ଘର ଛାଡ଼ିଲି, ପୁଣି ମୋ ଦୁଃଖରେ ଦୁଃଖୀ ହୋଇ ମୋ ପାଖରେ ପଡ଼ିରହିଲା। ଆଲୋକବାବୁ କହିଲେ, "ତୁମେ ଏତେ ଭାଙ୍ଗିପଡ଼ ନାହିଁ। ସବୁ ଠିକ୍ ହୋଇଯିବ। ଏହା କ'ଣ ସବୁଦିନେ ରହିବ? ଅମୀୟବାବୁ କହିଲେ, "ଶୁଭେନ୍ଦୁ ମୋତେ ଦାଣ୍ଡର ଭିକାରି ସଜେଇଦେଲା। ରୁଦ୍ରାକ୍ଷ ଭଲପିଲା ଭାବିଥିଲି। ତାହା ସବୁ ଓଲଟପାଲଟ ହୋଇଗଲା। ମୁଁ ଭାବିଥିଲି ରୁଦ୍ରାକ୍ଷ ଏ ମୋର କାଗଜପତ୍ର ସଜାଡ଼ିଦେବେ। କେମିତି, କ'ଣ ହେବ ବାଟ ଦେଖାଇବେ। ତାହା ହେଲା ନାହିଁ। ସେ ମୋ ଦୁର୍ବଳତା ଜାଣି ମୋ ଝିଅଟିକୁ ଅକଥନୀୟ ଅତ୍ୟାଚାର କରି ତାକୁ ଘରୁ ବାହାର କରି ଆତ୍ମହତ୍ୟା କରିବା ପାଇଁ ବାଟ ଦେଖାଇ ଦେଇଥିଲେ। ସେ ସଂସାର କ'ଣ ଜାଣିନଥିଲା। ତାଙ୍କ ଘରେ ନ ଖାଇ ନ ପିଇ ଏତେ ବଡ଼ ସଂସାର ସମ୍ଭାଳୁଥିଲା। କେଉଁଦିନ ଘିଅ ଅମୃତ ଆଣି ମୋତେ ଖାଇବାକୁ ଦିଅ ମାଗିନଥିଲା। ନିଜେ ସମସ୍ତଙ୍କୁ ଖାଇବାକୁ ଦେଇ ଆଉ ବଳକା ଥିଲେ ଖାଉଥିଲା। ନାଇଁ ତ ପାଣି ଗ୍ଲାସ୍‌ଟେ ପିଇ ଶୋଇଯାଉଥିଲା। ଖାଇବାକୁ ନାହିଁ ବୋଲି କାହା ଆଗରେ କହିବାକୁ ସାହସ ନଥିଲା। ତାଙ୍କ ପରିବାରଙ୍କର ଦର୍କାର ସମୟରେ ନିଜର ସବୁ ଗହଣା ଆଉ ଆସବାବପତ୍ର ହସିହସି ଦେଇଦେଉଥିଲା। ଆଜିକାଲି ଝିଅମାନଙ୍କ

ବିଷୟରେ ଯାହା ଶୁଣୁଥିଲି ଆଉ ଡ୍ରାମା ଅପେରାରେ ଯାହା ନିର୍ଯାତନା ଦେଖେ କାନ୍ଦିପକାଏ। ଭାବେ ଯିଏ ଲେଖିଛନ୍ତି ତାଙ୍କର ଲେଖାଟି ସୁନ୍ଦର ପାଇଁ କିଛି ବଢ଼େଇ କୁଢ଼େଇ ଲେଖି ଦେଇଛନ୍ତି। ଆଜି ଭାବୁଛି ମୋ ଝିଅ ଜୀବନରେ ଘଟିଥିବା କାହାଣୀ ପରି ତାହା ସତ ଅଟେ। ଆଲୋକବାବୁ କହିଲେ ଯାହା ଘଟିବା କଥା ଘଟିଗଲା। ତାହା କିପରି ସଜାଡ଼ିବା ତାହା ଭାବିବା। ଅମୀୟବାବୁ କହିଲେ, "ମୁଁ ବହୁତ କଥା କହିସାରିଲିଣି।"

ପୁଅ ଅମ୍ରିତ୍‌ର ବୋହୂ ତ ଗୋଟିଏ ଆଇ.ଏ.ଏସ୍ ଅଫିସର। ବୋହୂ ବର୍ତ୍ତମାନ ଘରେ ଅଛି ବୋଧେ। କ'ଣ ଛୁଟିନେଇ ଆସିଛି ଶାଶୂ ଶଶୁରଙ୍କ ସେବା କରିବା ପାଇଁ। ଆଲୋକବାବୁ କହିଲେ ଆରେ ଭାଇ ଆମେ ପରା ଦୁଇବନ୍ଧୁ। ତୋର ଯଦି ଏତେ ଦୁଃଖ ହୋଇଛି ମୁଁ ଭଲରେ କିପରି ରହିପାରିବି ?

ଆଲୋକବାବୁ କହିଲେ ମୋ ଭାଗ୍ୟ ବି ତୋ ପରି ଦୂର ପାହାଡ଼ ସୁନ୍ଦର ଦେଖାଯାଏ। ସେ ପ୍ରକୃତରେ କ'ଣ ସେଇଆ। ତା' ପାଖକୁ ଗଲେ ସେ ବହୁତ ଆବଡା ଖାବଡ଼ା ଆଉ ତାକୁ ଦେଖିବା ବହୁତ କଷ୍ଟଦାୟକ। ବୋହୂ ଆମ ଘରକୁ ଆସିଲା ଦିନଠାରୁ ଆମେ ନିରବଦ୍ରଷ୍ଟାରେ ପରିଣତ ହୋଇଯାଇଥିଲୁ। ଆମ ଘର ଗୋଟିଏ ନାଟକ ମଂଚରେ ପରିଣତ ହୋଇଗଲା। ବୋହୂ ଘରକୁ ଆସିଲେ ବୋହୂ ଅଦରକାରୀ ହୋଇଯାଆନ୍ତି। ଆମ ଭାଗ୍ୟରେ ତାହା ହିଁ ଘଟିଗଲା। ସେ ପରା ଆଇ.ଏ.ଏସ୍ ବୋହୂ। ତା'ର ପରିବେଶ ଅଲଗା, ତା'ର ଆଚାର ବ୍ୟବହାର ଅଲଗା। ଆମ ପରିବେଶ ତା'ର ମନକୁ ଆସିଲା ନାହିଁ। ଅମ୍ରିତ୍ ପରି ପୁଅକୁ ସେ ଶୁଣିଲା ନାହିଁ। ଆମକୁ ସେ ବହୁତ ହତାଦର କଲା। ତା' ପରେ ସେ ଆମକୁ ଛାଡ଼ି ଚାଲିଗଲା। ଅମୀୟବାବୁ କହିଲେ, "ତୁମେ ଏପରି କ'ଣ କହୁଛ ?" ଆରେ ଭାଇ, ପାଠରେ ପରା ଲେଖା ଅଛି ?

ଆଲୋକବାବୁ କହିଲେ ମୋ ଭାଗ୍ୟ ବି ଓଲଟା। କେତେ ଆଶା କରି ପୁଅର ପସନ୍ଦକୁ ଆଗ୍ରହର ସହିତ ଗ୍ରହଣ କରିଥିଲି। ଆମେ ଭାବିଥିଲୁ ପୁଅର ଖୁସି ହେଉଛି ଆମର ଖୁସି, ହେଉପଛେ ସଂସାର ଓଲଟପାଲଟ। ସେ ଖୁସିଟି ସ୍ୱପ୍ନ ସ୍ୱପ୍ନରେ ରହିଗଲା।

ଅମ୍ରିତ କହିଲା ପାପା ଭଗବାନ୍ ତ ମଉସାଙ୍କ ମୁଣ୍ଡ ଉପରେ ଏତେ ବଡ଼ ଦୁଃଖର ପାହାଡ଼ ଲଦି ଦେଇଛନ୍ତି। ଆପଣ ପୁଣି ମୋ କଥା କହି କାହିଁକି ତାଙ୍କର ଦୁଃଖକୁ ଦୁଇଗୁଣ କରୁଛନ୍ତି ? ଅମୀୟବାବୁ କହିଲେ –

"ଆରେ ପିଲାମାନେ, ତୁମେ ସବୁକିଛି ବୁଝିପାରିବ ନାହିଁ। ଆମେ ପିଲାଦିନୁ ଗୋଟିଏ ସ୍କୁଲରେ ପଢୁଥିଲୁ। ଗୋଟିଏ ଜାଗାରେ ଖାଉଥିଲୁ। ପ୍ରଭୁ କାହାକୁ କେଉଁ ପରି ଦାନାପାଣି ଦେଲେ। ଯିଏ ଯାହା ଭାଗ୍ୟକୁ ନେଇ ଚଳିଲୁ। ତା'ପରେ ତୁମେମାନେ

ଆମ ସଂସାରକୁ ଆସି ଆମ ଖୁସିକୁ ଦ୍ୱିଗୁଣିତ କରିଦେଇଥିଲ। ଦୁହିଁଙ୍କ ଖୁସିକୁ ପ୍ରଭୁ କଳାବାଦଲ ଢାଙ୍କି ଦେଇଛନ୍ତି। ଆମେ ସେ ଭିତରେ ଅତବ୍ୟସ୍ତ ହୋଇପଡ଼ିଛୁ। ସେଇ ଝାପ୍‌ସା ଆଲୁଅରେ ଆମକୁ ବାଟ ଅତିକ୍ରମ କରିବାକୁ ପଡୁଛି। ତୁ ତା' ଅନ୍ତରର ଦୁଃଖ କହିବାକୁ ଦିଏ। ତା' ଦୁଃଖ ସାଗର ଲହରୀମାଳାକୁ କୂଳରେ ପିଟି ହୋଇ ଶାନ୍ତ ହୋଇଯାଉ।

ଆଲୋକବାବୁ କହିଲେ, "କଣ' ମୁଁ କହିବି ନ କହିବି ବୁଝିପାରୁନାହିଁ।" ଅମୀୟବାବୁ କହିଲେ, "ତୁ କହ, ଟିକିଏ ହାଲୁକା ହୋଇଯା'।" ଆମ ଘର ପରିବେଶ ତା'ର ପସନ୍ଦ ଆସିଲା ନାହିଁ। ସବୁବେଳେ ହୋଟେଲ୍‌ରୁ ଆସିଲା। ସେ ସବୁବେଳେ ବାହାରେ ବୁଲିବା ବାହାରେ ଖାଇବା। ଏସବୁ ଅମ୍ରିତ୍‌କୁ ଭଲ ଲାଗେ ନାହିଁ। ଆମେ ତାକୁ ବୁଝାଉ ଯା' ତୁ ବାହାରେ କେତେଦିନ ବୁଲାବୁଲି କରି ଆସ। ସେ ପିଲା ତା' ବାପା ମା'ଙ୍କୁ ଛାଡ଼ି ଆସିଛି। ତୁ ତାକୁ ଆଡଜଷ୍ଟ କର। କିଛିଦିନ ଗଲେ ସବୁ ଠିକ୍ ହୋଇଯିବ। ଅମ୍ରିତ୍‌ର ମାମା ସକାଳୁ ଦିଅଁ ପୂଜା କରନ୍ତି। କହିଲା, ତୁମ ମାମା ନିଜେ ଶୋଉନାହାନ୍ତି କି ଆମକୁ ଶୁଆଇ ଦେଉନାହାନ୍ତି। ଠାକୁର ପୂଜା ଡେରିରେ କଲେ କ'ଣ ଠାକୁର ଘରଛାଡ଼ି ଚାଲିଯାଉଛନ୍ତି। ଅମ୍ରିତ କହିଲା ତୁମେ ଏପରି କ'ଣ କହୁଛ। ତୁମେ ପରା ଏ ଘରର ବୋହୂ। କିଛି କିଛି ଶିଖ।" ବୋହୂ ତୁମେ ମୋତେ ପ୍ରଥମରୁ ଗୋଟିଏ ଚାଟ୍ ପ୍ରସ୍ତୁତ କରି ଦେଲ ନାହିଁ। ତୁମେ ଆମ ଘରକୁ ଗଲେ ଗାଁ ବୋହୂମାନଙ୍କ ପରି ପାହାନ୍ତାରୁ ଉଠି ଗାଧୋଇ ପାଧୋଇ ଠାକୁର ପୂଜା କରି ତୁମ ପାପା ମାମାଙ୍କର ଚରଣ ଅମୃତ ସେବା କରିବି। ତା' ପରେ ତୁମ ପାଇଁ କଫି ଧରିଆସି କହିବି, "ଉଠ ପତିଦେବ ତୁମର ଅଫିସ୍ ବେଳ ହୋଇଗଲାଣି। ନା, ନା - ଏସବୁ ମୋ ଦ୍ୱାରା ହୋଇପାରିବ ନାହିଁ। ତୁମେ ତୁମ ଘରକୁ ଯେପରି ସୁଟ୍ କରିବ ସେହିପରି ଗାଁ ଝିଅଟିଏ ବାହା ହେଲ ନାହିଁ? ଏହା ତା' ମାମାକୁ ଶୁଣାଇ ଶୁଣାଇ କହୁଥାଏ। ତା' ମାମା କାନ୍ଦୁଥାଆନ୍ତି। ତା' ପରେ ସେ ସାଙ୍ଗେସାଙ୍ଗେ ବ୍ୟାଗପତ୍ର ବାନ୍ଧି ଡ୍ରାଇଭରକୁ ଡାକି ତା' ବାପଘରକୁ ବାହାରିଲା। ଅମ୍ରିତ୍‌ର ମାମା କହିଲେ, "ତୁ ଆମର କିଛି କରିବା ଦର୍କାର ନାହିଁ। ତୁ ଯାହା ଚାହିଁବୁ ସେଇଆ ହେବ। ଘରକଥା ଘରେ ରହିବାକୁ ଦିଏ। ଆମର ଆଉ କିଏ ଅଛି। ତୁ ଏପରି ହେଉଛୁ। ଘର ସଂସାର ଭିତରେ ଏଇଆ ହୋଇଥାଏ। ଏହା କହି ତା' ହାତରୁ ବ୍ୟାଗ୍ ଆଣିଲାବେଳକୁ ତାଙ୍କୁ ଛାଟିଦେଲା ଯେ ତା' ମାମା ତଳେ ପଡ଼ିଗଲେ। ଅମ୍ରିତ୍ ଆସି ତା' ମାମାକୁ ଉଠାଉଛି। ସେ ନ ଚାହିଁ ଚାଲିଯାଇଥିଲା।

ଏସବୁ ଶୁଣି ଅର୍ପିତା ଭାବୁଛି, ମୁଁ ରୁଦ୍ରାକ୍ଷଙ୍କ ଘରେ ନିଜର ଆଶା ଆକାଂକ୍ଷାକୁ ଜଳାଞ୍ଜଳି ଦେଇ ସମସ୍ତଙ୍କ ପସନ୍ଦକୁ ଗୁରୁତ୍ୱ ଦେଉଥିଲି। କାହାର ଉପରେ ନଥିଲା

ମୋର ମାନ ଅଭିମାନ। ବାହାରକୁ ଯାଇ ରୁଦ୍ରାକ୍ଷଙ୍କ ସହିତ ବୁଲିବା ମୋ ପାଇଁ ସ୍ୱପ୍ନ ହୋଇଯାଇଥିଲା। ଦିନକୁ ଦୁଇଥର ଖାଇବାକୁ ମିଳୁନଥିଲା। ଅର୍ପିତାର ଏପରି ଅନ୍ୟମନସ୍କତା ଅମ୍ରିତ୍ ବୁଝିନେଇ ଥିଲା। ସେ ତାକୁ ଭୁଲେଇବା ପାଇଁ କହିଲା ତୁ କ'ଣ ଭାବୁଛୁ କି? ରୁଦ୍ରାକ୍ଷ କ'ଣ ତୋର ମନେପଡୁଛନ୍ତି କି? ତୁ ହଁ କହିଲେ ସାଙ୍ଗେସାଙ୍ଗେ ଯାଇ ଛାଡ଼ି ଆସିବି। ଶୁଖିଲା ହସଟିଏ ହସିଦେଇ ଅର୍ପିତା କହିଲା ତୁମେ ମୋତେ କାହିଁକି କହୁଛ। ତୁମେ ଯାଇ ଭାଉଜଙ୍କୁ ବୁଝାଇ ନେଇ ଆସୁନାହଁ। ତୁମକୁ କିଏ ଅଟକାଉଛି। ଆଲୋକବାବୁ କହିଲେ, "ନାଇଁରେ ମା', ସେ ତୋ ଭାଇକୁ ଡିଭୋର୍ସ କରିଦେଇଛି।"

ଅମୀୟବାବୁ କହିଲେ, "ତୁ ଏପରି କ'ଣ କହୁଛୁ? ସେମାନେ ପିଲା, ସଂସାର କ'ଣ ବୁଝିନାହାନ୍ତି।" ଆଲୋକବାବୁ କାନ୍ଦିକାନ୍ଦି କହିଲେ, "ଯାହା ତୁ ଶୁଣିଛୁ ତାହା କିଛି ନୁହେଁ। ତୋତେ କହିଲିଣି କହୁଛି ଶୁଣ। ପ୍ରତି କଥା କଥାକେ ତା' ମାମାଙ୍କୁ ଅପମାନିତ କରେ।" ସେ ଯେତିକି ଦିନ ଆମ ଘରେ ରହିଲା ସେତିକି ଦିନ ଆମେ ବଂଚିବାଟା ମରିବା ସହିତ ସମାନ କରିଦେଇଥିଲୁ, ଖାଲି ପୁଅର ଖୁସି ପାଇଁ ଗୋଟିଏ ଛୋଟ କଥା ଶୁଣ ଅମ୍ରିତ୍, ମାମା ଗାଧୁଆଘରେ ସାମ୍ପୋ ଲଗାଇ ମୁଣ୍ଡ ଧୋଇ ଚାଲି ଆସିଲେ। ସେ ସଙ୍ଗେସଙ୍ଗେ ଅମ୍ରିତ୍‌କୁ କହିଲା, ତୁମର ମାମା ଜାଣୁନାହାନ୍ତି। ତୁମେ ତାଙ୍କୁ ବୁଝାଇ ଦିଅ ଏହା ଇମ୍ପୋଟେଡ୍। ସେ ଏହା କ'ଣ ବ୍ୟବହାର କରିବେ?" ସାବୁନ୍ ପାଇଁ କହିଲା ମାମା ସାବୁନ୍ ଏତେ ଶୀଘ୍ର ସରୁଛି କିପରି ଆପଣ କ'ଣ ସେଥିରେ ଲୁଗାସଫା କରୁଛନ୍ତି କି? ତା' ମାମା ମୂକ ପରି ଚାହିଁ ରହିଥାଆନ୍ତି। ତା' ମାମାର ଜ୍ୱର ହେଉଥାଏ। ଅମ୍ରିତ୍ ତା' ମାମା ମୁଣ୍ଡରେ ପାଣିପଟି ଦେଉଥାଏ। ଏହା ଦେଖି କହିଲା ତୁମେ ଗୋଟିଏ ନର୍ସ ରଖୁନ। ତୁମେ ଏସବୁ କରୁଛ କ'ଣ। ଆମର କ'ଣ ପଇସା ଅଭାବ ଅଛି? ତାଙ୍କୁ କେତେ ବୟସ ହେଲାଣି ସେ ଆଜି ନାହିଁ ତ କାଲି ଚାଲିଯିବେ। ଆମେ ତ ଆଉ ତାଙ୍କ ସହିତ ଯିବା ନାହିଁ। ପୁଅ ଉଠିଯାଇ କହିଲା ତୁମେ ଯାହା କହିବ ମୋତେ କୁହ। ମାମା ଶୁଣିଲେ ତାଙ୍କୁ କେତେ କଷ୍ଟ ହେବ। ସେ କହିଲା ମୁଁ କ'ଣ ଭୁଲ୍ କହୁଛି ଯେ ତୁମ ମାମାଙ୍କୁ କଷ୍ଟ ହେବ।

ଅମୀୟବାବୁ କହିଲେ, "ସେ ସବୁ ଛାଡ଼। କାଗଜ କଲମରେ କ'ଣ ଡିଭୋର୍ସ ହୋଇଗଲେ ତ ହେବ ନାହିଁ। ଏହା ପରା ଜନ୍ମଜନ୍ମର ବନ୍ଧନ। ସେମାନେ ଆଜି ବୁଝିପାରୁ ନାହାନ୍ତି। କାଲି ବୁଝିବେ। ଆଲୋକବାବୁ କହିଲେ ମୁଁ ଏସବୁ ବହୁତ ଭାବିଛି। ଗୋଟିଏ ବୋହୂ ଡାଇଭର୍ସ ହେଲେ ଲୋକ କେତେ କଥା ରୂପ ଦେବେ। ସେ ଯିବା ପରେ ଅମ୍ରିତ୍ ବହୁତ ଭାଙ୍ଗି ପଡ଼ିଛି। ତାକୁ ବହୁତ ବୁଝାଉଛି। ତୁମେ ଦୁହେଁ ଖୁସିରେ

ରହିଲେ ଆମେ ଖୁସି। ଆମେ ବା ଆଉ କେତେଦିନ ବଂଚିବୁ। ସେ ତା' ପରେ କଥା ରଖି ତା' ଶଶୁରଘରକୁ ଯାଇଥିଲା। ସେ ତାଙ୍କ ଘରକୁ ଗଲାବେଳକୁ ତା' ଶଶୁର ତାଙ୍କ ଡ୍ରଇଂରୁମ୍‌ରେ ବସି ପେପର ପଢୁଥିଲେ। ଅମ୍ରିତ୍ ଯାଇ ତାଙ୍କୁ ପ୍ରଣାମ କଲେ। ସେ ତାକୁ ଦେଖି କହିଲେ, "ଆଉ ତୁମେ କାହିଁକି ଆସିଛ ? ମୋର ବଡ଼ ଭୁଲ୍ ହୋଇଯାଇଛି। ଆମର ଯାହା ହେବ କୋର୍ଟରେ, ତୁମେ ଚାଲିଯାଅ।" ଅମ୍ରିତ୍ କହିଲା, "ଡାଡି ଆପଣ ଏପରି କ'ଣ କହୁଛନ୍ତି ? ଯାହା ହୋଇଛି ମୋର ଭୁଲ ହୋଇଯାଇଛି। ମୁଁ ତ ତାକୁ ନେବା ପାଇଁ ଆସିଛି।" ତା' ଶଶୁର ପରେଶବାବୁ ରାଗିଯାଇ କହିଲେ, "ତୁମେ ଯାଇ ତୁମ ରୋଗିଣା ମାମାଙ୍କୁ ସେବା କର। ମୋ ଝିଅ ତୁମ ଘରେ ଚାକରାଣୀ ହୋଇ ରହିପାରିବ ନାହିଁ। ମୁଁ ତା' ପାଇଁ ଆଞ୍ଜୁଳା ଆଞ୍ଜୁଳା ଟଙ୍କା ଖର୍ଚ୍ଚ କରି ଫୁଲ ପରି ବଢ଼ାଇଥିଲି। ତା'ର କ'ଣ କିଛି ସ୍ୱାଧୀନତା ନାହିଁ ? ତୁମେ ଫେରିଯାଅ।"

ମୁଁ ଟିକିଏ ଦେଖା କରି ଚାଲିଯିବି। ଏହା ଶୁଣି ସେ ହଠାତ୍ ବହୁତ ରାଗି କହିଲେ, ସେ ତା' ସାଙ୍ଗମାନଙ୍କ ସହିତ ବାହାରକୁ ଯାଇଛି। ସେ ଆସିଲା ପୂର୍ବରୁ ତୁମେ ଚାଲିଯାଅ। ତୁ ତୁମ ସହିତ ଆର୍‌ଗୁମେଂଟ କରିବାକୁ ମୋ ପାଖରେ ସମୟ ନାହିଁ। ତୁମେ ଚାଲିଯାଅ, ତୁମେ ନ ଗଲେ ମୁଁ ବାଧ୍ୟ ହୋଇ ଦରଓ୍ୱାନ୍‌କୁ ଡାକିବି। ମୁଁ ନିଜେ ଚାଲିଯାଉଛି, ଆପଣ ଦରଓ୍ୱାନ୍‌କୁ ଡାକିବେ କାହିଁକି ? ଇଚ୍ଛା ହେଉଥାଏ ମୁଁ ସବୁ ବାଧା ବନ୍ଧନକୁ କାଟି ନିଜର ପୁରୁଷତ୍ୱକୁ ଜାହିର କରି ହାତ ଧରି ନେଇ ଆସିବି। କିନ୍ତୁ ଏଠାରେ ପଥରରେ ମୁଣ୍ଡି ପିଟିଲା ପରି ହେବ। ଏହା ଦ୍ୱାରା ନିଜେ ରକ୍ତାକ୍ତ ହେବା ବ୍ୟତୀତ ଆଉ କିଛି ନୁହେଁ। ସେ ଗେଟ୍ ପାଖକୁ ଚାଲିଆସିଛି। ସାହେବଙ୍କୁ ଦେଖି ଦରୁଆନ୍ ଗେଟ ଖୋଲିଛି, ପାଖକୁ ଆସି କହିଲା ଆମେ ଆଜ୍ଞା ଛୋଟ ଲୋକ। ଛୋଟ ମୁହଁରେ ବଡ଼ କଥା। ମ୍ୟାମ୍‌ଙ୍କର ଆଉ ଜଣେ ସାହେବଙ୍କ ସହିତ ବାହାଘର ଠିକ୍ ହୋଇଛି। ଆମେ କହିବାଟା ଏହା ଶୋଭା ପାଏ ନାହିଁ। ଏହା ଶୁଣିଲା ପରେ ଅମ୍ରିତ୍ ମୁଣ୍ଡରେ ହାତ ଦେଇ ତଳେ ବସିପଡ଼ିଲା। ଦରୁଆନ ଏହା ଦେଖି ଦୌଡ଼ି ଆସି ଗାଡ଼ିରେ ବସାଇଦେଲା। ତାକୁ ସେତେବେଳକୁ ଝାପ୍‌ସା ଦେଖା ଯାଉଥାଏ। ସେ ନିଜ ଘରକୁ ଫେରି ଆସିଛି। ସେ ଦରୁଆନ୍‌କୁ ଗାଡ଼ି ରଖି କହି ତା' ରୁମ୍‌କୁ ଗଲାବେଳକୁ କଚାଡ଼ି ହୋଇ ପଡ଼ିଗଲା। ଏହା ଦେଖି ଅମ୍ରିତ୍‌ର ମା' ଦୌଡ଼ିଯାଇ ଡାକ ପକାଇଲେ ଶୀଘ୍ର ଆସ, ପୁଅର କ'ଣ ହୋଇଯାଇଛି।" ମୁଁ ସାଙ୍ଗେସାଙ୍ଗେ ଡାକ୍ତରଙ୍କୁ ଫୋନ୍ କଲି। ତା' ମାମା ତା' ଗୋଡ଼ରୁ ଜୋତା ମୋଜା ବାହାର କରି ତାକୁ ଆମେ ଦୁହେଁ ବେଡ୍ ଉପରେ ଶୁଆଇଦେଲୁ। ତା' ମାମା ବିକଳ ହୋଇ ତା' ଦେହ ମୁଣ୍ଡ ଆଉଁଶି ଦେଉଥାଏ। ଡାକ୍ତର ଆସି ଚେକ୍‌ଅପ୍ କଲେ। ତାକୁ କିଛି ଇଞ୍ଜେକ୍‌ସନ୍ ଦେଇ କହିଲେ

ଆପଣ ବ୍ୟସ୍ତ ହୁଅନ୍ତୁ ନାହିଁ। ଆଉ କିଛି ସମୟ ପରେ ସବୁ ଠିକ୍ ହୋଇଯିବ। ଡାକ୍ତର ପଚାରିଲେ, "କ'ଣ ହୋଇଛି ?" ଆଲୋକବାବୁ କହିଲେ ସେ ବୋହୂକୁ ଆଣିବାକୁ ଯାଇଥିଲା। ବୋହୂ ତ ଆସି ନାହିଁ। ସେ ଏକା ଆସିଛି। ତା' ପରେ ତ ଆସି ଏ ଅବସ୍ଥା। ଡାକ୍ତର କହିଲେ ହଉ ଠିକ୍ ଅଛି। ସେ କିଛି ସମୟ ଶୋଇଯାଆନ୍ତୁ। ଉଠିଲେ ସବୁ ଠିକ୍ ହୋଇଯିବ। ଡାକ୍ତର ଚାଲିଯାଇଛନ୍ତି। ତା' ମାମା ସାରା ରାତି ତା' ପାଖରେ ବସି ମୁଣ୍ଡ ଦିହ ଆଉଁଶୁ ଥାଆନ୍ତି। କେତେବେଳକୁ ତାଙ୍କ ଆଖି ଲାଗିଯାଇଛି। ସେ ଉଠି ଦେଖୁଛି ତା'ର ମାମା ତା' ପାଖରେ ବସି ତା' ଉପରେ ମୁଣ୍ଡ ରଖି ଶୋଇଯାଇଛନ୍ତି। ସେ ଧୀରେଧୀରେ ଉଠିବା ପାଇଁ ଚେଷ୍ଟା କରୁଛି କିନ୍ତୁ ଉଠିପାରୁ ନାହିଁ। ଏ ମାମା କହିଲା ବେଳକୁ ତା' ମା'ଙ୍କର ନିଦ ଭାଙ୍ଗିଯାଇଛି। ସେ କହିଲେ, "ତୋତେ କେମିତି ଲାଗୁଛି ?" ତୁ ବ୍ରସ୍ କର। ସେ ଯାଇ ତା' ପାଇଁ କିଛି ବିସ୍‌କେଟ୍ ଆଉ କଫି ଆଣି କହିଲେ ବାବା ତୁ କାଲିଠାରୁ କିଛି ଖାଇନାହୁଁ। ଟିକିଏ ଖାଇନେ, ଦେହ ଭଲ ଲାଗିବ। କଫି ପିଇସାରି କହିଲା ମାମା ସେ ଆଉ ଫେରିବ ନାହିଁ। ତା' ମାମା କହିଲେ "ଆରେ ତୁ ଏ କ'ଣ କହୁଛୁ ?" ସେ କହିଲା, "ପାପା ଆଜି କାଲି ଯୁଗ ପରିବର୍ତ୍ତନ ହୋଇଯାଇଛି। ସେ ପରା ମଡର୍ଣ୍ଣ ଯୁଗର ଝିଅ। ସେ ପୁରୁଣା ଯୁଗ ଆଉ ନାହିଁ। ଝିଅ ବାହା ହୋଇଗଲେ ତା'ର ସବୁ ସରିଗଲା। ସେଇ ଘର ସେଇ ପରିବାର ସେଇ ସ୍ୱାମୀ, ଶାଶୂ, ଶ୍ୱଶୁର ଘରଲୋକ। ଚାରିକାନ୍ଥ ଭିତରେ ତା'ର ସଂସାର। ଆସୁ ଯେତେ ବାଧା ବନ୍ଧନ; ସେ ରହିବାକୁ ବାଧ୍ୟ। ଆଜିକାଲି ଶିକ୍ଷିତ ଯୁଗ। ଝିଅମାନେ ପାଠ ପଢ଼ି ପୁଅମାନଙ୍କ ସହିତ ସମାନ ହେଲେଣି। ଆଜିକାଲି ବାହାଘର ହେଉଛି ଗୋଟିଏ କଣ୍ଢେଇ ଖେଳ। ଇଚ୍ଛା ହେଲେ ରହିବେ ନ ହେଲେ ନାହିଁ, ଅନ୍ୟ ଆଡ଼େ ଚାଲିଯିବେ। ଆମ ଶାସନ ଅଧିକାରୀମାନେ ଶାସନକୁ ନୂଆରୂପ ଦେଇଛନ୍ତି। ସତ ହେଉ କି ମିଛ ହେଉ ସେ ଯାହା କହିବ ତାହା ସବୁ ଠିକ୍। ସାକ୍ଷୀ ପ୍ରମାଣ ଦର୍କାର ନାହିଁ। ଏହିପରି ମୁଁ ଏକା ନୁହେଁ। ମୋ ପରି କେତେକ ନିରୀହ ସ୍ୱାମୀ ନିର୍ଯାତିତ ହେଉଛନ୍ତି। ଯଦି କିଛି ମୁହଁ ଖୋଲନ୍ତି ତାହା ହେଲେ ତା'ର ମା', ବାପା, ଭାଇ, ଭଉଣୀ ସମସ୍ତେ ଆରେଷ୍ଟ ହେବେ। ସେଥିରୁ ବନ୍ଧୁବାନ୍ଧବ ବିବାହିତ ଝିଅ ବି ଛାଡ଼ ପାଏ ନାହିଁ।" ଏହା କହି କାନ୍ଦି ଉଠିଥିଲା।

ଆଲୋକବାବୁ କହିଲେ ହଉ ଠିକ୍ ଅଛି। ମୁଁ ସମୁଦିଙ୍କ ସହିତ କଥାବାର୍ତ୍ତା ହେଉଛି। କିଛି ଦିନ ଚାଲିଯାଉ। ତାଙ୍କ ରାଗ ଶାନ୍ତ ପଡ଼ିଯାଉ। ଅମ୍ରିତ୍ କହିଲା ନାଇଁ ଆପଣ ଜମାରୁ କଥାବାର୍ତ୍ତା ହୁଅନ୍ତୁ ନାହିଁ। ଆପଣଙ୍କୁ ଅପମାନିତ ହେବାକୁ ପଡ଼ିବ। ସେ ଆପଣଙ୍କ କଥା ଶୁଣିବା ଅବସ୍ଥାରେ ନାହାନ୍ତି। ସେ ଆରମ୍ଭରୁ ଶେଷ ଯାଏ କହିଥିଲା

ଆଲୋକବାବୁ ଶୁଣିଲା ପରେ କହିଲେ ହଉ ଆମେ କିଛି ଦିନ ଅପେକ୍ଷା କରିବା। ଏହିପରି ଗୋଟିଏ ସପ୍ତାହ ପରେ ହଠାତ୍ ଅମ୍ରିତ୍ ନାମରେ ଗୋଟିଏ ରେଜେଷ୍ଟ୍ରି ଚିଠି ଆଉ ଗୋଟିଏ ବିବାହ କାର୍ଡ ଆସି ପହଂଚିଲା। ପୁଅ ତାକୁ ପଢ଼ି ସଙ୍ଗେସଙ୍ଗେ ଆଉ ଗୋଟିଏ ଲଫାପା ଭିତରେ ରଖି ସେ ଚିଠି ଆଉ ଗୋଟିଏ ରେଜେଷ୍ଟ୍ରି କରିଦେଇଥିଲା। ସେଥିରେ ଥିଲା ଡିଭୋର୍ସ ନୋଟିସ୍ ଆଉ ବାହାଘର ନିମନ୍ତ୍ରଣ। ସେହିଦିନଠାରୁ ସବୁ ଶେଷ। ସେ ଚୁପ୍‌ଚାପ୍ ହୋଇଯାଇଛି। ଆମେ ତା' ମୁହଁରେ ଟିକିଏ ହସ ଦେଖି ନାହୁଁ। ଏହା ହେଉଛି ଆମ ଜୀବନ କାହାଣୀ। ପ୍ରଭୁଙ୍କର ଇଚ୍ଛା, ତାହା ସମୟ କହିବ। ଏତିକି କହି ସେ ଚାଲିଗଲେ।

ଦୁଇ ଚାରିଦିନ ପରେ ପୁଣି ଆଲୋକବାବୁ ଆସି ପହଂଚିଛନ୍ତି। ଦୁଇ ବନ୍ଧୁ ଦୁଇଟି କଫି କପ୍ ହାତରେ ଧରି ବିଭିନ୍ନ କଥାରେ ମଜ୍ଜି ଯାଇଥିଲେ। ଆରେ ମୁଁ ଗୋଟିଏ କଥା ଭାବୁଛି। ତୋତେ କିପରି ଲାଗିବ ମୁଁ ଜାଣିନାହିଁ। ଯଦି ଭଲ ଲାଗିବ ନାହିଁ ତାହାହେଲେ ମୋତେ କ୍ଷମା କରିଦେବୁ। ଆରେ ବନ୍ଧୁତା ଭିତରେ ଭଲମନ୍ଦ କ'ଣ। ଯଦି ତୁ ଭାବୁଛୁ ଭଲ ହୋଇଥିଲେ ଭଲ ନ ହେଲେ ତା'ର କିଛି ଗୋଟିଏ ସମାଧାନ ବାଟ ଖୋଜିବା। ତାହାହେଲେ ଆମେ ବନ୍ଧୁ କ'ଣ ? ଆମ ପୁଅ ଝିଅ ଦୁଇ ଜଣ ସାଗରରେ ଭାସୁଛନ୍ତି। କୂଳ କିନାରା ପାଉନାହାନ୍ତି। ଆମେ ତାଙ୍କର ସୁଖର ସଂସାର ଦେଖିବା ପରିବର୍ତ୍ତେ ସେମାନଙ୍କ କୋହଭରା ହୃଦୟକୁ ଅନୁଭବ କରୁଛେ। ଆମେ ଏମାନଙ୍କ ପାଇଁ କୌଣସି ଗୋଟିଏ ଉଦ୍‌ଯୋଗ କରିବା। କଥାରେ ଅଛି ଉଦ୍‌ଯୋଗ ହେଉଛି କର୍ମକର୍ତ୍ତା। କରୁ କରୁ ଯାହା ହେବ। ଯାହା ଘଟିଯାଇଛି ଆଉ ପଛକୁ ଫେରିବା ନାହିଁ। ଏମାନେ ଦୁଇଜଣ ପିଲାଦିନୁ ଏକାଠି ବଡ଼ ହୋଇଛନ୍ତି। ଏଇ କିଛି ଦିନ ହେଲା ସେମାନଙ୍କ ଜୀବନକୁ କିଛି କଳାବାଦଲ ଢାଙ୍କିଦେଇ ଅଦିନିଆ ଝଡ଼ ବର୍ଷା ହୋଇଗଲା। ତାହା ତ ସବୁଦିନ ରହିବ ନାହିଁ। ଆମେ ଦୁଇଜଣଙ୍କୁ ପୁଣି ଏକାଠି କଲେ କିପରି ହୁଅନ୍ତା ? ଅମୀୟବାବୁ କହିଲେ, "ଏହା କ'ଣ ସମ୍ଭବ ? ସେମାନେ ଆଉ ପିଲା ହୋଇଛନ୍ତି ଯେ ଆମ କଥାରେ ଉଠ୍‌ବସ୍ ହେବେ ? ସେମାନେ କିଛି କିଛି ଦିନ ଘର ସଂସାର ଭିତରେ ବାନ୍ଧି ହୋଇଥିଲେ। ଆମେ ଯେତେ ବାପା ମା' ହେଲେ ମଧ୍ୟ ସେମାନଙ୍କ ମତାମତ ଜାଣିବା ଜରୁରୀ। ତାହା ଠିକ୍ ଯେ, ଥରେ ଚେଷ୍ଟା କଲେ କିପରି ହୁଅନ୍ତା ? ମୁଁ ଅମ୍ରିତ୍‌କୁ ବୁଝାଉଛି ତୁ ଅର୍ପିତାକୁ ବୁଝା।

ଅମୀୟବାବୁ ଆଉ ଅର୍ପିତାର ମା' ବୃନ୍ଦାଦେବୀ ଝିଅକୁ ପାଖକୁ ଡାକି ପାଖରେ ବସାଇ ବହୁତ ବୁଝାଇଛନ୍ତି। କହିଛନ୍ତି, "ମା' ତୁ ଆମର ଜୀବନ। ଆମେ କେତେଦିନ ତୋର ଶୁଖିଲା ମୁହଁ ଦେଖିବୁ ? ତୋତେ ବାଧ୍ୟ କରୁନାହୁଁ। ତୋ ପାଇଁ କିଛି ଗୋଟିଏ

ସମାଧାନ କରିବାକୁ ଚାହୁଁଛୁ । ଜୀବନ ତ ହେଉଛି ସୁଖଦୁଃଖର ନଈଟିଏ । ହସ କାନ୍ଦର ବହିଟିଏ । ନଈ ବହି ଚାଲିଥାଏ । ଅବିରତ, ଅପ୍ରତିହତ । ସମ୍ପର୍କର ଖିଅ ଯୋଡୁଯୋଡୁ କେଉଁଠାରେ ଯୋଡ଼ି ହୁଏ ତ ଆଉ କେଉଁଠାରେ ଛିଡ଼ି ଛିନ୍‌ଭିନ୍ ହୋଇଯାଏ ।" ଅର୍ପିତା କହୁଛି, "ଆପଣମାନେ ମୋତେ କ'ଣ କହିବାକୁ ଚାହୁଁଛନ୍ତି ସିଧା କହୁନାହାନ୍ତି କାହିଁକି ? ଏପରି ବୁଲେଇ କହୁଛନ୍ତି ।" ଏହା ସେ କହୁଥାଏ । ତା' ଆଖିରୁ ଲୁହ ବୋହି ଚାଲିଥାଏ । ଅମୀୟବାବୁ ଅର୍ପିତାକୁ ସାନ୍ତ୍ୱନା ଦେଇ କହିଲେ, "ଘରେ ଯଦି କିଛି ଗୋଟିଏ ହୋଇଗଲା ତାହା ତ ସବୁଦିନ ରହିବ ନାହିଁ । ମୁଁ ତୋତେ ସେ ପଛକଥା ମନେପକାଇବାକୁ ଚାହୁଁନାହିଁ । ଯାହା ହୋଇଗଲାଣି ତାହା ତ ଫେରିବ ନାହିଁ ।" ତୁ ଏପରି କ'ଣ ଭୁଲ କଲୁ ଯେ ତା'ର କ୍ଷମା ନଥିଲା । ଆଉ ଥରେ ତାହା ରିପିଟ୍ କରିବା ନାହିଁ । କିଏ କ'ଣ କହିଲେ ମୋର ଚିନ୍ତା ନାହିଁ । ମୋ ଝିଅ କ'ଣ ମୁଁ ଜାଣିଛି । ନନା, "ଆପଣ ମୋ ପାଇଁ ଏତେ ଭାବିଲେ ମୋତେ ସାହସ ଦେବ କିଏ ? ଆପଣ ସବୁବେଳେ ମୋତେ ଶିଖାଇଛନ୍ତି ଦୁଃଖ ଆସିଲେ ସାହସର ସହିତ ସମ୍ମୁଖୀନ ହେବା ପାଇଁ । ମୋ ଭାଗ୍ୟରେ ଯାହା ଅଛି ତାହା ତ ନିଶ୍ଚିତ ଘଟିବ ।

ସେଥିପାଇଁ ଲେଖା ଅଛି :- "ଲଲାଟ ଲେଖନ କେ କରିବ ଆନ ।"

ମୋ ଭାଗ୍ୟରେ ସୂର୍ଯ୍ୟୋଦୟ ଅଛି କି ନାହିଁ ଜଣା ନାହିଁ । ହୁଏତ ଏ ଭିତରେ ଅସ୍ତ ହୋଇଯାଇପାରେ । ଅମୀୟବାବୁ କହିଲେ ତୁ ଏତେବଡ଼ କଥା କହନା ମା', ଠିକ୍ ତୋରି ପରି ଅମ୍ରିତ୍‌ର ଭାଗ୍ୟ । ମୁଁ ତାକୁ ପିଲାଦିନରୁ ଜାଣିଛି । ତୁମ ଦୁଇଜଣଙ୍କ ଭାଗ୍ୟ ଏକା ପରି ହେଲା କିପରି । ସେ ଆଗପଛ ବିଚାର ନ କରି ବାହାର ଚାକଚକ୍ୟ ଆଉ ଆଧୁନିକତାରେ ଭଳି ଯାଇଥିଲା । ଖାଲି ପାଠ ପଢ଼ିଦେଲେ ହେବ ନାହିଁ । ତାହା ଆଚରଣରେ ପ୍ରତିଫଳିତ କରିବାକୁ ପଡ଼ିବ । ତା' ଜୀବନର ପୃଷ୍ଠା ଏପରି ହୋଇଯିବ ବୋଲି ଜାଣିପାରିଲା ନାହିଁ ।

ସେଥିପାଇଁ ସେ ତା' ପାପା ମମିଙ୍କ ଆଗରେ ନିଜକୁ ଦୋଷୀ ମଣୁଛି । ମୁଁ ତ ତୋତେ ଦେଖିଚାହିଁ ବାହା କରିଥିଲି । ତୋର ଟିକିଏ ମତାମତ ନେଇନଥିଲି । ମୁଁ ବି ସେହିପରି ବାହ୍ୟଦେଖାରେ ଭୁଲିଯାଇଥିଲି । ଏଥିରେ ତୋ ଭାଗ୍ୟର ଦୋଷ ନାହିଁ । ମୁଁ ଜାଣିଜାଣି ତୋ ଭାଗ୍ୟ ଲେଖି ଦେଇଥିଲି । ତୁ ଆବର୍ଜନା ଓ ଅଯୋଗ୍ୟ ମାନସିକତା ଛାଡ଼ି ଏକ ନୂତନ ମାନସିକତା ଚିନ୍ତା କରେ ।

ନନା, "ଆପଣ କ'ଣ ଚାହୁଁଛନ୍ତି କହୁ ନାହାନ୍ତି ?" ସେ କହିଲେ ତୁ ତ ପିଲାଦିନୁ ଅମ୍ରିତ୍‌କୁ ଜାଣିଛୁ । ସେ ତା'ର ଭୁଲ ଲାଗି ବହୁତ ଅନୁତପ୍ତ । ତୁ ସେ ପୁରୁଣା ପୃଷ୍ଠାକୁ ଭୁଲି ତା' ସହିତ ସଂସାର କଲେ କିପରି ହୁଅନ୍ତା ? ମୁଁ ତୋତେ ବାଧ୍ୟ କରୁ

ନାହିଁ। କାରଣ ତୁମେମାନେ ଦୁଇ ଜଣ ଚଲାପଥରେ ଝୁଂଟିପଡ଼ିଛ। ଆଉଥରେ ଚାଲିବାକୁ ଚେଷ୍ଟା କର। ଅର୍ପିତା କହିଲା, "ନନା, ମୁଁ କିପରି ଭଲରେ ରହିବି ଆପଣଙ୍କର ଚିନ୍ତା। ମୁଁ ଯେହେତୁ ଆଖି ଆଗରେ ଅଛି। ଯିଏ ଥରେ ରାସ୍ତାରେ ଝୁଂଟିଛି ସେ ଆଉ ଥରେ କ'ଣ ଦୋହରାଇବ ? ରୁଦ୍ରାକ୍ଷ ଭଲ ବୋଲି ଭାବି ଆପଣ ମୋତେ ବାହା ଦେଇଥିଲେ। ସେ ତ ମୋତେ ବହୁତ ଭଲପାଉଥିଲେ, ତାଙ୍କର ଭଲପାଇବା ଭିତରେ ମୁଁ ବି ଆପଣମାନଙ୍କୁ ଭୁଲିଯାଇଥିଲି। ସେ ଉପରେ ଅମୃତବୋଳା କଥା କହି ଭିତରେ ହଳାହଳ ବିଷ ଭରିଥିଲେ ବୋଲି ମୁଁ ବି ଜାଣି ପାରିନଥିଲି। ମୋତେ ଯେତେ କଦର୍ଯ୍ୟ ବ୍ୟବହାର ଦେଖାଇଲେ ବି ମୁଁ ମୋର କର୍ତ୍ତବ୍ୟରେ କେବେହେଲେ ହେଳା କରିନଥିଲି। ତାଙ୍କ ଘରେ ପେଟପୂରା ଖାଇବାକୁ ମିଳୁନଥିଲା। ଭୋକର ଜ୍ୱାଳା ଏତେ ଥିଲା ଯେ ମୁଁ ରୁଟି ଚୋରିକରି ବାଧ୍ୟ ହୋଇ ଖାଉଥିଲି। ମୁଁ ଆପଣମାନଙ୍କ ପରିସ୍ଥିତି ଜାଣିଥିଲି। ସେଥିପାଇଁ ବୋଝ ଉପରେ ନଳିତା ବିଡ଼ା ହବା ପାଇଁ ଚାହୁଁନଥିଲି। ଯିଏ ଯାହା କହିଲେ ମୁଁ ମୁଣ୍ଡପାତି ସହି ନେଉଥିଲି।

ମୁଁ ଭାବୁଥିଲି ଏହା କ'ଣ ସବୁଦିନେ ରହିବ। କିଛି ଦିନ ପରେ ସବୁ ଠିକ୍ ହୋଇଯିବ। କିନ୍ତୁ ତାହା ଓଲଟା ଥିଲା। ଏମିତି ବି ବେଳ ଆସିଲା ସାହି ପଡ଼ିଶାଙ୍କୁ ଡାକିଆଣି ଅପମାନିତ କରିବାକୁ ପଛେଇ ନଥିଲେ। ମୁଁ ନନା ଦୀପଶିଖା ଭଳି ନିଜେ ଜଳିଜଳି ଆଲୋକ ଦେବା ପାଇଁ ବହୁତ ଚେଷ୍ଟା କରୁଥିଲି। ମୁଁ ଭାବେ, "ରୁଦ୍ରାକ୍ଷ ପରିବାର ଚାପରେ ହୁଏତ ମୋତେ କହୁଛନ୍ତି। ମୁଁ ତାଙ୍କ ସ୍ତ୍ରୀ। ମୋତେ କହିବେନି ତ ଆଉ କାହାକୁ କହିବେ। ପରେ ସେ ବୁଝିବେ। ମୁଁ ତାଙ୍କ ପାଇଁ କ'ଣ। ଏହା ହେଉଛି ସ୍ୱାମୀ ସ୍ତ୍ରୀର ଅତୁଟ ବନ୍ଧନ। ସେ ବୁଝିବା ପରେ ପୁଣି ମୋତେ ନିଜର କରିନେବେ। ତାହା ମୋର ସରଳ ଭାବଧାରା ଥିଲା ଓଲଟା। ସେ ଆମ ଘରର ଜ୍ୱାଇଁ ହୋଇଥିଲେ। ଆମ ଘରର ସମସ୍ତେ ତାଙ୍କୁ ଠାକୁରଙ୍କ ପରି ଉଚ୍ଚ ଆସନରେ ବସାଇଥିଲେ। ଆମ ଘରର ବିପଦବେଳେ କେହି ତ ତାଙ୍କୁ ସାହାଯ୍ୟ ମାଗୁନଥିଲେ। ସାନ୍ତ୍ୱନା ବାଣୀ ଦୁଇପଦ କୁଆଡ଼େ ଗଲା ପୁଣି ଆମ ଘରର। ଲାଞ୍ଛନା ଦେଇ ମୋତେ ରାତି ଅଧରେ ଘରୁ ବାହାର କରିଦେଇଥିଲେ।" ନନା କହିଲେ, "ତୁ ମୋତେ ଆଉ ସେ କାହାଣୀ ଶୁଣାନା। ସେ ସବୁକୁ ଜୀବନ ନଈରେ ଭସାଇ ଦିଏ।" ଆରେ ମା', "ଗଛକୁ ଫଳ ଭାରି ହୁଏ ନାହିଁ।" ଆପଣ କହିବା ତ ଠିକ୍ ମୋ ଜୀବନରେ ମୁଁ ଆଉଥରେ ବିବାହ କଲେ ପୁଣି ଯଦି ତା' ଲେଖାଥାଏ, କେତେ କଥା ଆପଣ ମୋ ଭାଗ୍ୟରେ ଲେଖିବେ। ତାହା ବି ନ ହେବ କାହିଁକି ? ମୁଁ ଥରେ ତାଙ୍କ ନାମରେ ସିନ୍ଦୂର ପିନ୍ଧିଛି। ତାହା ଆଉ ବଦଳାଇ ପାରିବି ନାହିଁ। ମୋର କ୍ଷଣିକ ସୁଖ ସକାଶେ ମୋତେ ଦୁନିଆ କହିବ କ'ଣ ?

ଅମ୍ରିତ୍‌ର ପାପା ମାମା ତାକୁ ଡାକି କହିଛନ୍ତି ତୁ ଆଉ କେତେଦିନ ଏପରି ଏକୁଟିଆ କଟାଇବୁ। ଆମେ ଦେଖିବାକୁ ଚାହୁଁଛୁ ଆମର ସେଇ ଦୁଷ୍ଟ ଅମାନିଆ ପୁଅ ଆମ ପାଖକୁ ଫେରିଆସୁ। କ'ଣ ତାହା ହେବ ନାହିଁ। ଜୀବନର ସୁଖଦୁଃଖ ସମୟ ଅବିରତ ଗଡ଼ିଯାଇଛି। ନିଃସଙ୍ଗ ଜୀବନ ବ୍ୟକ୍ତିମାନେ କେତେବେଳେ ଯେ କ'ଣ କରି ବସିବେ ତାହା କହିହେବ ନାହିଁ। ଯଦି ଭୁଲ ହୋଇଯାଇଛି ତା' ହେଲେ କ'ଣ ତାହା ସାରା ଜୀବନ ଭୁଲ ରହିଥିବ ନାହିଁ। ତାହା ପୁଣି ସଂଶୋଧନ କରିବାକୁ ପଡ଼ିବ। ତୋ ଜୀବନରେ ଯାହା ଅସଜଡ଼ା ହୋଇଛି ତାହା ଅଦିନ ଝଡ଼ ଭାବି ଭୁଲିଯାଆ। ତାହାକୁ ପାହାନ୍ତା ସ୍ୱପ୍ନ ଭାବି ଜୀବନର ନୂତନ ସକାଳର ପରିକଳ୍ପନା କର। ସୂର୍ଯ୍ୟଦେବ ଯେପରି ସକାଳର କଅଁଳିଆ ଖରା, ମଧ୍ୟାହ୍ନର ରୌଦ୍ରତାପ ପୁଣି ଅସ୍ତଗାମୀ ସୂର୍ଯ୍ୟ, ରାତ୍ର ଘନ ଅନ୍ଧକାର ଦୂର କରି ପୁଣି ସେଇ ସକାଳ ସୂର୍ଯ୍ୟ ନାଲି ମୁରୁଜ ବିଛାଇ ଦିଅନ୍ତି। ସବୁଦିନ ଏକାପରି କଟିନଥାଏ। କେଉଁଦିନ ଘୂର୍ଣ୍ଣିଝଡ଼ ଆସେ ତ କେଉଁଦିନ ଅସ୍ତଗାମୀ ହେବା ପୂର୍ବରୁ ଅନ୍ଧକାର ମାଡ଼ିଆସେ। ଏଥିରେ ତ ପ୍ରକୃତି ରହିଯାଏ ନାହିଁ। ସମୟର ଚକ ଗଡ଼ି ଆସିଛି, ଆସୁଛି ଆଉ ଚିରକାଳ ଆସୁଥିବ। ତୁ ସେଥିରୁ ଶିଖୁଛୁ କ'ଣ। ତୁ ସେଇ ମରୁଭୂମିର ମରୀଚିକା ଦେଖି ଧାଇଁଛୁ। ସେ ହାରାସ ହୋଇଯିବୁ। ତୋର ସେ ମରୁଭୂମିର ଜୀବନକୁ ଆଉ ଥରେ ଶସ୍ୟ ଶ୍ୟାମଳାରେ ଭରିଦିଏ।

ଅମ୍ରିତ୍ କହିଲା, "ପାପା, ଆପଣ ମୋତେ କ'ଣ ଛୋଟଛୁଆଙ୍କ ପରି ଏତେ ବୁଝାଉଛନ୍ତି। ପିଲାବେଳେ କାନ୍ଦିଲେ ଚକଲେଟ ଦେଇ ବୁଝାଇ ଦେଉଥିଲେ। ଆଲୋକବାବୁ କହିଲେ, "ତୋର ସେ ଛଳଛଳ ଆଖି ଆଉ ସେ ଶୁଖିଲା ମୁହଁକୁ ଦେଖିପାରୁନାହିଁ। ଆମ ଛାତି ଫାଟିଗଲା ପରି ଲାଗୁଛି। ଆଉ ତୁ ସେ ପୁରୁଣା ପୃଷ୍ଠାକୁ ନ ଓଲଟାଇ ନୂଆ ପୃଷ୍ଠା ଲେଖ। ତୁ ଯେତେ ବଡ଼ ଯେତେ ପାଠ ପଢ଼ିଲେ ବି ତୁ ସେଇ ଛୋଟ ଅମ୍ରିତ୍। ଆରେ ଆମର ତ ବୟସ ହେଲାଣି, ଆମେ ଦୁହେଁ ଅପରାହ୍ନରେ ପହଂଚିଲୁଣି।" ମଝିରେ କିଛି ଝଡ଼ ବତାସ। ଆମେ କେତେବେଳେ ସେ ଜୀବନ ସୁର୍ଯ୍ୟ ଅସ୍ତ ହୋଇଯିବ। ତୋର ସେ ନୀରବତା ଆଉ ସହ୍ୟ ହେଉନାହିଁ। ନିମ୍ନଗାମୀ ନଦୀସ୍ରୋତ ଉପରକୁ ଉଠେ ନାହିଁ। ତୋ ପାଖରୁ ସେ ଦୁରେଇ ଯାଇଛି। ତୁ ତାକୁ ଛାଡ଼ିନାହୁଁ। ସେ ତ ଆଉ ଫେରିବ ନାହିଁ। ମୁଁ ଭାବିଛି। କ'ଣ ଭାବୁଛନ୍ତି, କହୁନାହାନ୍ତି ? ଅର୍ପିତାକୁ ତୁ ତ ପିଲାଦିନରୁ ଜାଣିଛୁ। ସେ ବି ତୋ ପରି ଚଲାପଥରେ ଝୁଂଟି ରକ୍ତାକ୍ତ ହୋଇ ଫେରିଛି। ଯଦି ତାକୁ ଆପଣାଇ ନିଅନ୍ତୁ, ତାହାହେଲେ ଭଲ ହୁଅନ୍ତା। ଆମେ ପୁଣି ଦୁଇ ବନ୍ଧୁ ଏକାଠି ହୋଇଯାଆନ୍ତୁ। ଏହା ମୁଁ ତୋତେ ବାଧ କରୁନାହିଁ।

କିଛି ସମୟ ନୀରବ ରହିଲା ପରେ କହିଲା, "ପାପା ମୋତେ କିଛିଦିନ

ସମୟ ଦିଅନ୍ତୁ । ମୁଁ ଯେପରି ନିଜକୁ ନିଜେ ବୁଝାଇ ପାରୁନାହିଁ । ସେହିପରି ସେ ତ ପୁଣି କ'ଣ ଭାବୁଥିବ । ସେ ତ ପୁଣି କିଛିଦିନ ଘର ସଂସାର କରିଛି । ସ୍ୱାମୀ ସ୍ତ୍ରୀଙ୍କର ଯେଉଁ ମଜୁବୁତ ବନ୍ଧନ ତାହା କ'ଣ ଏତେ ଶୀଘ୍ର ଛିଣ୍ଡିଯିବ । ସେ କ'ଣ ସବୁକୁ ଭୁଲିଯାଇ ଆପଣମାନଙ୍କ କଥାରେ ଏକମତ ହେବ - ଏକଥା ମୋର କାହିଁ ବିଶ୍ୱାସ ହେଉନାହିଁ । ସେ କଦାପି ଶୁଣିବ ନାହିଁ । ତା'ପରେ ସେ ଟିକିଏ ଛାଇନିଦରେ ଶୋଇଯାଇଛି । ସେ ସ୍ୱପ୍ନ ଦେଖୁଛି, ଅଙ୍ଗୁରୁ ଆସି କହୁଛି, "ମୁଁ କ'ଣ ତୁମକୁ ବିବାହ କରିଥିଲି, ନା ନା ମୁଁ ତୁମର ଆଧୁନିକତାକୁ, ଆଉ ତୁମର ପଇସାକୁ, ଲାଇଫ୍ ଏଞ୍ଜୟ କରିବା ପାଇଁ । ମୁଁ ବାହା ହୋଇନଥିଲି ତୁମ କଥା ମାନି ତୁମର ପାପାମାମାଙ୍କ ସେବା କରିବା ପାଇଁ । ମୁଁ ତୁମ ଘରେ ବନ୍ଦୀ ଜୀବନ ସେସବୁ କଟାଇବାକୁ । ମୁଁ କରିପାରି ନଥାଆନ୍ତି ।" ମୁଁ ଚାହିଁଥିଲି, "ତୁମେ ଆଉ ମୁଁ ଦୁଇଟି ଉଡ଼ା ଚଢ଼େଇ ପରି ଡେଣା ଝାଡ଼ି ଉଡ଼ିବୁଲୁଥାଆନ୍ତେ ନୀଳ ଆକାଶରେ ।" କେହି ଆମକୁ ଦେଖିପାରିନଥାଆନ୍ତେ । ସେଠାରେ ରହିଥାଆନ୍ତେ ତୁମେ ଆଉ ମୁଁ । ତୁମେ ମୋତେ କ'ଣ କଲ । ତୁମେ ବନ୍ଧନରେ ବାନ୍ଧି ରଖିଲ । ଆଉ ସେଥିରେ ମୁଁ ନିଃଶ୍ୱାସ ରୁଦ୍ଧିହୋଇ ଛଟପଟ ହୋଇଯାଉଥିଲି । ମୁଁ ଖୋଜୁଥିଲି ଏ ବନ୍ଧନରୁ କିପରି ମୁକ୍ତି ପାଇବି । ତୁମର ମୋର ବୟସ ବର୍ତ୍ତମାନ ଆମେ ସାତ ସମୁଦ୍ର ଲଙ୍ଘନ କରିପାରିବା । ଏ ସମୟ ଚାଲିଗଲେ ଆଉ ଫେରିବ ନାହିଁ । ରାତ୍ରିର ଶେଫାଳୀ ଯେପରି ତା'ର ବାସନା ବିତରଣ କରି ସକାଳୁ ଝରିଯାଏ । ବୟସ ହେଉଛି ସେହିପରି । ସେଥିରୁ ଗୋଟିଏ ଦିନ ଚାଲିଗଲେ ତାହା ଆଉ ଫେରିବ ନାହିଁ । ଦେଖ ମୁଁ କିପରି ଲାଇଫ୍ ଏଞ୍ଜୟ କରୁଛି । ତାଚ୍ଛଲ୍ୟଭରା ହସ ହସି କହୁଛି ମୁଁ ତୁମକୁ ବହୁତ କହିଲି ମୁଁ ଆସୁଛି । ଅମ୍ରିତ୍‌ର ହଠାତ୍ ନିଦ ଭାଙ୍ଗିଯାଇଛି । ଝରକା ବାଟଦେଇ ଦଲକାଏ ଥଣ୍ଡା ପବନ ଆସି ମୁହଁରେ ପିଟିହୋଇଛି । ସେ ବାହାରକୁ ଚାହିଁଲାବେଳକୁ ସକାଳ ହୋଇଯାଇଛି । ନୀଳ ଗଗନରେ କିଚିରିମିଚିରି ଶବ୍ଦ କରି ପକ୍ଷୀ ଦଳଦଳ ହୋଇ ଉଡ଼ିଯାଉଛନ୍ତି । ସେ ଆକାଶକୁ ଚାହିଁ ରହିଛି ।

ହଠାତ୍ ଘରକୁ ପଶିଆସିଛନ୍ତି ମାମା, ହାତରେ ଚା' ଟ୍ରେ ଧରି । କହିଲେ ଯା' ମୁହଁ ଧୋଇ ଆସ ତୋ ପାପା ଆସୁଛନ୍ତି ଆଜି ସମସ୍ତେ ଏକାସାଙ୍ଗରେ ଚା' ପିଇବା । ଚା' ଟ୍ରେ ଥୋଇଦେଇ କପାଳକୁ ଆଉଁଶିଦେଇ ଅଲରା ବାଳକୁ ଠିକ୍ କରିଦେଇଛନ୍ତି । ସେ ଯାଇ ମୁହଁ ଧୋଇ ଆସି ଚା' ପିଇଲା । ଦୁଇ ଚାରି ଢୋକ ପିଇଲା ପରେ ପାପା ପଚାରିଲେ ତୁ କ'ଣ ଠିକ୍ କଲୁ ? ଅମ୍ରିତ୍ କହିଲା, "ପାପା ଏହା କ'ଣ ଏତେ ଶୀଘ୍ର ଭୁଲି ହେବ ? ହଁ ମୁଁ ଆପଣଙ୍କ କଥାରେ ରାଜି ହୋଇଯିବି । ତା' ମନରେ କ'ଣ ଅଛି ଆମେ ତାହା ଜାଣିବାକୁ ପଡ଼ିବ । ଆପଣ ଯାହା ଭାବୁଛନ୍ତି ତାହା ଏତେ ସହଜ ନୁହେଁ ।

ସବୁଝିଅ କ'ଣ ସମାନ ? ଅର୍ପିତା ଏପରି ଝିଅ ନୁହେଁ । ତା' ମନରେ କ'ଣ ଥାଇପାରେ ତାହା ଭଗବାନଙ୍କୁ ଜଣା । ପାପା କହିଲେ ଆମେ ଥରେ ବୁଝାଇବାରେ ଖରାପ କ'ଣ । ପାପା ମମିଙ୍କ ବାଧ୍ୟତାରେ ଅର୍ପିତା ଘରକୁ ଯାଇଛି । ଅର୍ପିତା ହସହସ ହୋଇ ଆସି ଅମ୍ରିତ୍‌କୁ ପ୍ରଣାମ ଜଣାଇଛି । ସେ ପୂର୍ବର ଅର୍ପିତା ନଥିଲା । ନଥିଲା ତା' ମୁଖ ମଣ୍ଡଳରେ ସଦ୍ୟ ପ୍ରସ୍ଫୁଟିତ ଗୋଲାପର ସୌନ୍ଦର୍ଯ୍ୟ । ନଥିଲା ସେ ପ୍ରଜାପତିର ଚଳଚଂଚଳତା । ମୁଖ ମଣ୍ଡଳରେ ଭରିରହିଥିଲା ବିଷାଦ ଆଉ ବିଷାଦ । ଏହି ସମୟକୁ ଅମୀୟବାବୁ ଆସି ପହଂଚିଛନ୍ତି ।

ଅମୀୟବାବୁ ପଚାରିଲେ "ଆରେ ଅମ୍ରିତ୍ ତୁ କେତେବେଳେ ଆସିଲୁ ?" ଅର୍ପିତା ଯା' ଚା' ନେଇ ଆସ । ଅର୍ପିତା ଚା' ନେଇ ଆସିଛି । ଏମାନେ ବସି ଚା' ପିଇବା ଭିତରେ ଅମୀୟବାବୁ ଜାଣି ଜାଣି କାମ ବାହାନାରେ ଉଠି ଚାଲିଯାଇଛନ୍ତି । ଅମ୍ରିତ୍ ପଚାରିଲା, "ମୁଁ ତ ତୋ କଥା ନିଜ ଆଖିରେ ଦେଖିଲି । ଆଉ ତୁ କ'ଣ ଚିନ୍ତା କରୁଛୁ ?" ଅର୍ପିତା କହିଲା, "କ'ଣ ଆଉ ଚିନ୍ତା କରିବି ମୁଁ କିଛି ବୁଝିପାରୁ ନାହିଁ ।" ଆମେ ଆମ ଜୀବନରେ ହଠାତ୍ ଅମାବାସ୍ୟାର କାଳ ଅନ୍ଧକାର ମାଡ଼ିଆସିଛି । ଆଉ ତୋ ଭାଉଜ ବାହ୍ୟ ଚାକଚକ୍ୟରେ ଏପରି ବୁଡ଼ିଯାଇ ଆଉ ପଛକୁ ଫେରିନାହିଁ । ତା' ବାଟ ସେ ନିଜେ ଅଲଗା କରିଦେଲା । ମୋର ସେଥିରେ ଦୁଃଖ ନାହିଁ । ଭଗବାନ ତାକୁ ଭଲବାଟ ଦେଖାନ୍ତୁ । ଜୀବନରେ ଏପରି ବେଳେବେଳେ ହୁଏ । ତାକୁ ଭୁଲି ପୁଣି ଆଗକୁ ଦେଖିବାକୁ ହେବ । ମୋ କଥା ତ ଏପରି । ତୁ କହ ତୁ ସେ ପଛକଥା ସବୁକୁ ଗଣ୍ଠି ପକାଇ ଆଖିରୁ ଲୁହ ଗଡ଼ାଉଥିବୁ ନା କିଛି ଭାବୁଛୁ । ସେ ସବୁକୁ ଜୀବନର ଦୁର୍ଘଟଣା ଭାବି ଭୁଲିଯାଇ ନୂଆ ସକାଳ ଦେଖିବା ପାଇଁ ଚେଷ୍ଟା କର ।

ମୁଁ କ'ଣ ଜାଣିଥିଲି ମୋ ଜୀବନରେ ଏମିତି କଳାବାଦଲ ଢାଙ୍କି ହୋଇଯିବ । ଏତେ ଝଡ଼ବତାସ ବୋହି ମୋତେ ଅସ୍ତବ୍ୟସ୍ତ କରିପକାଇବ । ସବୁକୁ ମୁଣ୍ଡପାତି ସହି ନେଇଥିଲି । କାରଣ ମୁଁ ଅପେକ୍ଷା କରିଥିଲି ଏହା ହେଉଛି କ୍ଷଣିକ । ଏହା ଅଦିନିଆ ଝଡ଼ । ହଠାତ୍ ଆସିବ ଆଉ ଫେରିଯିବ । ଏହା ମୋ ଜୀବନରେ ଫେରିଲାନି । ତାହା ମୋତେ ଧ୍ୱଂସ ବିଧ୍ୱଂସ କରି ମରଣ ମୁହଁକୁ ଯିବା ପାଇଁ ବାଧ୍ୟ କଲା । ଏସବୁ ଥିଲା ମୋ ପାଇଁ ଉପରବାଲାଙ୍କ ଲେଖନୀର ଲେଖା । ଅମ୍ରିତ୍ କହିଲା, "ଆମ ଜୀବନରେ ଅକାଳ ଝଡ଼ ଆସି ଫେରିଯାଇଛି । ଆମେ ସେ ବିଷାକ୍ତ ପରିବେଶକୁ ଭୁଲିଯାଇ ଅମୃତମୟ ପରିବେଶ ଆଉ ଥରେ ଗଢ଼ି ପାରିବା ନାହିଁ ।

ଅର୍ପିତା କହିଲା, "ଆପଣ ହେଉଛନ୍ତି ମୋର ଶୁଭାକାଂକ୍ଷୀ । ସେଥିପାଇଁ ମୋତେ ବୁଝାଇବାକୁ ଚେଷ୍ଟା କରୁଛନ୍ତି । ମୁଁ ବର୍ତ୍ତମାନ ଗଭୀର ସାଗରରେ ଭାସୁଛି । କୂଳ କିନାରା

ପାଉନାହିଁ। ମୁଁ କୂଳରେ ଲାଗିପାରିବି କି ସେଇ ଦୁଃଖ ଆଉ ଅଭିମାନର ଲହଡ଼ିରେ ଭାଙ୍ଗି ଚୁର୍‌ମାର ହୋଇଯିବି ତାହା ମୋତେ ଜଣାନାହିଁ। ମୁଁ ରୁଦ୍ରାକ୍ଷଙ୍କୁ ବହୁତ ଭଲପାଉଥିଲି। ମୋତେ ଭଲପାଉଥିଲେ କି ନାହିଁ ତା ମୋତେ କିଛି ଫରକ ନଥିଲା। ତାଙ୍କୁ ମୁଁ ଇହ ପରକାଳର ସାଥି ମାନି ନେଇଥିଲି। ଏତେ ସତ୍ତ୍ୱେ ତାଙ୍କର ମନ ବୁଝି ପାରିନଥିଲି। ମୁଁ ଆରପାରିକୁ ଚାଲିଯାଇଥିଲେ ସରିଯାଇଥାଆନ୍ତା। ଅମ୍ରିତ୍ ଅର୍ପିତାର ପାଟିରେ ହାତ ଦେଇ କହିଲେ- "ନା, ନା, ତୁ ଆଉ ସେଗୁଡ଼ା ମନକୁ ଆଣେନା।" ଆପଣ ମୋ ଜୀବନର ଦେବଦୂତ ସାଜି ମୋତେ ମୃତ୍ୟୁ ମୁଖରୁ ଟାଣିଆଣିଲେ। ଏଥିରେ କିଛି ଭଲ ଥାଇପାରେ। ଭଗବାନ ଯାହା କରନ୍ତି କିଛି ମଙ୍ଗଳ ଥାଏ। କଷ୍ଟବେଳେ ତାହା ବୁଝିହୁଏ ନାହିଁ।

ଅମ୍ରିତ୍ ପଚାରିଲା, "ଏହା କ'ଣ ତୋର ଶେଷ ଉତ୍ତର? ଏ ଭିତରେ ତୁ ଦଶବର୍ଷ ଆଗକୁ ଚାଲିଯାଇଛୁ। ଏତେ କଥା ତୁ କେଉଁଠାରୁ ଶିଖିଲୁ? ମୁଁ ପରା ଗୋଟିଏ ଝିଅ, ଝିଅମାନଙ୍କୁ ମାଟିମାଠିଆ ସହିତ ତୁଳନା କରାଯାଇଥାଏ। ତାହା ଯଦି ଥରେ ପାଣି ଭରି ଦିଆଯାଏ ତାହାହେଲେ ସେ ଆଉ କୌଣସି କାମରେ ଲାଗିବ ନାହିଁ। ତାହା ଖାଲି ପାଣି ଭରିବ। ତାହା ଥରେ ଛୁଆଁ ହୋଇଗଲେ ତାକୁ ଫୋପାଡ଼ି ଦିଆଯାଏ। ପୁଅମାନେ ହେଉଛନ୍ତି ପିତଳ ମାଠିଆ। ତାକୁ ମାଜିମୁଜି ଦେଲେ ସରିଲା।" ଅମ୍ରିତ୍ କହିଲା, "ଆଜିକାଲି ସବୁ ସେ ପୁରୁଣା କଥାକୁ ଛାଡ଼। ତୋର ତ ସମୟ ସରିଯାଇ ନାହିଁ। ସେ ସମୟ କିପରି କଟାଇବୁ ଚିନ୍ତାକର। ଯଦି ତୁ କିଛି ବୁଝାମଣା ଠିକ୍ ହୋଇଗଲା ଭଲ। ସତରେ ରୁଦ୍ରାକ୍ଷ କେତେ ଭାଗ୍ୟବାନ। ତୋ ପରି ଅର୍ଦ୍ଧାଙ୍ଗିନୀକୁ ବୁଝିପାରିଲେ ନାହିଁ। ଆରେ ପାଗଳି ତୁ ଗୋଟିଏ ହୀନନାରୀ। ତୋର ସଂସ୍କାର ଅଲଗା, ତୋର ସଂସ୍କୃତି ଅଲଗା। ଯାହା ବହିରେ ପଢ଼ିଛୁ ତାହା ବହି ପାଠ। ବହି ଲେଖା ଆଉ ବାସ୍ତବତା ଭିତରେ ବହୁତ ତଫାତ୍। ଆଜି ତୁ ବୁଝିପାରୁନାହୁଁ। ଆଜିକାଲି ଏକାଏକା ବଂଚିବା ବହୁତ କଷ୍ଟକର। ତୁ କିଛି ଗୋଟିଏ ବାଟ ଖୋଜ।"

ଅର୍ପିତା କହିଲା, "ମୁଁ ସବୁ ବୁଝୁଛି, କିନ୍ତୁ କ'ଣ କରିବି? ମୁଁ ଭାବୁଛି, ପଢ଼ାପଢ଼ି କରି ଓ.ଏ.ଏସ୍ ପରୀକ୍ଷାଟା ଦେବି। ଆପଣ ଏଥିରେ ଯଦି କିଛି ସାହାଯ୍ୟ କରିପାରିବେ ମୋ ଜୀବନ ଥିବା ଯାଏ ଆପଣଙ୍କର ଉପକାର ଭୁଲିପାରିବି ନାହିଁ। ହଁ ଏହା ତ ବହୁତ ଭଲ। ତୋର ଏ ମନୋବୃତ୍ତିକୁ ମୁଁ ଧନ୍ୟବାଦ ଜଣାଉଛି, ତୁ ଯେତେବେଳେ ଯାହା ଦର୍କାର କହିବୁ। ବର୍ତ୍ତମାନ ତ ଫର୍ମ ଫିଲପ୍ ହେଉଛି। ମୁଁ କାଲି ତୋର ଫର୍ମ ଫିଲପ୍ କରିଦେଉଛି। ଅର୍ପିତା କହିଲା, "ଏ ସାହାଯ୍ୟ ମୋ ପାଇଁ ବହୁତ ବଡ଼।" ଅମ୍ରିତ କହିଲେ, "ମୁଁ ତୋ ପାଖରେ ସବୁବେଳେ ଅଛି। ତୁ ଯାହା ଆଶା କରୁଛୁ ତାହା ପୂରଣ

କର। ଆପଣ ମୋର ବଡ଼ଭାଇ। ମୋ ପଛରେ ମୋ ଛାଇ ପରି ମୋତେ ମରଣ ମୁହଁରୁ ଫେରାଇ ଆଣିଛନ୍ତି। ମୁଁ ପ୍ରଭୁଙ୍କ ପାଖରେ ପ୍ରାର୍ଥନା କରୁଛି। ଆମ ଏ ସମ୍ପର୍କରେ ଅମୃତ ବର୍ଷା କରନ୍ତୁ।" ଅମ୍ରିତ୍‌ର ସାହାଯ୍ୟ ସହଯୋଗରେ ଓ.ଏ.ଏସ୍ ପରୀକ୍ଷା ଦେଇଛି। ଅମ୍ରିତ୍‌ର ଯିବା ଆସିବା ଅର୍ପିତା ଘରକୁ ସାହି ପଡ଼ୋଶୀ ସହିପାରି ନାହାନ୍ତି। ଏମାନଙ୍କ ସମ୍ପର୍କ କେହି ବୁଝି ପାରନ୍ତି ନାହିଁ। ସେମାନେ ଭାବନ୍ତି ଏ କାହିଁକି ଆସୁଛି।

ରୁଦ୍ରାକ୍ଷଙ୍କୁ ଆଉ ଦୁଇ ଚାରି ପଦ ଲଗାଇ କହିଛନ୍ତି। ଏହା ହେଉଛି ଖଳ ପ୍ରକୃତି ଲୋକଙ୍କର କାମ। ସେମାନେ କାହାର କିଛି ଦେଖିଲେ ବଢ଼େଇ ଚଢ଼େଇ ଏପରି ବର୍ଣ୍ଣନା କରିବେ ଯେ ତା' ଭିତରେ ଥିବା ପେଚା, ଚଢ଼େଇ ବିରାଡ଼ିରେ ପରିଣତ ହୋଇଯିବ। ରୁଦ୍ରାକ୍ଷ ତ ଅର୍ପିତା ଘରକୁ ଆସିଛନ୍ତି। ଅର୍ପିତାର ସାନଭାଇ ଆକାଶ ଆସି କହିଲା "ନାନୀ ରୁଦ୍ରାକ୍ଷ ଭାଇ ଆସିଲେଣି।" ଏହା ଶୁଣି ଅର୍ପିତା ହସିଦେଇ କହିଲା, "ତୋତେ ଆଉ କାହାକୁ ମିଛ କହିବାକୁ ମିଳିଲା ନାହିଁ। ମୋତେ ଆସି କହୁଛୁ। ତୁ ବହୁତ ଦୁଷ୍ଟ ହୋଇଗଲୁଣି। ରହ ତୋତେ ଦଉଛି।" ଆକାଶ କହିଲା, "ନା ନାନୀ ମୁଁ ମିଛ କାହିଁକି କହିବି। ମୁଁ ରାସ୍ତାରେ ଦେଖି ଦୌଡ଼ିଦୌଡ଼ି ଆସି ତୋତେ କହୁଛି।" ସେ ଆକାଶର କାନ ମୋଡ଼ିଲାବେଳକୁ ରୁଦ୍ରାକ୍ଷ ଆସି ପହଂଚି ଯାଇଛନ୍ତି। ସେ ରୁଦ୍ରାକ୍ଷଙ୍କୁ ହଠାତ୍ ଦେଖି ଚମକି ପଡ଼ିଛି। ଆଉ ତାକୁ ଲାଗୁଛି ତା' ପାଦତଳୁ ମାଟି ଖସିଯାଉଛି। ସେ ଆଉ କିଛି ବୁଝିପାରୁନାହିଁ। କ'ଣ କରିବ? ରୁଦ୍ରାକ୍ଷ କହିଲେ ତୁମେ ତ ବହୁତ ମଜାରେ ଅଛ। ସେ ସେତେବେଳକୁ ସବୁ ଭୁଲିଯାଇ ଭାବୁଛି, ରୁଦ୍ରାକ୍ଷ କ'ଣ ତାକୁ ନେବାକୁ ଆସିଛନ୍ତି। ସେ କ'ଣ ତାଙ୍କ ଭୁଲ ବୁଝିପାରିଛନ୍ତି? ଯାହା ହେଲେ ବି ସେ କେତେ ଭଲ ପାଉଥିଲେ। ସେ କୌଣସି ଚାପରେ ମୋତେ ଏପରି ବ୍ୟବହାର କରୁଥିଲେ। ବର୍ତ୍ତମାନ ସେ ନିଜେ ନିଜ ଭୁଲ ବୁଝିପାରିଛନ୍ତି। ମୋତେ ନେବା ପାଇଁ ଆସିଛନ୍ତି। ସ୍ୱାମୀ ବିନା ତ ସ୍ତ୍ରୀ ଅଧୁରା। ଅମୀୟବାବୁ ଆସି ଦେଖୁଛନ୍ତି ରୁଦ୍ରାକ୍ଷ ଆସିଛନ୍ତି। ହସ ହସ ହୋଇ ପଚାରିଲେ, "ଘରେ ସବୁ ଭଲ ତ! ଅର୍ପିତା ରୁଦ୍ରାକ୍ଷ କ'ଣ ଠିଆ ହୋଇଛନ୍ତି। ଆକାଶକୁ ଡାକି କହିଲେ, "ଯା, ପାଣି ଆଣି ଭାଇଙ୍କ ଗୋଡ଼ ଧୋଇଦିଏ। ସେ କେତେବେଳୁ ଘରୁ ଆସିବେଣି। ତୋ ବୋଉ କୁଆଡ଼େ ଗଲା କି? ଏହିପରି ବିବ୍ରତ ହୋଇପଡ଼ିଛନ୍ତି। ଏହା ଶୁଣି ରୁଦ୍ରାକ୍ଷ ପାଟି କରିଛନ୍ତି। ସେ ଆଜି ଭୁଲିଯାଇଛନ୍ତି, ମାନ ସମ୍ମାନ କିଏ ମାନ୍ୟବ୍ୟକ୍ତି ଗୁରୁଜନ। ଅମୀୟବାବୁ ରୁଦ୍ରାକ୍ଷଙ୍କୁ କହିଲେ, "ଆପଣ ଏପରି କାହିଁକି ହେଉଛନ୍ତି? ଆପଣ ଆମର ସମ୍ମାନୀୟ। ଆମ ଘରେ ଆପଣଙ୍କ ସ୍ଥାନ ବହୁତ ଉଚ୍ଚରେ। ଆପଣ ଏତେ ରାଗନ୍ତୁ ନାହିଁ। ଯାହା ହୋଇଯାଇଛି ତାହା ତ ଆଉ ଫେରିବ ନାହିଁ। ଆଗକୁ କ'ଣ ହେବ ସେ ବିଷୟ ଚିନ୍ତା

କରିବା। ଏହିପରି ଗୋଟିଏ ଝିଅର ବାପା ହୋଇଥିବାରୁ ବହୁତ ବୁଝାଇଛନ୍ତି କିନ୍ତୁ ରୁଦ୍ରାକ୍ଷ କୌଣସି କଥାକୁ ଭ୍ରୂକ୍ଷେପ କରିନାହାନ୍ତି। ସେ ବହୁତ ଅସଭ୍ୟ ଭାଷାରେ କହିଚାଲିଛନ୍ତି। ଏତେ ସତ୍ତ୍ୱେ ବି ନ ବୁଝିବାରୁ ଅମୀୟବାବୁ କହିଲେ ଆପଣ ଆଉ କିଛି କହନ୍ତୁ ନାହିଁ। ଆପଣ ଯଦି ଏତେ ଭଦ୍ର, ତାହା ହେଲେ ବର୍ଷା ରାତିରେ କିଏ କ'ଣ କାହା ସ୍ତ୍ରୀକୁ ଘରୁ ବାହାର କରି କବାଟ ବନ୍ଦ କରିପାରେ? ସତରେ ଆପଣ କେତେ କଠୋର। ମୁଁ ଆପଣଙ୍କୁ ଆଜି ଯାଏ କିଛି କହିଛି? ତା' ଭାଗ୍ୟରେ ଏହା ଲେଖା ଥିଲା। ଆଜି ସେ ମୋ ପାଖରେ ପହଂଚିଛି। ଆଜି ଆପଣ ସ୍ୱାମୀପଣିଆ ଜାହିର କରିବା ପାଇଁ ଆସିଛନ୍ତି। ରୁଦ୍ରାକ୍ଷ କହିଲେ, "ମୁଁ ଏଠାକୁ ଆସିବା କ'ଣ ଭୁଲ୍?" ନା, ମୁଁ ତ ତାହା ଆପଣଙ୍କୁ ବୁଝାଉଛି। ଯେହେତୁ ମୁଁ ଗୋଟିଏ ଝିଅର ବାପା। ଏହା କ'ଣ ଆପଣ ଠିକ୍ କରିଛନ୍ତି। ରୁଦ୍ରାକ୍ଷ ଆଉ ଜୋର୍‌ରେ ପାଟି କରିଛନ୍ତି। କହିଛନ୍ତି ସେ ମରିବା ନାଟକ କରି ଏଠାରେ ରହି ପୁରୁଣା ପ୍ରେମିକ ସହିତ ସମୟ କଟାଉଛି। ଏହା ଶୁଣି ଅମୀୟବାବୁ କାନରେ ହାତ ଦେଇଛନ୍ତି। ସେ କହିଲେ ଆପଣ ଜଣେ ଶିକ୍ଷିତ ଲୋକ ହୋଇ ଏ ଛୋଟ କଥା କହୁଛନ୍ତି କିପରି? ଏ ସବୁ ମୋର ଶୁଣିବା ପାଇଁ ଧୈର୍ଯ୍ୟ ନାହିଁ। ମୋ ଝିଅ ହେଉଛି ଗଙ୍ଗାଜଳ ପରି ପବିତ୍ର। ଆପଣ କିଛି କାନକୁହା କଥା ଶୁଣି ଏପରି କହୁଛନ୍ତି। ଏହା ସତ୍ୟ ନୁହେଁ। ବେଳେବେଳେ କିଛି ଆଖିଦେଖା କଥା ବି ଭୁଲ୍ ହୋଇଯାଏ। ଆପଣ ଏଠାରୁ ଚାଲିଯାଆନ୍ତୁ। ଗଛକୁ ଫଳ ଓଜନ ହୁଏ ନାହିଁ। ଆପଣଙ୍କୁ ମୁଁ ଅନୁରୋଧ କରୁଛି ଆପଣ ଚାଲି ଯାଆନ୍ତୁ। ରୁଦ୍ରାକ୍ଷ ଚାଲିଯାଇଛନ୍ତି।

ଅମୀୟବାବୁ ଚୁପ୍‌ଚାପ୍ ବସିପଡ଼ିଛନ୍ତି। ଅର୍ପିତା ଭାବୁଛି ମୋ ପାଇଁ ମୋ ପରିବାରକୁ କେତେ ଅପମାନ ସହ୍ୟ କରିବାରୁ ପଡୁଛି। ମୋ ବାପା ମା' ମୋତେ ଜନ୍ମ ଦେଇ କ'ଣ ଏତେ ବଡ଼ ପାପ କରିଛନ୍ତି। ମୁଁ ମରିଯାଇଥିଲେ ତ ଭଲ ହୋଇଥାଆନ୍ତା। ଏତେ ନିର୍ଯାତନା ପରେ ବି ଆସି ଭୁଲ ପରିବର୍ତ୍ତେ ମୋ ପରିବାରକୁ ଅପମାନିତ କରି ଚାଲିଗଲେ। ମୋ ପାଇଁ ବର୍ତ୍ତମାନ ମୁଁ ପୁଣି ସୁଇସାଇଡ୍ କରିବା ନଚେତ୍ ଯେସାକୁ ତେସା ହୋଇଯିବି। ମୁଁ କଂଟାକୁ କଂଟାରେ କାଢ଼ିବି। ଅମୀୟବାବୁ ଆଉ ତା' ବୋଉ ଅର୍ପିତାକୁ ବହୁତ ବୁଝାସୁଝା କରିଛନ୍ତି। ମା' ତୁ କ'ଣ କହୁଛୁ? ତୁ ଯଦି ଯିବା ପାଇଁ କହିବୁ ତାହାହେଲେ ମୁଁ ନିଜେ ଯାଇ ତାଙ୍କୁ ବୁଝାଇ ଛାଡ଼ିଦେଇ ଆସିବି। କିଛି ଗୋଟାଏ ଖରାପ ସମୟ ଚାଲିଥିଲା। ସେ ପରର ପ୍ରରୋଚନାରେ ଝୁଂଟି ପଡ଼ିଛନ୍ତି। ମୁଁ ଭାବୁଛି ସେ ବହୁତ ଅନୁତପ୍ତ। ସେ ନିଜର ଦୋଷତ୍ରୁଟିକୁ ଲୁଚାଇବାକୁ ଯାଇ ଏପରି କହିଛନ୍ତି। ସେ କିନ୍ତୁ ତୋତେ ବହୁତ ଭଲ ପାଆନ୍ତି। ସେ ଅର୍ପିତାର ପିଠି

ଥାପୁଡ଼ାଇ କହିଲେ ତୁ ଆଜି ବୁଝିପାରୁ ନାହୁଁ। ଶାଶୁଘର ହେଉଛି ସ୍ୱର୍ଗପୁର। ସେଇଟା ହେଉଛି ତୋର ଘର। ସେଠି ତୋର ଆନନ୍ଦ। ସେଠି ତୋର ଦୁଃଖ ହେଲେ ବି ସେଠି ହେଉଛି ତୋର ଶାନ୍ତି। ତୋତେ ରୁଦ୍ରାକ୍ଷଙ୍କୁ କ୍ଷମା କରିବାକୁ ପଡ଼ିବ। ଏହି ସମୟ କିଛି ଦିନ ଝଡ଼ ପରି ଆସିଥିଲା ତାହା କ'ଣ ସବୁବେଳେ ରହିବ? ଜୀବନ ଯୁଦ୍ଧରେ ହାରିଯିବ ନାହିଁ। ନା କିଛି ସମୟ ପରେ ସେ ଚାଲିଯିବ। ତୋତେ ଧରିତ୍ରୀମାତା ପରି ସବୁ ସହିବାକୁ ପଡ଼ିବ। ତା' ପରେ ଯାଇ ଆସନ୍ତା କାଲି ତୋର ସଂସାର ପୁଣି ହସିଉଠିବ। ଅର୍ପିତାର ମନ ବଦଳିଯାଇଛି। ସେ ଯାହା ହେଲେ ବି ସେ ନନାଙ୍କୁ କହିଲା ମୁଁ ଆଉ ନିଜକୁ ଅସହାୟ ମନେକରିବି ନାହିଁ। ଆଉ ଭାଙ୍ଗି ପଡ଼ିବି ନାହିଁ। ଏହା ମୁଁ ଆପଣଙ୍କ ଆଗରେ ପ୍ରତିଜ୍ଞା କରୁଛି। ହଁ, ମୁଁ ଯିବି ଗୋଟିଏ ସର୍ତ୍ତରେ। ଆମ ଘରୁ କେହି ମୋତେ ଛାଡ଼ିବାକୁ ଯିବେ ନାହିଁ, ମୁଁ ଏକା ଯିବି। ତୁ ଏକା ଯିବୁ ଆମକୁ ଲୋକ କ'ଣ କହିବେ? ଲୋକଙ୍କ ଧର୍ମ ହେଲା ସେ ଅନ୍ୟମାନଙ୍କୁ କହିବା। ଯିଏ ଯାହା କହୁ ଆମ ଘରଲୋକଙ୍କୁ ଆଉ ମୁଁ ଅପମାନିତ କରିବାକୁ ଚାହୁଁନାହିଁ। ବହୁତ ହୋଇଗଲା। ଆଉ ନୁହେଁ। ଯଦି କିଛି କହନ୍ତି ତାହାହେଲେ ମୁଁ ଆପଣଙ୍କ ପାଖକୁ ଫେରିଆସିବି। ଆଉ ସେ ଭୁଲ କରିବି ନାହିଁ। ମୁଁ ଆପଣମାନଙ୍କୁ କଥା ଦେଉଛି। ନନା ବୋଉ ଅନ୍ତରର କୋହକୁ ଚାପି ରଖି ଅଶ୍ରୁଳ ନୟନରେ ବିଦାୟ ଦେଇଛନ୍ତି।

ସମସ୍ତଙ୍କଠାରୁ ବିଦାୟ ଦେଇ ସାହସ ବାନ୍ଧି ରୁଦ୍ରାକ୍ଷଙ୍କ ଘରକୁ ଯାଉଛି। ସେ କେମିତି କେଜାଣି ତାକୁ ଗୋଟିଏ ଅଜଣା ଭୟ ହେଉଛି। ସେ ଭାବୁଛି ରୁଦ୍ରାକ୍ଷ କ'ଣ କହିବେ। ରୁଦ୍ରାକ୍ଷ କ'ଣ କହିବେ। ତାଙ୍କ ଘରେ ସମସ୍ତେ କ'ଣ କହିବେ ରୁଦ୍ରାକ୍ଷ ଯଦି କହନ୍ତି ତୁମେ ଚାଲିଯାଅ ତୁମେ ଆସିଲ କାହିଁକି? ସେ କ'ଣ ଉତ୍ତର ଦେବ। ନା କିଛି ଉତ୍ତର ଦେବ ନାହିଁ। ନଈର ପ୍ରଖର ସ୍ରୋତରେ ଦୂବଘାସ ଯେପରି ନଇଁଯାଏ ସେହି ପରି ନଇଁଯିବ। ତାହା ହେଉଛି ବୁଦ୍ଧିମତୀର କାମ। ତା'ପରେ ଯଦି ପୁଣି ଥରେ ଘରୁ ବାହାର କରିଦିଅନ୍ତି। ନା ସେ କଦାପି ଏପରି କରିପାରିବେ ନାହିଁ। ଏହିପରି ଅଡୁଆ ସୂତା ଗୁଡ଼େଇ ହେଲା ପରି ହେଉଥାଏ। ସେ ସବୁ ଭାବକୁ ପୂର୍ଣ୍ଣଛେଦ ପକାଇ ତାଙ୍କ ଘରେ ପହଂଚି ଦୁଆର ବାଡ଼େଇଛି। ସେତେବେଳକୁ ରୁଦ୍ରାକ୍ଷ ଆସି ଦୁଆର ଖୋଲି ଅର୍ପିତାକୁ ଦେଖି ସ୍ଥାଣୁ ପାଲଟି ଯାଇଛନ୍ତି। ହଠାତ୍ ମେସେଜ୍ ନାହିଁ। ହଠାତ୍ ଆକାଶରେ ମେଘ ନାହିଁ ବିଜୁଳି ଚମକିଲା ଭଳି ଚମକି ପଡ଼ିଛନ୍ତି। ଏହା ମୋର ଭ୍ରମ ନୁହେଁ ତ! ମୁଁ ଠିକ୍ ଦେଖୁଛି ତ! ମୋ ମନର ଭ୍ରାନ୍ତ ଧାରଣା। ସେ ଆଖି ମଳିମଳି ଅର୍ପିତାକୁ ଚାହିଁ ରହିଛନ୍ତି। କିଛି ସମୟ ଚାହିଁବା ପରେ ତୁମେ କ'ଣ ଏକା। ତୁମ ସାଙ୍ଗରେ ଆଉ କେହି ଆସିନାହାନ୍ତି। ଅର୍ପିତା ଘର ଭିତରକୁ ପଶିଯାଇଥିଲା। କିଛି କହିନଥିଲା।

ସେହିଦିନର ଶାରିରୀକ ସମ୍ପର୍କ ତା' ମନରେ ତାଜା ମହଲ ଅଲିଭା ସ୍ମୃତି ହୋଇ ରହିଯାଇଥିଲା। ରୁଦ୍ରାକ୍ଷ ସେ ବି କ୍ଷଣିକ ଉତ୍ତେଜନାରେ ସବୁ ଭୁଲି ଯାଇଥିଲା। ମନ ଭିତରେ ଅଜସ୍ର ଗୋଲାପର ବାସ୍ନା, ଆଉ ରଙ୍ଗିନ୍ କୃଷ୍ଣଚୁଡ଼ାର ରଙ୍ଗରେ ରଙ୍ଗେଇ ହୋଇଯାଇଥିଲା। ସେ ଥିଲା କିଛି ଦୈହିକ ମନର ମିଳନ ଦୃଢ଼ରୁ ଦୃଢ଼ତର କରିଥିଲା ସେ ମାୟାବିନୀ ରାତ୍ରିର କୃତ୍ରିମ ସ୍ମୃତି। ତାହା ଜୀବନର ସାଦା କାଗଜରେ ଇତିହାସ ଲିପିବଦ୍ଧ ହୋଇଗଲା। ବିଶାଳ ହୃଦୟର ଉଷ୍ମତାରେ ସୁଖନିଦ୍ରାରେ ଶୋଇଯାଇଥିଲା। ଗୋଟିଏ ସ୍ତ୍ରୀ ସ୍ୱାମୀଠାରୁ ଆଉ କ'ଣ ଆଶା କରେ। ଏ ଜୀବନ ହେଉଛି କ୍ଷଣଭଙ୍ଗୁର। ବର୍ଷାଜଳର ପାଣି ଫୋଟକା ପରି ହସିହସି ସେଇ ଧାରେଧାରେ ମିଳେଇ ଯାଇଥାଏ। ହଠାତ୍ ଥାଏ। ହଠାତ୍ ନଥାଏ। ସେ ନିଜକୁ ନିଜେ ବିଶ୍ୱାସ କରିପାରୁନଥିଲା ସେ ରୁଦ୍ରାକ୍ଷ ସତରେ। ଦୀର୍ଘଦିନ ବିଚ୍ଛେଦ ପରେ ବସନ୍ତର ମଳୟ ଫଗୁଣ ପୂର୍ଣ୍ଣିମାର ସ୍ୱଚ୍ଛ ଶୀତଳ କିରଣ ପାଗଳ ମନକୁ ଭାବବିହ୍ୱଳ କରିପକାଉଥିଲା। ରୁଦ୍ରାକ୍ଷଙ୍କ ବାହୁବନ୍ଧନ ଭିତରେ ସେ ଭାବୁଥାଏ ସତରେ କ'ଣ ସେଇ ପିଲାଦିନର ଜହ୍ନମାମୁ ଗପର ଏକଧାଡ଼ି ଲେଖା ପ୍ରଭୁ ଜହର ଗ୍ଲାସ୍‌କୁ ବଦଳାଇ ଗୋଟିଏ ଅମୃତ ଗ୍ଲାସ ଧରାଇ ଦେଇଛନ୍ତି। ଏହା କ'ଣ ସ୍ୱାମୀ ଆଉ ସ୍ତ୍ରୀ ଚାରିକାନ୍ଥ ଭିତର ଏକାନ୍ତ ସମ୍ପର୍କ? ଏହା ସ୍ୱତନ୍ତ୍ର।

ରାତ୍ରିର ଶେଫାଳୀ ଯେପରି ତା'ର ସୁବାସ ବିତରଣ କରେ। ତା'ର ବାସ୍ନାରେ ପାଗଳ ଭ୍ରମର ଆସନ୍ତୁ ବା ନ ଆସନ୍ତୁ ତା' ପାଇଁ କିଛି ଫରକ ନଥିଲା। ସେ ସୂର୍ଯ୍ୟ ଉଇଁଲା ପୂର୍ବରୁ ଝରିପଡ଼େ। ଅର୍ପିତା ସେହିପରି ରାତ୍ରିର ସମୟକୁ ଭୁଲିଯାଇ ସକାଳୁ ସନ୍ଧ୍ୟା ଯାଏଁ ନିଜ କର୍ତ୍ତବ୍ୟରେ ଲାଗିପଡ଼େ। ସେ ଚାହିଁବା ନ ଚାହିଁବା ଭିତରେ ଅର୍ପିତାର କୋଳମଣ୍ଡନ କରିଥିଲେ ଦୁଇଟି ଅମୂଲ୍ୟ ରତ୍ନ। ସେହି ରତ୍ନମାନଙ୍କୁ ସେ କିପରି ସଜେଇ ରଖିବ ସେ ଭାବି ପାରୁନଥାଏ। କ'ଣ ହେବ ଏମାନଙ୍କ ଭବିଷ୍ୟତ। ଏମାନେ ଦୁନିଆ ଦାଣ୍ଡରେ ମଣିଷ ହୋଇପାରିବେ ତ! ରୁଦ୍ରାକ୍ଷଙ୍କର ପୁଣି ସେଇ ଅନ୍ଧ ଅହମିକା, ଶୀତଳ ହବା ପରିବର୍ତ୍ତେ ରୁଦ୍ଧ ହୋଇ ପଡୁଥିଲା। ତାହା କ୍ଷତାକ୍ତ କରିପକାଉଥିଲା ତାକୁ। ଏହା ଦ୍ୱାରା ଭୟଙ୍କର ଅଜସ୍ର କ୍ଷତି ଓ କ୍ଷତ ସୃଷ୍ଟି ହେଉଥିଲା ଦୁହିଁଙ୍କର। ଏ ଅତ୍ୟାଚାର ସେ ନିଜ ଛୁଆଙ୍କ ପାଇଁ ସବୁବେଳେ ପରାଜୟ ସ୍ୱୀକାର କରିନିଏ। ସେ ଭାବେ ଏହା ଦ୍ୱାରା ଛୁଆମାନଙ୍କର ମଙ୍ଗଳ ହେବ। ତା'ର ଆଶା ଆଶାରେ ରହିଯାଏ। ସେ ହେଉଛନ୍ତି ରଦ୍ରାକ୍ଷ। ସେ ରୁଦ୍ରଙ୍କ ପରି ରୁଦ୍ର ଅବତାର। ତାହା ଅନ୍ୟମାନଙ୍କ ପାଇଁ ଶାନ୍ତ, ସରଳ ମୂରତି। ସେ କେତେ ଚେଷ୍ଟା କରେ ବୁଝିବା ପାଇଁ, କୌଣସିମତେ ବୁଝିପାରେ ନାହିଁ। ସେଇ କୁନି ଛୁଆଙ୍କର ଅମୃତଝରା ମା' ଡାକରେ ସବୁକୁ ଭୁଲିଯିବା ପାଇଁ ଚେଷ୍ଟା କରେ। ସେ ବେଳେବେଳେ ଭାବେ ମୁଁ କ'ଣ ସବୁ ସ୍ତ୍ରୀଙ୍କ ପରି ନୁହେଁ? ପ୍ରଭୁ କ'ଣ

ମୋ ପାଖରେ କିଛି କମ୍ କରିଛନ୍ତି । ମୁଁ କ'ଣ ସ୍ୱାମୀଙ୍କୁ ଖୁସି କରିବା କଳାଟି ଶିଖିପାରିନାହିଁ । କ'ଣ ଆଉ ସେ କରିପାରିବ । ତା' ବାପାମା'ଙ୍କ ଶିକ୍ଷା ଶାଶୁଘର କହିଲେ ଖାଲି ସ୍ୱାମୀକୁ ବୁଝାଏ ନାହିଁ । ତାଙ୍କ ପରିବାର ହେଉଛି ତୋର ପରିବାର । ଛୁଆମାନଙ୍କୁ ଦେଖିବ ପରିବାର କଥା ବୁଝିବ । ସେ ଭିତରେ ସେ ସମୟ ଦେଇପାରିନଥାଏ ରୁଦ୍ରାକ୍ଷଙ୍କୁ । ଏହା କ'ଣ ରୁଦ୍ରାକ୍ଷ ବୁଝିପାରନ୍ତି ନାହିଁ ? ସେ ଜଣେ ମା' ଆଉ ଜଣେ ଯୌଥ ପରିବାରର ବୋହୂ । ସେ କ'ଣ କେବେହେଲେ ରୁଦ୍ରାକ୍ଷଙ୍କ ଚାରିପାଖରେ ବୁଲି ପ୍ରେମର ପିଆଲା ଭରିଦେଇ ପାରିବ ? ସେ କ'ଣ ତାଙ୍କର ଆକାଂକ୍ଷିତ ହୃଦୟକୁ ବୁଝି ପାରିନାହିଁ । ସେ ବି ତ ଗୋଟିଏ ସ୍ତ୍ରୀ । ମୋ ମ ନଭିତରେ ପ୍ରେମର ଲହରୀ ପିଟି ଫେରୁନାହିଁ । ମୁଁ ତ ପୁଣି ଚାରିଆଡକୁ ଚାହେଁ । ନୀରବତା ହିଁ ନୀରବତା । ମୁଁ କିନ୍ତୁ କିଛି କରିପାରେ ନାହିଁ । ମୁଁ ଭାବୁଛି ମୋର ଏ ନୀରବତା ରୁଦ୍ରାକ୍ଷଙ୍କୁ ବହୁତ ଆଘାତ ଦେଉଛି । ସେ ପ୍ରତିଶୋଧ ପରାୟଣ ହୋଇ ଉଠୁଛନ୍ତି । ସେ କହିପାରୁ ନାହାନ୍ତି, "ମୁଁ ତୋତେ ଆଉ ଚାହୁଁନାହିଁ । ତୁ ଫେରିଯାଆ ଅର୍ପିତା । ଯେତେବେଳେ ସେ ବହୁତ ଆକାଂକ୍ଷିତ ସ୍ୱରରେ ଡାକନ୍ତି "ଅର୍ପିତା ଟିକିଏ ଶୁଣ ତ ।" ସେ ଗୃହ ଜଞ୍ଜାଳ ଭିତରେ ବୁଡ଼ିରହି ତାଙ୍କ କଥାକୁ ପ୍ରତ୍ୟାଖ୍ୟାନ କରେ । ତାଙ୍କ ମନ ଭିତରେ ଅତଳ ସାଗର ଲହରୀମାଳା କୂଳରେ ମଥାପିଟି ଫେରିଯାଏ । ଲହରୀ ଫେରେ, ଦୁଃଖ ଆଉ ନୀରବତା ନେଇ । ସେ ନିଜକୁ ନିଜେ ବୁଝାଇପାରନ୍ତି ନାହିଁ । ସେ ବି ବରଫ ପାଲଟିଯାଏ । ଆଉ ସେ ମନ ଭିତରେ ପ୍ରେମର ବସନ୍ତ ବହିବ କେଉଁଠାରୁ ?

ଅର୍ପିତା ସକାଳୁ ଉଠି ସୂର୍ଯ୍ୟଙ୍କୁ ପ୍ରଣାମ କରେ "ପ୍ରଭୁ ଆଜି ଦିନଟି କିପରି ଭଲରେ ଅତିବାହିତ ହେଉ ।" ତା'ର ସବୁ ଆଶା ଆକାଂକ୍ଷା ନୀରବିଯାଏ । ପୁଣି ସେ ନିର୍ଦ୍ଦୟ ଅତ୍ୟାଚାର । ସେ ବହୁତ ଅନୁନୟ ବିନୟ ହୋଇ କହେ ମୋତେ ମାର ନାହିଁ । ମୁଁ ମରିଯିବି । ମୋ ପିଲାମାନଙ୍କ କଥା କିଏ ବୁଝିବ ? ମୋତେ ଏତିକି ଦୟାକର, ଏହା ପିଲାମାନେ ଯେପରି ନ ଜାଣନ୍ତି । ସେ ଏତେ ଈର୍ଷାପରାୟଣ ହୋଇଯାଆନ୍ତି ତାଙ୍କ ପରିବାର ବି ଏପରି ଦେଖାଇବା ପାଇଁ ଭୁଲନ୍ତି ନାହିଁ । ଯେଉଁଠି ସ୍ୱାମୀ ସ୍ତ୍ରୀଙ୍କ ସମ୍ପର୍କ ଭଲ ନଥାଏ ସେଠି ଅନ୍ୟମାନେ ଦୁଇ ଚାରି ପଦ ମିଶାଇ ଦିଅନ୍ତି । ଏମାନଙ୍କ ସମ୍ପର୍କ ଜଳାଇବାକୁ ଚେଷ୍ଟା କରନ୍ତି । ଲିଭାଇବା ପାଇଁ ନୁହେଁ ।

ସବୁବେଳେ ତ ସମାନ ଥାଏ । ଛୁଆଟିର ଦେହ ଖରାପ ଥାଏ । ସେ ମା' ମା' ହୋଇ ପାଖ ଛାଡୁ ନଥାଏ । ସେ ତାକୁ ଔଷଧ ଦେଇ ତାକୁ ଶୋଇଦେଇ ରୋଷେଇଘରେ ଆସି ରୋଷେଇ କରୁଛନ୍ତି । ରୁଦ୍ରାକ୍ଷଙ୍କ ସାନଭାଇ ଆସ ବାଢ଼ିବା ପାଇଁ କହିଲେ, ସେ କହିଲା ଆଉ ଟିକିଏ ଅଛି ଅପେକ୍ଷା କର ଦଉଛି, ଏହା ବୋଧେ ରୁଦ୍ରାକ୍ଷଙ୍କୁ ଅପମାନିତ

ଲାଗିଲା। ସେ ଆସି ପାଟିକରି କହିଲେ ତାକୁ ଖାଇବାକୁ ଦେଉନ କାହିଁକି ? ସେ କହିଲା, ହଁ କହି ଭାତଥାଳି ଧରି ଆସିଲାବେଳକୁ ରୁଦ୍ରାକ୍ଷ ଦେଖୁଛନ୍ତି। ସେ ତା' ହାତରୁ ଥାଳିଟି ନେଇ ତା' ଉପରକୁ ଫୋପାଡ଼ି ଦେଲା। ସେ କହିଲା ଏ କ'ଣ କହୁଛ ? ସେ ଅର୍ପିତାର ହାତ ଧରି ଅଗଣାକୁ ଠେଲି ଦେଇଥିଲା। ସେତେବେଳକୁ ସେ ଅନ୍ତଃସତ୍ତ୍ୱା ଥାଏ। ସେ ନିଜର ଭାରସାମ୍ୟ ହରାଇ ଅଗଣାରେ ପଡ଼ିଯାଇଥିଲା। ତା'ପରେ ହୋଇଥିଲା ଅକଥନୀୟ ଅତ୍ୟାଚାର। ବିଧା, ଗୋଇଠା, ଅଶ୍ରାବ୍ୟ ଭାଷାରେ ଗାଳି ଦେଇ ଚାଲିଥାଏ। ରୁଦ୍ରାକ୍ଷ ଦେଖୁଥାଆନ୍ତି। ଅଧିକ ରଗେଇ କହୁଥାଆନ୍ତି ତା'ର ବହୁତ ସାହସ ହୋଇଯାଇଛି। ସେ କିଛି ବୁଝିପାରୁନଥାଏ। ତା'ର ଦେହ ହାତ ଅବଶ ହୋଇ ଆସୁଥାଏ। ତା'ର ଆଖିକୁ ଝାପ୍‌ସା ଦେଖାଯାଉଥାଏ। ସେତେବେଳେକୁ ସୂର୍ଯ୍ୟ ମୁଣ୍ଡ ଉପରେ ରହି ଦେଖୁଛନ୍ତି। ତାଙ୍କ ଆଖି ଦୁଇଟି ସ୍ଥିର ହୋଇଯାଇଛି। ସେ ମନ ଶାନ୍ତି ହେଲା ଯାଏ ପିଟିଚାଲିଥାଏ। ଦୁଇ ଭାଇଙ୍କର କାହାର ହେଲେ ତା' ପ୍ରତି ଟିକିଏ ଦୟା ନଥାଏ। ଏହା ଦେଖୁଛନ୍ତି ସେଇ ଆକାଶରେ ସୂର୍ଯ୍ୟ ଆଉ ଅଗଣାର ଚାରିକାନ୍ଥ। ସେ ବିକଳ ହୋଇ କହୁଥାଏ, "ମୋତେ ଆଉ ମାର ନାହିଁ। ମୁଁ ମରିଯିବି। ମୋତେ ଦୟାକର।" ଶେଷରେ ସେ ହାତଟେକି ଦେଇ କହୁଛନ୍ତି, "ପ୍ରଭୁ ଏଠାରେ ମୋର କେହି ନାହାନ୍ତି, ତୁମେ ହିଁ ମୋର ରକ୍ଷାକର୍ତ୍ତା। ପ୍ରଭୁ, ତୁମର ଇଚ୍ଛା। ପ୍ରଭୁ ମୋ ଡାକ କ'ଣ ତୁମ ପାଖରେ ପହଂଚି ପାରୁନାହିଁ। ପ୍ରଭୁ ମୋର ଭୁଲ କେଉଁଠାରେ ରହିଗଲା।" ସେ ପାଣି ମୁନ୍ଦିଏ ମାଗୁଥାଏ। ସେ ଅଗଣାରେ ପଡ଼ିଥାଏ। ପୁଅ ଗୋଟିଏ ଖେଳଣା କଣ୍ଢେଇରେ ପାଣି ମୁନ୍ଦିଏ ଆଣି ମା' ପାଟିରେ ଢାଳି ଦେଉଥାଏ। ସେ ବିକଳ ହୋଇ କହୁଥାଏ ମୋ ମାମାକୁ ମାରିଦେଲେ। ସେତେବେଳକୁ ଆଖି ବୁଜିହୋଇ ଆସୁଥାଏ। ଏମାନଙ୍କ ପାଟି ଶୁଣି ସାଇ ପଡ଼ୋଶୀ କ'ଣ ହେଲା ବୋଲି ଦୌଡ଼ି ଆସିଛନ୍ତି। ତାକୁ ପାଣି ଛିଂଚିବାରେ ସେ ଟିକିଏ ଚାହିଁଛି। ତାକୁ ଘରକୁ ନେଇଛନ୍ତି। ସେମାନେ କହିଲେ, ସେ ଅସୁବିଧା ମଣିଷଟା ତାକୁ ଏପରି ଗୋରୁଗାଈଙ୍କ ପରି ଏପରି ପିଟୁଛ କାହିଁକି ? ତୁମେ ନ ରଖିଲେ ତା' ବାପଘରକୁ ପଠାଇ ଦେଉନାହଁ ? ସେ ତ ଚାଲିଯାଇଥିଲା ତାକୁ ଆଣିଲ କାହିଁକି ? ତାକୁ ଏପରି ଏ ଅବସ୍ଥାରେ ତୁମମାନଙ୍କର ଟିକିଏ ଦୟା ଆସୁନାହିଁ ? ରୁଦ୍ରାକ୍ଷଙ୍କୁ କହିଲେ, "ତୁମେ ଆଖି ଆଗରେ ତୁମ ସ୍ତ୍ରୀକୁ ମାରୁଛ। ତୁମେ ଏହା ବରଦାସ୍ତ କରୁଛ କିପରି। ସେ କ'ଣ ଏତେ ଭୁଲ କରିଦେଇଛି।" ରୁଦ୍ରାକ୍ଷ କିଛି କହୁ ନଥାଆନ୍ତି। ତୁମେ ଏ ଅବସ୍ଥାରେ ଏ ଦଣ୍ଡ ଦେଉଛ। ତା' ବାପା ମା'ଙ୍କୁ ଡାକି ତାଙ୍କ ଘରକୁ ପଠାଇଦିଅ।

ଏହା ଶୁଣି ସାନଭାଇ ରାଗି କହିଲା ତୁମମାନଙ୍କୁ କିଏ ଭଦ୍ରଲୋକ କରି

ଡାକୁଛି। ତୁମେମାନେ ଯଦି ସହିପାରୁ ନାହଁ ନେଇଯାଉନାହଁ କାହିଁକି ? ନିଜ ଘରେ ରଖିବ। ଆମେ ତ ଚାହୁଁନାହୁଁ ତାକୁ ରଖିବା ପାଇଁ। ଏ କ'ଣ ମୋ ଭାଇ ପାଇଁ ଯୋଗ୍ୟ। ସେ ଯେତେ ଶୀଘ୍ର ଚାଲିଯିବ ଆମେ ଆଉ ଥରେ ଶୁଭଶଙ୍ଖ ବଜାଇ ଭାଇକୁ ବାହା କରିବୁ। ଆମେ ଯେତେ ଯାହା କଲେ ବି ସେ ଯିବ ନାହିଁ। ସେ ତା' ବାପଘରେ ବହୁତ ଲୋକଙ୍କ ଶଯ୍ୟାସଙ୍ଗିନୀ ହୋଇ ତା'ର ବାପାମା'ଙ୍କୁ ପୋଷୁଥିଲା। ତାକୁ କେହି ନାପସନ୍ଦ କରିବାରୁ ସେ ଆମ ଘରକୁ ଚାଲିଆସିଛି। ଏ ଜଣେ ଚରିତ୍ରହୀନା। ସେ ଯେପରି ନିଜେ ନିଜେ ଆସିଛି, ସେହିପରି ଚାଲିଯାଉ।

ସେ ଏହା ଶୁଣି କାନରେ ହାତ ଦେଇଥାଏ। ପ୍ରଭୁ, ଏ ସବୁ ଶୁଣିବା ପାଇଁ ମୋର ଆଉ ଧୈର୍ଯ୍ୟ ହେଉ ନାହିଁ। ସେ ବିକଳ ହୋଇ କାନ୍ଦୁଥାଏ। ସେ ବସୁଧାମାତା ସୀତାମାତାଙ୍କୁ କୋଳ କଲା ପରି ତୁ ଫାଟିଯା ମୋତେ କୋଳ କରିନେ। ମୁଁ ଆଉ ଏ ଅପମାନ ସହିପାରୁନାହିଁ। ମୁଁ ତ ଆଉ ବାପଘରକୁ ଫେରିପାରିବି ନାହିଁ। ପ୍ରଭୁ ଲିଙ୍ଗରାଜଙ୍କ ରଥ ଯେପରି ଯାହା ହେଲେ ହୋଇଯାଉ ପଛେ ସେ ଆଗକୁ ମାଡ଼ିଚାଲେ ପଛକୁ ଫେରେ ନାହିଁ। ମୁଁ ମଲେ ମରିବି ପଛେ ଆଉ ପଛକୁ ଫେରିବି ନାହିଁ।

ଏହି ନୀରବତା ଭିତରେ କିଛି ଦିନ ଚାଲିଗଲାଣି। ସେ ଦିନେ ଏହିପରି ଭାବୁଛି ଯେ ଅମ୍ରିତ୍ ଭାଇଙ୍କ ସ୍ତ୍ରୀ ଆମର ଏ ସମାଜ ସଂସ୍କାର ସବୁକୁ ପ୍ରତ୍ୟାଖାନ କରି ନିଜର ସ୍ୱାମୀଙ୍କୁ ଛାଡ଼ି ଅନ୍ୟ ପୁରୁଷକୁ ସ୍ୱାମୀ ରୂପରେ ଗ୍ରହଣ କରି ଚାଲିଯାଇଛି। ତାଙ୍କ ପାଇଁ କିଛି ବାଧାବନ୍ଧନ ତାଙ୍କୁ ଅଟକାଇ ପାରିନଥିଲା। ଆମ ଧର୍ମ ଆମ ସଂସ୍କାର ଯାହା ପୂର୍ବରୁ ମହାମନିଷୀମାନେ ଯାହା ଲେଖିଯାଇଛନ୍ତି ତାହା କ'ଣ ଭୁଲ ? ସ୍ୱାମୀ ଆଉ ସ୍ତ୍ରୀର ସମ୍ପର୍କ ହେଉଛି ବଂଶ ବିସ୍ତାର କରିବା। ପରସ୍ପର ଦୁଃଖ ସୁଖରେ ସମାନ ଭାଗୀଦାର ହେବେ। ପୁରୁଷ ବାହାରେ ରୋଜଗାର କରିବ ଆଉ ସ୍ତ୍ରୀ ପିଲାଛୁଆ ଘରର ସମସ୍ତ ପରିବାରଙ୍କ କଥା ବୁଝିବ। ଯୁଗ ଦିନକୁ ଦିନ ପରିବର୍ତ୍ତନ ହେଉଛି। ଆଜିକାଲି ଝିଅମାନେ ବାହାରେ ପୁରୁଷମାନଙ୍କ ସହିତ ସମାନ ହୋଇ କର୍ମକ୍ଷେତ୍ରକୁ ଯାଉଛନ୍ତି। ଅମ୍ରିତ୍ ଭାଇଙ୍କ ଜୀବନରେ ତାହା ହିଁ ଘଟିଛି। ଏହିପରି ହେଲେ ଆଉ କାହାର ପରିବାର ରହିବ ନାହିଁ। ପରିବା ହାଟ କଲା ପରି ନିଜର ସାଂସାରିକ ଜୀବନ ପରିବା ହାଟ ହୋଇଗଲାଣି। ଆଜି ଏହା ମନକୁ ଆସିଲାଣି ତ ଏହାକୁ ନବା। ମନକୁ ଆସୁନାହିଁ ତ ଫେରିଯିବା। ଆଜିକାଲି ଆଧୁନିକତାର ଛାପ ଏ ସବୁକୁ ଅପବ୍ୟବହାର କରୁଛନ୍ତି। ଯେଉଁମାନେ କରିପାରୁନାହାନ୍ତି ସେମାନେ ଅକଥନୀୟ ଅତ୍ୟାଚାର ସହି ପଡ଼ି ରହୁଛନ୍ତି।

ତା'ର ଏ ଭାବନା କ'ଣ ଭୁଲ୍ ? ଏହି ଭିତରେ ସେ ଭାବନାର ବୁଢ଼ିଆଣୀ ଜାଲରେ ଛନ୍ଦି ହେଲା ପରି ଛନ୍ଦି ହୋଇଯାଉଛି। ସେ ଯେତେବେଳେ ବାପାମା'ଙ୍କଠାରୁ

ବିଦାୟ ନେଇ ଆସିଥିଲା ସେତେବେଳେ ସେ ଦୃଢ଼ ନିଷ୍ପତ୍ତି ନେଇଥିଲା ଯେ ଆସୁ ଯେତେ ବାଧାବନ୍ଧନ ସେ ସମ୍ମୁଖୀନ ହେବ। ସେ ଆଉ ଭାଙ୍ଗିପଡ଼ିବ ନାହିଁ। ସେ ଆଉ ତା'ର ଜୀବନକୁ ଅସମୟରେ ହରାଇଦେବ ନାହିଁ। ସେ କ'ଣ ଭାବିଥିଲା ପୁଣି ରୁଦ୍ରାକ୍ଷ ତା'ର ଜୀବନଟାକୁ ଏପରି ଛିନ୍‌ଭିନ୍ କରି ପକାଇବେ। କୁଆଡ଼େ ଗଲା ତାଙ୍କର ପୁରୁଷପଣିଆ। ଆଜି ସେ ତାଙ୍କ ରକ୍ତର ଛୁଆମାନଙ୍କର ମା'। ଆଜି କାହିଁକି ଏହିପରି ବହୁତ ଆଜେବାଜେ କଥା ମନକୁ ଆସୁଛି। ହଠାତ୍ ଦଲକାଏ ପବନ ମାଡ଼ି ହେଲା ପରି ସେ ନୀରବ ହୋଇଯାଇଛି। ସେ ତା' ଆଖିକୁ ବିଶ୍ୱାସ କରିପାରୁନାହିଁ। ରୁଦ୍ରାକ୍ଷ ଆସି ହସିହସି କହୁଛନ୍ତି। ଅର୍ପିତା ଆଜି ତୁମକୁ ଗୋଟିଏ ଖୁସି ଖବର ଜଣାଇବି। ତୁମର ସ୍ୱପ୍ନ ବାହାର। ସେ ଭାବୁଛି ମୋ ଜୀବନରେ ପୁଣି ଖୁସି। ପ୍ରଭୁ କ'ଣ ଡାକ ଶୁଣିଛନ୍ତି ? ଯାହାଠାରୁ ଆଜି ଯାଏ କଥା ପଦେ ଶୁଣିବା ତା' ପକ୍ଷରେ ଅସମ୍ଭବ ସେ ପୁଣି କହୁଛନ୍ତି। ଏ କ'ଣ। ସେ କିଛି ଉତ୍ତର ଦେଲେ ନାହିଁ। ରୁଦ୍ରାକ୍ଷ ପୁଣି ପଚାରିଲେ, "ତୁମେ ଶୋଇଗଲ ନା କ'ଣ ? ସେ କିଛି କହିପାରୁନାହିଁ। କ'ଣ ବା କହିବ। ରୁଦ୍ରାକ୍ଷ ଆସି ତା' ପାଖରେ ବସିଛନ୍ତି। ସେ ଭାବୁଛି ଯାହା ହେଲେ ବି ସେ ତାଙ୍କର ସହିତ ଏତେ ଦିନ ଘର ସଂସାର କରିଛି। ତା' ପାଇଁ ତାଙ୍କ ହୃଦୟର କୋଉ କୋଣରେ ମୋ ପାଇଁ ଟିକିଏ ଜାଗା ଅଛି। ସେଥିପାଇଁ ସେ ଏହିପରି ମନଭୁଲାଣିଆ କଥା କହୁଛନ୍ତି। ସତରେ ସେ କ'ଣ କହିବେ ଅର୍ପିତା ମୋର ଭୁଲ ହୋଇଯାଇଛି। ଯାହା ହୋଇଗଲା ତୁମେ ସେସବୁ ଭୁଲିଯାଅ। ତୁମେ ମୋ ଉପରେ ଆଉ ଅଭିମାନ କର ନାହିଁ। ତୁମେ ଏପରି ଅଭିମାନ କଲେ ଛୁଆମାନେ ଶିଖିବେ କ'ଣ। ଆଉ ସ୍ତ୍ରୀ ଯଦି ରାଗେ ସ୍ୱାମୀର କର୍ତ୍ତବ୍ୟ ତାକୁ ମନାଇ ପୁଣି ଘର ସଂସାର ଚଳେଇବା।

ପୁଣି ସେଇ ରୁଦ୍ର ରୂପ। ତୁମକୁ କ'ଣ ଡାକୁଛି ତୁମକୁ କ'ଣ ଶୁଭୁନାହିଁ। ଏଇ ନିଅ ତୁମ ଚିଠି ଟ୍ରେନିଙ୍ଗ୍ ପାଇଁ ଆସିଛି କହି ତା' ଉପରକୁ ଫୋପାଡ଼ି ଦେଇଛନ୍ତି। ଅର୍ପିତା ଚମକି ପଡ଼ିଛି। ଚିଠିଟିକୁ ବାହାରକରି ଖୋଲି ପଢ଼ିଛି। ତା' ଆଖିରୁ ଲୁହ ଝରଝର ହୋଇ ଝରିପଡୁଥାଏ। ସେ ଭଗବାନଙ୍କୁ କୋଟିକୋଟି ପ୍ରଣାମ ଜଣାଇ ଚିଠିଟିକୁ ଛାତିରେ ଚାପିଧରିଛି। ସେ ସେହି ସମୟରେ ସବୁ କିଛି ଭୁଲିଯାଇଛି। ପ୍ରଭୁ ଆଜି ମୋ ଡାକ ଶୁଣିଛନ୍ତି। ମୋତେ ଏ ଅପବାଦରୁ ମୁକ୍ତ କରିବା ପାଇଁ ମୋତେ ଏ ବାର୍ତ୍ତା ପଠାଇଛନ୍ତି। ରୁଦ୍ରାକ୍ଷ କହିଲେ କ'ଣ ପଢୁଛ ? ତୁମର ଓ.ଏ.ଏସ୍ ସିଲେକ୍‌ସନ ହୋଇଛି। ତୁମେ ତ ମୋତେ କହିନଥିଲ ତୁମେ ପରୀକ୍ଷା ଦେଇଛ ବୋଲି। ତଥାପି ଅର୍ପିତା ଚୁପ ରହିଛି। କ'ଣ ମୁଁ ତୁମ ପାଇଁ ଏତେ ପର ହୋଇଯାଇଥିଲି। ଅର୍ପିତା କହିଲା, "ତୁମର ତ ସମୟ ନଥାଏ ମୋ ପାଇଁ। ଆଉ କହିଥାଆନ୍ତି କିପରି। ମୁଁ ଘରେ ଥିଲାବେଳେ

ପରୀକ୍ଷା ଦେଇଥିଲି। ତୁମର ତ ମୋ ପ୍ରତି ଖରାପ ଚିନ୍ତାଧାରା ଥିଲା। ତୁମେ କାହାଠାରୁ କ'ଣ ଶୁଣି ଆଜି ଯାଏଁ ବି ଅପମାନିତ କରି ଚାଲିଛ। ତୁମେ ମୋତେ ଜାଣିପାରିଲ ନାହିଁ।" ରୁଦ୍ରାକ୍ଷ କହିଲେ, "ତୁମର ଯଦି ଏହିପରି ଡିସିସନ୍ ଥିଲା ତୁମେ ଆସୁଥିଲ କାହିଁକି ? ତୁମେ ତୁମ ଘରେ ରହିଗଲନି ? ତୁମେ ଆସିଥିଲ ତୁମର ଏ ବଡ଼ପଣ ଦେଖାଇବା ପାଇଁ। ନା, ନା-ତୁମେ ବୁଝିବା ଭୁଲ, ମୁଁ ଆସିଲି କେବଳ ଟୋପାଏ ସିନ୍ଦୂର ଆଉ ଦୁଇ ପଟ ଶଙ୍ଖାକୁ ମର୍ଯ୍ୟାଦା ଦେବା ପାଇଁ। ତୁମେ ଆଜି ଯାଏଁ କହି ଚାଲିଛ ମୁଁ ଶୁଣୁଛି। ଆଉ ମୁଁ କହୁଛି ତୁମେ ଶୁଣ। ମୁଁ ଚାଲିଯାଇଥିଲି କାହିଁକି। ମୋତେ ଯେତେବେଳେ ନିଶାର୍ଦ୍ଧରେ ଦୁଆରକୁ ଛାଡ଼ିଦେଇ କବାଟ ବନ୍ଦ କରିଦେଇଥିଲ ତୁମେ କ'ଣ ଜାଣିନଥିଲ ? ତୁମର ଅନ୍ତର ଆତ୍ମା କାନ୍ଦି ଉଠିନଥିଲା। ଅନ୍ଧକାର ରାତ୍ରିରେ ଝିଅଟିଏ ଏକା ଦେଖିଲେ ନର ରାକ୍ଷସମାନେ ଖିନ୍‌ଭିନ୍ କରି ଖାଇଯାଉଛନ୍ତି। ତୁମେ ମୋତେ ସେ ପାଗଳା କୁକୁରମାନଙ୍କ ଆଗକୁ ଠେଲି ଦେଇଥିଲ। ସେ ସବୁକୁ ଭୁଲିଯାଇ ତୁମ ବାହୁ ଛାୟା ତଳେ ଶାନ୍ତିରେ କଟାଇବା ପାଇଁ ଆସିଥିଲି। ହେଲେ ହେଲା କ'ଣ ? ଆମ ସାମାଜିକ ଚଳଣିରେ ବଡ଼ଭାଉଜକୁ ମା' ସହିତ ତୁଳନା କରାଯାଏ। ରାମାୟଣରେ ଲେଖାଅଛି ରାବଣ ସୀତାମାତାଙ୍କୁ ଚୋରେଇ ନେଲାବେଳେ ସୀତାମାତା କିଛି ଉପାୟ ନ ପାଇ ତାଙ୍କ ଦେହରୁ କିଛି ଗହଣା ଫୋପାଡ଼ି ଫୋପାଡ଼ି ଚାଲିଥିଲେ ଏ ଗହଣା ଦେଖିଲେ ପ୍ରଭୁ ରାମଚନ୍ଦ୍ର ଜାଣିପାରିବେ ଯେ ସୀତା ଏହି ବାଟରେ ଯାଇଛନ୍ତି। ରାମଚନ୍ଦ୍ର ଖୋଜିଗଲାବେଳେ ସେ ଗହଣା ପାଇ ଲକ୍ଷ୍ମଣଙ୍କୁ ପଚାରିଲେ, "ଦେଖିଲ ଲକ୍ଷ୍ମଣ ଏ ତ ଜଣେ ନାରୀଙ୍କର ଗହଣା।" ଏ ସୀତାଦେବୀଙ୍କ ଗହଣା ନୁହେଁ ତ ? ଲକ୍ଷ୍ମଣ ଉତ୍ତର ଦେଇଥିଲେ, "ଭାଇ ମୋତେ କ୍ଷମା କରନ୍ତୁ। ସେ କ'ଣ ଅଳଙ୍କାର ପିନ୍ଧିଥିଲେ ମୁଁ ଦେଖିନାହିଁ। ମୁଁ ତାଙ୍କର ପାଦପଦ୍ମ ତଳେ କିଛି ପୁଷ୍ପ ଆଣି ଅର୍ପଣ କରି ପଦବନ୍ଦନା କରେ।" ରାମଚନ୍ଦ୍ର ଏହା ଶୁଣି ଚକିତ ହୋଇଯାଇଥିଲେ। ମୁଁ ତାଙ୍କୁ ସାନଭାଇ ପରି କରିଥିଲି। ସେ ମୋତେ ଯେତେ କଷ୍ଟ ହେଲେ ବି ସେଥିପାଇଁ ଅଭିଶାପ ଦେଇପାରିବି ନାହିଁ। ମୁଁ ତାଙ୍କୁ ଆଶୀର୍ବାଦ କରୁଛି ଭଗବାନ ତାଙ୍କୁ ସଦ୍‌ବୁଦ୍ଧି ଦିଅନ୍ତୁ। ଏମିତି ତ ସାଗରରେ ଢେଉ ଆସିବ ଆଉ ଫେରିଯିବ। ପୁଣି ସବୁ ଶାନ୍ତ ହୋଇଯିବ।

ରୁଦ୍ରାକ୍ଷ କହିଲେ, "ମୁଁ କ'ଣ ତୁମ ପାଖରେ ପୁରାଣ ପାଠ ଆଲୋଚନା କରିବାକୁ ଆସିଥିଲି ? ତୁମର ସେ ପ୍ରବଚନ ଶୁଣିବା ପାଇଁ ମୋ ପାଖରେ ସମୟ ନାହିଁ। ତୁମର ତାହା ଭବିଷ୍ୟତରେ କାମରେ ଲାଗିବ।" ଏହା ତାକୁ ତାଚ୍ଛଲ୍ୟଭରା କଣ୍ଠରେ କହିଥିଲେ। "ତୁମେ ତ ଗୋଟିଏ ଓ.ଏ.ଏସ୍ ଅଫିସର ହୋଇଗଲ, କେବେ ଯାଇ ଜଏନ୍ କରୁଛ ?" ଏହା ଶୁଣିଲା ପରେ ସେ କ'ଣ କରିବ କିଛି ଜାଣିପାରୁନାହିଁ।

ଭଗବାନ ଏତେ ଦିନ ପରେ ତା'ର ପ୍ରାର୍ଥନା ଶୁଣିଛନ୍ତି। ସେ ଜାଣିଛି ସେ ବିରୋଧ କଲେ ମଧ୍ୟ ତାଙ୍କ ଭିତରେ ଆତ୍ମାର ସ୍ଫୁଲିଙ୍ଗ ଲୁଚି ରହିଥାଏ। ଜୀବନଟା ହେଉଛି ସୁଖ, ଦୁଃଖର ମିଶ୍ରଣ। କେତେବେଳେ ଦୁଃଖ ଦୈନ୍ୟ ଦିନରେ ଲହଡ଼ି ଭାଙ୍ଗୁଥାଏ ଓ କେତେବେଳେ ସୁଖର ଲହଡ଼ି ଭାଙ୍ଗୁଥାଏ। ମୁହୂର୍ତ୍ତକର ମଣିଷ, ସୁଖ, ଦୁଃଖର ପରିବର୍ତ୍ତିତ ପୃଷ୍ଠଭୂମିକୁ ସାହାରା କରି ବାରମ୍ବାର ପରିବର୍ତ୍ତନକୁ ଆପଣାଇନିଏ। ପୁଣି ସେ ଜୀବନର ନୂତନ ସୂର୍ଯ୍ୟୋଦୟକୁ ଅପେକ୍ଷା କରେ। ଦୁଃଖ ନୈରାଶ୍ୟ ଓ ବିଷାଦର ବିରକ୍ତିକର ଜୀବନ ମଧ୍ୟରୁ ମୁକ୍ତିକାମ ସେ ସୁଯୋଗ ଖୋଜୁଥାଏ। ଆଜି ତା' ଜୀବନରେ ଆସିଛି। ସେ ବହୁତ ନମ୍ରସ୍ୱରରେ କହିଛି, "ତୁମେ ଯେଉଁଦିନ ନେଇକରି ଯିବ, ରୁଦ୍ରାକ୍ଷ କହିଲେ ମୋର ତୁମ ସହଯୋଗ ଦର୍କାର ନାହିଁ। ତୁମେ ନିଜେ ନିଜେ ସବୁ କରିପାରୁଛ। ତୁମେ ଯାହା ଚାହୁଁଥିଲ ନା ତାହା ମିଳିଯାଇଛି। ଆଉ ଏ ମିଛ ଛଳନା କାହିଁକି ? ତୁମେ ଏଥର ଉଡ଼ାଚଢ଼େଇ ପରି ମନଇଚ୍ଛା ଖୋଲା ଆକାଶରେ ଉଡ଼ିବୁଲିବ। ସେ କହିଲା ତୁମେ ଏପରି କ'ଣ କହୁଛ ? ମୁଁ ଆଜି ପର୍ଯ୍ୟନ୍ତ ତୁମ ଇଚ୍ଛା ବିରୁଦ୍ଧରେ କ'ଣ କରିଛି। ଏତେ ଦିନ ପରେ ପ୍ରଭୁ ଏତେବଡ଼ ଖୁସି ଦେଇଛନ୍ତି। ଯାହାକି ସ୍ୱପ୍ନର ବାହାର। ତୁମେ ଏପରି କହିଲେ କିପରି ହେବ। ହଁ ଭୁଲ କରିଛି। ସବୁବେଳେ କ'ଣ ସମାନ? ମୁଁ ଯାଇ ଜଏନ୍ କରିବି। ପିଲାମାନେ ଭଲରେ ଖାଇବେ। ଭଲ ସ୍କୁଲରେ ପାଠ ପଢ଼ିବେ। ଭଲ ପୋଷାକପତ୍ର ଦେଇପାରିବା। ଏହା କ'ଣ ତୁମର ଗର୍ବ ନୁହେଁ? ଆମେ ସମସ୍ତେ ଭଲରେ ରହିବା। ଅର୍ପିତାର କଥାଗୁଡ଼ିକ ତାଙ୍କୁ କଂଟା ଫୋଡ଼ି ହୋଇଗଲା ପରି ଲାଗୁଥାଏ। ସେ ଶେଷରେ କହିଲେ ତୁମେ ତୁମର ଯାଅ। ମୋ ଛୁଆମାନଙ୍କୁ ତୁମ ସହିତ ଯିବାକୁ ଦେବି ନାହିଁ। ମୁଁ ଛୁଆମାନଙ୍କ କଥା ବୁଝିପାରିବି। ତୁମେ ଏପରି କ'ଣ କହୁଛ ? ମୁଁ ଛୁଆଙ୍କୁ ଛାଡ଼ି ଚାଲିଯିବି। କେତେବେଳେ ହେଲେ ପଦେ ଭଲକଥା କୁହ। ମୁଁ ତ ସେହି ପିଲାଙ୍କ ପାଇଁ ତୁମ ପାଖରେ ପଡ଼ିରହିଛି।

ମୁଁ ଗୋଟିଏ ମା' ଚଢ଼େଇ। ମା' ଚଢ଼େଇ ଦିନଯାକ ଯୋଜନ ଯୋଜନ ପଥ ଅତିକ୍ରମ କରି ତା' ଛୁଆଙ୍କ ପାଇଁ ଖାଦ୍ୟ ସଂଗ୍ରହ କରି ସନ୍ଧ୍ୟାବେଳକୁ ନୀଡ଼କୁ ଫେରେ। ସେ ତା'ର କୁନିକୁନି ଥଂଟରେ ଆହାର ଗୁଞ୍ଜିଦିଏ। ସେଥିରେ ସେ କେତେ ଆତ୍ମତୃପ୍ତି ଅନୁଭବ କରେ। ସେ ତାଙ୍କର କିଚିରି ମିଚିରି ଶବ୍ଦରେ ଦିନଯାକର ଥକାପଣ ଭୁଲିଯାଏ। ମୁଁ ହେଉଛି ଗୋଟିଏ 'ମା'। ମୁଁ ଯାଇ ବାହାରେ ଓ.ଏ.ଏସ୍ ଚାକିରି କରି ସରକାରଙ୍କର ଗୋଟିଏ ରାଜ୍ୟର ପ୍ରଶାସନ ସେବା କରିବି। ରାଜ୍ୟର ଯେକୌଣସି ସ୍ଥାନରେ ନିଯୁକ୍ତି ପାଇବି। ସେ ଅଂଚଳର ପାନୀୟ ଜଳ, ସ୍ୱାସ୍ଥ୍ୟ ସେବା, ଶିକ୍ଷା, ରାସ୍ତାଘାଟର ଉନ୍ନତିକରଣ, ଗରିବ ଲୋକମାନଙ୍କ ପାଇଁ ସ୍ୱତନ୍ତ୍ର ସହାୟତା ପାଇଁ

ପଦକ୍ଷେପ ନେବି। ଦୀପ ଭଳି ସମସ୍ତଙ୍କୁ ଆଲୋକ ବିତରଣ କରି ନିଜେ ଅନ୍ଧକାରମୟ ହୋଇ ନିଜର କୁନିକୁନି ଛୁଆ ନିଜ ପରିବାରକୁ ଅନ୍ଧକାରରେ ରଖିବି କି? ଏହା ତ ଠିକ୍ ନୁହେଁ। ମୋ ପରିବାରକୁ ବିଶ୍ୱାସଘାତକତା କରି ନିଜେ ସୁଖ ସ୍ୱାଛନ୍ଦ୍ୟରେ ରହିବା? ଏ ସମାଜ କ'ଣ କହିବ ମୋତେ ସେ ତ ବୁଝିବେ ନାହିଁ ମୋର ନିଜର ଅସୁବିଧା। କହିବେ ନିଜ ଘର ପରିବାର ସମ୍ଭାଳି ପାରିନାହିଁ। ଏ ପ୍ରଶାସନ କ'ଣ ବୁଝିବ। ମୁଁ ସମସ୍ତଙ୍କ ପାଖରେ ହାସ୍ୟାସ୍ପଦ ହୋଇପଡ଼ିବି।

ତୁମେ ବୁଝିଯାଅ ରୁଦ୍ରାକ୍ଷ। ମୁଁ ତୁମକୁ ବହୁତ ଅନୁରୋଧ କରୁଛି। ତୁମେ ଯାହା କହିବ କରିବି। ମୋତେ ତୁମଠାରୁ ଆଉ ମୋ ଛୁଆମାନଙ୍କଠାରୁ ଅଲଗା କରନାହିଁ। ମୁଁ ତୁମମାନଙ୍କୁ ଛାଡ଼ି ବଂଚିପାରିବି ନାହିଁ। ମୋତେ ଥରେମାତ୍ର ସୁଯୋଗ ଦିଅ। ରୁଦ୍ରାକ୍ଷ କହିଲେ, ନଦୀଜଳ ଥରେ ତଳକୁ ବୋହିଗଲେ ଆଉ ତାହା ଉପରକୁ ଉଠେନାହିଁ। ସେ ଯେତେ କଷ୍ଟ ହେଲେ ବି ପଛକୁ ନ ଚାହିଁ ସାଗରରେ ମିଶେ। ସେହିପରି ଥରେ ମୁଖରୁ କଥା ଖସିଗଲେ ଆଉ ସେ ଫେରେନାହିଁ। ଏଥିରୁ ତୁମେ ଯାହା ବୁଝିବ। ଆଉ ମୋତେ ବୁଝାଇବାକୁ ଚେଷ୍ଟା କରନାହିଁ। ତୁମ ପାଇଁ ବଙ୍ଗଳା, ଗାଡ଼ି, ଚାକର, ପୂଜାରୀ ଅପେକ୍ଷା କରିଥିବେ। ଦରୱାନ ସବୁଦିନେ ସାଲ୍ୟୁଟ ମାରିବେ। ତୁମେ ବହୁତ ଲୋକଙ୍କ ସହିତ ମିଶିବ। ବହୁତ ଲୋକଙ୍କୁ ପରାମର୍ଶ ଦେବ। ସେଠାରେ ମୋର ଜାଗା କାହିଁ। ମୁଁ ତୁମ ଅଫିସ୍ ବାରଣ୍ଡାରେ ଚେୟାରଟିଏ ପକାଇ ଚାହିଁ ରହିଥିବି। ମ୍ୟାମ୍ ଅଫିସ୍‌ରୁ କେତେବେଳେ ଫେରିବେ? ଆଉ ମୋର ପରିଚୟ ହୋଇଯିବ ଏ ହେଉଛନ୍ତି ଆମ ମ୍ୟାମ୍‌ଙ୍କର ହଜ୍‌ବ୍ୟାଣ୍ଡ। ନା ନା ଏସବୁ କରିପାରିବି ନାହିଁ, ତୁମେ ଯାଅ। ମୋର ପରିଚୟରେ ମୋତେ ଆଉ ମୋ ଛୁଆଙ୍କୁ ବଂଚିବାକୁ ଦିଅ।

ଏହି ସମୟକୁ ନନା ଖୁସି ହୋଇ ଫୋନ୍ କରିଛନ୍ତି। "ମା ଅର୍ପିତା, ତୋର ଏ ସକ୍‌ସେସ୍ ଶୁଣିଲା ପରେ ଏତେ ଖୁସି ଲାଗିଲା ତାହା ତୁ ବୁଝିପାରିବୁ ନାହିଁ। ଗାଁ ଗଣ୍ଡା ସମସ୍ତଙ୍କର ଗର୍ବ ଆମ ଗାଁ ଝିଅ ଓ.ଏ.ଏସ୍ ପାଇଛି। ଆମ ଗାଁର ସେ ଝିଅମାନଙ୍କ ପାଇଁ ପ୍ରେରଣା ହୋଇଯାଇଛି। ତୁ ତୋ ନନାର ମୁଣ୍ଡ ଉପରକୁ କରିଦେଇଛୁ। ତୋ ପିଲାଦିନର ସ୍ୱପ୍ନ ଆଜି ପୂରଣ ହୋଇଛି, ତୋର ଦୁଃଖ ପ୍ରଭୁ ଦୂର କରିଛନ୍ତି। ଆମ ଗାଁ ଲୋକ କେଉଁଦିନ ତୁ ଜଏନ୍ କରିବୁ ଚାହିଁରହିଛନ୍ତି।" ସେ ତା' ନନାଙ୍କୁ ହଁ ନାରେ ଉତ୍ତର ଦେଉଥାଏ। ସେ ଏତେ ଖୁସିରେ ଫୋନ୍ କରିଛନ୍ତି? ନନା ପଚାରିଲେ ତୁ କ'ଣ ହଁ ନା ଉତ୍ତର ଦେଉଛୁ? ଘରେ ସବୁ ଠିକ୍ ତ? ରୁଦ୍ରାକ୍ଷ କ'ଣ ଏଥିରେ ଖୁସି ନୁହନ୍ତି? ଏହା ଶୁଣିବା ପରେ ତା' ଆଖିରୁ ଅମାନିଆ ଅଶ୍ରୁ ବୋହି ଚାଲିଥାଏ। ସେ ଲୁହ ପୋଛି କହିଲା ନନା ତୁମେ ପିଲାଦିନୁ କ'ଣ ଶିଖାଇଥିଲ? ମୁଁ ତୋ ନନା ହେଲେ ବି

ଓଜନରେ ମୋତେ ତଳକୁ ରଖିବୁ। ସେମାନେ ହେଉଛନ୍ତି ତୋର ପରିବାର। ରୁଦ୍ରାକ୍ଷଙ୍କ ପାଇଁ ଆସୁ ଯେତେ ସୁଖ ସ୍ୱାଚ୍ଛନ୍ଦ୍ୟ ସବୁକୁ ପ୍ରତ୍ୟାଖାନ କରିବୁ। ସେ ତୋତେ ଯେପରି ଗାଁ ଦାଣ୍ଡରେ ବାଜା ବଜାଇ ନେଇଛନ୍ତି ସେହିପରି ତାଙ୍କ ଗାଁ ଦାଣ୍ଡରେ ତୋ ପାଇଁ ଖଇ କଉଡ଼ି ବୁଣି ଆଖିରୁ ଦୁଇଧାର ଅଶ୍ରୁ ବୁହାଇ ତୋର ଅନ୍ତିମ ସଂସ୍କାର କରିବେ। ସେଦିନ ଯାଇ ତୁ ଧନ୍ୟ ହେବୁ। ନନା କହିଲେ, "ଆଉ କିଛି କହନାହିଁ, ମୁଁ ସବୁ ବୁଝିଯାଇଛି। ତୁ ମୋର ଅବୁଝା ଝିଅଟା ତୁ ଏପରି କ'ଣ ହେଉଛୁ? କିଛି ଯଦି ହୋଇଛି ତୁ ସମ୍ଭାଳି ଯାଆ। ସମୟକୁ ଅପେକ୍ଷା କର ସବୁ ଠିକ୍ ହୋଇଯିବ।" ଆଉ କ'ଣ ଠିକ୍ ହେବ? ମୁଁ କ'ଣ ମୋ ଛୁଆମାନଙ୍କୁ ଛାଡ଼ି ସ୍ୱାମୀ ପରିତ୍ୟକ୍ତା ହୋଇ ଖୁସିର ଲହଡ଼ିକୁ ଉପଭୋଗ କରିପାରିବି? ଆମ ସମାଜ ମୋର ଚରିତ୍ରକୁ ଚିତ୍ରିତ କରି ପକାଇବ। ଦରକାର ନାହିଁ ସେ ପ୍ରତିଶ୍ରୁତି। ମୋର ଏଇ ଛୁଆ ମୋର ଏଇ ସଂସାର। ହୁଅନ୍ତୁ ପଛେ ରୁଦ୍ରାକ୍ଷ ରାଗି ସେଥିରେ ମୋର ଆନନ୍ଦ। ନନା, ତୁମେ ଏହା ଜାଣିଲା ପରେ ତୁମକୁ ବହୁତ କଷ୍ଟ ହେବ। ମୁଁ ଜାଣି ପାରୁଛି। ମୁଁ ଆଉ କାହାକୁ କହିବି। ମୋର ଏ ପାଗଳାମି ପାଇଁ କ୍ଷମା କରନ୍ତୁ।"

ନନା ବୁଝାଇଲେ, "ମୁଁ ଆଜି ମୋ ଛୁଆ ପାଇଁ ସ୍ୱାର୍ଥପର ହୋଇଯାଇଥିଲି। ତୁ ଆଜି ମୋ ଆଖି ଖୋଲିଦେଇଛୁ। ଆଜି ମୋ ଆଖିରୁ ଆନନ୍ଦ ଅଶ୍ରୁ ଝରିଯାଉଛି। ଏଇ ମୋର ଯଥେଷ୍ଟ। ସବୁ ବାପାମାନଙ୍କୁ ପ୍ରଭୁ ତୋ ପରି ଝିଅ ଦିଅନ୍ତୁ। ମୁଁ ଭଗବାନଙ୍କୁ ପ୍ରାର୍ଥନା କରୁଛି।"

ରୁଦ୍ରାକ୍ଷଙ୍କ ସାଙ୍ଗମାନେ ଆସି କଂଗ୍ରାଚୁଲେସନ୍ ଜଣାଇଛନ୍ତି। "ଆରେ ଭାଇ ତୁ କେଡ଼େ ଭାଗ୍ୟବାନ ଆଜି ଆମ ଗାଁର ଗୋଟିଏ ବୋହୂ ଓ.ଏ.ଏସ୍ ପାଇଛି। ଆଜି ଆମ ଗାଁର ପ୍ରେଷ୍ଟିଜ୍ ବଢ଼ିଯାଇଛି।" ରୁଦ୍ରାକ୍ଷଙ୍କୁ ଏଗୁଡ଼ିକ ଶୁଣିବାକୁ ଭଲ ଲାଗୁନଥାଏ। ସେ ଉପରେ ଶୁଖିଲା ହସଟିଏ ହସିଦେଉଥାଆନ୍ତି। ସେ ଭାବୁଛନ୍ତି, "ମୁଁ ଅର୍ପିତାକୁ କେଡ଼େ ନିର୍ଯାତନା ଦେଇଛି। ତା'ର ପ୍ରତି ପଦକ୍ଷେପକୁ ଅପମାନିତ କରିଛି। ସବୁକୁ ସେ ମୁଣ୍ଡପାତି ସହିଯାଇଛି। ସେ ସ୍ନେହ ଆଉ ଧୈର୍ଯ୍ୟର ସାଗରଟିଏ।" ସାଙ୍ଗ ପଚାରିଲା, "ଆରେ ତୋର କ'ଣ ହୋଇଛି? ତୁ ଖୁସିରେ ମିଠା ବାଂଟିବା କଥା। ତୁ କ'ଣ ଭାଉଜ ଓ.ଏ.ଏସ୍ ପାଇବାରେ ଖୁସି ନୁହଁ? ମୁଁ ତୋର ସବୁ ଅତୀତ କାହାଣୀ ଜାଣିଛି। ତୁ ସେ ସବୁକୁ ଭୁଲିଯାଆ। ସେ ତୋର ସ୍ତ୍ରୀ, ତୋ ଛୁଆମାନଙ୍କୁ ଆପଣାର କର। ଏତିକି ମୁଁ ତୋତେ ସାଙ୍ଗ ହିସାବରେ ବୁଝାଇପାରିବି। ଚାଲ ବାହାରେ ଟିକିଏ ବୁଲି ଆସିଲେ ତୋର ମନ ଭଲ ଲାଗିବ।" ରୁଦ୍ରାକ୍ଷ ବାହାରକୁ ବୁଲିଯାଇ ଦୁଇସାଙ୍ଗ କଥା ହେଉଛନ୍ତି। ଆରେ ତୁ ଗୋଟିଏ ଦେବୀ ସ୍ତ୍ରୀ ରୂପରେ ପାଇଛୁ। ସେ କେତେ ଯେ ତୋ

ପରିବାରର ମାଡ଼ ଗାଳି ଆଉ ତୋ'ଠାରୁ ଅପମାନ ସବୁକୁ ସହି ତୋ ପାଖରେ ପଡ଼ିରହିଛନ୍ତି। ସେ ବହୁତ ଶାନ୍ତ ମୁର୍ତ୍ତିଟିଏ ଆଉ କ୍ଷମାର ସାଗରଟିଏ। ନ ହୋଇଥିଲେ ଭଗବାନ ତାଙ୍କୁ ଏତେବଡ଼ ଆସନରେ ବସାଇ ନ ଥାଆନ୍ତେ। ଦୁଇ ସାଙ୍ଗ ଏହିପରି ବିଭିନ୍ନ କଥୋପକଥନ ହୋଇ ଘରକୁ ଫେରିଛନ୍ତି।

ସେ ଘରକୁ ଆସି ଏକା ହୋଇ ବସିଛନ୍ତି। ଅର୍ପିତା କେତେବେଳେ ଆସି ପାଖରେ ବସି ଡାକୁଛି ଏଇ ଚା' ନିଅ। ରୁଦ୍ରାକ୍ଷ ଅର୍ପିତା ମୁହଁକୁ ଏକ ଲୟରେ ଚାହିଁ ରହିଛନ୍ତି। ସେ ସବୁ କୋହଭରା କାହାଣୀକୁ ଚାପିରଖି ହସି ହସି କହୁଛି, ମୋତେ ଚାହିଁରହିଛ କ'ଣ ? ଚା' ପିଅ। ତଥାପି ରୁଦ୍ରାକ୍ଷ କହିଲେ, ତୁମର ଚା' ନେଇ ଆସିଲନି। ରୁଦ୍ରାକ୍ଷ ଦେଖୁଛନ୍ତି ଅର୍ପିତାର ପରିବର୍ତ୍ତନ। ସେ ମୋତେ ମୁହଁ ଟେକି ଚାହେଁନାହିଁ। ପ୍ରଭୁ ଆଜି ତାକୁ କିଛି ଗୋଟାଏ କରିବାକୁ ଦେଇଛନ୍ତି। ସେ ତାହା କରିବା ଉଚିତ୍। ଜୀବନରେ ଥରେ ଗୋଟିଏ ଚାନ୍ସ୍ ଆସେ। ସେ ପଚାରିଲେ, "ଅର୍ପିତା ତୁମେ କ'ଣ ଠିକ୍ କଲ ? କେଉଁଦିନ ଯାଉଛ ? ଅର୍ପିତା କହିଲା, ଆଜି ଯାଏଁ ମୋ ନିଜ ଲୋକ ପାଖରେ ପାସ୍ କରି ପାରିନାହିଁ। ସବୁବେଳେ କିଛି ନା କିଛି ଭୁଲ୍ କରି ବସୁଛି। ଆଜି ପ୍ରଭୁ ମୋତେ ଏତେ ବଡ଼ ଦାୟିତ୍ୱ ଦେଉଛନ୍ତି ତାକୁ ମୁଁ ନିର୍ଭୁଲ ଭାବରେ କରିପାରିବି ତ ? ମୋତେ ଆଉ ବହୁତ କଥା ଶିଖିବାକୁ ପଡ଼ିବ। ତୁମେ ମୋତେ ଭଲ ପାଉଛ କି ନାହିଁ ମୁଁ ଜାଣିନାହିଁ। ମୁଁ କିନ୍ତୁ ତୁମକୁ ବହୁତ ଭଲପାଏ। ଯେଉଁ ପରିବାର ଆଉ ଛୁଆମାନଙ୍କ ପାଇଁ ମୁଁ ରାତିଦିନ ଏକ କରିଦେଇଛି। ଏତେ ଅତ୍ୟାଚାର ଏତେ ଅପମାନକୁ ଆଶୀର୍ବାଦ ଭାବିଛି। ସେମାନଙ୍କୁ ଛାଡ଼ି ମୁଁ ଏକା ଚାଲିଯିବି। ଏହା କ'ଣ ହୋଇପାରିବ। ହଁ ମୁଁ ନେଇପାରିବି। ତାଙ୍କୁ ଅଏସ୍ ଆରାମରେ ରଖିପାରିବି। କିନ୍ତୁ ସେମାନେ ଯେତେବେଳେ ବଡ଼ ହେବେ ପଚାରିବେ ମାମା ପାପା କାହିଁକି ଆମ ପାଖରେ ରହୁନାହାନ୍ତି ? ତୁମେ କାହିଁ ତାଙ୍କୁ ଛାଡ଼ି ଚାଲିଆସିଲ ? ସେ କ'ଣ ହେଲା ତୁମର। ତୁମେ କ'ଣ ଗଣ୍ଡଗୋଳ ହୋଇ ଚାଲିଆସିଛ କି ? ଏମିତି ବହୁତ କିଛି ପ୍ରଶ୍ନ ଉଠିବ ସେମାନଙ୍କ ପ୍ରଶ୍ନର ଉତ୍ତର ମୋ ପାଖରେ ରହିବ ନାହିଁ। ମୁଁ କ'ଣ କରିବି ତୁମେ ମୋତେ କୁହ। ମୁଁ ବର୍ତ୍ତମାନ ଦୁଇଟି ରାସ୍ତାର କେନ୍ଦ୍ରବିନ୍ଦୁରେ ଠିଆ ହୋଇଛି। ଗୋଟିଏ ସୁଖ ସ୍ୱାଚ୍ଛନ୍ଦୀୟ, ଆଉ ଗୋଟିଏ ହେଉଛି ଦୁଃଖର ସାଗର।

ପୁଣି ଭାବୁଛନ୍ତି ପ୍ରଭୁ ମୋତେ ରାସ୍ତା ଦେଖାଅ। ମୁଁ କ'ଣ ବିବାହ କରିଥିଲି ଖାଲି ଦୈହିକ ସମ୍ପର୍କର ଦସ୍ତାବିଜ୍ ପାଇଁ ନୁହେଁ। ଏହା ଦୁଇଟି ମନ ଓ ପ୍ରାଣର ଅନ୍ତରଙ୍ଗ ମିଳନ। ବିବାହ ଏକ ପବିତ୍ର ସାମାଜିକ ଓ ପରିବାର ବନ୍ଧନ। ଏ ବନ୍ଧନର ମୂଳ ହେଉଛି ପରିବାର। ପିତା, ପୁତ୍ର, ପତି - ପତ୍ନୀ, ଭାଇଭଉଣୀ, ବନ୍ଧୁବାନ୍ଧବ, ଆତ୍ମୀୟ

ସ୍ୱଜନ, ଜ୍ଞାତି ପରିଜନ। ସେଥିରେ ଥାଏ ସ୍ନେହ, ଶ୍ରଦ୍ଧା, ସହାନୁଭୂତି, ସମ୍ବେଦନତା। ସେ ଯଦି ଯିବ ତାହାହେଲେ ତାଙ୍କ ମୋ ଭିତରେ ତିଆରି ହେବ ଗୋଟିଏ ବିଶାଳ ପ୍ରାଚୀର। ଆଉ ନିଷ୍ପ୍ରାଣ ହେବ ଦାମ୍ପତ୍ୟ ଜୀବନ। ସ୍ନେହ ଶ୍ରଦ୍ଧା ସବୁ ଭୁଷୁଡ଼ି ପଡ଼ିବ। ବଡ଼ ଦେଉଳରୁ ପଥର ଆସିଲା ପରି। ବାହାର ଜଗତ ସବୁ ଚିକ୍‌ମିକ୍ କରିବ। କିନ୍ତୁ ଭିତର ସଂସାରଟି ଜଗମୋହନ ଭଳି ଫଟା। ପରିପୂର୍ଣ୍ଣତା ଭିତରେ ସବୁ ଶୂନ୍ୟପ୍ରାୟ ହୋଇଯିବ। ମୁଁ କ'ଣ କରିବି ? ଗୋଡ଼ରେ ବନ୍ଧା ହୋଇଥିବା ବେଡ଼ିକୁ କ'ଣ ଛିଣ୍ଡାଇ ପାରିବି ? ନା ପାରିବି ନାହିଁ। ମୁଁ ନିଜ ପାଇଁ ଏତେ ସ୍ୱାର୍ଥ ଦର୍କାର ନାହିଁ। ମୋର ସେ ସ୍ୱର୍ଗସୁଖ ଲୋଡ଼ା ନାହିଁ। ମୋର ସେ ମାନ ସମ୍ମାନ, ଏହା ଦ୍ୱାରା ସବୁ ହରାଇବାକୁ ପଡ଼ିବ। ମୁଁ ଏକା। ଉପରେ ଆଲୋକ ବିତରଣ କରି ରହିଯିବି ମୁଁ ଅନ୍ଧାରରେ। ପ୍ରଭୁ ମୋତେ କ୍ଷମାକର।

ରୁଦ୍ରାକ୍ଷ ଆଜି ଭାବୁଛନ୍ତି, ମୋର ଅହଂ ଲାଗି ଆଜି ମୁଁ କେତେବଡ଼ ଭୁଲ କରିବସୁଛି। ଆଉ ତ ପଛକୁ ଫେରିପାରିବି ନାହିଁ। ସେ ତ ଜଣେ ପିତା। ପିଲାମାନଙ୍କୁ ମଣିଷ କରିବା ତାଙ୍କର କର୍ତ୍ତବ୍ୟ। ସେ ବାହାର ହୋଇ ଗୋଟିଏ କଲେଜରେ ଜଏନ୍ କରିଛନ୍ତି। ସେ ସେଥିରେ ତାଙ୍କର ସଂସାର ନୌକା ଚଳାଇବାରେ ଲାଗିପଡ଼ିଲେ। ଏ ଭିତରେ କିଛି ବର୍ଷ ଚାଲିଗଲାଣି। ପିଲାମାନଙ୍କର ଅଧିକ ଖର୍ଚ୍ଚ ଦର୍କାର ପଡ଼ିଲାଣି। ସେ ଜଣେ ଭଲ ଶିକ୍ଷକ ଭାବରେ ନାମ କମେଇଲେଣି। ଜଣେ ବନ୍ଧୁ କହିଲେ ଜଣେ ଅଫିସରଙ୍କ ଘରେ ମୋଟା ଅଙ୍କରେ ଦରମା ଦେବେ ତୁମେ ତାଙ୍କ ଘରକୁ ଯିବା ପାଇଁ। ସେ କିଛି ଭାବି କହିଲେ, "ହଉ ଯିବି, ଭଲ ନ ଲାଗିଲେ ବନ୍ଦ କରିଦେବ। ସେ ବନ୍ଧୁଙ୍କ ସହିତ ଯାଇ ପରିଚୟ ହୋଇ ତାଙ୍କ ପିଲାମାନଙ୍କୁ ପଢ଼ାଇଥିଲେ। ସେ ପରିବାର ସହିତ ଏତେ ମିଶିଗଲେ ଯେ ନିଜର ଗୋଟିଏ ପରିବାର ଅଛି ବୋଲି ଭୁଲିଗଲେ। ଏହା କିନ୍ତୁ ଅର୍ପିତାକୁ ବହୁତ ଅଡୁଆ ଲାଗୁଥାଏ। ନଥାଏ ସେମାନଙ୍କର ସ୍ନେହପୂର୍ଣ୍ଣ ବ୍ୟବହାର। ନଥାଏ ସେମାନଙ୍କର ସ୍ୱାମୀ - ସ୍ତ୍ରୀର ସମ୍ପର୍କ। ତା'ର ଲକ୍ଷ୍ୟ ହେଉଛି ଏକ। ଆସୁ ଯେତେ ଝଡଝଞ୍ଜା, ଭାଙ୍ଗିପଡୁ ତା' ଉପରେ ଦୁଃଖର ପାହାଡ଼। ସେ ରୁଦ୍ରାକ୍ଷଙ୍କୁ କଦାପି ଛାଡ଼ିଯିବ ନାହିଁ। ସେ ତାଙ୍କ ପାଖରେ ରହିବ ଆଉ ତାଙ୍କର ପଇସାରେ ଛୁଆମାନଙ୍କୁ ଦୁନିଆ ଦାଣ୍ଡରେ ଠିଆ କରିବ। ତା'ର ସହିଷ୍ଣୁତା, ମାର୍ଜିତ ବ୍ୟବହାର ତା'ର ନୀରବତା କିଛି ହେଲେ ତାଙ୍କୁ ଆକୃଷ୍ଟ କରି ପାରୁନଥାଏ। ତା' ଜୀବନର ନୌକାଟି ସମୟ ସ୍ରୋତରେ ଆଗକୁ ଆଗକୁ ବହି ଚାଲିଥାଏ। ତଥାପି ସେ ହେଉଛି ଗୋଟିଏ ସ୍ତ୍ରୀ। ସବୁଦିନ ସମାନ ଯାଏ ନାହିଁ। ଦିନେ ରୁଦ୍ରାକ୍ଷ ଖାଇବାକୁ ବସିଛନ୍ତି ତୁମେ ତ ପିଲାମାନଙ୍କୁ ପଢ଼ାଇବାକୁ ଯାଉଛ। ଠିକ୍ ସମୟରେ ଆସୁନାହଁ। ତୁମେ କରୁଛ

କ'ଣ ? ସେ ସମୟରୁ କିଛି ସମୟ ପିଲାମାନଙ୍କୁ ଦିଅ। ସେମାନଙ୍କୁ ଟିକିଏ ଗାଇଡ୍ ନକଲେ ସେମାନେ କ'ଣ କରିବେ। ଆଜିକାଲି ତ ହେଉଛି କମ୍ପିଟିସନ ଯୁଗ। ସେ ଚଢ଼ାଗଳାରେ କହିଲେ, "ତୁମେ କିଛି କୁହ ନାହିଁ। ସେ ସବୁ ମୁଁ ଜାଣିଛି।" କହି ରାଗରେ ତମ ତମ ହୋଇ ଖାଇବା ଛାଡ଼ି ଚାଲିଯାଇଥିଲେ।

ଆଜି ସେ ତା'ର ସରଳପଣରେ କରିପାରୁ ନାହିଁ, ଅଧିକାର ସାବ୍ୟସ୍ତ। ଏହା ହେଉଛି ତା'ର ସ୍ୱାଭିମାନ। ସେ ଭିତରେ ତା'ର ନିଜର ଗାରିମା ଯେପରି ପ୍ରଦୂଷିତ ନହେବ ସେଥିପାଇଁ ସେ ବହୁତ ଯତ୍ନଶୀଳ। ଆଜି ତା' ଶରୀର ବୃକ୍ଷ ପତ୍ରଝଡ଼ା ଦେଲା ପରି ହେଲେ ମଧ୍ୟ ରଙ୍ଗଟା ସେହିପରି ଚମକୁଛି। କିଛି ଦିନ ପରେ ପରିବର୍ତ୍ତନରେ ସୃଷ୍ଟିର ଋତୁ ପରିବର୍ତ୍ତନରେ ନବପଲ୍ଲବିତ ହେଉଛି। ସେପରି ଗୋଟିଏ ନାରୀର ମନ। ସେ ତା'ର ହଜେଇ ଦେଇଥିବା ମୁହୂର୍ତ୍ତଗୁଡ଼ିକ ଭିତରେ ବୁଝିଯାଏ। ଅସହ୍ୟ ଯନ୍ତ୍ରଣାରେ ଛଟପଟ ହେଉଛି। ଆଜି ସେ ଭାବୁଛି ସକାଳ ସୂର୍ଯ୍ୟଙ୍କ ଆଗମନରେ। ପୁଷ୍କରିଣୀରେ ପଦ୍ମ ପ୍ରସ୍ଫୁଟିତ ହୁଏ। ଏହା ହେଉଛି ଶାଶ୍ୱତ ପ୍ରେମ। ସେ ଯେତେ ନୀରବ ରହିଲେ ବି। ସବୁ ସୁଖ ସ୍ୱାଚ୍ଛନ୍ଦ୍ୟକୁ ବର୍ଜନ କଲେ ବି ସ୍ୱାମୀର ପ୍ରେମକୁ ବାଂଟିପାରେ ନାହିଁ। ସେ ଘରେ ରହୁଥିଲେ କଲେଜ ଯାଉଥିଲେ ସବୁ ଠିକ୍‌ଠାକ୍ ଚାଲିଥିଲା। ସ୍ୱାମୀ ସ୍ତ୍ରୀର ସମ୍ପର୍କ ନଥିଲେ ବି ପୁଷ୍କରିଣୀର ପଦ୍ମ ସୂର୍ଯ୍ୟଙ୍କୁ ଚାହିଁ ରହିଲା ପରି ସେ ରୁଦ୍ରାକ୍ଷଙ୍କୁ ପାଖରେ ଦେଖି ସବୁ ଭୁଲିଯାଉଥିଲା। ତା'ର ଗୃହସ୍ଥ ଜୀବନରେ ଛୋଟ ବଡ଼ ଆବେଗ ଓ ଅନୁଭବ ଚାପି ରହିଛି। ସେ ଦିନକୁ ଦିନ ବହୁତ ଭାଙ୍ଗିପଡୁଥାଏ। କିଛି ନଥାଇ ବି ଘରେ ଛୋଟଛୋଟ କଥାରେ ଅଶାନ୍ତି ଲାଗିରହିଥାଏ। ଏସବୁ ଭିତରେ ଅର୍ପିତାର ଦେହ ବହୁତ ଖରାପ ହୋଇଛି। ସେ ଆଉ ବିଛଣାରୁ ଉଠିପାରେ ନାହିଁ। ସେ ଚାହିଁଥାଏ ସ୍ୱାମୀଙ୍କ ସାନ୍ନିଧ୍ୟ। ଏହା ରୁଦ୍ରାକ୍ଷ ବୁଝିପାରୁନଥାନ୍ତି। ସେ ବାହାର ଦୁନିଆରେ ରହିଯାଇଥାଆନ୍ତି।

ରୁଦ୍ରାକ୍ଷ ଆଜି ପର୍ଯ୍ୟନ୍ତ ଛୁଆଙ୍କ କଥା କ'ଣ ଜାଣି ନଥିଲେ। କର୍ତ୍ତବ୍ୟ ଦୃଷ୍ଟିରୁ ଛୁଆମାନଙ୍କ କଥା ବୁଝିବାକୁ ପଡ଼ିଲା। ସେ ଗୋଟିଏ ମେଡ୍ ସର୍‌ଭେଂଟ ରଖିଛନ୍ତି। କିଛିଦିନ ପରେ ଅର୍ପିତା ଭଲ ହୋଇଛି, କିନ୍ତୁ ସେ ବହୁତ ଦୁର୍ବଳ ହୋଇଯାଇଛି। ରୁଦ୍ରାକ୍ଷ କିଛି ଦିନ ପାଇଁ ଅର୍ପିତାକୁ ତାଙ୍କ ଗାଁକୁ ପଠାଇ ଦେଇଛନ୍ତି। ସେ ଗାଁକୁ ଯାଇଛି। ତାକୁ ଦେଖି ତା' ନନା ବୋଉ ବ୍ୟତିବ୍ୟସ୍ତ ହୋଇପଡ଼ିଛନ୍ତି। ସେମାନେ ଅର୍ପିତାକୁ ବହୁତ ବୁଝାଇଛନ୍ତି। ତା'ର ଜେଜେମା ଭାରାକ୍ରାନ୍ତ ମନକୁ ପଢ଼ିନେଇଛନ୍ତି। ତାକୁ କହିଛନ୍ତି ଆରେ ପାଗଳି ତୁ ସବୁ ସହିଯା'। ସହିବା ଲୋକଟା ସବୁବେଳେ ବଡ଼ ହୋଇଥାଏ। ଦିନେ ନା ଦିନେ ତୋ ନିଜ ଲୋକ ନିଜର ହେବେ। ତୋତେ ସମୟକୁ

ଅପେକ୍ଷା କରିବାକୁ ପଡ଼ିବ। ଆକାଶରେ ଉଡ଼ାମେଘ ଟିକିଏ ଢାଙ୍କି ହୋଇଯାଇଛି। ତାହା କିଛି ସମୟ ପରେ ଅପସରିଯିବ। ପୁଣି ସେ ଆକାଶ ନିର୍ମଳ ହୋଇଯିବ। ଏହା କିଛି ସମୟ ପାଇଁ ଆସିଥାଏ। ସେ ସବୁ ବୁଝେ। ହେଲେ ଅମାନିଆ ମନ ତା'ର ବେଳେବେଳେ ତାକୁ ବ୍ୟତିବ୍ୟସ୍ତ କରିପକାଏ। ସ୍ୱାମୀ ଆଉ ସ୍ତ୍ରୀର ବନ୍ଧନ। ତାହା ଏମିତି ଗୋଟିଏ ବନ୍ଧନ, ଯାହା ସହଜରେ ଫିଟେ ନାହିଁ। ଯେତେ ଯାହା ହେଲେ ବି ସୁଖ, ଦୁଃଖ, ହସକାନ୍ଦ, ରାଗରୁଷା, ମାନ, ଅଭିମାନ ଥିଲେ ବି ସ୍ୱାମୀଙ୍କର ପଦେ ମଧୁର କଥାରେ ତାହା ପାଣି ଫୋଟକା ପରି ମିଳେଇଯାଏ। ସେ କୌଣସି ଗୋଟିଏ ସମାଧାନର ବାଟ ପାଉନଥାଏ। କିଛି ଦିନ ରହି ପୁଣି ଫେରିବ ରୁଦ୍ରାକ୍ଷଙ୍କ ପାଖକୁ। ପିଲାଙ୍କ ସ୍କୁଲ କେତେ ଦିନ ବନ୍ଦ କରିବ। ରୁଦ୍ରାକ୍ଷଙ୍କୁ ତାଙ୍କ ସାଙ୍ଗମାନେ କହୁଛନ୍ତି, ଯଦି ତୁମ ଘରେ ଅଶାନ୍ତି ହେଉଛି ତାହାହେଲେ ତୁ ସେ ଟିଉସନ୍ ଇତିହାସ ବନ୍ଦ କରିଦେଉ ନାହୁଁ। ସେ ସଫେଇ ଦିଅନ୍ତି, "ଆରେ ତୁମେମାନେ ବୁଝୁନ କାହିଁକି ? ମୋ ପିଲାଙ୍କ ପାଇଁ ଅଧିକ ପରିଶ୍ରମ କରିବାକୁ ବାଧ୍ୟ ହେଉଛି। ଅର୍ପିତାକୁ ଯଦି ଭଲ ଲାଗୁନାହିଁ ସେ ମୋତେ ଛାଡ଼ି ଚାଲି ଯାଉନାହିଁ ? ମୋତେ ଟିକିଏ ଶାନ୍ତିରେ ରହିବାକୁ ଦେଉନାହିଁ ?" ଏହା ଶୁଣି ସାଙ୍ଗମାନେ ପଛରେ ସମାଲୋଚନା କରନ୍ତି। ଘରେ ଅଶାନ୍ତି ରାଗ ରୁଷା କିଛି ଫରକ ପଡ଼େ ନାହିଁ। ସେ କିଛି ନ ଜାଣିଲା ପରି ଚାଲିଯାଆନ୍ତି।

ରୁଦ୍ରାକ୍ଷଙ୍କର ଜଣେ ବନ୍ଧୁ ହଠାତ୍ ଆସି ପହଂଚିଛନ୍ତି। ରୁଦ୍ରାକ୍ଷ ଘରେ ନଥାଆନ୍ତି। ସେ ତାଙ୍କୁ ଦେଖି ଅବାକ୍ ହୋଇଯାଇଛି। ସେ ତାଙ୍କୁ କ'ଣ କହିବ, କ'ଣ କରିବ, ଆଉ କ'ଣ କଥାବାର୍ତ୍ତା କରିବ ଜାଣିପାରୁ ନଥାଏ। ସେ ତାଙ୍କୁ ପ୍ରଣାମ ଜଣାଇ ବସିବାକୁ କହିଲା। ଆପଣ ଆଜି ହଠାତ୍ କେମିତି ଆସିଲେ। ରୁଦ୍ରାକ୍ଷଙ୍କ ପାଖରେ କ'ଣ କାମ ଥିଲା। ସେ କହିଲେ ନାଇଁ ମୁଁ ଏମିତି ଚାଲି ଆସିଲି। ଆପଣ ଯଦି ଆସିଲେ ମିସେସ୍‌ଙ୍କୁ ଆଣିଲେ ନାହିଁ କାହିଁକି ? ସେ ଟିକିଏ ଘର କାମରେ ବ୍ୟସ୍ତ ଅଛନ୍ତି। ସେ ମୋତେ କହିଲେ ତୁମେ ଯାଇ ଟିକିଏ ଅର୍ପିତାକୁ ଦେଖାକରି ଆସ। ସେ କିପରି ଅଛି। ଆପଣ ବସନ୍ତୁ କଫି କରି ଆଣୁଛି। ସାଙ୍ଗ ଅଭିଷେକ କହିଲେ, "ନା, ନା ମୋର କଫି ଦର୍କାର ନାହିଁ।" ଅର୍ପିତା ଭାବୁଛି ମୁଁ କ'ଣ କଥା ହେବି ଆଉ କ'ଣ କହିବି। ଆଉ କିପରି କହିବି। ଏଇ ଭାବନା ଭିତରେ କଫି ଦେଇ କହିଲା ଆପଣ କ'ଣ କହିବେ କୁହନ୍ତୁ। କ'ଣ କହିବେ ଆଉ କେଉଁଠାରୁ ଆରମ୍ଭ କରିବେ କିଛି ଠିକ୍ କରିପାରୁ ନଥିଲେ, ସେ ତ ଆସିଛନ୍ତି। ଯାହା ହେଲେ ତ କହିବେ। ସେ ଛୁଆମାନଙ୍କ ପାଇଁ ଗୋଟିଏ ସାଙ୍ଗକୁ ବଂଚାଇବେ। ନା ସେ କିଛି ଭୁଲ କରୁନାହାନ୍ତି ତ। ଆଜି ରୁଦ୍ରାକ୍ଷ ଦେହ ତୁମର କ'ଣ ଦେହ ଖରାପ ଅଛି କହି ତରତର ହୋଇ ଚାଲିଆସିଲା। ମୋତେ

ଭଲ ଲାଗିଲା ନାହିଁ। ସେ ମେଡିସିନ ଦୋକାନୀ ମୋତେ ପଚାରିଲା, "ଆଜ୍ଞା ରୁଦ୍ରାକ୍ଷ ସାର୍‌ଙ୍କୁ କ'ଣ ଆପଣ ଜାଣିଛନ୍ତି।" ହଁ "ସେ ପରା ମୋର ସାଙ୍ଗ। କାହିଁକି କ'ଣ ହେଲା କି ?" ତାଙ୍କ ସ୍ତ୍ରୀ ଜଣେ ଆବ୍‌ନରମାଲ ପେସେଂଟ। ସେ ମୋଠୁଁ ସ୍ଲିପିଂ ଟାବ୍ଲେଟ୍ ନେଉଛନ୍ତି। ସେ କେତେ ଦିନ ହେଲା ନେଲାଣି ? ପ୍ରାୟ ବର୍ଷେ ହେବ। ମୁଁ ଶୁଣିଲା ପରଠାରୁ ଭଲ ଲାଗିଲା ନାହିଁ। ଘରେ ଯାଇ ମିସେସ୍‌ଙ୍କୁ କହିଲି ସେ କହିଲେ "ତୁମେ ଯାଇ ଦେଖି ଆସ ସେ କ'ଣ କରୁଛନ୍ତି। ପିଲାମାନଙ୍କ କଥା ବୁଝିପାରୁଛି ନା ନାଇଁ। କେମିତି ଅଛନ୍ତି। ଆଉ ତୁମେ ତ ଭଲ ଅଛ ତୁମେ କ'ଣ ମେଡିସିନ ଖାଉଛ ଦେଖିକରି ଖାଇବ। ତୁମେ ତ ସେ ମେଡିସିନ୍ ପଢ଼ି କରି ଖାଇଛ ତ। ସେ ତୁମକୁ ଅର୍ପିତା କହିଲା, "କ'ଣ ଆପଣ କହୁଛନ୍ତି। ମୁଁ ବୁଝି ପାରୁନାହିଁ। ସେ ମେଡିସିନ୍ କ'ଣ ସତରେ ସ୍ଲିପିଙ୍ଗ ଟାବ୍‌ଲେଟ୍ ? ମୋ ସହିତ ରୁଦ୍ରାକ୍ଷ ବିଶ୍ୱାସଘାତକତା କରୁଛନ୍ତି। ତୁମେ ଯାଇ ଦେଖ ତ ତୁମେ କ'ଣ ଖାଉଥିଲ। ସେ କହିଲା, "ପିଲାମାନେ କ'ଣ ଦେଖାଇଦେବେ। ସେ ତାକୁ ଆଲ୍‌ମାରିରେ ରଖିଛନ୍ତି। ଏ ସବୁ ଶୁଣିବା ପରେ ସେ ଗୁମ୍‌ସୁମ୍ ହୋଇଯାଇଥିଲା। ସେ ଅଭିଷେକଙ୍କୁ କ'ଣ କହିବ ? ଅଭିଷେକ କହିଲେ ଯାହା ଗଲାଣି ତୁମେ ସାବଧାନ ହୋଇ ଦେଖିବାକୁ ଚେଷ୍ଟା କରିବ। ତୁମେ ତ ସବୁ ଶୁଣିଲ ତାହା ତୁମେ ନିଜେ ପରଖିଦେବ। ତୁମ ମୋ କଥା ମୁଁ ମୋ ମୋବାଇଲରେ ସବୁ ରେକର୍ଡିଙ୍ଗ୍ କରିଦେଇଛି। ମୁଁ ଯାହା କହିଲି ତାହା ସତ କି ମିଛ ନିଜେ ପରୀକ୍ଷା କରି ଦେଖ। ଆପଣଙ୍କଠାରୁ ଶୁଣିଲାବେଳୁ ମୋର ମୁଣ୍ଡ ଗୋଳମାଳ ହୋଇଯାଇଛି।

ଏହା ଶୁଣିଲା ପରେ ଭଲ ଲୋକ ବି ପାଗଳ ହୋଇଯିବ। ଅଭିଷେକ ଏହା କହି ଚାଲିଯାଇଥିଲେ। ଅର୍ପିତା ଭାବୁଛି ଯେ ପରିସ୍ଥିତି କେତେବେଳେ କ'ଣ ହୋଇଯାଏ। କେତେବେଳେ ଆୟତ୍ତରେ ରହେ ତ କେତେବେଳେ ଅଣାୟତ୍ତ ହୋଇଯାଏ। ଜୀବନ ହେଉଛି ଭାଗ୍ୟରେ ଲେଖାଥିବା ଏକ ସମୟ। ଭାଗ୍ୟ ସବୁବେଳେ ପ୍ରତିକୂଳ ହୁଏ ତା' ନୁହେଁ, ବେଳେବେଳେ ଜଟିଳ ପରିସ୍ଥିତିରେ ଅନୁକୂଳ ଅବସ୍ଥା ସୃଷ୍ଟି କରି ନିରାପଦ ରହେ। ଏମିତି ଅନେକ ଘଟଣା ଘଟିଛି। ଜୀବନ ଉତ୍‌ଥାନ ପତନ ଦେଇ ଗତି କରିଛି । ଯା ଭିତରେ ରୁଦ୍ରାକ୍ଷ ଏତେ ତଳକୁ ଖସିଯାଇ ପାରନ୍ତି। ଆଉ ଏ ରାସ୍ତାରେ ଚାଲିଚାଲି ଥକି ପଡ଼ିଲିଣି। ଏ ରାସ୍ତା ମୁଁ ନିଜକୁ ନିଜେ ହଜାଇ ଦେଲିଣି। ମୁଁ ବର୍ତ୍ତମାନ ଏକଲା ଧିକ୍କାର ହୋଇଯାଇଛି। ସମ୍ପୂର୍ଣ୍ଣ ଏକଲା। ସେ ନିଜକୁ ନିଜେ ଧିକ୍କାର କରୁଛି। ମୁଁ ଟିକିଏ ମାନ ଅପମାନରୁ ମୁକ୍ତି ପାଇବା ପାଇଁ ଚାଲି ଆସିଥିଲି। ରୁଦ୍ରାକ୍ଷ କ'ଣ ଏହା ବୁଝିପାରୁନାହାନ୍ତି। ସେ କରୁଛନ୍ତି କ'ଣ ? ନିଜର ସ୍ୱାର୍ଥ ପାଇଁ ସେ ତାଙ୍କ ସ୍ତ୍ରୀକୁ ପାଗଳ ସଜେଇ ଦେଉଛନ୍ତି। ଯଦି ଭଲରେ କହିଥାଆନ୍ତେ ଅର୍ପିତା ତୁମକୁ ମୁଁ

ଚାହୁଁନାହିଁ ତୁମେ ଚାଲିଯାଅ। ତା' ହେଲେ ମୁଁ ଚାଲିଯାଇଥାଆନ୍ତି। ମୋ ସହିତ ଏ ଲୁଚକାଳି ଖେଳ କାହିଁକି। ମନ ଭିତର ଉଠୁଥିବା ଜୁଆର କେତେ ସମୟ ବା ରହନ୍ତା। ସେ କୂଳରେ ପିଟିହୋଇ ପୁଣି ସାଗର ଭିତରକୁ ଫେରିଯାଇଛି। ସେ ତା'ର ଅମାନିଆ ଲୁହ ଅଧା ଓଠ ପିଇଯାଇଛି। ଆଖିବୁଜି ବିଛଣା ଉପରେ ପଡ଼ିରହିଛି।

ରୁଦ୍ରାକ୍ଷ ଘରକୁ ଫେରି ଦେଖିଛନ୍ତି ଅର୍ପିତା ବିଛଣାରେ ପଡ଼ିଛନ୍ତି। ପଚାରିଲେ ତୁମର କ'ଣ ଦେହ ଭଲ ଲାଗୁନି କି? ସେ ଟିକିଏ ନଖରାମି କରି କହିଲେ ତୁମେ ଆଜି କାହିଁ ସତେଜ ଫୁଲ ମୋର ଝାଉଁଳି ପଡ଼ିଛ। ତୁମେ ଠିକ୍‌ରେ ମେଡିସିନ୍ ଖାଇଛ ତ? ମେଡିସିନ୍ ନାମ ଶୁଣି ଅର୍ପିତା ଚମକି ପଡ଼ିଛି। ସେ ଦେଖୁଛି ସତରେ ରୁଦ୍ରାକ୍ଷ କ'ଣ? ଉପରେ ଅମୃତ ଛିଂଚି ଦେଇ ଜହର ପିଆଇ ପଛାଉ ନାହିଁ। ତା' ପରେ ଅର୍ପିତାକୁ ଗୋଟିଏ ଚୁମ୍ବନ ଆଙ୍କିଦେଇ କହିଲେ ନିଅ ତୁମେ ମେଡିସିନ୍ ଖାଇନିଅ। ପୁଣି ସେଇ ଅମୃତବୋଳା କଥା। ପୁଣି ସେଇ ହାଲ୍‌କା ଚୁମ୍ବନ। ଆଜି ଏ କ'ଣ ହେଉଛି। ପାଖରେ ବସି କହିଲେ ଆଜି କ'ଣ ବେଶି ଖରାପ ଲାଗୁଛି କି? ନା, ନା - ମୁଁ ଏମିତି ଟିକିଏ ଗଡ଼ପଡ଼ ହେଉଥିଲି। ସେ ଭାବୁଛି, ମନରେ ହଳାହଳ ବିଷ ରଖି ଉପରେ ଅମୃତବାଣୀ କହି ମନ କିଣିନେବାକୁ ଚେଷ୍ଟା କରୁଛନ୍ତି। ପୁଣି ସେଇ କଥା ଦୋହରାଇ କହିଲେ, "ଏଇ ନିଅ ମେଡିସିନ ଖାଇନିଅ।" ସେ କହିଲା, ରଖିନିଅ ମେଡିସିନ ଜରିଖୋଲି ଦିଅନ୍ତି। ସେ ଦିନ ସେ ଜରି ସହିତ ରଖିଦେଇଥିଲେ।

■

ଷଷ୍ଠ ଅଧ୍ୟାୟ

ପୁଣି ସେଇ କଥା ଦୋହରାଇ କହିଲେ, ତୁମେ ମେଡିସିନ୍ ଖାଇନିଅ। ଅର୍ପିତା କହିଲା ତୁମେ ସେଇଠାରେ ରଖିଦିଅ ମୁଁ ଖାଇଦେବି। ସେ କହିଲେ ପିଲାମାନେ କେଉଁଆଡ଼େ ଫୋପାଡି ଦେବେ। ସେ କହିଲା "ନା ନା, ମୁଁ ସାଙ୍ଗେସାଙ୍ଗେ ଯାଇ ଖାଇଦେବି।" ରୁଦ୍ରାକ୍ଷ ତରତର ହୋଇ କଭରଟିକୁ ନ ଚିରି ମେଡିସିନଟି ରଖିଦେଇଛନ୍ତି। ଅର୍ପିତା କହିଲା ମୋର ତ ଦେହ ଭଲ ହୋଇଗଲାଣି ଆଉ କାହିଁକି ଖାଇବି? ରୁଦ୍ରାକ୍ଷ କହିଲେ,"ତୁମେ ଦିନକୁ ଦିନ ଦୁର୍ବଳ ହୋଇଯାଉଛ। ତେଣୁ ଡକ୍ଟର ତୁମକୁ ମଲ୍‌ଟି ଭିଟାମିନ୍ ଖାଇବାକୁ କହିଛନ୍ତି। ତୁମ ଦେହ ଖରାପ ହେଲେ ପିଲାମାନଙ୍କ କଥା କିଏ ବୁଝିବ? ଆଉ ମଧ୍ୟ ତୁମେ ଦିନକୁ ଦିନ ଅସୁନ୍ଦର ହୋଇଯାଉଛ। ମୋତେ ଲୋକ କ'ଣ କହିବେ? ଅର୍ପିତା ମନ ଭିତରେ କୁହୁଳୁ ଥିଲେ ବି ଉପରେ ହସି ଦେଇଥିଲା। ତା'ପରେ ସେ ଦେଖୁଛି, ସେ ଚାକରାଣୀକୁ ଗୋଟିଏ ଶହେଟଙ୍କିଆ ନୋଟ୍ ଦେଇ କହିଲେ ନେ ତୁ ରଖିଥା। ତୋର ଦର୍କାର ଥିଲା କହିଥିଲୁ। ସେ ଦେଖି ନ ଦେଖିଲା ପରି ରହିଯାଇଛି। ସେ ଚାକରାଣୀକୁ କହିଲା, ତୋର ଦର୍କାର ମୋତେ କହିଲୁ ନାହିଁ? ସେ ପାଂଚଶହ ଟଙ୍କିଆଟିଏ ଦେଇ କହିଲା, ବାବୁ ଶହେଟଙ୍କା ଦେଇଛନ୍ତି। ଆଜିକାଲି ଶହେଟଙ୍କାରେ କ'ଣ ହେଉଛି? ନେ ତୁ ରଖିଥା, ବାବୁ କେତେ ରାତିକୁ ଆସୁଛନ୍ତି କି? ସେ କହିଲା,"ମା' ମୋତେ କ'ଣ ଘଂଟା ଦେଖିଆସୁଛିକି? ମୁଁ ଜାଣିଛି, ମୁଁ ଗଲାବେଳକୁ ସାଇର ସମସ୍ତେ ଶୋଇପଡ଼ନ୍ତି। ମୋତେ ଲାଗେ ସତରେ ରାତିଅଧ ହୋଇଗଲାଣି। ତୁମେ ଶୋଇଯାଅ। ପିଲାମାନେ ଶୋଇଯାଆନ୍ତି। ମୁଁ ବି ଗଡ଼ପଡ଼ ହେଉହେଉ ଶୋଇଯାଏ। ସାରେ ଆସିଲେ ମୋତେ ପଚାରନ୍ତି ପିଲାମାନେ ଉଠି ହଇରାଣ କରିନାହାନ୍ତି ତ, ମା' ଉଠିନାହାନ୍ତି ତ? ତୁ ଯା' ରାତି ହୋଇଗଲାଣି। କାଲି ଶୀଘ୍ର ଚାଲିଆସିବୁ। ମା'ଙ୍କର ଦେହ ଭଲ ନାହିଁ। ହଉ ତୁ ଆଜି ଚାଲିଯା'। ସେ

ଚାଲିଯିବା ପରେ ସେ ମେଡିସିନ୍‌ଟିକୁ ଦେଖିଛି। ସେ ଦେଖୁଛି, ତାଙ୍କ ବନ୍ଧୁ ଯାହା କହୁଥିଲେ ତାହା ଠିକ୍। ତାକୁ ଆଉ ନିଦ ହୋଇନାହିଁ। କେତେ ରାତି ପରେ ରୁଦ୍ରାକ୍ଷ ଆସି ଧୀରେଧୀରେ କବାଟ ଠକ୍‌ଠକ୍ କରିଛନ୍ତି। ସେ ଆସି କବାଟ ଖୋଲିଲା। ସେ ଅର୍ପିତାକୁ ଦେଖି ବ୍ୟସ୍ତବିବ୍ରତ ହୋଇ ପଚାରିଲେ ଆଜି କ'ଣ ଶଶୀ (ଚାକରାଣୀ) ଚାଲିଯାଇଛି କି। ସେ ସେ ହଁ କହି ଚାଲିଆସିଛି। ରୁଦ୍ରାକ୍ଷ ନିଜକୁ ନିଜେ କହିଲେ,"ଆଜି ଟିକିଏ ଗପସପ କରୁକରୁ ଡେରି ହୋଇଗଲା। ସେ ଆଉ କିଛି ଉତ୍ତର ଦେଲା ନାହିଁ। ସେ ଯାଇ ବେଡ୍ ଉପରେ ଶୋଇବାର ବାହାନା କରି ଶୋଇଯାଇଛି।" ରୁଦ୍ରାକ୍ଷ ଯାଇ ଫ୍ରେସ୍ ହୋଇ ଆସି ପଚାରିଲେ, ତୁମେ କ'ଣ ଶୋଇଗଲ ନା କ'ଣ? ସେ କିଛି ଉତ୍ତର ଦେଇନଥିଲା। ସେ ଶୋଇଯାଇଥିଲେ। ତାକୁ ଆଉ ନିଦ ହୋଇନାହିଁ। ସେ ଉଠି ତାଙ୍କ ମୁହଁକୁ ଚାହିଁ ରହିଲା, ସେ ଦେଖୁଛି, "ଏତେ ଶାନ୍ତ ସରଳ ମୁହଁ ଭିତରେ ଏତେ ଛଳନା ଭରିରହିଛି?" ତା' ଆଖିରୁ ଗରମ ଲୁହ ଦୁଇଧାର ବୋହିଯାଇଛି।

ସକାଳୁ ସୁମି ଆସିଛି, ରୁଦ୍ରାକ୍ଷ ତାକୁ ତାକୁ ବିରକ୍ତ ହୋଇଛନ୍ତି। ଅର୍ପିତା କହିଲା, ମୁଁ ତାକୁ କହିଲି, "ତୁ ଚାଲିଯା'। ତୁ କେତେ ରାତିଯାଏ ଅପେକ୍ଷା କରିବୁ?" ସେ କହିଲେ,"ତୁମର ଦେହ ଖରାପ ଅଛି, ପିଲାମାନେ ତୁମକୁ ହଇରାଣ କରିବେ। ତୁମକୁ ରେଷ୍ଟ ନିହାତି ଜରୁରୀ।" ଏହା କହି ସେ ଚାଲିଯାଇଛନ୍ତି। ତା'ପରେ ସେ ସୁମିକୁ କହିଲା, "ତୁ ସାର୍‌ଙ୍କ କଥା କିଛି ଭାବିବୁ ନାହିଁ। ସେ ସେମିତି କହୁଥାଆନ୍ତୁ। ଛାଡ଼ ସେ କଥା। ଗଲୁ ଦୁଇ କପ୍ ଚା' କରି ଆଣିବୁ। ଦୁହେଁ ମିଶି ପିଇବା। ସୁମି ଯାଇ ଦୁଇ କପ୍ ଚା' ଧରି ଆସିଛି। ଦୁହେଁ ମିଶି ଚା' ପିଇଛନ୍ତି। ସୁମି କହିଲା "ମା', ମୁଁ ହେଉଛି ଚାକରାଣୀ। ଛୋଟ ମୁହଁରେ ବଡ଼ କଥା। ମୁଁ ଗୋଟିଏ କଥା ପଚାରିବି। ନାଇଁ ଥାଉ ମା'।" ଅର୍ପିତା କହିଲା,"ଯା' ତୁ କ'ଣ ପଚାରୁଛୁ ନିର୍ଭୟରେ ପଚାର।" ମା', ତୁମକୁ ମୋ ରାଣ ତୁମେ ବାବୁଙ୍କୁ କହିବ ନାହିଁ। ମୁଁ ହେଉଛି ଗରିବ ଲୋକ, ତୁମ ଘରୁ ଦୁଇ ପଇସା ନେଲେ ମୋ ପିଲାଙ୍କ ତୁଣ୍ଡରେ ଦୁଇମୁଠା ଖାଇବାକୁ ଦେଉଛି। ଏହା ଜାଣିଲେ ବାବୁ ମୋତେ ବାହାର କରିଦେବେ।" "ନା ନା ବାବୁ ଜମା ଜାଣିବେ ନାହିଁ।" କାଲି ଶୋଇଥିଲ, ପଡ଼ିଶା ଘର ମା' ତୁମକୁ ଦେଖିବା ପାଇଁ ଆସିଥିଲେ। ମୋତେ ପଚାରିଲେ ସୁମି ମା' କାହାନ୍ତି। ମୁଁ କହିଲି ମା' ଶୋଇଛନ୍ତି। ଆପଣ ବସନ୍ତୁ ମୁଁ ଡାକି ଦେଉଛି। ସେ ଶୋଇଛନ୍ତି ଉଠା ନାହିଁ ପରେ ଆସିବି। ମୁଁ ତୋତେ ଗୋଟିଏ କଥା ପଚାରିବି। ତୋ ମା' କଣ ସତରେ ପାଗଳି ହୋଇଯାଇଛନ୍ତି? ମୁଁ କହିଲି କାଇଁ ନାଇଁ ତ। କାଇଁ ମୁଁ ତ କିଛି ଜାଣି ନାହିଁ। ତୁ ମା'କୁ କିଛି କହିବୁ ନାହିଁ। ସେ ଜାଣିଲେ ଖରାପ ଭାବିବେ। ତୁ ତାକୁ କିଛି କହିବୁ ନାହିଁ। ସେ ଚାଲିଗଲେ।

ଏହା ଶୁଣିବା ପରେ ସେ ଅଧିକ ଭାଙ୍ଗିପଡ଼ିଛି। ସେ ପୁଣି ସୁମିକୁ କହିଲା ଆଜି ତୁ କାମ ସାରି ଚାଲିଯାଆ। ମା' ତୁମେ ଯାହା କଲଣି ଏହା ବାବୁ ଶୁଣିଲେ ମୋତେ କାମରୁ ବିଦାକରି ଦେବେ। ସେ ତାକୁ କହିଲା ନା ସେ ଜମା ଜାଣିପାରିବେ ନାହିଁ। ରୁଦ୍ରାକ୍ଷ ଫେରିଲାବେଳକୁ ଅର୍ପିତା ବସି ଟିଭି ଦେଖୁଛି। ଏହା ଦେଖି ରୁଦ୍ରାକ୍ଷ ଆଶ୍ଚର୍ଯ୍ୟ ହୋଇଯାଇଛନ୍ତି। ପଚାରିଲେ ତୁମର ଦେହ ଖରାପ ଅଛି। ତୁମେ ନ ଶୋଇ କ'ଣ ଟିଭି ଦେଖୁଛ। ମୋର ନିଦ ଭାଙ୍ଗି ଯାଇଥିଲା। ମୁଁ ଦେଖିଲି ଏତେ ରାତି ହେଲାଣି ତୁ ଘରକୁ ଚାଲିଯା। ତାକୁ କାହିଁକି ଅର୍ପିତାର କଥାଗୁଡିକ ଖାପଛଡ଼ା ଲାଗୁଥାଏ। ସେ ଭାବିଲେ ଅର୍ପିତାକୁ ବୋଧେ ଆଉ ଅଧିକ ପାୱାର ଦରକାର ହେଉଛି। ତା'ପରେ ସେ ଦୁଇଟି ଆଣି ଖାଇବାକୁ ଦେଇଛନ୍ତି। ଅର୍ପିତା ପଚାରିଲା ଆଜି କ'ଣ ଦୁଇଟି ଦେଉଛ ? ମୁଁ ଦେଖୁଛି ତୁମକୁ ଆଉ ଟିକିଏ ଅଧିକ ପାୱାର ଦର୍କାର। ତୁମେ ଯଦି ଭଲରେ ରେଷ୍ଟ ନ ନେବ ପିଲାମାନଙ୍କ କଥା ବୁଝିବ କିଏ ସେ ? ବନସ୍ତରେ ନିଆଁ ଲାଗିଲେ ସମସ୍ତେ ଦେଖିପାରନ୍ତି ମନ ଭିତରେ ନିଆଁ ଲାଗିଲେ କେହିଁ ଦେଖିପାରନ୍ତି ନାହିଁ। ସେହିପରି ମନର ରାଗ ଅଭିମାନ ସବୁକୁ ମନ ଭିତରେ ରଖିଦେଇ ଉପରେ ହସିହସି କହିଲେ କ'ଣ ଛପି ରହିବ? ସେ ପ୍ରତ୍ୟୁତ୍ତର ଦେଇ କହିଲେ ତୁମେ ପରା ମା'। ତୁମ ସ୍ଥାନ ଆଉ କେହି ନେଇପାରିବେ ନାହିଁ। ସେ ତାକୁ ମେଡିସିନ୍‌ଟା ଦେଇଦେଇ ଯେମିତି ଯିବା କଥା ଚାଲିଯାଇଛନ୍ତି। ରୁଦ୍ରାକ୍ଷ ଯାଇ ସାରିଲା ପରେ ଶୂନ୍ୟ ଆକାଶକୁ ଚାହିଁ ଭାବୁଛି, "କାହିଁକି ଏ ଟିଉସନ୍ ପ୍ରତି ଏତେ ଅବିଳତା ?" ଢିଙ୍କି ସ୍ୱର୍ଗକୁ ଗଲେ ବି ଧାନ କୁଟିବ। ଯେହେତୁ ଜଣେ ଭଲ ଟିଉଟର ଯେଉଁଠି ହେଲେ ବି ପଢ଼ାଇ ପାରିବେ। ସେ ନିଜ ପିଲାଛୁଆର ସଂସାରକୁ ନଷ୍ଟ କରିବାକୁ ପଛାଉ ନାହାନ୍ତି। ନିଜ ସ୍ତ୍ରୀକୁ ଦୁନିଆ ଦାଣ୍ଡରେ ପାଗଳିନୀ ସଜେଇ ଦେଉଛନ୍ତି କାହିଁକି ? ସେ ନିଜକୁ ନିଜେ ପ୍ରଶ୍ନ ପଚାରି ଉତ୍ତର ପାଉନଥାଏ। ହଠାତ୍ କାହିଁକି ମନଟି ବିଚଳିତ ହୋଇ ଉଠୁଥାଏ। ସେ ପିଲାମାନଙ୍କୁ ସୁମି ପାଖରେ ଛାଡ଼ିଦେଇ ଉଦ୍ରବ୍ୟକ୍ତିଙ୍କ ଘରେ ପହଂଚିଛନ୍ତି। ତାଙ୍କ ଘର ଚାରିଆଡ଼ ଶୂନ୍‌ଶାନ। ତାଙ୍କ ଚାକରଟି ବାରଣ୍ଡାରେ ବସିଛି। ସେ ଅର୍ପିତାକୁ ଦେଖି ପ୍ରଣାମ କରି କହିଲା, "ଆଜି ଆପଣ ଆସିଲେ ଯେ ଦାଦୁ ଆଉ ମା' କେହିହେଲେ ଘରେ ନାହାନ୍ତି।" ସେ ପଚାରିଲା କୁଆଡ଼େ ଯାଇଛନ୍ତି ? (ଚାକର) ରାମୁ କହିଲା,"ସେ ଦୁଇଦିନ ହେଲା ଗାଁକୁ ଯାଇଛନ୍ତି। ଆଜି ଫେରିବା ପାଇଁ କହିଛନ୍ତି।" ସାରେ ଭିତରେ ଦିଦି" ମା' ଙ୍କୁ ପଢ଼ାଉଛନ୍ତି। ଅର୍ପିତା କବାଟ ଖୋଲି ଭିତରକୁ ପଶିଯାଇ ଯାହା ଦେଖିଲା ସେ ନିଜ ଆଖିକୁ ନିଜେ ବିଶ୍ୱାସ କରିପାରିନଥିଲା। ସେ କିଛି ସମୟ ପାଇଁ ସ୍ତବ୍ଧ

ହୋଇଯାଇଥିଲା । ସେ ଯାହା ଦେଖୁଛି ତାହା କ'ଣ ସତ୍ୟ । ତା' ପରେ ସେ କବାଟ ଆଉଜାଇ ବାହାରକୁ ଚାଲିଆସିଥିଲା । ସେ ସମୟ ଥିଲା ବହୁତ ଅବାସ୍ତବ । ସେ ସବୁ ଦେଖିଲା ପାପ, ପୁଣ୍ୟ, ଛଳନା, କପଟ । ତା'ର ବୋଝ ବହନ କରି ନିରୀହ ଶିଶୁଟିଏ ପରି ଚୁପ୍‌ଚାପ ଚାଲିଆସିଛି । ତା ପାଇଁ ଭଗବାନ ହେଉଛନ୍ତି ସାକ୍ଷୀ । ସେ ପେପର ପଢ଼େ, ଟିଭିରେ ଦେଖେ, ଆଜି ସେ ନିଜେ ଆଖିରେ ଦେଖୁଛି । ଦୁନିଆଟା କ'ଣ ଏଇଆ ! ସବୁ କ'ଣ ଏହିପରି । ଆଜିକାଲି ଝିଅମାନେ ଟିଉସନ ମାନେ କ'ଣ ସାରଙ୍କ ପ୍ରତି ଆସକ୍ତ ହବା । ନା ନା ମୁଁ ଏପରି ଭାବୁଛି କାହିଁକି ? ସତରେ ମୋ ମୁଣ୍ଡ କ'ଣ ପାଗଳ ହୋଇଯାଇଛି । ମୁଁ ଏଗୁଡ଼ା କ'ଣ ଭାବୁଛି । ଏଗୁଡ଼ା ବହୁତ ଖରାପ ଚିନ୍ତାଧାରା । ଅର୍ପିତା ଘରକୁ ଫେରିଛି । ରୁଦ୍ରାକ୍ଷ ତା' ପଛେପଛେ ଘରକୁ ଫେରିଆସିଛନ୍ତି । ସେ ଭାବି ପାରୁନଥିଲା ଯେ ଏହିପରି ହୋଇଯିବ । ଏ କ'ଣ ହୋଇଗଲା ।

ଅର୍ପିତା ଘରକୁ ଆସି ତା'ର ଅବସ୍ଥା ଆହତ ବାଘୁଣୀ ପରି ହୋଇଯାଇଛି । ତା'ର ଦେହ ହାତ ଥରୁଛି । ଆଜି ସେ ତା' ଚଲାପଥରେ ଝୁଂଟି ପଡ଼ିଛି । ତା' ହାତମୁଠାରୁ ସେ ବର୍ତ୍ତମାନକୁ ହରାଇ ଦେଉଛି । ସେ ଯଦି କିଛି ସମୟ ପାଇଁ ତା'ର ସାଂସାରିକ ଜୀବନକୁ ପ୍ରତ୍ୟାଖାନ କରି ଥାଆନ୍ତା ତାହାହେଲେ ସେ ବର୍ତ୍ତମାନଟାକୁ ହାତମୁଠାରେ ରଖିପାରି ଥାଆନ୍ତା । ସେ ତାହା କରିପାରି ନଥିଲା । ସେ ତା' ସଂସାର ସାଗରରେ ଏମିତି ବୁଡ଼ିଯାଇ ଥିଲା ଯେ ପୂର୍ବାପର ବୁଝିବା ଶକ୍ତି ହରାଇ ବସିଥିଲା । ସେତେବେଳେ ସେ ଭାବିଥିଲା ଏ ହେଉଛନ୍ତି ମୋର ଜନ୍ମଜନ୍ମାନ୍ତର ସାଥି । ଆଜି ଏ କ'ଣ ହୋଇଯାଉଛି ।

ଅର୍ପିତାକୁ ବୁଝାଇବା ପାଇଁ ରୁଦ୍ରାକ୍ଷ ପାଖରେ ଆଉ ଭାଷା ନଥିଲା । ତଥାପି ବୁଝାଇବା ପାଇଁ ଚେଷ୍ଟା କରିଛନ୍ତି । ସେ କହିଲେ,"ତୁମେ ଯାହା ଦେଖୁଛ ତାହା ସବୁଦିନ ପାଇଁ ନୁହେଁ । ତାହା କ୍ଷଣିକ ଦୁର୍ବଳତା । ଆଜିକାଲି ଏହା ହେଉଛି । ଏହା କମନ୍ । ତୁମେ ସେସୁବକୁ ଭୁଲିଯାଅ । ତୁମେ ଏହା ପାହାନ୍ତା ସ୍ୱପ୍ନ ଭାବିନିଅ । ମୁଁ ତୁମକୁ ବହୁତ ଭଲପାଏ । କିଛି ଆଖିଦେଖା କଥା ସତ ନଥାଏ । ତୁମେ ମୋତେ ଏଇ ଥରକ କ୍ଷମା କରିଦିଅ । ମୁଁ ନିଜକୁ ନିଜେ ସଂଶୋଧନ କରିନେବି ।" ସେ କହିଲା,"ମୁଁ ସତ କହିଛି, ତୁମର ଆଚାର ବ୍ୟବହାରରେ ସୀମା ରହିଛି । ତୁମେ ଯେଉଁ ପ୍ରେମ ହେଉନା କାହିଁକି ପ୍ରେମରେ ଅନ୍ଧ ମଣିଷ ଅଧୀର ହୋଇ ଡେଇଁଯାଏ ସାମାଜିକ ମାନ ମର୍ଯ୍ୟାଦା ନୀତିନିୟମ କାଇଦାର ପାଚେରୀ । ଏହାକୁ ନିଜର ମଣିଷ ପ୍ରତିଶୋଧ ପରାୟଣ ହୋଇଉଠେ । ମଣିଷ ପ୍ରକୃତିର ଦାସ । ଆଉ ତା'ପାଖରେ ରହେନାହିଁ ସତ୍ୟନିଷ୍ଠତା ଓ

ବିଶ୍ୱସନୀୟତା ସେ ତା'ର ଅନ୍ତରଙ୍ଗ ମୁହୂର୍ତ୍ତକୁ ଜାଳିପୋଡ଼ି ଛାରଖାର କରିଦିଏ। ମୁଁ ମୋ ହୃଦୟ ମନ୍ଦିରରେ ଯେଉଁ ଚିତ୍ରକୁ ଆଙ୍କି ରଖିଥିଲି ତାହା ନିର୍ଭୁଲ ଗଣିତ ଥିଲା। ଆଜି ମୁଁ ତାହାର ଭାଗଶେଷ ନିର୍ଣ୍ଣୟ କରିପାରୁ ନାହିଁ। ଏକ ଅଛିଣ୍ଡା ଗଣିତ ହୋଇଯାଇଛି।

ରୁଦ୍ରାକ୍ଷ ପାଖରେ ବସି ଅର୍ପିତାର ଲୁହ ପୋଛି କହୁଛନ୍ତି ମୁଁ ଯା ତୁମକୁ ବହୁତ କଷ୍ଟ ଦେଇଛି। ତୁମେ ସେମିତି ଜମା ଭାବ ନାହିଁ। ତୁମେ ମୋ ହୃଦୟରୁ କୌଣସି ମତେ ବିଛିନ୍ନ ହୋଇପାରିବ ନାହିଁ। ତୁମର ମୋର ବନ୍ଧନ ଜନ୍ମଜନ୍ମାନ୍ତର ପାଇଁ। ଜୀବନର ବିତି ଯାଇଥିବା ମୁହୂର୍ତ୍ତକୁ ହାସ୍ୟମୁଖର ହେଉ ବା ଶୋକମୁଖର ହେଉ ଏହା ଏକ ଭିନ୍ନ ମାନସିକତାର ସ୍ଥିତି, ଭିନ୍ନମ ।ନସିକ ଆବେଗ। ଆସ ପୁଣି ଅତୀତକୁ ଫେରିଯିବା। ଆମେ ଆମର ସବୁ ସବୁ ଆବରଣ ଜମାଟ ବାନ୍ଧି ରହିଥିବା ସବୁ ଅଳନ୍ଧୁକୁ ଫୋପାଡ଼ିଦେବା। ଆମେ ପୁଣି ଦୁହେଁ ଦୁହିଁଙ୍କୁ ପବନରେ ଭାସି ଆସୁଥିବା ସ୍ମୃତିମାନଙ୍କୁ କୋଳାଗ୍ରତ କରିନେବା। ଆମ ଭିତରେ ଅମୃତମୟ ଝରଣା ଝରାଇ ଆମର ଏ କ୍ରୋଧ, ହିଂସା, ଅବିଶ୍ୱାସକୁ ଦୂରେଇଦେବା। ସବୁ ଠିକ୍ ହୋଇଯିବ।

ଏସବୁ ଶୁଣି ଅର୍ପିତା ଛୋଟପିଲାଙ୍କ ଭଳି ହସି ଉଠିଥିଲା। ତା' ଆଖିରୁ ଧାରଧାର ଅମାନିଆ ଅଶ୍ରୁ ଗଡ଼ିଚାଲିଥାଏ। ଏହାର ଅର୍ଥ କ'ଣ ? ଏସବୁ ବହିଲେଖା କଥା। ଏହା ଲେଖକ ଲେଖିଲେ ପଢ଼ିବାକୁ ସୁନ୍ଦର ଲାଗେ। ଏହା ସବୁ ମୋ ପାଇଁ ବ୍ୟର୍ଥ। ଆଜି ଦୁନିଆ ଦାଣ୍ଡରେ ମୁଁ ଗୋଟିଏ ପାଗଳୀ। ମୁଁ ଥରେ କାହାଠାରୁ ଶୁଣିଥିଲି ମନେ ନାହିଁ, "ଘରେ ନିଜର ସ୍ତ୍ରୀ ଯେତେ ପତିପରାୟଣା ଆଉ ଯେତେ ସୁନ୍ଦରୀ ହେଲେ ବି ଗୋଟିଏ ପୁରୁଷ ଗୋଟିଏ ଅନ୍ୟ ସ୍ତ୍ରୀକୁ ଦେଖିଲେ ସେ ହୋଇଥାଉ ଯେତେ ଅସୁନ୍ଦରୀ ତା' ପ୍ରତି ଆସକ୍ତ ହୋଇପଡ଼େ। ଆଜି ମୁଁ ତା'ର ସତ୍ୟାସତ୍ୟ ଅନୁଭବ କରିପାରୁଛି। ଏହା କେତେ ପୀଡ଼ାଦାୟକ ତୁମେ ବୁଝିପାରିବ ନାହିଁ।"

ରୁଦ୍ରାକ୍ଷ ବରଫ ଭଳି ଥଣ୍ଡା ହୋଇଯାଇଛନ୍ତି। ଆଜି ଅର୍ପିତା ଯଦି ନ ବୁଝେ ତାହାହେଲେ ବଦନାମର ପାହାଡ଼ ଅଜାଡି ହୋଇ ପଡ଼ିବ। ସେ ସମାଜ ଆଗରେ କଳଙ୍କିତ ହୋଇଯିବେ। ସେ ଆଜି ବହୁତ ଅନୁତପ୍ତ। ଆଜି ସେ ଅର୍ପିତାକୁ ପାଗଳ ସଜାଉ ସଜାଉ ନିଜେ ପାଗଳ ହୋଇପଡ଼ିଛନ୍ତି।

ସେ ଝିଅଟି ଥିଲା ଅରୁଣା। ସେ ଶ୍ରାବଣର ଗୋଟିଏ ନିରୀହ ଝରଣା। ସେ ନୂଆନୂଆ ପ୍ରେମ ସାଗରରେ ପାଦ ଥାପୁଥାଏ। ସେ ସଂସାରର ସବୁ ବାଧା ବନ୍ଧନକୁ ଭୁଲି ଧୀରେଧୀରେ ପ୍ରେମସାଗରର ଅତଳ ଗର୍ଭକୁ ଟାଣି ହୋଇଯାଉଛି। ଏହା କେତେ ଯେ ଭୟାବହ ଜାଣି ନାହିଁ। ଏ ଭିତରେ ତା'ର ମମି, ପାପା ଗାଁରୁ ଫେରିଛନ୍ତି। ସେ ନିଜେ ଦୁଇ ଚାରିପଦ ମିଶାଇ କହିଛି। ସେ ସମୟକୁ ରୁଦ୍ରାକ୍ଷ ଯାଇ ପହଂଚିଛି।

ଅରୁଣାରପାପା ଆଦିକନ୍ଦବାବୁ ରୁଦ୍ରାକ୍ଷଙ୍କୁ ପଚାରିଲେ, "କ'ଣ ହେଲାକି ଅରୁଣା ଏପରି କ'ଣ କହୁଛି ?" ଏହା ଶୁଣି ରୁଦ୍ରାକ୍ଷ ଫିକା ପଡ଼ିଯାଇଛନ୍ତି। ସେ କହିଲେ ସେସବୁ ଛାଡ଼ନ୍ତୁ। ସେ କିଛି ନୁହେଁ। ଆଦିକନ୍ଦବାବୁ ରାଗିଯାଇ କହିଲେ ଆପଣଙ୍କ ଘରେ ଯଦି ଡିଷ୍ଟର୍ବାନ୍ସ ହେଉଛି ତାହାହେଲେ ଆପଣ ପାଠପଢ଼ା ବନ୍ଦ କରିଦିଅନ୍ତୁ। ଏହା ହେଉଛି ଗୋଟିଏ ଭଦ୍ର ପରିବାର। ଆମର ତ ପୁଣି ମାନସମ୍ମାନ ଅଛି। ଆପଣଙ୍କ ପରି ଆମକୁ ବହୁତ ଟିଉଟର ମିଳିବେ। ରୁଦ୍ରାକ୍ଷ କହିଲେ, ତା'ର ଦେହ ଖରାପଠାରୁ ବର୍ତ୍ତମାନ ସେ ଗୋଟିଏ ଅଧାପାଗଳୀ। ମୁଁ ତା' ପାଇଁ ଆପଣମାନଙ୍କୁ କ୍ଷମା ମାଗୁଛି। ଆଦିକନ୍ଦବାବୁ କହିଲେ ମୁଁ ଯାଇ ତାଙ୍କ ସହିତ ଟିକିଏ ଡିସ୍‌କସନ କରିବି। ରୁଦ୍ରାକ୍ଷ କହିଲେ, "ହଁ, ଆସନ୍ତୁ ଯିବା।" ରୁଦ୍ରାକ୍ଷ ଘରକୁ ସେ ଯାଇଛନ୍ତି। ହଠାତ୍ ଏମାନଙ୍କୁ ଦେଖି ଅର୍ପିତା ସ୍ତମ୍ଭୀଭୁତ ହୋଇଯାଇଛି। ସେ ତାକୁ କ'ଣ କହିବେ? ସେ ତାଙ୍କୁ ଉତ୍ତର କ'ଣ ଦେବ। ସେ ପ୍ରଣାମ ଜଣାଇ ବସିବା ପାଇଁ କହିଲା। ସତରେ ଯେମିତି କିଛି ହୋଇନାହିଁ। ସେ ଭିତରକୁ ଯାଇ କଫି କରି ଆଣିଛି। ସମସ୍ତେ ବସି କଫି ପିଇଛନ୍ତି।

ଅରୁଣା ମମି ଅରମ୍ଭ କରିଛନ୍ତି। କହିଲେ, "ତୁମେ କ'ଣ ଦେଖିଲ ଯେ ଅରୁଣାକୁ ରଫ୍ କଥା କହି ଚାଲିଆସିଲ। ତୁମେ କ'ଣ ଜାଣିନାହଁ ଥରେ ଯଦି କଳଙ୍କ ଲାଗିଯାଏ ତାହା ଆଉ ଲିଭେ ନାହିଁ? ତୁମେ ଯଦି ସାର୍‌ଙ୍କ ସ୍ତ୍ରୀ ହୋଇନଥାଆନ୍ତ ତାହାହେଲେ କ'ଣ ହୋ ଥାଆନ୍ତା ତୁମେ ଭାବିପାରି ନ ଥାଆନ୍ତ। ଆପଣମାନେ ହେଉଛନ୍ତି ମୋର ସମ୍ମାନନୀୟ ବ୍ୟକ୍ତି। ମୁଁ ତ ଅରୁଣିମାକୁ କିଛି କହି ନାହିଁ। ସେ ମୋତେ ବିଶ୍ୱାସ କରିପାରି ନଥିଲା। ମୁଁ ଚୁପ୍‌ଚାପ୍ ଚାଲିଆସିଲି। ଏଥିରେ ରୁଦ୍ରାକ୍ଷ ପଦେ ବି କିଛି କହୁ ନାହାନ୍ତି। ସେ ଭାବୁଛି ରୁଦ୍ରାକ୍ଷ ଅର୍ପିତାକୁ ଦୂରେଇ ଦେଉଛନ୍ତି। ଆଦିକନ୍ଦବାବୁ କହିଲେ, "ତୁମେ ନ କହିଲେ ବି ତୁମ ନୀରବତା ତୁମ ମୁହଁରୁ ସବୁ ପଢ଼ି ହୋଇଯାଉଛି।" ସେ ଏହିପରି ବହୁତ ଅପମାନିତ କରି ଚାଲିଯାଇଛନ୍ତି।

ରୁଦ୍ରାକ୍ଷ ସ୍ଥିର କରିଛନ୍ତି ମୁଁ ଏମାନଙ୍କ ସାହାଯ୍ୟ ନେଇ ଡିଭର୍ସ କରିଦେଲେ ମୋର ରାସ୍ତା ନିଷ୍କଳଙ୍କ ହୋଇଯିବ। ସେ ତାଙ୍କ ଘରକୁ ଯାଇ କହିଲେ ମୁଁ ତାକୁ ଡିଭୋର୍ସ କରିଦେବି। ମୋତେ ଆପଣ କ୍ଷମା କରିଦିଅନ୍ତୁ। ସେ ଭାବିଲେ ଯଦି ଏ ଡିଭୋର୍ସ କରିଦେବ ତାହାହେଲେ ମୋର ପ୍ରେଷ୍ଟିଜ୍ ଆଉ ରହିବ ନାହିଁ। ତେଣୁ ସେ ଉପରେ ଭଦ୍ରଖୋଳ ପିନ୍ଧି କହିଲେ, "ଆପଣ ଅର୍ପିତାକୁ ବୁଝାଇ ଦିଅନ୍ତୁ।" ନା ସାର, ମୁଁ ତା' ଉପରେ ଅତିଷ୍ଠ ହୋଇଗଲିଣି। ମୁଁ ମୋର ଶେଷ ନିଷ୍ପତ୍ତି କରିନେଇଛି। ଆଦିକନ୍ଦବାବୁ କହିଲେ ମୁଁ ଶୁଣିଛି ଯେ ସେ ଓ.ଏ.ଏସ୍ ପାଇଥିଲେ। ସେ ସର୍ଭିସ କରିଥିଲେ ଆଜି ତାଙ୍କ ହାତରେ ପ୍ରଶାସନ ରହିଥାଆନ୍ତା। ସେ ତ ଭୋଟିଏ ଗାଉଁଲି

ଝିଅ ନୁହେଁ। ତୁମକୁ ଏତେ ସହଜରେ ଛାଡ଼ିଦେବ। ସେ ତୁମ ପାଇଁ ଆଉ ତୁମେ ଛୁଆମାନଙ୍କ ପାଇଁ ତାକୁ ପଦାଘାତ କରିଛ। ସେ ବି ଅନୁଭବ କରିଛନ୍ତି ଯେ ରୁଦ୍ରାକ୍ଷ ତାଙ୍କ ପରିବାର ପ୍ରତି ବହୁତ ଅନ୍ୟାୟ କରୁଛନ୍ତି। ରୁଦ୍ରାକ୍ଷ ପୁଣି କହିଲେ,"ମୁଁ ଆଉ ତା' ପାଖରେ ରହିପାରିବି ନାହିଁ। ମୋ ମୁଣ୍ଡ ଗୋଳମାଳ ହୋଇଯାଉଛି।" ନା ନା ତୁମେ ସେ ଭୁଲ ନିଷ୍ପତ୍ତି ନିଅ ନାହିଁ। ତୁମେ କାଲି ଯାଇ କୋର୍ଟରେ ଠିଆହେବ। ତାହାହେଲେ ତୁମକୁ ପଚରାଯିବ ତୁ ସ୍ତ୍ରୀଙ୍କୁ କାହିଁକି ଛାଡୁଛୁ? ତୁମ ପାଖରେ ତା'ର ଉତ୍ତର ନଥିବ। ତାଙ୍କୁ ଛାଡ଼ିଲା ପରେ ତୁମ ଛୁଆମାନେ ରହିଁବେ କେଉଁଠି। ସେମାନଙ୍କର ଦେଖାଶୁଣା କରିବ କିଏ ସେ? ତୁମେ ତା'ର ଉତ୍ତର ଦେଇପାରିବ ତ? ତୁମେ ତାକୁ ଛାଡ଼ିଲେ ତୁମ ଜୀବନରେ ହାରିଯିବ। ତୁମେ ତାକୁ ପାଗଳୀ କହି ତୁମେ ନିଜେ ପାଗଳ ହୋଇଯିବ। ଲୋକେ ତୁମକୁ ଘୃଣା ଚକ୍ଷୁରେ ଦେଖିବେ। ଏମିତି ବେଳେବେଳେ ହୁଏ। ଜୀବନରେ ହଠାତ କଳାମେଘ ଢାଙ୍କି ହୋଇଯାଏ। ସେ କ'ଣ ସମୟ ପରେ ଧୀରେଧୀରେ ଅପସରିଯାଏ। ସାଗରରୁ ଲହରୀ କେତେ ଗର୍ଜନ କରି ଆସି ମଥାପିଟି କୂଳରେ ଯେତେ ସବୁ ଅଳିଆ ଆବର୍ଜନା ନେଇ ପୁଣି ଫେରିଯାଏ। ସେହିପରି କିଛି ସମୟ ପରେ ସ୍ଥିର ହୋଇଥାଏ। ସମୟ କ୍ରମେ ସବୁ ଠିକ୍ ହୋଇଯିବ। ତୁମ ସ୍ତ୍ରୀକୁ ତୁମେ ବୁଝ। ଆପଣାର କରିନିଅ। ଏ ସବୁ ବୁଝାଇଲା ପରେ ରୁଦ୍ରାକ୍ଷ ଘରକୁ ଫେରିଛନ୍ତି। ଘରେ ପରସ୍ପର ଅଜଣା ଅଚିହ୍ନା ପରି ହୋଇଯାଇଛନ୍ତି।

ଅର୍ପିତା ଆଜି ଭାବନା ରାଜ୍ୟରେ ବୁଡ଼ିଯାଇଛି। ସେ ଭାବୁଛି ଆଜି ଆଉ ସେ ଏତେ ଅଙ୍କାବଙ୍କା ରାସ୍ତାରେ ଚାଲିପାରିବ ନାହିଁ। ତାକୁ ବହୁତ କଷ୍ଟ ହେଉଛି। ଘରେ ଯାହା ଥିଲା ଆଜି ବାହାରେ କେତେ କିଏ କ'ଣ ସବୁ କହୁଛନ୍ତି। ଆଜି ସେ ପଥର ଦେହରେ ମୁଣ୍ଡପିଟି ରକ୍ତାକ୍ତ ହୋଇପଡୁଛି। ପଥର ତ ନିର୍ଜୀବ ପଦାର୍ଥ। ସେ ଭାଙ୍ଗି ପଡ଼ିବ ନାହିଁ ସେ ହେଉଛି କଠିନ ଆଉ ଅଚଳ। ରୁଦ୍ରାକ୍ଷ ସେହିପରି ହୋଇଯାଇଛନ୍ତି।

ରୁଦ୍ରାକ୍ଷ ତାଙ୍କ ଭାଇ ଆଉ ଅର୍ପିତାର ନନାଙ୍କୁ ଡକାଇଛନ୍ତି। ରୁଦ୍ରାକ୍ଷ ତାଙ୍କ ଭାଇଙ୍କୁ ସତମିଛ ବହୁତ କହିଛନ୍ତି। ଆଉ ଅର୍ପିତା ନନା ଆସି ସାଇ ପଡ଼ୋଶୀଙ୍କଠାରୁ ସବୁ ଶୁଣୁଛନ୍ତି। ସମସ୍ତେ ଏକାଠି ବସିଛନ୍ତି। ରୁଦ୍ରାକ୍ଷଙ୍କ ଭାଇ ଆରମ୍ଭ କରିଛନ୍ତି। ସେ କହିଲେ, "ଏ ଟିଉସନ କରିବ ନାହିଁ ତ ତା'ର ପରିବାର ଚଳିବ କେମିତି?" ରୁଦ୍ରାକ୍ଷ ଘରେ ନ ଥିଲା ସମୟରେ ଏ ଅନ୍ୟମାନଙ୍କ ସହିତ ଟାଇମ୍‌ପାସ୍ କରୁଛି। ରୁଦ୍ରାକ୍ଷ ଯେପରି ଜାଣିପାରିବ? ସେଥିପାଇଁ ତାକୁ ଏପଟ ସେପଟ କହି ଘରେ ଅଶାନ୍ତି ସୃଷ୍ଟି କରୁଛି। ଅର୍ପିତା ନନା ଏହା ଶୁଣି କାନରେ ହାତ ଦେଇଦେଇଥିଲେ। ଆଉ ସେ ଯାହା ସବୁ କହୁଥିଲେ ସେ ଶୁଣିବା ଅବସ୍ଥାରେ ନଥିଲେ। ରୁଦ୍ରାକ୍ଷଙ୍କ ଭାଇ କହିଲେ,"ଆପଣ

ଆଜି ଆସିଛନ୍ତି। ଆପଣ ଆପଣଙ୍କ ଝିଅକୁ ନେଇଯାଆନ୍ତୁ। ଏ କାଳ ନାଗୁଣୀକୁ ଆମେ ଆଉ ରଖି ପାରିବୁ ନାହିଁ। ଏ ହେଉଛି ଗୋଟିଏ ଚରିତ୍ରହୀନା। ଅର୍ପିତା ନନା କହିଲେ,"ମୁଁ ଆଉ ପଛକଥା ଆଲୋଚନା କରିବାକୁ ଚାହୁଁନାହିଁ। ଆଉ କିଛି ଅଛିଣ୍ଡା ରହିଗଲା। ସବୁ ଆଜି ସାରିଦିଅନ୍ତୁ। ମୁଁ ହେଉଛି ଗୋଟିଏ ବାପା ମୁଁ ତ ନିଶ୍ଚୟ ନେବି। ବର୍ତମାନ ନୁହେଁ। ଯେଉଁ କଳଙ୍କ ଦାଗ ଲଗାଇଛନ୍ତି ତାକୁ ପୋଛିସାରିଲା ପରେ। ମୁଁ କ'ଣ ଗୋଟିଏ ଝିଅର ବାପା ବୋଲି ମୋର କ'ଣ କିଛି ପ୍ରେଷ୍ଟିଜ୍ ନାହିଁ। ସେ ଗୋଟିଏ ନିରାଡମ୍ବର ଶାନ୍ତ ସରଳ ବୋଲି ଆପଣମାନେ ତାକୁ ବାହାରେ ପକାଇ ଦେଇଛନ୍ତି। ମୁଁ ଆସିଲାବେଳୁ ଦେଖୁଛି ସେ ଗୋଟିଏ ଜଡ଼ ପାଲଟିଯାଇଛି। ଚନ୍ଦ୍ରଦେହରେ କଳଙ୍କ ଅଛି। ମୋ ଝିଅ ନିର୍ମଳ ଆଉ ସ୍ୱଚ୍ଛ।" ଅର୍ପିତା କାନ୍ଦିକାନ୍ଦି କହିଲା,"ନନା ଆପଣ ଏଠାରୁ ଚାଲିଯାଆନ୍ତୁ। ଆପଣଙ୍କର ଅପମାନ ମୁଁ ଆଉ ବରଦାସ୍ତ କରିପାରୁ ନାହିଁ।" ଅମୀୟବାବୁ ପଚାରିଲେ,"ଏ ସବୁ ହେଲା କାହିଁକି ? ସେମାନେ ଦୁଇଜଣ ପରସ୍ପର ସମାଧାନ କରିଥାଆନ୍ତେ। ସେ କ'ଣ ଝିଅଟିଏ ବୋଲି ସେ ସବୁକୁ ସବୁବେଳେ ହୃଦୟରେ ଅକୁହା କାହାଣୀ ଲେଖିବସିବ ? ସେ ହେଉଛି ରୁଦ୍ରାକ୍ଷଙ୍କର ଛୁଆର ମା'। ରୁଦ୍ରାକ୍ଷ ହେଉଛନ୍ତି ଛୁଆଙ୍କର ବାପା। ରୁଦ୍ରାକ୍ଷ କେମିତି ଛାଡ଼ିବେ ତା'ପରେ ମୁଁ ବୁଝିବି ବର୍ତ୍ତମାନ ରୁଦ୍ରାକ୍ଷଙ୍କର ପାଖରେ ଅଛି। ତେଣୁ ନାକଟିକୁ କାଟିଲେ ଓଠରେ ରକ୍ତ ପଡ଼ିବ। ମୁଁ କିଛି କହିପାରିବି ନାହିଁ। ସେ ମୋ ପାଖକୁ ଗଲେ ଯାହା ହେବ ଦେଖାଯିବ। କହି ଉଠି ଚାଲିଯାଇଛନ୍ତି।

ଅର୍ପିତା ଉପରେ ହୋଇଛି ଅପମାନର ବର୍ଷା। ତାଙ୍କ ଭାଇ କହୁଥାଆନ୍ତି ତୁମ ନନା କେଡ଼େ ନିର୍ଲଜ। ଏତେ କଥା ପରେ ବି ଚୁପ୍‌ଚାପ୍ ଚାଲିଗଲେ। ହଉ ଠିକ୍ ଅଛି ସେ ଆମଘରେ ଗୋଟିଏ ଚାକରାଣୀ ପରି ରହୁ। ତାକୁ ଦୁଇ ଥର ଖାଇବା ମିଳିବ। ଏ ଅଏସ୍ ଆରାମ ଦର୍କାର ନାହିଁ। ତୁ ଏତେ କରି ରେଜଗାର କରିବୁ ସେ ଅଏସ୍ କରିବ। ଆଉ ମୁଁ ତୋତେ ଗୋଟିଏ ଦ୍ୱିତୀୟ ବିବାହ କରିଦେବୁ। ଏହା କହି ସେ ବି ଚାଲିଯାଇଛନ୍ତି।

ଅର୍ପିତା ଏମାନଙ୍କ କଥା ପାଇଁ ସେ କାନ୍ଦବନ୍ଦ କରିଦେଇଛି। ତା'ର ଆଶାର ପାହାଡ଼ ଭାଙ୍ଗି ଚୁରମାର ହୋଇଯାଇଛି। ରୁଦ୍ରାକ୍ଷଙ୍କ ମନଟା କାହିଁ ଭଲ ଲାଗୁନଥାଏ। ତାଙ୍କୁ କାହିଁକି ଏକାଏକା ଲାଗୁଛି। ତାଙ୍କୁ ଲାଗୁଛି ସେ ତାଙ୍କ ଜୀବନର କୌଣସି ଗୋଟିଏ ମୂଲ୍ୟବାନ ଜିନିଷ ହରାଇ ଦେଉଛନ୍ତି। ଏ କ'ଣ ତାଙ୍କର ଭ୍ରମ ନୁହେଁ ତ ? ଅର୍ପିତା କାନିରେ ଆଖିର ଲୁହକୁ ପୋଛିଦେଇ ପିଲାମାନଙ୍କୁ ଖାଇବାକୁ ଦେଇ ନିଜ ନିଜ ଜାଗାରେ ଶୁଆଇଦେଇଛି। ରୁଦ୍ରାକ୍ଷଙ୍କୁ ବାଢ଼ି ଟେବୁଲ ଉପରେ ରଖିଦେଇଛି।

ନିଜେ ପାଣି ମୁନ୍ଦିଏ ପିଇ ଶୋଇଯାଇଛି। କିଛି ସମୟ ଶୋଇଯିବା ପରେ ନିଦ ହୋଇନାହିଁ। ସେ ଉଠି ଦେଖିଛି ରୁଦ୍ରାକ୍ଷ ଖାଇ ଶୋଇଯାଇଛନ୍ତି। ସେ ପିଲାମାନଙ୍କୁ ବାରମ୍ବାର ଚାହୁଁଥାଏ। ସେ ଗୋଟିଏ ଖାତା କଲମ ଆଣି ସେଇଦିନର କାହାଣୀକୁ ଲେଖି ବସିଛି। ସେ ବର୍ତ୍ତମାନ କ'ଣ ଲେଖିବ ? ପିଲାମାନେ ତୁମ ବାବା ଏ ଲେଖାଟି ପାଇଲାବେଳକୁ ତୁମର ମାମା ଆଉ ଏ ଦୁନିଆରେ ନଥିବ। ସେ ଅଫେରନ୍ତା ଦୁନିଆକୁ ଚାଲିଯାଇଥିବା। ସେ ପୁଣି ସେଇଟିକୁ ଟିକିଟିକି କରି ଚିରିଦେଇଛି। ପୁଣି ଆଉ ଥରେ ଆରମ୍ଭ କରିଛି। ସେ ପୁଣି ଉଠୁଛି ବସୁଛି। ପିଲାମାନଙ୍କୁ ଚାହିଁ କାହା ଦେହରେ ଚାଦର ଖସିଯାଇଛି ତାକୁ ଘୋଡ଼ାଇ ଦେଉଛି। ପୁଣି କିଛି ଲେଖି ଯାଉଛି। ତା' ଆଖିରେ ଲୁହ ରହୁ ନାହିଁ। କିଛି ଲୁହ ପୁଅ ଉପରେ ପଡ଼ିଯାଇଛି। ସାଙ୍ଗେସାଙ୍ଗେ ପୁଅ ଉଠି ପଚାରୁଛି ମାମା ତୁମେ କାହିଁକି କାନ୍ଦୁଛ ? ପାପା ରାଗିଛନ୍ତି ବୋଲି କହି ଲୁହ ପୋଛିଦେଉଛି। ସେ ତାକୁ ଭୁଲାଇ ଶୁଆଇ ଦେଇଛି। ମନକୁ ମନ କହୁଛି ତୁ ମୋତେ ଆଉ ଦୁର୍ବଳ କର ନାହିଁ। ତା'ପରେ ଲେଖୁଛି ପିଲାମାନେ ତୁମେ ତୁମ ମାମାକୁ କ୍ଷମା କରିଦେବ। ତୁମେମାନେ ସବୁ ବଡ଼ ହୋଇଯାଇଛ। ନିଜେ ଖାଇବ ଆଉ ନିଜ କାମ ନିଜେ କରିବ। ତୁମେ ପାପାଙ୍କୁ ଭୁଲ୍ ବୁଝିବ ନାହିଁ। ସେ ହେଉଛନ୍ତି ତୁମର ପାପା। ତାଙ୍କୁ ସବୁବେଳେ ଖୁସିରେ ରଖିବାକୁ ଚେଷ୍ଟା କରିବ।" ତା'ର ଦେହ ହାତ ଥରୁଛି। ତା' ତଂଟି ଅଠାଅଠା ହୋଇଯାଉଛି। ସେ ଭଗବାନଙ୍କୁ ଡାକୁଛି "ହେ ଭଗବାନ ମୋତେ କ୍ଷମା କର।" ଗୋଟିଏ ପାରା ଆରମ୍ଭ କରିଛି।

ପ୍ରଣାମେଷୁ

"ଅସରନ୍ତି ତୁଷାରାବୃତ୍ତ ପାହାଚରେ ଚଢ଼ିଚଢ଼ି ପାରୁନାହିଁ। ଆଜି ଅସହାୟ। ଦୁର୍ବଳ ମୁଁ ଆଜି ତୁମ ପାଇଁ ଅପାରଗ ମଣିଷଟିଏ। ଆସନ୍ତାକାଲିର ସକାଳକୁ ଦେଖିବ ଏକ ଭିନ୍ନ ଇତିହାସ। ଏକ ଭିନ୍ନ କାହାଣୀ। ତାହା ତୁମ ଘରର, ତୁମ ପରିବାରର ଆଉ ଆମ ସମସ୍ତ ଜୀବନର। କାହାକୁ ଦୋଷ ଦେବି ରୁଦ୍ରାକ୍ଷ ? ଭାଗ୍ୟକୁ, ଭଗବାନଙ୍କୁ ନା ମୋ ଜୀବନର ଭୁଗୋଳକୁ ?

"ଏତେ ଦିନ ଘର ସଂସାର କଲେ। କିନ୍ତୁ ଦିନେ ତୁମଠାରୁ କି ତୁମ ପରିବାରଠାରୁ ଭଲରେ କଥା ପଦେ ପାଇପାରି ନାହିଁ। ଜଣେ ନାରୀ ଜୀବନରେ କ'ଣ ଚାହେଁ ତା' ସ୍ୱାମୀଙ୍କଠାରୁ ତାହା ତମେ ଦିନେ ହେଲେ ଭାବିଛ କି ନାହିଁ ମୁଁ ଜାଣିନି। ମୁଁ ଭାବୁଛି ଏହା ଏକତରଫା। ଆଜି ମୁଁ ସିଦ୍ଧାନ୍ତରେ ଅଟଳ। ମୋତେ ଏ ଜଂଜାଳରୁ ମୁକ୍ତି ଦିଅ ରୁଦ୍ରାକ୍ଷ। ତୁମ ପିଲାମାନେ ତୁମର। ବଡ଼ ହୋଇଗଲେଣି। ତାଙ୍କ ଦାୟିତ୍ୱ ନବାରେ ତୁମକୁ କଷ୍ଟ ହେବ ନାହିଁ। ମୋ ଅନୁପସ୍ଥିତିରେ ତୁମେ ନିଶ୍ଚୟ ଖୁସିହେବ।

ତୁମର ନିଷ୍ଠୁର ନିର୍ଦ୍ଦୟପଣଟିର ନିଶ୍ଚୟ ଅବସାନ ହେବ। ଛୁଆମାନଙ୍କୁ ଅଣହେଳା ହେଲେ ମୋ ଆତ୍ମା ଶାନ୍ତି ପାଇପାରିବ ନାହିଁ। ମୁଁ ତୁମ ଉପରେ ଅଧିକାର ସାବ୍ୟସ୍ତ କରିବା ଭୁଲ୍।"

"ସକାଳୁ ସୂର୍ଯ୍ୟ ଆସିବେ ନୂଆ ରୂପରେ। ପକ୍ଷୀର କାକଳି ନିସ୍ତବ୍ଧ ହୋଇଯିବ। ତୁମ ପାଇଁ ମୁଁ ସୀତା ନୁହେଁକି, ସତୀ ଅନସୂୟା ନୁହେଁ, ମୁଁ ଗୋଟେ ହତଭାଗିନୀ, ସୀତାଙ୍କ ଭଳି, ଧରିତ୍ରୀ ଭିତରେ ପଶିପାରୁନି। ତେଣୁ ଆଶ୍ରୟ ନେଉଛି ମୃତ୍ୟୁର। ଧରିତ୍ରୀଙ୍କୁ କ୍ଷମା ମାଗୁଛି। ମୋର ମୃତ୍ୟୁ ପାଇଁ ମୁଁ ଦାୟୀ। ମୋତେ କ୍ଷମା ଦେବ। ଥରେ ନୁହେଁ ଶହେ ଥର। ଏଥିରେ ରୁଦ୍ରାକ୍ଷ ତୁମେ ହାରିଯାଇଛ। ତୁମେ ମୋତେ ଜିତାଇ ଦେଇଛ। ତୁମରି ଅଭିମାନ ପାଇଁ ମୁଁ ନଥିବି କି ମୋର ସ୍ୱାଭିମାନୀ ମନ ନଥିବ।"

"ମୋର ପ୍ରାର୍ଥନା, ପ୍ରଭୁଙ୍କୁ ତୁମେ ମୋତେ ଭୁଲିଯାଅ। ଯଦି ଆଉ ଥରେ ଜନ୍ମ ନେବି ତେବେ ଆମେ ପୁଣି ଏକ ହବା। ଯେଉଁଥିରେ ନଥିବ ଅହଂକାର, ପ୍ରତାରଣା ଆଉ ପ୍ରତିଶୋଧ। ଆଉ କିଛି ଲେଖିପାରୁ ନାହିଁ। ମୋତେ ସମୟ ଆଉ ଦେଉ ନାହିଁ। ମୋ ମନକୁ ବାଚାଳ କରିସାରିଲାଣି ତୁ ଶୀଘ୍ର ଚାଲିଆସ।

ଅର୍ପିତା ଚିଠିଟିକୁ ହାତରେ ଧରିଛି। ଏତେ ବଡ଼ ନିଷ୍ପତ୍ତି ନବା ପାଇଁ ସେ ଭାବି ନଥିଲା। ସେ ତ ଭାବିଥିଲା, ଜୀବନକୁ ଅନୁରାଗପୂର୍ଣ୍ଣ ମଧୁରତାରେ ଭରିଦେବ। ତା' ଜୀବନ ପୃଷ୍ଠାରେ ମନଇଚ୍ଛା ଚିତ୍ରରେ ଭରିଦେବ। ଉଡ଼ି ଯାଉଥିବା ଗେଣ୍ଡାଳିଆ ଦ୍ୱୟଙ୍କୁ ମନଭରି ଦେଖିବ। ହୃଦୟ ଭିତରର ଥାକଥାକ ଅଭିମାନକୁ ପଛରେ ପକାଇ ଜୀବନକୁ ମଧୁମୟ କରିବ। କାରଣ ଜୀବନ ଏପରି ଗୋଟିଏ ଚିଜ ଦୁଃଖର ସରି ପାଇନାହିଁକି ସହଜରେ ନାହିଁ। ପୁଣି ବାହାରକୁ ଯାଉଛି ପୁଣି ଫେରି ଆସୁଛି। ଜଣେ ତା'ର ଜୀବନକୁ ନିଜେ ନଷ୍ଟ କରିବା ଏତେ ସହଜ ହୋଇପାରୁନାହିଁ। ନା, ସେ ଆଉ କିଛି ଭାବିବ ନାହିଁ। ସେ ଯାହା ନିଷ୍ପତ୍ତି ନେଇଛି ତାହା ହିଁ ଠିକ୍। ସେ ନିଜେ ନିଜେ କହୁଛି, "ନା ମୁଁ ଆଉ ଦୁର୍ବଳ ହେବି ନାହିଁ।" ସେ ତା'ର ଗୋଟିଏ ଦଉଡ଼ି ଆଣି ଫ୍ୟାନ୍‌ରେ ବାନ୍ଧିଛି। ତା'ପରେ ହେ ପ୍ରଭୁ କହି ଝୁଲିପଡିଛି। ତାକୁ ଚାରିଆଡ଼ ଅନ୍ଧକାର ଦେଖାଯାଇଛି, ବାସ୍।

ରୁଦ୍ରାକ୍ଷ ଶୋଇବା ପରେ ତାଙ୍କୁ କାହିଁକି କିଛି ଭଲ ଲାଗୁନଥାଏ। ତାଙ୍କ ମନକୁ ଆସୁଛି, ଅର୍ପିତା ତାଙ୍କୁ କାହିଁକି ଭଲ ଦେଖାଯାଉ ନାହିଁ। ସେ କିଛି ସମୟ ଗଡ଼ପଡ଼ ହେବା ପରେ ତାଙ୍କ ଆଖିକୁ ନିଦ ମାଡ଼ି ଆସିଛି। ସେ ସ୍ୱପ୍ନ ଦେଖୁଛନ୍ତି ଆଜି ପାହାନ୍ତା କାହିଁକି ନୀରବ ହୋଇଯାଇଛି। ଚାରିଆଡ଼ ଶୂନ୍‌ଶାନ୍। ସେହି ସମୟକୁ ଛୋଟ ଛୁଆଟି ମାଆ ବୋଲି କାନ୍ଦୁଛି। ସେ ଦେଖିଛନ୍ତି ଅର୍ପିତା ବେଡ୍‌ରେ ନାହିଁ। ସେ ଅର୍ପିତା

ଅର୍ପିତା ଡାକି ଦେଖିଲାବେଳକୁ ସେ ତଳେ ପଡ଼ିଛି। ବେକରେ ଦଉଡ଼ି ଖଣ୍ଡେ ବନ୍ଧା ହୋଇଛି। ଆଉ ଖଣ୍ଡେ ଫ୍ୟାନ୍‌ରେ ଲାଗିଛି। ସେ ଅର୍ପିତା କ'ଣ କଲ କହି ପାଟି କରିଛନ୍ତି। ରୁଦ୍ରାକ୍ଷର ପାଟି ଶୁଣି ସାଇପଡ଼ୋଶୀ ଦୌଡ଼ି ଆସିଛନ୍ତି। ସଙ୍ଗେସଙ୍ଗେ ହସ୍‌ପିଟାଲ ନେଇଯାଇଛନ୍ତି। ସାଇ ପଡ଼ୋଶୀ ଶୁଣେଇ ଶୁଣେଇ କହୁଥାଆନ୍ତି। ତୁମେ ଏଇୟା କଲ ଯେ ସେ ଜୀବନକୁ ବାଜି ଲଗେଇଦେଲା। ଆଉ ବା କ'ଣ କରିଥାଆନ୍ତା। ରୁଦ୍ରାକ୍ଷ ସବୁ ଶୁଣି ନ ଶୁଣିଲା ପରି ରହିଥାଆନ୍ତି।

ଅର୍ପିତା ଧୀରେଧୀରେ ଆଖି ଖୋଲୁଛି। ଚାରିଆଡ଼ ଝାପ୍‌ସା ଝପସ୍‌ା ଦେଖାଯାଉଛି। ସେ ଆଖିକୁ ଭଲରେ ଚାହିଁବାକୁ ଚେଷ୍ଟା କରୁଛି। ସେ ପୁଣି କିଛି ସମୟ ଶୋଇଯାଉଛି। ସେ ପୁଣି ଆଖିଖୋଲି ଦେଖୁଛି ଉପରେ ଫ୍ୟାନ୍ ଧୀର ମନ୍ଥର ଚାଲିରେ ବୁଲୁଛି। ଚାରିଆଡ଼େ ଶୂନ୍‌ଶାନ। ସେ ଉଠିବାକୁ ଚେଷ୍ଟା କରୁଛି। ଉଠିପାରୁ ନାହିଁ। ପୁଣି ଶୋଇଯାଉଛି। ସେ ଏଠାକୁ ଆସିଲା କିପରି ସେ କ'ଣ ମରିପାରି ନାହିଁ। ହେ ଭଗବାନ୍! ମୋ ଭାଗ୍ୟରେ ଆଉ କେତେ କ'ଣ ଲେଖିଛ। ମୋତେ ଟିକିଏ ମରିବାକୁ ଦେଉନାହିଁ। ସେ କଡ଼ ଲେଉଟାଇଛି। ତାହାର ହାତଗୋଡ଼ ହଲାଇବାର ଦେଖି ନର୍ସଟି ଦଉଡ଼ିଆସି କହିଲା ମାମ୍ ଆଉ କିଛି ସମୟ ଶୋଇଯାଆନ୍ତୁ। ଏତେ ଶୀଘ୍ର ଉଠନ୍ତୁ ନାହିଁ। ଆପଣଙ୍କୁ କେମିତି ଲାଗୁଛି। ସେ ଏହା ଶୁଣି ନିର୍ବୋଧ ଶିଶୁଟିଏ ପରି ଶୋଇ ରହିଥାଏ। ସେ ନର୍ସଟି ଅର୍ପିତାର ମନକଥା ବୁଝିପାରିଛି। ସେ କହିଲା ଆପଣ ଜମା ବ୍ୟସ୍ତ ହୁଅନ୍ତୁ ନାହିଁ। ମୁଁ ଆପଣଙ୍କ ପାଖରେ ଅଛି। ସବୁ ଠିକ୍ ହୋଇଯିବ। ସେ କଇଁକଇଁ ହୋଇ କାନ୍ଦି ଉଠିଥିଲା। ସେ ପ୍ରଭୁଙ୍କୁ ଡାକୁଛି। ହେ ପ୍ରଭୁ ମୋତେ କାହିଁକି ପୁଣି ସେଇ ଦୁଃଖର ସାଗରକୁ ଠେଲିଦେଲ। ତୁମ ପାଖରେ ମୁଁ କ'ଣ ଭୁଲ କରିଥିଲି ? ତୁମ ପାଦ ତଳେ ଟିକିଏ ଜାଗା ଦେଉନାହଁ। ନର୍ସଟି ଟାୱ୍ୱାଲଟିଏ ଆଣି ମୁହଁକୁ ପୋଛିଦେଇଛି। ମା' ପରି ମୁଣ୍ଡଟିକୁ ସାଉଁଳିଦେଇ କହିଲା ମ୍ୟାମ ଆପଣଙ୍କୁ କିପରି ଲାଗୁଛି ? ସେ କ'ଣ କହିବାକୁ ଚେଷ୍ଟା କରୁଥାଏ କିନ୍ତୁ ବେକଟି କଷ୍ଟ ହେଉଥାଏ। କିଛି କହିପାରୁ ନଥାଏ। ନର୍ସଟି ଜାଣିପାରି କହିଲା,"ମ୍ୟାମ୍ ଆପଣ ଧୀରେଧୀରେ କହିବେ।

ରୁଦ୍ରାକ୍ଷ ଶୁଣିଲେ ଅର୍ପିତାର ଚେତା ଫେରିଆସିଛି। ସେ ପ୍ରଭୁଙ୍କୁ କୋଟି କୋଟି ପ୍ରଣାମ ଜଣାଇଛନ୍ତି । ଡକ୍ଟର ଆସି ଚେକ୍‌ଅପ୍ କରୁଛନ୍ତି। ରୁଦ୍ରାକ୍ଷ ପିଲାମାନଙ୍କୁ ଦେଖିବାକୁ ଚାହୁଁଛନ୍ତି। ଡକ୍ଟର କହିଲେ ପେସେଂଟର ଅବସ୍ଥା କ୍ରିଟିକାଲ ଅଛି। ଆପଣମାନେ ଡିଷ୍ଟର୍ବ କରନ୍ତୁ ନାହିଁ। ଆଉ ଥରେ ପ୍ରେସର୍ ହେଲେ ହୁଏତ ସେ କୋମାକୁ ଚାଲିଯାଇ ପାରନ୍ତି କିମ୍ବା କହିବା ଶକ୍ତିକୁ ହରାଇ ବସିବେ। ରୁଦ୍ରାକ୍ଷ ପିଲାମାନଙ୍କୁ ନେଇ ଫେରୁଛନ୍ତି।

ଛୋଟଛୁଆଟି ମାମା କହି କାନ୍ଦୁଥାଏ । ଅର୍ପିତା ସବୁ ଶୁଣିପାରୁ ଥାଏ । କିନ୍ତୁ କିଛି କହିପାରୁ ନଥାଏ । ତା'ର ମାତୃହୃଦୟ ତରଳି ଯାଉଥାଏ । ସେ ଭାବୁଥାଏ ଦୌଡ଼ିଯାଇ ତା' ଛୁଆକୁ କୋଳେଇ ନିଅନ୍ତା । ତା' ଆଖିରୁ ଲୁହଧାର ବୋହିଚାଲିଥାଏ ।

ଡକ୍ଟର ମନକଥା ବୁଝିପାରି କହିଲେ ଅର୍ପିତା କିଛି ସମୟ ଅପେକ୍ଷା କର । ନର୍ସକୁ ଡାକି କହିଲେ, ମ୍ୟାମ୍‌ଙ୍କ ଲୁହ ପୋଛିଦିଅ ଆଉ ଠିକ୍ ସମୟରେ ଔଷଧ ଆଉ ଇଞ୍ଜେକସନ୍ ମନଦେଇ ଦେବ କହି ଚାଲିଯାଇଛନ୍ତି । ନର୍ସ ଆସି ଲୁହ ପୋଛିଦେଇଛି । ରାତି ଅନେକ ହୋଇଯାଇଥାଏ । ନର୍ସ ଅର୍ପିତା ବେଡ ପାଖରେ ବସିଛି । ସେ ଟିକିଏ ଘୁମେଇ ପଡ଼ିଛି । ଅର୍ପିତା ନିଦରେ ବାଉଳାଚାଉଳା ହେଉଥାଏ । ନର୍ସଟି ଅର୍ପିତାକୁ ଉଠାଇ ଦେଇଛି । କ'ଣ ହେଲା ତୁମେ କ'ଣ ସ୍ୱପ୍ନ ଦେଖୁଥିଲ ? ଅର୍ପିତା ଧୀରେଧୀରେ କହିଲା ଫ୍ୟାନଟା ଟିକିଏ ବଢ଼ାଇଦିଅ ।

ନର୍ସଟି ବହୁତ ଆନନ୍ଦିତ ହୋଇ କହୁଛି ମ୍ୟାମ୍ ଆପଣ ଶୋଇରୁହନ୍ତୁ । ଆପଣ ଗୋଟିଏ ନୂଆ ଜୀବନ ପାଇଲେ । ପଛକଥା ଭୁଲି ଆଗକୁ ଚାହାନ୍ତୁ । ହସିଖେଳି ସଂସାର ଭିତରକୁ ଫେରିଆସନ୍ତୁ । ଛୁଆମାନେ ବିକଳ ହୋଇ ଚାହିଁ ରହିଛନ୍ତି । ଡକ୍ଟର କହିଛନ୍ତି, ଆପଣଙ୍କର ଭଲରେ ଦେଖାରଖା କରିବା ପାଇଁ । ଆସି ପାଖରେ ବସି କହୁଛି ଆପଣଙ୍କୁ ଦେଖିଲା ପରେ ମୋତେ ଲାଗୁଛି ଏଇ ବେଡରେ ମୋ ଝିଅ ବିକଳ ହୋଇ କହୁଛି ମା' ମୋତେ ବଂଚେଇଦିଏ । ମୁଁ ମରିବାକୁ ଚାହୁଁନାହିଁ । ଯେତେ ଚେଷ୍ଟା କଲେ ବି ତାକୁ ବଂଚାଇ ପାରିନଥିଲି । ଅର୍ପିତା ପଚାରିଲା ତୁମ ଝିଅର କ'ଣ ହୋଇଥିଲାକି ? ସେ କହିଲା ଠିକ୍ ତୁମରି ପରି ମୋ ଝିଅ । ତା'ର ବି ଗୋଟିଏ ପୁଅ । ତୁମେ ଶୋଇଯାଅ ମ୍ୟାମ୍ । ଅର୍ପିତା କହିଲା,"ନା ନା, ମୋତେ ନିଦ ଆସୁନାହିଁ । ତାକୁ ମୁଁ ବହୁତ ଯତ୍ନରେ ପାଳିଥିଲି । ତା' ଆଖିରେ ଲୁହ ଦେଖିଲେ ମୁଁ ସମ୍ଭାଳିପାରେ ନାହିଁ । ସେ ଭଲ ପଢ଼େ । ତାକୁ ପରକୁ ଆପଣାର କରିବା ଗୁଣଟି ବହୁତ ଭଲରେ ଜଣାଥିଲା । ସେ ଜଣେ ଡକ୍ଟରଙ୍କୁ ଭଲପାଇ ବିବାହ କରିଥିଲା । ସବୁ ଭଲରେ ଥିଲେ । ତା'ର ପୁଅଟିଏ ହୋଇଥିଲା । ତାଙ୍କ ସଂସାରରେ କାହାର ନଜର ଲାଗିଲା । ହଠାତ୍ ଦିନେ ଅଦିନ ଝଡ଼ ମାଡ଼ିଆସିଲା ସେହିଦିନ ତା' ଜୀବନର ପୃଷ୍ଠା ଓଲଟପାଲଟ ହୋଇଗଲା ।" ଏହା କହି ସେ ଗୋଟିଏ ଦୀର୍ଘନିଃଶ୍ୱାସ ଛାଡ଼ିଥିଲା । ଅର୍ପିତା ପଚାରିଲା,"ତା'ପରେ କ'ଣ ହେଲା ?" ଆଉ କିଛି ନାହିଁ କହି କାନ୍ଦି ପକାଇଥିଲା । ଅର୍ପିତା କହିଲା ତୁମେ ତ ମୋତେ ଝିଅ କରିସାରିଲଣି, ଆଉ ଦୁଃଖ କହିବାରେ କ'ଣ ଅଛି । ମୋତେ କିଛି କହିଦେଲେ ତୁମ ମନ ହାଲୁକା ହୋଇଯିବ ।

ନର୍ସ କହିଲା,"ସବୁଠାରୁ ବଳି ବିଶ୍ୱାସ କରୁଥିବା ମଣିଷଟି ଯଦି ହଠାତ୍

ବିଶ୍ୱାସଘାତକ ପାଲଟିଯାଏ କ'ଣ କରାଯିବ? ସମୟ ଆଗରେ ମୁଣ୍ଡ ନୁଆଁଇବା ଛଡ଼ା ଅନ୍ୟ କିଛି ବାଟ ନଥାଏ। ଏହା ମୋ ଝିଅ କାଂଚନ ବୁଝିପାରି ନଥିଲା। ରାଗ ତ ବ୍ରହ୍ମ ଚଣ୍ଡାଳ। ସେ ତା'ର ହିତାହିତ ଜ୍ଞାନ ଭୁଲିଯାଇଥିଲା। ଶେଷରେ ସେ କୀଟନାଶକ ଖାଇ ଦେଇଥିଲା। ତାକୁ ହସ୍‌ପିଟାଲ ଆଣିଲାବେଳକୁ ସିରିଏସ୍ ହୋଇଯାଇଥିଲା। ଡକ୍ଟର ବହୁତ ଚେଷ୍ଟା କରି ବି ତାକୁ ବଂଚାଇ ପାରିନଥିଲେ। ମୋ କୋଳରେ ମୁଣ୍ଡ ରଖି ମୋ ଲୁଗାକାନିକୁ ମୁଠାକରି ଧରିଥାଏ। ମୋତେ ପଦେ କହିଲା,"ମା' ମୋର ବହୁତ ବଡ଼ ଭୁଲ ହୋଇଗଲା। ମୋତେ କ୍ଷମା କରିଦେବୁ," କହି ଆଖି ବୁଜି ଦେଇଥିଲା। ମୁଁ କାଠ ପଥର ପାଲଟିଯାଇଥାଏ। କିଛି ସମୟ ପରେ ମୋ କୋଳରୁ ମୋ ଝିଅକୁ ଟାଣି ନେଇଥିଲେ। ଶେଷରେ ମୋ' କାନିଟି ଟାଣି ହେଉଥାଏ। ମୋତେ ଲାଗୁଥାଏ ମା' ମୁଁ ଯିବି ନାହିଁ। ତା' ପୁଅଟି କାନ୍ଦୁଥାଏ। ମୋ ମାମାକୁ ଛାଡ଼ିଦିଅ। ଏଇ ତ ହେଉଛି ସଂସାର। ଯେତେ ଥାଉ ଧନ ସମ୍ପତ୍ତି ଯେତେ ଯିଏ ଥାଆନ୍ତୁ ନିଜର, କେହି କାହା ସହିତ ଯାଆନ୍ତି ନାହିଁ। ଯେମିତି ଏକା ଆସିଛ ସେହିପରି ଏକା ଯିବାକୁ ପଡ଼ିଥାଏ। ମୁଁ ବହୁତ ଗପିଗଲିଣି। ତୁମର ଟାଇମ୍ ହୋଇଗଲାଣି। ତୁମେ ମେଡିସିନ୍ ଖାଇ ଶୋଇଯାଅ। ନହେଲେ ତୁମ ଦେହ ବହୁତ ଖରାପ ହୋଇଯିବ।

ତୁମ କଥାରେ ମୋର ଅଧା ଦେହ ଭଲ ହୋଇଗଲାଣି। ତୁମେ ମୋତେ ଏତେ ଯତ୍ନ ନେଉଛ। ମୁଁ ତୁମର ଝିଅ ହୋଇସାରିଲିଣି ମୁଁ ଯିବା ପାଇଁ ଚାହୁଁଥିଲି। ପ୍ରଭୁ ମୋତେ ଆଉଥରେ କାହିଁକି ବଂଚାଇଲେ। ମୋ ଭାଗ୍ୟରେ ଆଉ କ'ଣ ଅଛି? ନାଇଁ ଏପରି କୁହ ନାହିଁ। ମୁଁ ଏଇ ହାତରେ ଗୋଟିଏ ଛାଡ଼ିଦେଇଛି। ଆଉ ତୁ ମୋ ପାଇଁ। କହି କାନ୍ଦି ପକାଇଥିଲା। ରାତି ଆଉ ପାଇବା ପାଇଁ ବିଳମ୍ବ ଅଛି, ତୁମେ ଶୋଇଯାଅ, କହି ଅଲରା ବାଳକୁ ସଜାଡ଼ି ଦେଇଥିଲା। ତାକୁ ନିଦ ଆସୁନଥାଏ। ତାକୁ ସେଇ ମୁହୂର୍ତ୍ତଟି ମନେପଡିଯାଉଥାଏ। ସେ ନର୍ସ ଆସି ପାଟି କରିକି କହିଲା, "ମୁଁ ପରା ଶୋଇବାକୁ କହି ଗଲି ଆଉ ସେ ପଛକଥା ପଛକୁ ଛାଡ଼ି ଆଗ ସମୟ କିପରି କଟିବ ସେ ବିଷୟରେ ଭାବ।" ଅର୍ପିତା କହିଲା, ତୁମେ ସବୁ କହିଲ କିନ୍ତୁ ଛୋଟନାତି କଥା କହିଲ ନାହିଁ ତ। ତା' ପାପା କ'ଣ ତାକୁ ନେଇଯାଇଛନ୍ତି ନା ସେ ତୁମ ପାଖରେ ଅଛି? ନର୍ସ କହିଲା, ନା, ସେଦିନ ହସ୍‌ପିଟାଲରେ ଝିଅକୁ ଜଗିବସି ଥାଆନ୍ତି। ତା' ପାପା ଅଙ୍କୁର ଯେତେ ଡାକିଲେ ବି ତାଙ୍କ ପାଖକୁ ଯାଉନଥାଏ। ସେହିଦିନଠାରୁ ସେ ମୋ ପାଖରେ ଅଛି। ଅଙ୍କୁର ଆଉ ଗୋଟିଏ ଝିଅ ସହିତ ସଂସାର କରିସାରିଲେଣି। ଆଉ ପୁଅ କ'ଣ କରୁଛି? କାନ୍ଦୁଛିକି କ'ଣକି ଟିକିଏ ଦେଖି ଆସିବ ନାହିଁ। ସାଇପଡ଼ୋଶୀ କିଏ ପଚାରିଲେ କହୁଛି ମୁଁ ମୋ ପାପାଙ୍କ

ପାଖକୁ ଯିବି ନାହିଁ। ମୋ ଆଇମା' ପାଖରେ ରହିବି। ଅବୁଝା ଛୁଆଟା ପଚାରୁଛି ଆଇମା', "ମୋ ମାମା କାଇଁ ?" ମୁଁ ତାକୁ ବୁଝାଇ ଦେଉଛି ତୋ ମାମା ତୋ ପାଇଁ ପରା ଜହ୍ନମାମୁ ଆଣିବା ପାଇଁ ଯାଇଛି। ସେ ପଚାରେ କେତେବେଳେ ଆସିବ ? ମୁଁ ତାକୁ କହୁଛି ସେ ପରା ବହୁତ ବାଟ ଯାଇଛି। ଦେଖୁନୁ ହାତ ପାଉ ନାହିଁ। ସେ ତାଙ୍କ ଘରକୁ ଯାଇଛି ଚା' ଜଳଖିଆ ଖାଇବ, ତାଙ୍କ ଘର ବୁଲିବ ଆଉ ତୋ ପାଇଁ କେତେ କ'ଣ ଖେଳନା ନେଇଆସିବ। ଆଇ ଚାଲ ତୋର ମୋର ଯିବା। ମାମାକୁ ନେଇ ଆସିବା। ତୁ ଆଉ ବଡ଼ ହୋଇଯା'। ରକେଟରେ ଯାଇ ମାମାକୁ ନେଇ ଆସିବୁ। ସବୁଦିନ ଏଇ ଉତ୍ତର ଦେଇଦେଇ ମୁଁ ଥକି ପଡ଼ିଲିଣି। ଝିଅ ତୁମକୁ ଆଉ କେତେ ବୁଝାଇବି। ତମେ ଯେଉଁ ଭୁଲ୍ କରିଥିଲ ଏଥିରୁ ସବୁ ବୁଝିଯିବ। ତୁମେ ପରା ମା'।

ଅର୍ପିତା କହିଲା,"ତୁମେ ଆଉ ରାଗ ନାହିଁ। ମୋତେ ଏମିକି ଦୟାକର ଯେ ମୁଁ ଏଠାକୁ କିପରି ଆସିଲି ନର୍ସ ଅଭିମାନଭରା କଣ୍ଠରେ କହିଲା ନା ନା ମୁଁ ଆଉ ତୁମ ସହିତ କଥା ହେବି ନାହିଁ। କାରଣ ବର୍ତ୍ତମାନ ବି ତୁମ ମନରୁ ରାଗ ସରିନାହିଁ। ତୁମେ ଠିକ୍ ସମୟରେ ଔଷଧ ଖାଉନାହଁ। ଠିକ୍ ସମୟରେ ଦେହର ଯତ୍ନ ନେଉ ନାହଁ। ମୁଁ ସବୁ ତୁମ କଥା ଶୁଣିବି। ତୁମେ ମୋତେ ଟିକିଏ କୁହ ମୁଁ ଏଠାକୁ ଆସିଲି କିପରି। ନର୍ସ କହିଲେ,"ଆଉ ସେକଥା ଜାଣି କ'ଣ ମିଳିବ। ସେ ତ ସବୁ ସରିଲାଣି। ସେ କହିଲା, "ମୋତେ ଟିକିଏ କୁହ।" ନର୍ସ ଅର୍ପିତାର ମୁଣ୍ଡଟିକୁ କୋଳରେ ଧରି ତା'ର ଅଲରା ବାଳକୁ ସଜାଡ଼ି କହିଲା, ରୁଦ୍ର ସାରେ ତୁମ ସାଇର କେତେ ଲୋକ ନେଇ ଆସିଥିଲେ। ତୁମେ ଆସିଲାବେଳକୁ ଦଉଡ଼ିଟିଏ ବେକରେ ବନ୍ଧା ହୋଇଥାଏ। ବେକଟି ଫୁଲି ଯାଇଥାଏ। ଡକ୍ଟର ବହୁତ ପରିଶ୍ରମ କରି ଦଉଡ଼ିଟିକୁ ଧୀରେଧୀରେ କାଟିଥିଲେ। ଚେକ୍‌ଅପ କରି କହିଲେ ସବୁ ଠିକ୍ ହୋଇଯିବ। ସେ ସାଙ୍ଗେସାଙ୍ଗେ ଟ୍ରିଟମେଂଟ ଆରମ୍ଭ କରିଦେଇଥିଲେ। ଆମେ ସମସ୍ତେ ଦୌଡ଼ିଆସି ଯିଏ ଯାହା କାମରେ ଲାଗିଗଲୁ। ତୁମର ଛୁଆ ଦୁଇଟି ରାହା ଧରି କାନ୍ଦୁଥାଆନ୍ତି। ଛୋଟି କହୁଥାଏ,"ପାପା ! ମାମା କାହିଁକି ଶୋଇଛି ? ମାମା ଉଠ କହି ହାତ ଧରି ଭିଡୁଥାଏ। ତୁମ ପଡ଼ୋଶୀ ଜଣେ ତାକୁ ଉଠାଇନେଇ ବଜାରରୁ ବିସ୍କୁଟ ପ୍ୟାକେଟଟିଏ ଆଣି ଦେଇଥିଲେ। ଏ ଅବସ୍ଥା ଦେଖି କାହା ଆଖିରେ ଲୁହ ରହୁନଥାଏ। ସାରେ କାଠ ପରି ଠିଆ ହୋଇଥାଆନ୍ତି। ତାଙ୍କ ପାଟିରୁ କଥା ବାହାରୁ ନଥାଏ। ତୁମର ଜଣେ ପଡ଼ୋଶୀ ଆସି ତାଙ୍କୁ ଗୋଟିଏ ଚେୟାରରେ ବସାଇ ଦେଇଥିଲେ। ସମସ୍ତେ ପ୍ରଭୁଙ୍କୁ ଡାକୁଥାଆନ୍ତି। ଏ ଛୁଆଙ୍କ ଲାଗି ମା'କୁ ବଂଚାଇ ଦିଅନ୍ତୁ। କିଛି ସମୟ ତୁମେ ଟିକିଏ ଆଖି ଖୋଲିଥିଲ। ସମସ୍ତେ ପ୍ରଭୁଙ୍କୁ ଡାକି କହିଲେ,"ହେ ପ୍ରଭୁ ! ପିଲାଙ୍କ ନିଃଶ୍ୱାସରେ ତୁମର ସେନ୍‌ସ୍ ଫେରିଛି

ସମସ୍ତଙ୍କ ମୁହଁରେ ହସର ଲହରୀ ଖେଳିଯାଇଛି। ସମସ୍ତଙ୍କ କଣ୍ଠରେ ଗୋଟିଏ କଥା ବଂଚିଯାଇଛନ୍ତି ପରେ ଯାହା ହେବ ଦେଖାଯିବ। ଶୁଣାକଥା।

।। ରଖେ ହରି ମାରେ କିଏ।।

।। ମାରେ ହରି ରଖେ କିଏ।।

ତୁମେ ଇଞ୍ଜେକ୍ସନ ନେଇ ଶୋଇଯାଇଥାଅ। ଛୁଆମାନଙ୍କୁ ତୁମ ଚାକରାଣୀ ଘରକୁ ନେଇଯାଇଥାଏ। ମୁଁ ତୁମ ପାଖରେ ବସିରହିଥାଏ।

ଡକ୍ଟର ପଚାରିଲେ ସାରେ ଏସବୁ କଣ? ଆପଣ ଜଣେ ପ୍ରତିଷ୍ଠିତ ବ୍ୟକ୍ତି। ସେ ଲାଜ ହୋଇ କାନ୍ଦକାନ୍ଦ ହୋଇ କହିଲେ ସାରେ ଘରେ ଟିକିଏ ପାଟି ହୋଇଯାଇଥିଲା। ସେ ଏତେ ବଡ଼ ଡିସିସନ ନେବେ ବୋଲି ମୁଁ ଜାଣିନଥିଲି। ମୁଁ ଖାଇଦେଇ ଶୋଇଯାଇଥିଲି। ଛୋଟ ଛୁଆଟି ମାମା ବୋଲି କାନ୍ଦିଲା। ମୁଁ ବାଧହୋଇ ଉଠିଲାବେଳକୁ ଲାଇଟ୍‌ଅଫ କରା ହୋଇଛି। ଲାଇଟି ଅନ୍ କରି ଛୁଆକୁ ଧରି ଦେଖିଲାବେଳକୁ ସେ ବେଡରେ ନଥିଲେ। ମୁଁ ଡାକିଲି। ସେ ଶୁଣିଲେ ନାହିଁ। ମୁଁ ଭାବିଲି ସେ ବୋଧେ ବାଥରୁମ ଯାଇଥିବେ। ଘର ଖୋଲା ଅଛି। ଆରପଟ ଘରକୁ ଯାଇ ଦେଖିଲାବେଳକୁ ସେ ତଳେ ପଡ଼ିଛନ୍ତି। ଖଣ୍ଡେ ଦଉଡ଼ି ଫ୍ୟାନ୍‌ରେ ଲାଗିଛି ଆଉ ଖଣ୍ଡିଏ ବେକରେ ବନ୍ଧା ହୋଇଛି। ଷ୍ଟୁଲଟିଏ ପାଖରେ ପଡ଼ିଛି। ଏହା ବୋଧେ ମୁଁ କ'ଣ କରିବି ଭାବି ପାଟି କରିଥିଲି। ସମସ୍ତେ ଆସିଲେ ସତ; ତାଙ୍କ ପାଖକୁ କେହି ସାହସ କରି ଯାଇନଥିଲେ। ଶୀଘ୍ର ଆମ୍ବୁଲାନ୍ସ ମଗାଇ ନେଇ ଆସିଥିଲୁ। କେହି ଭାବି ନଥିଲେ ଯେ ସେ ବଂଚିଛନ୍ତି ବୋଲି। ଡକ୍ଟର ପଚାରିଲେ ସେ ଦଉଡ଼ିଟି କେଉଁଠାରୁ ପାଇଲେ? ସେ କହିଲେ, ବେଳେବେଳେ ସପ୍ଲାଇପାଣି ନ ଆସିଲେ କୂଅରୁ ପାଣି କଢ଼ା ହୁଏ। ଡକ୍ଟର କହିଲେ, ସେ ଦଉଡ଼ିଟି ବହୁତ ପୁରୁଣା ଥିଲା। ସେଥିପାଇଁ ଦଉଡ଼ିଟି ଓଜନ ସମ୍ଭାଳି ନ ପାରି ଛିଣ୍ଡି ଯାଇଛି। ନ ହେଲେ ଅବସ୍ଥା କ'ଣ ହୋଇଥାଆନ୍ତା। ଆପଣ ବୁଝି ପାରୁଛନ୍ତି ତ? କିଛି ଭେନ୍ ଚିପି ହୋଇଯାଇଛି। ଭଲ ହବାକୁ ଟିକିଏ ଟାଇମ୍ ଲାଗିବ। ଆଉ ତାଙ୍କର କିଏ ସବୁ ଅଛନ୍ତି? ସେ କହିଲେ,"ତାଙ୍କର ମା' ବାପା ଭାଇ ଅଛନ୍ତି।" ତାଙ୍କୁ ଡାକନ୍ତୁ। ତାଙ୍କୁ ଟିକିଏ ଭଲ ଲାଗିବ। ଛୁଆମାନେ ବି ଅଜା ଆଈଙ୍କ ପାଖରେ ରହିଯିବେ। ସାରେ କହିଲେ,"ତାଙ୍କର ନନା ବୋଉ କ'ଣ ଭାବିବେ? ମୁଁ କ'ଣ କହିବି? ଡକ୍ଟର କହିଲେ,"ସେ ସବୁ ଭୁଲି ଯାଆନ୍ତୁ। ସେ କିଛି କହିବେ ନାହିଁ। ସେମାନେ ବାପା ମା'। ବହୁତ ମନଦୁଃଖ କରିବେ।" ଡକ୍ଟର ଅର୍ପିତାକୁ ଚିହ୍ନି ପାରିଛନ୍ତି। ସେ ନର୍ସକୁ ଡାକି କହିଛନ୍ତି। ଠିକ୍ ସମୟରେ ମେଡିସିନ୍ ଦେବୁ କହି ଘରକୁ ଯାଇଛନ୍ତି। ଘରକୁ ଯାଇ ଫ୍ରେସ୍ ହୋଇ ଗୋଟିଏ ଚେୟାରରେ ବସି ସବୁ

ଭାବୁଛନ୍ତି। ସେ କଲେଜବେଳର କଥା। ତାଙ୍କୁ କାଲି ପରି ସବୁ ଲାଗୁଛି। ଏହି ସମୟକୁ ତାଙ୍କ ସ୍ତ୍ରୀ ଆସି ପଚାରିଲେ, କ'ଣ ବସି ଭାବୁଛ, ସେ କହିଲେ ନା ମ କିଛି ନାହିଁ। ତାଙ୍କ ସ୍ତ୍ରୀ କହିଲେ ମୁଁ ତ କେତେବେଳେ ତୁମକୁ ଏପରି ଦେଖିନାହିଁ। କ'ଣ ହୋଇଛି ନିଶ୍ଚିତ। ଡକ୍ଟର କହିଲେ ଶୁଣ କହୁଛି । ଆମେ କଲେଜ ପଢ଼ିଲାବେଳେ ମୋର ଜଣେ ସହପାଠୀ ଥିଲେ। ସେ ସବୁଥିରେ ଆଗୁଆ। ତୁମକୁ ତାଙ୍କ କଥା ମୁଁ କହିପାରିବି ନାହିଁ। ତା'ର ନମ୍ର ବ୍ୟବହାରରେ ସେ ସମସ୍ତଙ୍କୁ ଆପଣାର କରିନିଏ। ସେ ପାଠରେ ଶାଠରେ ସବୁଥିରେ ଆଗୁଆ ଥିଲା। ସେ ସମସ୍ତଙ୍କୁ ଭଲପାଉଥିଲା। ତାଙ୍କ ସ୍ତ୍ରୀ କହିଲେ, ତୁମେ ତାଙ୍କୁ ଭଲପାଇ ବସିଥିଲ କି ? ମୁଁ ତାଙ୍କୁ ଭଲପାଇବା ଥିଲା ପବିତ୍ର, ସ୍ୱର୍ଗୀୟ, ନିର୍ମଳ, ସୁର୍ଯ୍ୟ ଯେପରି ଉଇଁ ଆସିଲେ ପଦ୍ମଫୁଲ ହସିଉଠେ। କିନ୍ତୁ ସୁର୍ଯ୍ୟ ଆସିପାରନ୍ତି ନାହିଁ ପଦ୍ମ ପାଖକୁ। କେବଳ ଆଲୋକ ବିତରଣ କରିଥାଆନ୍ତି। ମୁଁ କ'ଣ ଏକା ? ସମସ୍ତେ ଚାହିଁ ରହିଥାଆନ୍ତି ତା'ର ଆସିବା ପଥକୁ। କିନ୍ତୁ ତାକୁ କେହି ସ୍ପର୍ଶ କରିପାରନ୍ତି ନାହିଁ। ଦୂରରୁ ଦେଖି ମନ ଖୁସି କରିଦିଅନ୍ତି। ସମସ୍ତଙ୍କର ଶେଷବର୍ଷ ପରେ ଯିଏ ଯୁଆଡ଼େ ଅଲଗା ହୋଇଯାଇଛନ୍ତି। ତାଙ୍କ ସ୍ତ୍ରୀ କହିଲେ ସେ ଜଣେ ଏତେ ଭଲ ମୋତେ ଥରେ ତାଙ୍କୁ ଟିକିଏ ଦେଖାଇବାକୁ ନିଅ। ସେ ତୁମେ ତାଙ୍କୁ କିଛି କହିବ ନାହିଁ ତ ? ନା ନା ! ମୁଁ କିଛି କହିବି ନାହିଁ। ତା' ପରଦିନ ସାଙ୍ଗ ହୋଇ ଅର୍ପିତାକୁ ଦେଖା କରିବାକୁ ଯାଇଥିଲେ। ଡକ୍ଟର ଯାଇ ଅର୍ପିତାକୁ ପଚାରିଲେ, "ମ୍ୟାମ୍ ! କିପରି ଲାଗୁଛି ? ସେ କିଛି ଉତ୍ତର ଦେଇ ପାରି ନଥିଲା। ତା' ଆଖିରୁ ଲୁହ ବୋହି ଚାଲିଥିଲା। ସେ କହିଲେ, ରୁଦ୍ରସାରଙ୍କ ଉପରେ ରାଗି ଏପରି କରିଥିଲ। ଟିକିଏ ଛୁଆମାନଙ୍କ କଥା ମନେପଡ଼ିଲା ନାହିଁ ? ଛୁଆମାନେ ତୁମର କ'ଣ ଭୁଲ କରିଥିଲେ ? ତୁମେ ପରା ଜଣେ ମା'। ତୁମେ ଏପରି ଭାବିପାରିଲ କିପରି ? ତୁମେ ସେ କଲେଜବେଳର ଅର୍ପିତା ନା ଏ ତ ସେ ନୁହେଁ। ସେ କେତେ ଧୀରସ୍ଥିର। ସେ କ୍ଷଣକ ବ୍ୟବହାରରେ ଅନ୍ୟକୁ କିଣିନିଏ। ଆଜି ସେ ତା' ସଂସାର ପ୍ରତି ଏତେ ନିଷ୍ଠୁର କାହିଁକି। ଏହା ଶୁଣି ଡକ୍ଟରଙ୍କ ମୁହଁକୁ ଚାହିଁ କ'ଣ କହିବାକୁ ଚେଷ୍ଟା କରୁଥାଏ। ସେ ଧୀରେଧୀରେ କହିଲା ତୁମେ କ'ଣ ସେଇ ଅଙ୍କୁର ? ଡକ୍ଟର କହିଲେ, ହଁ, ମୁଁ, ସେଇ ବଗୁଲିଆ ଅଙ୍କୁର। ମୁଁ ଏଠାରେ ଡକ୍ଟର। ତୋର ଏକଥା ଶୁଣିବା ପରେ ମୋ ସ୍ତ୍ରୀ କହିଲେ ମୋର ଟିକିଏ ସେ ଭଦ୍ରମହିଳାଙ୍କୁ ଦେଖା କରିବାକୁ ଆସିଛି।" ଡକ୍ଟରଙ୍କ ସ୍ତ୍ରୀ ଆସି ଅର୍ପିତାକୁ ପାଦ ଛୁଇଁ ପ୍ରଣାମ କରିଛନ୍ତି। କହିଲା ଅପା ମୁଁ ୟାଙ୍କଠାରୁ ଆପଣଙ୍କ କଥା ଶୁଣିଲା ପରେ ମୋର ଭାରି ଇଚ୍ଛା ହେଲା ଟିକିଏ ଦେଖା କରିବାକୁ। ସେ ଅର୍ପିତାର ହାତ ଦୁଇଟି ମୁଠାରେ ଧରିଥାଏ। ଡକ୍ଟର ଅଙ୍କୁର କହିଲେ ତୁମେ ଜାଣିଛ ଅର୍ପିତା ଏ ଓ.ଏ.ଏସ୍ ପାଇ ଏଇ ଛୁଆ ଆଉ ଏଇ

ସଂସାର ପାଇଁ ଯାଇ ଜଏନ୍ କରିନଥିଲେ। ଆଜି ପୁଣି ସବୁକୁ ଛାଡ଼ି ନିଜ ଏଇ ଅମୂଲ୍ୟ ଜୀବନକୁ ନଷ୍ଟକରି ଦେଉଥିଲେ। କିନ୍ତୁ ପ୍ରଭୁଙ୍କର ତାହା ଇଚ୍ଛା ବିରୁଦ୍ଧ ଥିଲା। ଅର୍ପିତା କହିଲା ଆପଣ କିପରି ଜାଣିଲେ। ନା ଆପଣ ନୁହେଁ ତୁମେ। ମୋର ଫାଷ୍ଟ ପୋଷ୍ଟିଂ ଥିଲା ଦିଲ୍ଲୀ। ସେତେବେଳେ ଅମ୍ରିତ୍‌ଭାଇ ଦିଲ୍ଲୀ ଟୁର୍ ଯାଇଥିଲେ। ସେଠାରେ ଦେଖା ହୋଇଥିଲା। ସେ ତୁମ ବିଷୟରେ ସବୁ କହୁଥିଲେ। ଆଉ କ'ଣ କହୁଥିଲେ ତାଙ୍କ ବିଷୟରେ ବି। ମୁଁ ତାଙ୍କଠାରୁ ଶୁଣିଥିଲି। ଅନିମା କହିଲା ଅପା ମୁଁ ଆପଣଙ୍କର ସାନଭଉଣୀ ଭାବନ୍ତୁ। ଆପଣଙ୍କର ଆଜି ଏତେ ଚେଞ୍ଜ। ହଁ ମୁଁ ଜାଣେ ନାରୀ କିଛି ଶୁଣିବା ପରେ ଦୁଃଖ ବୁଝିପାରୁଛି। ଏ ପୁରୁଷ ଜାତି କେବେହେଲେ ସ୍ତ୍ରୀଙ୍କ ମନ ବୁଝିପାରନ୍ତି ନାହିଁ। ସେତେ ମନ ବିତୃଷ୍ଣା ନହେଲେ କୌଣସି ସ୍ତ୍ରୀ ଏହି ଡିସିସନ୍ ନେଇପାରିବ ନାହିଁ। ଅପା, ଆପଣ କରୁଥିଲେ। ମୁଁ ଏତେ କହୁଛି ବୋଲି ଆପଣ ମୋତେ କ୍ଷମା କରିଦେବେ। ଅପା, ପିଲାମାନଙ୍କ ପାଇଁ ଆପଣଙ୍କୁ ବଂଚିବାକୁ ହେବ। ତା'ପରେ ଅଙ୍କୁର ଅନିମାକୁ କହିଲେ ଏତେ ଗପିଲଣି। ତାଙ୍କୁ ରେଷ୍ଟ୍ ନବାକୁ ଦିଅ। ସେ ନର୍ସକୁ ଡାକି ଇଞ୍ଜେକ୍‌ସନ୍ ଦେବା ପାଇଁ କହିଛନ୍ତି। ତା'ପରେ ଅନିମା କହିଲେ ଅପା ମୁଁ ଆସୁଛି। ମୁଁ ଯାଙ୍କଠାରୁ ଯେପରି ଶୁଣିଥିଲି ଆପଣ ଠିକ୍ ସେହିପରି ଶାନ୍ତସରଳ ମୂର୍ତ୍ତିଟିଏ। ଆପଣ ଭଲ ହୋଇଯାଆନ୍ତୁ ମୁଁ ପୁଣି ଆପଣଙ୍କୁ ଦେଖା କରିବି।

ଅର୍ପିତା କ୍ରମେକ୍ରମେ ଭଲ ହୋଇଯାଇଛି। ସେ ଘରକୁ ଫେରିବା ବେଳ ହୋଇଛି। ନର୍ସ କହିଛି ମା' ତୁମେ ଯାଅ। ଆଉ ଏପରି ବାଟ କେବେହେଲେ କରିବ ନାହିଁ କହି କାନ୍ଦି ପକାଇଥିଲା। ଅର୍ପିତା ନର୍ସକୁ ଜାକି ପକାଇଛି। ସେ ନର୍ସ ଅର୍ପିତାକୁ ଧରି ମା' ପରି ତା'ର ମୁଣ୍ଡବାଳକୁ ସଜାଡ଼ିଦେଇ ଲୁହଭିଜା ଆଖିରେ ବିଦାୟ ଦେଇଛନ୍ତି। ସେଠାରେ ଥିବା ଲୋକମାନେ ଆଶ୍ଚର୍ଯ୍ୟ ହୋଇ କହିଛନ୍ତି ଯେ ସେ ଜଣେ ନର୍ସ ହେଲେ କ'ଣ ହେବ ଜଣେ ପେସେଂଟର ମନ କିଣି ନେଇଛନ୍ତି। ଏହିପରି ସବୁ ନର୍ସ କରିବା ଉଚିତ। ନିଜର ସ୍ୱାର୍ଥକୁ ନ ଦେଖି ପେସେଂଟର ମନ ବୁଝିବା ଉଚିତ। ସେମାନଙ୍କ ସେବା ଆଉ ମା' ପରି ସ୍ନେହ ଆଉ ମଧୁର କଥାରେ ରୋଗୀର ଅଧା ରୋଗ ଭଲ ହୋଇଯାଏ। ସେଥିପାଇଁ ରାଜ୍ୟରେ ଯେପରି ଜୟ ଜବାନ୍ ଓ ଜୟ କିଷାନ ସ୍ଲୋଗାନ ରହିଛି। ସେହିପରି ଆମ ରାଜ୍ୟର ସେବିକାମାନଙ୍କୁ ରାଷ୍ଟ୍ରମର୍ଯ୍ୟାଦା ଦେବା ଉଚିତ।

ଅର୍ପିତା ଘରକୁ ଫେରିଛି। ସେ ମେଡିସିନ୍ ଖାଇ ଶୋଇଯାଇଛି। ତାକୁ ଛୁଆମାନେ ମାମା ବୋଲି ଡାକୁଛନ୍ତି। ସେ ଜାଣିପାରୁଛି କିନ୍ତୁ କିଛି ଦେବା ପାଇଁ ତା'ର ଆଖି ଖୋଲିପାରୁ ନାହିଁ। ତା'ର ନିଦ ଭାଙ୍ଗୁନାହିଁ। ଛୁଆମାନେ ଯାଇ ପାପାଙ୍କୁ କହୁଛନ୍ତି ପାପା ଶୀଘ୍ର ଆସ ଆଉ ଥରେ ମାମା ମରିଗଲେଣି। ରୁଦ୍ରାକ୍ଷ ଚମକିପଡ଼ି ଭାବିଲେ

ଆରେ ଅର୍ପିତା ଆଉଥରେ କ'ଣ କରିବସିଲା କି? ସେ ଯାଇ ଅର୍ପିତା ଅର୍ପିତା ଡାକି ତାକୁ ଉଠାଇ ବସାଇ ଦେଇଛନ୍ତି। ରୁଦ୍ରାକ୍ଷ ପଚାରିଲେ କ'ଣ ଦେହ ଭଲ ଲାଗୁନାହିଁ? ତୁମେ କାହିଁକି ଶୋଇରହୁଛ? ସେ ନିରୁତ୍ତର ହୋଇ ରହିଲା। ସେ କହିଲେ ସରି ଅର୍ପିତା ମୋର ଭୁଲ ହୋଇଯାଇଛି। ତୁମେ ମୋ ଉପରେ ରାଗି ତୁମ ପିଲାମାନଙ୍କୁ ଆଡ଼ ଆଖିରେ ଚାହିଁଲ ନାହିଁ। ତୁମେ ଏତେ ସ୍ୱାର୍ଥପର ହୋଇଗଲ? ତୁମେ ଯାହା କରୁଛ କର। ମୋର ଆଉ ତୁମକୁ କିଛି କହିବି ନାହିଁ। ତା'ପରଠାରୁ ସେମାନେ ଗୋଟିଏ ନଦୀର ଦୁଇଟି ଧାର ହୋଇଗଲେ।

ସେ ପିଲାମାନଙ୍କ ସାଙ୍ଗରେ ସମୟ କାଟିଦିଏ। କିନ୍ତୁ ପର ମୁହୂର୍ତ୍ତରେ ଏକ ଅଜଣା ଭୟ ଗ୍ରାସକରେ ତା'ର ସରଳ ମନକୁ। ଯାହା ତା' ପାଇଁ ଥିଲା ଏକ ଶକ୍ତ ମାନସିକ ଧକ୍କା। କହି ହେଉନଥାଏ କି ସହି ହେଉନଥାଏ ଜୀବନ ଯନ୍ତ୍ରଣା। ତଥାପି ସେ ଚେଷ୍ଟା କରେ ସହିଯିବା ପାଇଁ। ହୃଦୟରେ ଉତ୍ତର ଦାୟିତ୍ୱ। କିଛି ସମୟ ପରେ ଫେରେ ଭାବନା ରାଜ୍ୟକୁ। ଭୁଲିଯିବାକୁ ଚେଷ୍ଟା କରେ ଅତୀତର ଘଟଣାକୁ ଦୁଃସ୍ୱପ୍ନ ମନେକରି। ସେ ଭାବ ପୁଣି ଭାବରେ ଭାବେ ଆଜି ତା'ର ଅପୂର୍ଣ୍ଣ ସଂସାର ଗଢ଼ିବାର ଅଭୀପ୍ସା ଅଧାଗଢ଼ା ହୋଇ ରହିଯିବକି ସ୍ୱପ୍ନର କୋଣାର୍କ! ତାକୁ ସବୁ ଭୁଲିଯିବାକୁ ପଡ଼ିବ। ସେ ବର୍ତ୍ତମାନ ସର୍ବସ୍ୱ ହୋଇଉଠୁଛି ନୈଶ ପରିବେଶ ଭିତରେ।

ସୁଖ ହେଉ କି ଦୁଃଖ ହେଉ, ଦିନ ହେଉ କି ରାତି ହେଉ, ମାସ ହେଉକି ବର୍ଷ ହେଉ, କାହାକୁ କେତେବେଳେ ଅପେକ୍ଷା କରିନି। ସମୟ ସେ କେବେହେଲେ ଅଟକି ଯାଇନାହିଁ। ସେହିପରି ସମୟର ସୁଅ ବୋହିଯାଇଛି। ପିଲାମାନେ ବଡ଼ ହୋଇଯାଇଛନ୍ତି। ଝିଅ ଡକ୍ଟର, ପୁଅ ଆଇ.ଏ.ଏସ ହୋଇଯାଇଛନ୍ତି। ପୁଅଝିଅଙ୍କର ବାହାଘର ହୋଇଯାଇଛି। ଆଜିକାଲି ସମୟ ବଦଳିଛି। ଝିଅ ଯଦି ଗୋଟିଏ ଡକ୍ଟର ସେ ଗୋଟିଏ ଡକ୍ଟର ପସନ୍ଦ କରୁଛି। ପୁଅ ଯଦି ଗୋଟିଏ ଆଇ.ଏ.ଏସ୍ ତାହାହେଲେ ସେ ଗୋଟିଏ ଆଇ.ଏ.ଏସ୍ ଝିଅ ପସନ୍ଦ କରୁଛି। ପୁଅ ଆଇ.ଏ.ଏସ୍ ଝିଅ ବାହାହେବା ପାଇଁ କହିଲାବେଳେ ଅର୍ପିତାର କିଛି ପୁରୁଣା ଭୟ ମନକୁ ଆସିଥିଲା। ତଥାପି ସେ ନୀରବ ହୋଇଯାଏ। ସେ ଭାବି ନେଇଥାଏ ତା'ର ଅତୀତକୁ ଏକ ଗପ ଭାବିନେବ, ସେ ପକ୍ଷୀର ଉଡ଼ାଣକୁ ମନଭରି ଦେଖିବ, କୃଷ୍ଣଚୂଡ଼ା ଗଛ ତଳର ଛାଇରେ ଠିଆହୋଇ ହୃଦୟ ଭିତର ଥାକଥାକ ଶବ୍ଦକୁ ମୁକୁଳେଇ ଜୀବନକୁ, ନୂଆ ଦୃଷ୍ଟିରେ ଭାବିନେବ। କାରଣ ପ୍ରଭୁଙ୍କ ନିର୍ଦ୍ଦେଶ ନଥିଲେ ଜୀବନ ଦୁଃଖରେ ସରେ କାହିଁକି ସହଜରେ ସରେ ନାହିଁ। ତେଣୁ ସେ ଏପରି ଏକ ସଂକଳ୍ପ କରିବ, ଯାହା ଦ୍ୱାରା ଜୀବନକୁ ଉତ୍ସାହିତ କରିହେବ।

ଆଜି ସେ ପୁଅବୋହୂଙ୍କ ପାଖରେ। ତା'ର ଦେହ ଖରାପ ଲାଗି ପୁଅ ନେଇଆସିଛି ବାଙ୍ଗାଲୋରକୁ। ପୁଅ ଆଶ୍ୱାସନା ଦେଇଛି ମାମା ମୁଁ ତୁମକୁ ନିଶ୍ଚୟ ଭଲ କରିବି। ଯଦି ଦର୍କାର ପଡ଼େ ତାହାହେଲେ ତୁମକୁ ନେଇ ଦିଲ୍ଲୀରେ ବଡ଼ବଡ଼ ଡକ୍ଟରଙ୍କୁ ଦେଖାଇବି। ତୁମେ ମୋ ଉପରେ ବିଶ୍ୱାସ ରଖ। ଅର୍ପିତା ଶୁଖିଲା ମୁହଁରେ ହସଟିଏ ହସି ରହିଯାଏ। ପୁଅ ମାମାଙ୍କର ହସର ଗୁରୁତ୍ୱ ବୁଝିପାରେ ନାହିଁ। ରୁଦ୍ରାକ୍ଷଙ୍କ ମନ କାହିଁକି ଭଲ ଲାଗୁନଥାଏ। ସେ ଯେତେ ଯାହା ହେଲେ ବି ତା' ଆଖି ଆଗରୁ କେବେହେଲେ ଦୂର କରିନଥିଲେ। ଆଜି ପୁଅ ନେଇଯାଇଛି ବହୁ ଦୂରକୁ। ଜଳ ବିନା ମାଛ ଛଟପଟ ହେଲା ପରି ସେ ହେଉଛନ୍ତି। ଆଜି କାହିଁକି କେଜାଣି ଅର୍ପିତା ବହୁତ ମନେପଡୁଛନ୍ତି। ସେ ହଠାତ୍ ଉଠି ସାଙ୍ଗେସାଙ୍ଗେ ପହଂଚନ୍ତି ପୁଅ ପାଖରେ। ଯାହା ଦେଖିଲେ ଆଉ ଆଖିକୁ ବିଶ୍ୱାସ କରିପାରିଲେ ନାହିଁ। ସବୁ ଶୁଣିଲେ ଅର୍ପିତାଙ୍କଠୁ। ଘରେ ପୁଅ ନାହିଁ କି ବୋହୂ ନାହିଁ। ନାତିକୁ ନେଇ ସେ ସପ୍ତାହେ ପାଇଁ ବାହାରକୁ ଯାଇଛନ୍ତି।

ଧିକ୍କାର କଲେ ନିଜର ପାରିବାପଣିଆକୁ, ସଂସାରକୁ, ଜୀବନକୁ। ବିଶ୍ୱ ନିୟନ୍ତାଙ୍କର କେଉଁ ଚକ୍ରାନ୍ତ! ମୋତେ କ'ଣ ନ କରିଛନ୍ତି ସେ? ଆଉ ଅର୍ପିତା ପିଲାମାନଙ୍କ ପାଇଁ ସବୁ ଆଜି ଅଲୋଡ଼ା, ଅଖୋଜା ଅବମା। ଖାଇବା ପାଇଁ ବାମିଦବାକୁ ଜଣେ ପାଖରେ କେହି ନାହାନ୍ତି। ଅତୀତକୁ ଭୁଲି ରୁଦ୍ରାକ୍ଷ ଅନୁତପ୍ତ କ'ଣ। ବିବାହଠାରୁ ବୟସର ଅପରାହ୍ନ ଯାଏ ଗୋଟିଗୋଟି ହୋଇ ସବୁ ମନେପଡ଼ିଗଲା। କେଉଁ ପ୍ରାୟଶ୍ଚିତ୍ତ କଲେ ମୋତେ ମୁକ୍ତି ମିଳିବ। କିଏ ଜଣେ ପଛରୁ କହିଲା, ବାନପ୍ରସ୍ଥୀ ହୁଅ। ରୁଦ୍ରାକ୍ଷ ସୀମାର ପରିପୂର୍ଣ୍ଣ। ସେଇ ପୂର୍ଣ୍ଣତା ଅପେକ୍ଷା କରିଛି ତୁମକୁ ହୋଇ ଠିକ୍ ଆସ।

ଖିଆପିଆ ସାରି ରାତିରେ ବିଶ୍ରାମ ନେଲେ ରୁଦ୍ରାକ୍ଷ ଆଉ ଅର୍ପିତା। ଲୁହରେ ଭିଜିଯାଉଥାଏ ପଣତକାନି ଆଉ ତକିଆ। ଭାବ ଭାବାନ୍ତରେ ସକାଳ ପାହିଲା। ଅପେକ୍ଷା ନ କରି ମନ ସ୍ଥିର କଲେ ରୁଦ୍ରାକ୍ଷ। ସେ ରହିବେ ଯାଇ ରୁଦ୍ରାକ୍ଷ ବଣରେ। ତଥାଗତଙ୍କର ତଟ ନିରଞ୍ଜନା କୂଳରେ। ଶୁଣିବେ ଯୋଗୀ ଟୀକା ଗୋବିନ୍ଦ ଚନ୍ଦ୍ରଙ୍କର ମୁକ୍ତିର ସଙ୍ଗୀତ।

ଚାଲିଲେ। ଘର ଛାଡ଼ିଲେ। ପହଂଚିଥିବା ସ୍ଥାନରେ ଭେଟ ହେଲା ବାଲ୍ୟବନ୍ଧୁ ମନ୍ମଥ ସାଙ୍ଗରେ। ସେ ଗୋଟିଏ ଭଡ଼ାଘର ବ୍ୟବସ୍ଥା କଲେ। ଦୁହେଁ ସେଇଠି ରହିଲେ।

ବର୍ତ୍ତମାନ ଜଂଜାଳରୁ ଓ ଯନ୍ତ୍ରଣାରୁ ମୁକ୍ତି। ଆଜି ଅର୍ପିତା ଈଶ୍ୱରଙ୍କ ମଧୁ ପାର୍ବଣରେ ନିୟୋଜିତ ହେଲେ। ଦୁଇବେଳା ଗଂଗାତଟରେ ଆଳତୀ ଦର୍ଶନରେ ସମୟ ବିତାଇଲେ।

ସମୟ ଗଡ଼ିଲା। ଜୀବନର ସ୍ରୋତମାନେ କେତେ ତରଙ୍ଗାୟିତ ସତେ! କେବେ ବିକ୍ଷୁବ୍ଧ ଆଉ କେତେ ବିଲ୍ଲୋଳିତ। କ'ଣ ଅଛି ଏ ଜୀବନରେ? ଦୀର୍ଘ ଅନୁଭୂତି

କହିଲେ କିଛି ନାହିଁ । ଈଶ୍ୱରଙ୍କୁ ଆରାଧନା କରେ, ଅର୍ଥ ନୁହେଁ ପରମାର୍ଥ ଚିନ୍ତନରେ ସମୟ ବିତିଯାଉ ।

ସମୟ ବିତିଯାଇଛି । ହଠାତ୍ ଦିନେ ଖୋଜିଖୋଜି ପୁଅ ବୋହୂ ପହଂଚିଯାଇଛନ୍ତି ଗଙ୍ଗାକୂଳରେ ଋଷିକେଶ ନିକଟ ଆଶ୍ରମରେ । ସନ୍ଦେହରେ । ବର୍ତ୍ତମାନ ସନ୍ଦେହ ଠିକ୍ । ଭେଟ ହେଲା ନାହିଁ । ଅଥଚ ଚିହ୍ନା ଅଚିହ୍ନାର ଦୋ'ଛକିରେ ଜଟିଳ ଶ୍ମଶ୍ରୁଧାରୀ ରୁଦ୍ରାକ୍ଷ ଚିହ୍ନି ପାରିଲେ ପୁଅ ଆଉ ବୋହୂକୁ । ନାତିର ଖୋଜିଲା ଖୋଜିଲା ଆଖିକୁ ଚାହିଁଥିଲେ ରୁଦ୍ରାକ୍ଷ । ଲୁହକୁ ପୋଛିଦେଇ ଆଶ୍ରମକୁ ଫେରିଗଲେ ରୁଦ୍ରାକ୍ଷ ଆଉ ଅର୍ପିତା । ବହୁତ ଭାବିବା ପରେ ଚିଠିଟିଏ ଲେଖିଲେ - ଧନମାଳୀ । ଦେଖିଲି ତୁମକୁ ମୋ ଆଶ୍ରମ ନିକଟରେ । ତୁମକୁ ପରିଚୟ ଦବାକୁ ଇଛା ହେଲା ନାହିଁ । ସୁଖରେ ଶାନ୍ତିରେ ଆନନ୍ଦରେ ରୁହ ଈଶ୍ୱରଙ୍କ କରୁଣାରୁ ।

ବର୍ତ୍ତମାନ ଅଭିମାନର ବୟସ ଭାଙ୍ଗିଯାଇଛି । ଆସିଛି ଅନୁତାପ ଆଉ ଅନ୍ତର୍ଦହନର ସମୟ । ସମୟ ସ୍ରୋତରେ ଢେଉରେ ଆମେ ଆଜି ବିତର୍କିତ । ଆମେ ଆଜି ସମର୍ପିତ ନାତି, ନାତୁଣୀମାନଙ୍କ ପାଇଁ । ତିନିଲକ୍ଷ ଟଙ୍କାର ଚେକଟିଏ ପଠାଇଲି । ଆଶା ଓ ବିଶ୍ୱାସ ସେମାନଙ୍କ ପାଠପଢ଼ାରେ ଲଗାଇବ ।

।। ଇତି ।।
ଜୟ ଜଗନ୍ନାଥ
ପୁଅ-ଝିଅ-ନାତି-ନାତୁଣୀଙ୍କ ସ୍ନେହକୁ
ମନେପକାଉଥିବା
ବାବା ଆଉ ମା' ।

ରାତିରେ ଆଉ ଶୋଇପାରିଲେନି ରୁଦ୍ରାକ୍ଷ । ଜୀବନର ଆରମ୍ଭରୁ ଶେଷଯାଏ ସବୁ ତାଙ୍କୁ ଦିଶୁଥିଲା ସିଲହୁଟ୍ ଛବି ଭଳି । ଏଇ କାଲି ବିବାହ, ଚାକିରି, ସଂସାର, ଅବସର ଆଉ ଆଜି, ବାନପ୍ରସ୍ଥ । କେତେ ସେ ଅବହେଳା କରିଛନ୍ତି ଅର୍ପିତାଙ୍କୁ । ସବୁକୁ ଭାବି କୋହ ଉଠିଲା ମନରେ । ଲୁହ ଆସିଲା ଆଖିରେ । ଉଠିବସି ଭାବିଲେ କ'ଣ କରିବେ ? ଫେରିଯିବେ କି ପିଲାମାନଙ୍କ ପାଖକୁ ?

ଅନ୍ତରାତ୍ମା କହିଲା ନା । ସମୟ ଶେଷ ହୋଇଆସୁଛି । ଶେଷପ୍ରାୟ ଅବସୋସ ଆଉ କ'ଣ ଯେ - ସେଠାକୁ ଫେରିବେ । ସେଦିନ ଗୃହ ଛାଡ଼ି ଯାଇଥିଲେ ତଥାଗତ ଆଉ ଫେରିନାହାନ୍ତି ସେ । ଫେରିବାରେ ଆନନ୍ଦ ନଥାଏ । ଫେରାଇଦେବାରେ ଆନନ୍ଦ । ତମେ କ'ଣ ଫେରାଇବ ଯେ !!!

ଫେରାଇଦିଅ ତୁମର ସଙ୍କଳ୍ପ, ଶପଥ ଆଉ ସାମର୍ଥ୍ୟ। ସମୟ ବିତୁ ଈଶ୍ୱର ଆରାଧନାରେ। ସମର୍ପଣରେ ଆଉ ପ୍ରଭୁଙ୍କ ସଙ୍ଗୀତ ଗାନରେ।

ଝରକା ଖୋଲି ଦେଖିଲେ ଶୀତଳ ପବନ ବହୁଛି। ତାଙ୍କୁ ଶୁଭୁଛି ଦୂରରୁ ... ବୁଦ୍ଧଂ ଶରଣଂ ଗଚ୍ଛାମୀ। ସଂଘଂ ଶରଣଂ ଗଚ୍ଛାମୀ ଧର୍ମଂ ଶରଣଂ ଗଚ୍ଛାମୀ।

ତଟସ୍ଥ ହେଲେ ରୁଦ୍ରାକ୍ଷ। ଶୋଇଛନ୍ତି ଅର୍ପିତା। ଛାଡ଼ି ଚାଲିଯିବେ କି ପୁଣ୍ୟ ନିରଂଜନା କୂଳକୁ ?

ତାଙ୍କୁ ଲାଗିଲା ଏଇ ସ୍ଥାନ ହିଁ ତଟ ନିରଂଜନା। ସାଧନାର ତପୋଭୂମି। ହଜାର ହଜାର ସାଧୁ ସନ୍ନ୍ୟାସୀ ସକାଳୁ ସକାଳ ଯାଏଁ ବୁଲୁଛନ୍ତି। ସଂକୀର୍ତ୍ତନ ଆଉ ସତ୍‌ସଙ୍ଗରେ ଜୀବନ ବିତାଉଛନ୍ତି। ଜୀବନର ଶେଷ ପାଇଁ ଏଇ କ'ଣ ଶେଷ ସଂବଳ - - - ଈଶ୍ୱର ଆରାଧାନା। ରୁଦ୍ରାକ୍ଷ ଅର୍ପିତା ଯୋଗ ଦେଲେ ସତ୍‌ସଙ୍ଗରେ। ଶୁଣିଲେ ପ୍ରବଚନ ନିରନ୍ତର। ଅସମାହିତ ପ୍ରଶ୍ନମାନଙ୍କୁ ମନରେ ଧରି ଶଯ୍ୟାକୁ ଫେରି ଆସିଲେ ରୁଦ୍ରାକ୍ଷ। ଦେଖିଲେ ଅର୍ପିତା ସମର୍ପିତା ମୁଦ୍ରାରେ ହାତ ଯୋଡ଼ି ଶୋଇପଡ଼ିଛନ୍ତି। ରୁଦ୍ରାକ୍ଷ ମଧ୍ୟ ଶୋଇଯାଇଛନ୍ତି। ଅଖିକୁ ନିଦ ଆସି ଯାଇଛି। ସେ ସ୍ୱପ୍ନ ଦେଖୁଛନ୍ତି ସ୍ୱୟଂ ନାରାୟଣଙ୍କୁ। ସୁନ୍ଦର ଆକର୍ଷଣ ବେଶ। ଉପଭୋଗ୍ୟ। ବଂଶୀ ବଜାଉଛନ୍ତି ମଧୁର ସ୍ୱରରେ। ମନ ହଜିଯାଉଛି ମୁହୁର୍ମୁହୁଃ। ଚିତ୍କାର କରି ଉଠିଲେ ରୁଦ୍ରାକ୍ଷ, - - - "ମତେ ମୁକ୍ତି ଦିଅ ମତେ ମୁକ୍ତି ଦିଅ। ମୋତେ ମୁକ୍ତି ଦିଅ।"

ଅର୍ପିତା ନିଜେ ଭାଙ୍ଗିଯାଇଛି। ସେ ଜାବୋଡ଼ି ଧରିଛନ୍ତି ରୁଦ୍ରାକ୍ଷଙ୍କୁ। ସ୍ୱପ୍ନର ବୃତ୍ତାନ୍ତକୁ ଗୋଟିଗୋଟି କରି କହିଗଲେ ଅର୍ପିତାକୁ।

ମନୋରମ ସକାଳ ଆସିଛି। ସ୍ନାନ ପାଇଁ ବାହାରିଲେ ଦୁଇଜଣ ଯାକ। ଉପସ୍ଥିତ ହୋଇ ଦେଖିଲେ କିମ୍ଭୁତ କିମାକାର ଦୃଶ୍ୟ। ହଜାର ହଜାର ଯାତ୍ରୀଙ୍କର ପୁଣ୍ୟସ୍ଥାନ ହରିଦ୍ୱାର ଶୀତଳ ଜଳରାଶିର ପାହାଚରେ ଖସିଗଲା ଗୋଡ଼ ରୁଦ୍ରାକ୍ଷଙ୍କର। ଭିଡ଼ି ଧରିଲା ଅର୍ପିତା। ପାରିଲେନି। ଭାସିଗଲେ ନଦୀର ପ୍ରଖର ସ୍ରୋତରେ। କିଂକର୍ତ୍ତବ୍ୟବିମୂଢ଼ ହୋଇ ଚାହିଁ ରହିଥିଲେ କେବଳ ବିକଳ ଭାବରେ। ଜୀବନସାରା ଏଇମିତି ଚାହିଁଛି ସେ ଜୀବନକୁ ଜୀବନର ପୃଷ୍ଠାମାନଙ୍କୁ ଖୋଲି ଆଜି ମଧ୍ୟ ସେ ସେଇଭଳି ଠିଆହୋଇ ରହିଛନ୍ତି। କ'ଣ କରିବେ ସେ ଦେଖୁଛନ୍ତି ଦୃଶ୍ୟ ଆଉ ଦୃଶ୍ୟାନ୍ତରକୁ। ଜୀବନର ଶେଷ ଦୃଶ୍ୟକୁ ସେ ଲୁହଭରା ନୟନରେ ଚାହିଁ ରହିଥିଲା। ଏ କ'ଣ ହେଲା ସତରେ !

ଶୋଷର ଶେଷ। ଜଂଜାଳର। ସମାପ୍ତି ଶୁଭୁଥିଲା ମୁକ୍ତିର ମହାମନ୍ତ୍ର।

■

BLACK EAGLE BOOKS

www.blackeaglebooks.org
info@blackeaglebooks.org

Black Eagle Books, an independent publisher, was founded as
a nonprofit organization in April, 2019. It is our mission to
connect and engage the Indian diaspora and the world at large
with the best of works of world literature published on a
collaborative platform, with special emphasis on
foregrounding Contemporary Classics and New Writing.

www.ingramcontent.com/pod-product-compliance
Lightning Source LLC
Chambersburg PA
CBHW020228120726
47903CB00008B/2587
9781645605201